《诗探索》创刊40周年纪念丛书
《诗探索》编辑委员会　主编

结识一位诗人

林　莽　陈　亮　主编

学苑出版社

图书在版编目（CIP）数据

结识一位诗人/林莽，陈亮主编.—北京：学苑出版社，2020.11

（《诗探索》创刊40周年纪念丛书）

ISBN 978-7-5077-6058-3

Ⅰ.①结… Ⅱ.①林… ②陈… Ⅲ.①诗歌研究—中国—当代 Ⅳ.①I207.22

中国版本图书馆CIP数据核字（2020）第209367号

本书为
首都师范大学内涵发展经费资助成果
教育部人文社会科学重点研究基地首都师范大学中国诗歌研究中心成果

责任编辑：李 耕 徐志琴
出版发行：学苑出版社
社　　址：北京市丰台区南方庄2号院1号楼
邮政编码：100079
网　　址：www.book001.com
电子信箱：xueyuanpress@163.com
联系电话：010-67601101（营销部）、010-67603091（总编室）
印　刷　厂：北京建宏印刷有限公司
开本尺寸：710mm×1000mm　1/16
印　　张：29
字　　数：440千字
版　　次：2020年11月第1版
印　　次：2020年11月第1次印刷
定　　价：146.00元

总序

我们见证一个时代
——《诗探索》40 年（1980—2020）

谢　冕

昨日已经过去

我们经历了一个漫长的黑夜。月亮是惨白的，星星是灰暗的，无边的暗黑，空漠，萧索，荒芜。就此刻谈论的诗而言，也深陷于这种无边的暗黑之中。这岂止是通常说的"单调"或者"划一"所能概括！那是一个没有文学、没有艺术，当然也没有诗歌的时代。一个漫长得看不到希望的岁月，一批又一批的诗人被迫走上了流放和监禁的囚徒之旅。烹鹤毁琴，绝圣弃典，诗歌也被迫流亡或者禁毁。愚蠢、无知、野蛮代替了高雅和智慧！

黑夜无边，春天遥远，那年有一个极冷的冬天。诗人穆旦长期受摧残的身子，感到了这个冬天的艰难："我爱在淡淡的太阳短命的日子，临窗把喜爱的工作静静做完；才到下午四点，便又冷又昏黄，我将用一杯酒灌溉我的心田。多么快，人生已到严酷的冬天。"[1]这个在民族生死存亡时刻走出西南联大校园，投身于滇缅战场的诗人，曾以青春的声音向我们宣告"因为一个民族已经起来"[2]的歌者，此刻，他感到了彻骨的寒意。

---

[1] 穆旦：《冬》。此诗作于 1976 年 12 月，同时写作的还有《停电之后》。同年 10 月，是"四人帮"覆灭的日子，可惜诗人没能享受胜利的欢欣。
[2] 穆旦：《赞美》。"在耻辱里生活的人民，佝偻的人民，我要以带血的手和你们一一拥抱。因为一个民族已经起来。"此诗作于 1941 年 12 月。

也是这一年，还有一位诗人，他幸运地迎接了团泊洼的凝寒的秋日阳光，但不幸的是，他终于因胜利到来的狂喜而葬身燃烧的火海。他用死亡迎接了他所祈望的秋天，而把一切的新生与希望留给我们。他是来自延安的郭小川。"他以优美的诗歌颂赞过他曾经为之奋斗的新生的社会，后来他又被痛苦地推入深渊。直至那个难忘的秋天的胜利带来了狂喜，他又在那场狂喜到来的时候消失在狂喜的烈焰之中。"[1]

很多人没有回来，他们消失在受难的路上。更多被流放的、蒙难的幸存者，由于金秋十月的召唤，正踏上归来的路途。而一批因失去昨日而热望今天的新诗人，已经迫不及待地喊出了他们反抗的和怀疑的声音："如果海洋注定要决堤，让所有的苦水注入我心中；如果陆地注定要上升，就让人类重新选择生存的峰顶。"他们宣告："新的转机和闪闪的星斗，正在缀满没有遮拦的天空。那是五千年的象形文字，那是未来人类凝视的眼睛。"[2]

这些崭新的意象所传达的声音给我们以力量和信心。四点零八分的北京，那场悲哀的、撕心裂肺的离别场面已是过去。中国以坚决的行动结束了一个长达十年的黑暗岁月。正是当年写出那首被迫剥夺了学校和家庭的离别画面的诗人，如今，他正以激情的声音昭告我们："相信未来。"[3]

站立在今天

以上是我们对中国诗歌曾经的漫长的噩梦所做的简略的叙述：我们曾有并结束了一个长长的肃杀的昨天，我们如今拥有一个崭新的今天。历史曾是如此地沉重，我们同样怀有"时不我待"的紧迫感。此刻我们正面对一个挽救诗歌沦亡的残酷事实——我们需要接续被粗暴隔断的中国诗歌传统；我们要以坚韧的精神维护并坚守诗歌的圣洁与尊严；面对今天的世界，我们要清除加于诗

---

[1] 谢冕：《郭小川的意义》。此文为青海人民出版社2020年版《郭小川诗歌精选》代序。
[2] 北岛：《回答》。
[3] 食指：《相信未来》。

歌的侮辱与伤害，并改写中国诗歌与世隔绝的封闭与孤立处境；我们要在开放的窗口与世界对话，并且坚定地支持和开展诗歌在新时代的新的探索。

以上，就是当日我们的境遇。它使我们拥有了沉重的使命意识和自觉精神。一个荒唐的年代：一片喊"杀"和"打倒"声中，博大精深的华夏文明和中国文化传统，文学、艺术以及诗歌，在那些人眼中都成了"封、资、修"，都成了"黑线"。拨乱反正，驱邪扶真，我们要在一片废墟上恢复并建立对诗歌的信心。这就是在1980年那个早春时节充盈我们内心的吁求。我们把昨天留在身后，我们站立在今天。我们不仅要告别昨天的乱局，我们还要认定属于开放年代的新目标。

当年的我们，面对的是受到摧残的诗歌废墟，需要重新确立对诗歌的信心和理想。当年的我们，只能在记忆中想象遥远的唐代的明月，也只能在内心深处怀想和致敬那些现代的和以往的历代诗人，为他们的辛劳创造，也为他们的辉煌的存在与黯然的陨落。我们渴望以行动来表达我们的念想与敬意。

1980年春天，正是民间的三月三、壮族一年一度盛大的诗歌节举办之际。赶着民间节庆的气氛，一个空前的诗歌理论会议在广西南宁召开。会议之所以召开，是由于出现了《今天》杂志，以及出现了以这个刊物为基点的一批新诗创作。这些创作带来了普遍的陌生感和新的启迪，也随之带来了完全不同的价值观和巨大的诗学分歧。当然，从根本上看，它们带来的是中国诗歌的新气象和新生机。这些现象引起诗歌理论界和其他学界的注意。这样，由几所大学和相关研究所、学会共同筹划的全国当代诗歌讨论会就在广西南宁隆重召开。

会议的参加者基本上是来自民间的诗歌研究者、理论批评工作者和大学教师。像这样一个专门讨论诗歌理论批评的大型会议，在中国诗歌史上可能是第一次。我之所以在这里郑重提及南宁会议，是因为它与随后诞生的专门研究诗歌理论批评的刊物《诗探索》有着密切的甚至是直接的关联。或者可以说，南宁会议是催生《诗探索》的前奏，甚至可以说，它是诞生这个刊物的最初的灵感。

沐浴着新时代阳光

南宁会议的议题基本上围绕着对当日出现的"朦胧诗"的评价而展开。两种完全不同的观点进行了尖锐的交锋。这些交锋唤起了人们对诗歌理论研究与建设的警觉与关注。与会者的诸多发言涉及中国的诗歌传统、诗与时代和政治、诗的时代归属与审美本质、诗歌艺术的借鉴与创新等问题。争论涉及的深度和广度均为历年所未见。数日会议之后,诗评家们带着对即将到来的诗歌高潮的预期,兴奋地走向了三月三广西民间歌会,走向了更为广阔的诗歌现场。

从南宁一路行走到桂林,看的是新时代早春蓬勃的生机与活力,谈的是对于复兴与重建中国诗歌的愿望与念想。记得那时我们看望中途因病住院的公刘,带去大家对他的关怀与祝福,更带去众人的会间余兴——由丁力、晓雪、沙鸥等"集体创作"嵌名诗:

桂林无晓雪,阳朔有沙鸥。
蓝天藏雁翼,病榻念公刘。
久闻山水秀,谢冕驾轻舟,
北方冰已化,春满漓江头。

虽是游戏笔墨,但也显现当日活跃轻松的友好气氛。我的日记记载,1980年4月25日,当日前往181医院看望公刘的有闻山、刘登翰、孙绍振、张炯、洪子诚、鲁原等。当然更有高洪波,他一直在医院陪护公刘。日记称:"公刘较前大有起色,他有点兴奋,对我们说,我充满了信心。他希望会议的文集有照片作插图,并且决心健康恢复后的第一件工作,是把会上发言整理出来,加入文集。"

带着对未来的期望和祝愿,我们一行登上了北上返京的列车。我的日记继续记载当日的"余绪"。其间触及我们对未来刊物(《诗探索》)的最初想法:1980年4月26日:"车上,研究了《诗歌界》(暂定名),或叫《诗歌研究》的编委人选。高洪波参加了议论。"作为当事者，我返京后的第一件事是着手写作《在新的崛起面前》。这是会上黎丁先生为《光明日报》的约稿。[1] 与此同时，就是在北大邀集同人紧张地为即将诞生的《诗探索》做准备。

永远的坚守和探求

《诗探索》创刊于1980年。记得它的创刊号是在这一年的年末，当时我们放下手中所有的工作，全力以赴，要赶着在1980年末之前宣告《诗探索》创刊。因为1980年是一个特殊的年份、一个值得永远记住的年份，在我们的意念中，不管时间多么紧促，不管从组织到筹备、设计、组稿、出版，再到发行，其间有多大的困难，我们认定，这个刊物只能，而且必须在非凡而伟大的1980年创刊。《诗探索》注定只能是1980之子！

1980年，中国诗歌伴随着一阵惊雷，开始了一个新的诞生。这是一个告别过去、迎接未来的新的诗歌时代。"假、大、空"的覆灭，朦胧诗的崛起，幸存者的归来，特殊的遭遇，特殊的经历，为此，我们要留下前行的足迹：向着世界开放的新的艺术手段与方法，中国诗歌的继往开来的伟大复兴，诗歌面临着新的前所未有的挑战。新的主题、新的艺术方式与新的表现手段，这一切，亟须诗歌理论的支持、总结和阐释。这一切，概括起来也就是当年《诗探索》发刊词的一句话：我们需要探索！那是一个反思的年代，那也是一个创新和探索的年代。我们的方针十分明确：站立在时代的潮头，排除一切的阻挠与偏见，即使是一种巨大的压力乃至一时的孤立无援，我们没有退路，唯有韧性地坚持，以坚定的意志、无畏的探索，热烈地支持中国诗歌的新的崛起。

《诗探索》始终没有办公室，开始借用北大中文系的一间会议室"办公"。编稿、看稿、讨论，都在这个房间。约好时间，朋友们从北京的各个角落赶到北大，骑自行车，坐公交，风雨无阻。办完公，没有饭局，各自散去。因为"定居"在北大，倒也沾了些这所学校的"仙气"——不知不觉间，学术独立、

---

[1] 1980年4月28日日记："作《在新的崛起面前》，近三千字。下午，寄《光明日报》。"

思想自由、兼容并包，倒也成了刊物的"精气神儿"。

前面谈到南宁诗会的召开与参会者的民间性质，这种民间性一直延伸并贯穿于《诗探索》的办刊以及它所展开的活动中。为什么是民间？因为它是由几个民间学术团体和单位主持的，主编和编委无须上方指派；所有的编者都是"志愿者"，从主编到编辑，没有任何报酬，有时甚至还要"自掏腰包"予以补贴；刊物没有固定经费，所有的费用都要"自筹"；更为特殊的是，这样一个纯学术刊物，长达40年的办刊历史，居然没有申请到刊号。

《诗探索》的编者无时无刻不在"求人"，由于没有刊号，只能用书号出版，求出版社少收点儿出版补贴，一家出版社接着一家出版社，"求"一次，办几期或十几期，再"求"，再换一家出版社。岁月过得"有点惨"，却也是"人不堪其忧，回也不改其乐"！我作为创刊主编，看到大家为刊物奔波辛苦，有时不免心疼，想，我们已尽力了，我们当然想坚持，要是客观情势不允许，我也可以学徐志摩前辈那样昭告天下：《诗探索》放假！但是这刊物却真是"命硬"，几次都是遇到"贵人"搭救，然后"绝处逢生""柳暗花明"！《诗探索》创造了一个奇迹，不拿公家一分钱，不要一个编制，不要刊号，也没有一间办公室，居然坚持到今天，足足40年。

而我，已经打好"腹稿"的，而且随时准备发表的《诗探索放假》的文章，却是始终派不上用场！《诗探索》坚持"在岗"，坚持站在诗学探索的前沿，为中国现代诗歌的繁荣发展自觉地守望和探求！时间过得真快，不觉40年匆匆过去。早先创刊的"元老"们约定，只要健康和精力许可，依然坚持他们的"义务劳动"，做《诗探索》忠实的永远的"志愿者"。

我们见证一个时代

亲爱的《诗探索》同人是我们同甘苦、共患难的朋友。我们有幸共同走过，有幸一起聚过、奋斗过，我们快乐过也痛苦过。我们有幸共同见证了诗歌复兴的新时代，我们共同见证了一个伟大的繁荣的时代。

请允许我在这文章的最后表达我对朋友的"不忘",我的敬意和感谢。

深情缅怀——我们的好友,为《诗探索》的出版、编辑作出过贡献的钟文、刘士杰。

深情感谢——在不同时期为《诗探索》的出版作出过贡献,让《诗探索》转危为安的"贵人":张炯、洪子诚、白烨、张仃、石虎、于炼、郭栋、臧博平、张洪波、刘鸿、潘洗尘、庞俭克、赵敏俐、徐伟、苏历铭、邹进。

深情感谢——《诗探索》的编辑队伍:杨匡汉、吴思敬、林莽、王光明、刘福春、陈旭光、张桃洲、王士强、徐丽松、陈亮、谈雅丽。

深情感谢——《诗探索》的出版单位:四川人民出版社、中国社会科学出版社、首都师范大学出版社、天津社会科学院出版社、时代文艺出版社、九州出版社、漓江出版社、作家出版社。

2020 年 7 月 1 日于北京大学

目 录

001　在时间的积淀中逐步呈现（代序）／ 陈　亮

001　**西　川**
003　西川诗存在的意义 ／ 刘　纳
013　西川诗二首评点 ／ 蓝棣之
020　诗歌炼金术 ／ 西　川

023　**王家新**
025　王家新：承受中的汉语 ／ 臧　棣
032　王家新诗二首赏析 ／ 陈　超
040　谁在我们中间 ／ 王家新

045　**于　坚**
047　于坚与诗的本质 ／ 胡　彦
053　于坚诗二首赏析 ／ 辛　月
060　传统、隐喻与其他 ／ 于　坚

065　**伊　沙**
067　伊沙：边缘或开端
　　　——神话／反神话写作的一个案例 ／ 李　震

| 076 | 伊沙诗二首评点　／沈　奇 |
| 083 | 饿死诗人　开始写作　／伊　沙 |

087　**翟永明**

089	飞翔的蝙蝠
	——翟永明论　／张　柠
107	翟永明诗二首点评　／钟　鸣
113	献给无限的少数人　／翟永明

115　**沈　苇**

117	瞬间在持续
	——读沈苇诗札记　／耿占春
126	沈苇诗二首点评　／陈旭光
130	二十则碎语　／沈　苇

133　**北　野**

135	诗在新疆
	——北野诗歌谈片　／韩子勇
139	歌声多么稀薄　／周　涛
142	诗与诗人的品性
	——我读北野　／仵从巨
147	在多种语言和部落间穿行
	——新疆的生活、诗意和文学　／北　野

151　**牛庆国**

| 153 | 诗歌：关于苦难的感知和叙事 |
| | ——谈牛庆国的诗歌写作　／唐翰存 |

157 牛庆国诗二首评点 / 余 亮
161 我的经历，我的诗歌 / 牛庆国

165 **蓝 蓝**
167 "写给世界的一封情书" / 王晓渔
177 《野葵花》点评 / 陈东东
180 只是碎片 / 蓝 蓝

183 **西 渡**
185 时间和时间带来的
　　——论西渡 / 敬文东
199 反向进化的自我之歌
　　——西渡《蛇》解读 / 周 瓒
206 诗歌对我们有不朽的爱
　　——答《南方都市报》记者问 / 西 渡

215 **路 也**
217 在突破中敞开
　　——论路也诗歌风格的前后转变及其内在意义 / 张立群
226 灵魂的蛇行
　　——解读路也的两首诗 / 张清华
232 郊区的激情 / 路 也

237 **阳 飏**
239 阳飏诗歌简论 / 唐 欣
243 阳飏诗二首赏析 / 古 马
246 把灯点亮 / 阳 飏

253　潘　维

- 255　液体江南：汉诗地图中的一个路标　/　沈　健
- 269　挣脱那水的刑枷
  ——试析潘维的诗《乡党》　/　江弱水
- 279　"西湖称之为我的婚床"
  ——潘维访谈　/　木　朵

287　雷平阳

- 289　对两重家乡的观望
  ——雷平阳诗歌的一种读法　/　夏　宏
- 298　1966年之后
  ——个人自述　/　雷平阳

309　江　非

- 311　在黑夜翻越高过腰身的围栏
  ——论江非　/　霍俊明
- 327　时间是如此的无尽
  ——读江非的《草莓时节》　/　符　力
- 332　我们都在孤独地等待
  ——读江非的《花椒木》　/　徐南鹏
- 336　时间的孩子　/　江　非

339　徐俊国

- 341　乡土中国的灵魂叙事
  ——《鹅塘村纪事》阅读印象　/　灵　焚
- 356　反抗异化，找回本真的自己
  ——读徐俊国的诗《小学生守则》　/　王士强

360	一颗至纯至洁的感恩之心
	——徐俊国诗作《娘》赏析 / 李文钢
364	雅姆主义 / 徐俊国

367　沈浩波

369	暧昧年代的光头与沉滞洼地的"蝴蝶"
	——沈浩波论 / 霍俊明
387	当今时代,如何写一首关于"秋风"的"颂"
	——读沈浩波的诗《秋风颂》 / 王士强
394	追寻生命与符号之间的关系
	——从沈浩波《她叫左慧》说开去 / 龙扬志
399	诗人之心 / 沈浩波

407　朵　渔

409	"路途"上的凝视与诗歌"现实"
	——朵渔《去河南》解读 / 岳志华
414	在终点的岔道上 / 李建周
420	羞耻的诗学 / 朵　渔

427　附　录

| 429 | 《结识一位诗人》栏目入选诗人汇总 |

| 446 | 后　记 |

在时间的积淀中逐步呈现(代序)

陈 亮

2020 年注定是不平凡的一年,"新冠疫情"肆虐,我们遭遇了严峻的挑战,焦虑而茫然的人们在不断追问:这个世界会好起来么?而 100 岁的"九叶诗人"郑敏先生,用微信视频的方式,用她愈发童真的声音给我们带来祝福,大意是:世界尽管越来越复杂,但是可以理解的,我们依然要往前走——这是诗人的回答。

2020 年是《诗探索》创刊 40 周年,这本独特的诗歌学术丛刊是因新诗潮而生的。40 年来,它与中国诗歌同行,面对诗坛的变幻,却始终保持着一种独立品格。40 年来,几乎在中国诗歌发展的每一个重要节点上,它总能摆脱干扰,透过各种复杂现象,发出自己的声音,从而赢得诗坛的广泛尊重。

《结识一位诗人》是《诗探索》在 1994 年复刊时设立的一个重要栏目。1994 年是中国新诗的低潮期,那时候,人们将更多的热情投向了影视、歌曲等大众娱乐文化。诗歌开始失去了"舞台中央"的"明星"位置,"冷"了下来。《诗探索》在此时复刊,如果没有对诗歌的热爱和勇气,没有一种责任和担当,是不可能实现的。

《结识一位诗人》这个栏目的设置,换个角度来理解,应该是《诗探索》在某些主流媒体对于诗歌普及的忽略与误读后的一种有意识的修正。从 1994 年到 2020 年,这个栏目共"结识"推出了 52 位优秀诗人。栏目中的每一位诗人都有综合论述、具体文本细读和诗人自述,综合而又立体地向读者推出中国诗歌发展中的创作成果。以此可以看出，《诗探索》虽然具有文学理论研究机构和学院背景，但它对中国新诗的研究却没有躲进象牙塔里，而是和不断变化的诗歌形态紧密相连的。

因受篇幅所限，编者在52人基础上，又通过对其资历、影响力和开创性的梳理，遴选出18位排列靠前的诗人。他们是：西川、王家新、于坚、伊沙、翟永明、沈苇、北野、牛庆国、蓝蓝、西渡、路也、阳飏、潘维、雷平阳、江非、徐俊国、沈浩波、朵渔。

通过这个名单可以看出，《诗探索》对于诗歌的态度是审慎的，是在不断审视、思考、梳理中国新诗发展中出现的多种诗歌写作风格。从1990年代以来，在诗坛产生过重要影响，诸如："知识分子写作""民间写作""女性诗歌""西部诗歌""乡村诗歌""口语诗歌"等代表性的诗人均收入其中，从而彰显出《诗探索》的探索性、包容性以及对于诗歌审美一直秉持的"中正"和"清醒"的态度。

《结识一位诗人》这本书，通过对《诗探索》一个重要栏目的再度"检阅"，我们可以清晰地看到中国新诗某个阶段的发展与流变。这些诗人无疑是中国新诗史自然积淀中的重要诗人，他们在以往的不同时期产生过重要影响，在当下依旧有着借鉴、思考与研究的重要价值。他们是中国新诗史上的宝贵财富，他们会在时间的沉淀中逐步呈现出他们的价值与意义。

西　川

西川诗存在的意义

刘 纳

西川是1980年代中期以来中国最认真、最执着的写诗者中的一个。
西川诗已经成为当代中国不容忽视的文学现象。
西川诗已经初步具有规范的意义。

一

西川在1992年初说:"尽管当初我并不知道全国有50万青年同时在奋笔疾书,也不了解做一个诗人意味着什么,但我命中注定要成为一个诗人。"[1]

当然,西川一定读过奥地利诗人里尔克《致一位青年诗人的信》,他是以里尔克所说的"非写不可"的态度走入诗歌生活的。

这是命运。"熟悉各种命运的人,有一种命运熟悉他。"[2]

在20世纪末,做一个汉语诗人这件事本身就把西川摆到了艰难尴尬的位置上。

围绕着"时代与诗"这个既堂皇又别扭的题目,外国人和中国人都已经发了太多的议论。在一个可以有诗也可以无诗的时代里,中国数以十万计的写诗

---

[1]《关于〈母亲时代的洪水〉》,《未名诗人》1992年第2期。
[2]《母亲时代的洪水》。

者与数以百计的诗歌流派的存在使得文学中最精致的样式变成了最容易生产的东西。

还有比写诗更容易的事吗？当词语的任意撞击、平俗生活的散漫写真以及恶作剧式的揶揄调侃都能以分行文字的形式占领"诗"的领地，诗成为写诗者手中可以随意拆拼随意捏攥的玩具。于是，在中国诗的其他种种功能都在减退的1980年代中期，诗的游戏功能被利用到了极致，"诗"与"玩"紧紧地粘连到了一起。

西川不"玩"。对游戏性诗歌的全面拒绝使西川的诗歌道路格外艰难。

西川必须面对的另一重艰难的命运在于：当他踏上诗歌道路的时候，中国诗已经有过两千年漫长的灿烂，"五四"所开创的白话新诗也已经走过了60多年的曲折路程，横亘在西川面前的是无数条被前人足迹踏熟了的道路。每一条熟路上都陈布着与固定的情感圈相对应的意象圈，一个个一经出现便迅速定型化的意象圈足以有力量销熔一切原本可能属于"新"的意识和感受。一位美国人曾经说出了所有现代诗人都会面临的困惑："日常言辞与诗都充满了无数的习语，只要开始说出口，它们便引导我们（不管我们愿意不愿意）经过常走的道路而达到一种不可避免的终点。"对于西川和他的同代中国诗人来说，这种"不可避免的终点"格外"不可避免"。

即使最有力的时尚，也给个人差异留着余地。西川将对诗歌命运的正视与抗争寄托于诗本身。他始终认真地思考着诗：诗的意义、诗的价值、诗的位置、诗的道路。他必须努力建立起属于自己的诗歌运思方式和意象组合方式。

二

刚满30岁的西川已经有了十多年写诗的经历，用他自己的话来说，"十年的时间会叫韩波或拉迪盖觉得漫长到令人厌烦的地步，而在那些以其高龄赢得尊敬的诗人和作家看来，这仅仅是他们写作生涯的练笔阶段"[1]。18岁至30岁，

---

[1]《关于〈母亲时代的洪水〉》,《未名诗人》1992年第2期。

这是一个人、一个诗人的完整的青春，但西川几乎没有过诗的青春和青春的诗。热烈与狂迷、亢奋与绝望、愤怒与玩笑……属于青春的这一切都不属于西川，年轻的西川与青春无缘。

> 作为一种光线，我们就是历史
> 被神秘的使命所创造
> 注目暗影踩躞的回廊
> 和远景中明亮的山丘

西川早就有了"我们就是历史"的体认，他早就在做一个"能看懂落日的人"[1]。面对世纪的落日和世界的落日，年轻的西川慢慢获得中年的深沉和凝重，他拒绝了青春的抒情。这一拒绝使他向"心"外去寻找开拓。"中国诗歌的道路不应当越走越窄，从广大的世界汇向心灵的一角，从而使诗歌窒息而死亡。诗歌应当以心灵为出发点，道路应当越走越宽。这样，诗歌才能不断磨炼其生命。"这是几年以后西川写在诗集《中国的玫瑰》扉页上的话，而这从"心"走向心外的选择是在他开始成为一个写诗者的时候就确定了的。

在从心灵向外扩展的道路上，西川建立自己诗歌方式的选择只能通过对语言的诗性操作来实现。

西川尊重通常的句式规范和词语习惯。当他依仗想象与幻象实现经验的重新组合时，他为寻找属于自己的词语系列和词语秩序付出了艰辛的努力。

诗集《中国的玫瑰》是以这样一节诗开篇的：

> 在山脊高耸的地方
> 我寻找海洋
> 我寻找一名制作灯语的海盗
> 寻找一种叫作海马的生物

---

[1]《中国的玫瑰·广场上的落日》。

吻过的六角浮冰

"制作灯语的海盗""海马"和海马"吻过的六角浮冰",都是距作者实际生活经验较远的事物。这样的意象本身已经具有新奇的性质,而西川像"寻找海洋"、寻找海洋珍奇一样地寻找新鲜的意象和奇警突兀的意象组合,于是在他的诗作中出现了"从胸中穿过的太阳"、"石头上的马儿"、"藏青色的爱情"(《寻找海洋》)、"树叶盖住的某颗星球"(《渡河》)、"我体内的老虎"(《夜歌》)、"丧失理性的青蛙"、"腐叶上的死鸟"(《哀歌》)……西川特别善于选择适合传达智性感悟的意象,充分调动词语富于象征性和隐喻性的表现潜能。当西川以自己独有的运思方式完成对经验世界的重新剪接和拼贴,他建立起了出色的诗性表达秩序。

　　死亡对于死者是一个秘密
　　被带进泥土,我惊讶地看到
　　莴萝和棵巴草长得疯狂又柔情
　　一场大雨即将扫过水塔和阳台
　　一只蚊子在我体内无休止地飞动
　　孩子们把水搅得哗哗作响
　　半夜敲门的多半是幽灵

这是西川写于1992年秋天的《为骆一禾而作》里的句子。原本不相干的物象"莴萝和棵巴草""水塔和阳台""蚊子"和"水"在诗句中形成了有序的纠结,于无关联中建立起亲密的关联。寻常事物之间通过新奇的碰撞获得层次丰富的象征喻义,跳跃幅度巨大的意象反映出诗人深沉的内心撞击,而激荡的诗性悲绪又通过舒和回荡的节奏来表现。这一节诗以判断句"半夜敲门的多半是幽灵"幽幽作结,传达了意味无穷的深远感。

　　太阳徐徐地降落,鲨鱼用黑鳍

挡住最远处栈桥上不灭的灯光
海风在街道上停住，我的手是潮湿的
我听到姐妹们飘舞的蓝裙窸窣作响

这是《建起一座城市》中的一节。诗句连环扣紧，意象层层剥露，一二两行的跨句制造出跌宕的悬宕与从容的应和，产生连续起伏的节奏感，相距较远的意象"鲨鱼"的"黑鳍"与"栈桥上"的灯光以突兀却又自然的联结显示着机智的构想。接着，街道上的海风、潮湿的手和飘舞的蓝裙在鱼贯而至的碰撞中产生实幻重叠的效果。

西川诗表达秩序的特征在于：意象的跳跃幅度巨大，却表现于舒和的节奏。渗透着深远感的词语序列呈递出密集而浓缩的审美信息，诗句的密度与弹性中包含着植根很深的隐喻指义。就这样，西川躲避了以往的与同辈的中国诗人"经常走过的道路"以及那"不可避免的终点"。

文于西川，写诗绝不是一件毫不费力的事。他不断地写着，又不断地修改着自己的诗作。《世纪》这样一首短诗的写作竟经历了6个年头，它应该被看作收入诗集《中国的玫瑰》的《悲剧》一诗的修改稿。作者隐去了作为单独段落的三次重复提问："悲剧的主角到哪儿去了？"隐去了两次重复的回答："而悲剧的主角不在那里。"作者还删掉了这样一个完整的段落：

海是这样黑而山是这样蓝
一天十二个钟头我看见
头戴鸭舌帽的文化绅士们
大口大口地吞下一个世纪
风景被寡居的人独占

这五行诗应该说是出色的甚至是精彩的，它显示出西川式的庄重和西川式的严峻。我猜想西川之所以删去这节诗，是因为在几年的诗歌生活中他已经积聚起丰富的语言经验，已经更熟练地驾驭自己特有的运思方式，因而，他才会放弃这段诗质相对稀薄、外层意象相对清晰直露的诗句。西川诗一开始就拥有成熟的气度,随着诗人诗龄的增长和诗艺的完善,它愈益显出精致的性质。

在当代中国,有这样一个无法改变的现象:某一个作家、某一个诗人的带有独特色彩的努力,很快就会被众多的追随者淹没。西川也难以避免这一命运。西川的诗歌运思方式已经被愈来愈多的写诗者操作着,在与他的追随者诗作的相互印证中,西川诗起过的某种规范作用正在被淹没。

三

西川太喜爱思考了!1993年发表的《悲剧真理》[1]一文披露了他对悲剧——命运的深沉认识:

人在宇宙中所处的地位和他在社会中所遭受的失败,致使作家不由得要借悲剧来向茫茫宇宙发问,并以此促成了悲剧精神的无限性和苍凉感。

我们可以解释很多事情,但是任何时候我们对任何事情都无法加以清晰地解释。放弃了对命运的猜测,等于放弃了天空和大地。

命运——宿命在西川的诗性思考中占有重要位置,对命运的权威性、残酷性与不可动摇性的深刻体认使他的诗句摇曳出庄重的命定感。"象征命运的鸟群驮着星辉/越过有风的山岗","多少人期待着太阳的归还/人不能创造另一颗太阳"。盘旋于西川诗性思考中的是人类的整体命运,而并非一般性的难以预料的苦难和灾难。这种对人类命运的倾心关注也是他放弃抒情的重要原因。一位瑞士学者说:"抒情式的诗人没有命运。在命运,即某一陌生的生存的反抗可以开始的地方,他的诗歌创作也就停止了。"正是从停止抒情的地方,西川开始了通向哲学的诗歌构想,诗成为他对命运——宿命的正视与抗争。短促的歌唱不足以容纳他精神的停驻,他必须把自己的哲思安置在更宽广的框

---

[1]《文论报》1993年8月14日。

架里。

于是有了组诗《激情》。《激情》由6首诗组成:《伪书作者或无我之歌》《伪先知或真理之歌》《游侠骑士或疲倦之歌》《僧侣或期待之歌》《占星术士或命运之歌》《炼金术士或元素之歌》。这些诗题已经标示出作者诗思的哲学指向。西川暂离了由时空定位的"现在",上溯一千多年的时间河流。公元184年,西川在未完成的圣典中,揭破信仰的真相:"可是后来者,唯有怀疑能使时代进步/而那闪光的名字纯属虚构。"他以空前的勇气写下有关神灵虚无的诗句,勇敢地扮演起伪书作者的角色。面对未来,公元2世纪的诗人西川承受着宿命的孤独,耗费才智向后世贡献"智慧之光":"但我撒下弥天大谎/却不是为了欺骗,而是为了歌颂!"以空前绝后的智力背负着人类的重托,伪书作者西川与神秘的巨大的时间融为一体,参与了真理的创造,由此失去了自我。"一切大于我的事物剥夺小小的我",被"剥夺"的自豪和自尊烘托出光明的智者形象。

公元213年,诗人西川作为"伪先知"来"谱一曲火刑之歌,谱一曲真理之歌"。这位沉思者与怀疑者处于极度矛盾中。他曾经是凡人中的一个,而当他向崇拜自己的凡众述说幻象、预言未来时,他比所有人都清醒:"他们毫不怀疑我,而我怀疑一切。"清醒的伪先知已经能洞悉自己将被抛弃、将赴火刑的结局,这一洞悉反而使他更加平静从容。

公元785年,诗人西川成为疲倦的游侠骑士奔波流浪在漫漫长路。骑士西川越窗而入,来到一个孩子身边。骑士有着"昔日的荣光",此时却表现出接近凡俗的慈祥。他曾经有过"坚持正义就是投身苦难"的信念,此时却体认了与骑士荣光相悖的价值:"不杀一人的人是另一种豪杰。"孩子是崇拜者与笃信者的化身,但当孩子"梦见一个善意的/游侠骑士越窗而入",骑士西川"早已翻越过一架高山"。"高山"是孩子固有的信仰,而骑士超越了。

诗人西川来到1337年,勇气依旧,但多了几分历经沧桑的沉稳。"天上众神千万,而我是唯一的僧侣/众神比我年轻,……"孤独的僧侣西川"手提一盏马灯走遍荒原"。他是"唯一的僧侣",他面对的是比圣书更大的世界。以超越众神的热情,他选择了顽强的"期待":"期待黎明,期待太阳","期待众鸟高飞的时刻"。

到了公元 1525 年，诗人西川成为占星术士，平静的智慧使他沉默。他默默地望着满天星斗，好奇地回顾宇宙的无穷变化，由此引出对命运的冷峻体察。当他将漫长的时间分解为具体的人生后，他明白自己只能拥有残酷的短暂。

公元 1609 年，诗人西川是炼金术士，他用大火与黄金获得"最终的静止"。静止意味着永恒，"让时间崩溃，没有腐朽"。他找到了相对于运动的状态："千奇百怪的物质回归元素。"在炼金术士西川看来，只有元素才是宇宙中永远不灭的火焰。人类生于火又回到火，燃烧的美构成死亡的实景。当平静的诗句迸发出元素的烈火，沉思的诗人西川终于在"最终的静止"中体认了足以感动上帝的激情。

这是一个完整的诗路历程。西川通过想象性的体验使人类的智者们在以往年代的迷失与智慧成为他个人精神生活和诗歌生活的一部分。我们很少能从西川诗里发现激情，而《激情》所展示的依然主要是沉静的诗思。如果说在《激情》的最后一首《炼金术士或元素之歌》里沉思终于燃烧成激情，这激情也源于思想而非来自感觉。如桑塔亚那所说："理论的生活不比感觉的生活更少人性或更少感情，它的人性更加典型，它的感情更加生动。哲学是比普通生活更强烈的一种经验，正如隐居之处听到的纯净精妙的音乐要比风暴的喧嚣或城市的吵闹更生动更强烈一样。"[1] 倘若我们注意到《激情》的题词"献给海子、骆一禾"，我们更能理解这首诗里蕴藏于哲思中的感情的生动性与强烈性。

四

有人曾把西川的创作趋向归为"新古典主义"。尽管这个词没有被认真地界定，我们仍然可以认同这一标签对西川诗所具有的某些准确性。在一个物价上涨、精神文化贬值的时代里，西川和他的一些诗友守持着诗歌的古典精神，以有尊严的态度维护着艺术的庄重气质。这绝非是有人曾指责的冷漠。当西川

---

[1] 乔治·桑塔亚那：《诗与哲学：三位哲学诗人卢克莱修、但丁及歌德》，周宪主编，华明译，北京大学出版社，1991 年，第 102 页。

以充分理解的态度指认出"乔托的黎明人身份",他所描述的正是他本人:"他的艺术并不服务于上帝,而是服务于他自己。在他灵魂的深处有一种冲动,即探求永恒。他遵循着自己的原则这样做了,既不狂热,也不冷漠。"[1]西川还在《占星术士或命运之歌》中宣布:"我既不悲观也不乐观""我用沉默竖起天梯"。诗人西川替占星术士西川写出命运之歌,这歌唱本身就是对"沉默"的拒绝。然而,沉默作为一种气度已经渗透在诗人西川的所有歌唱中,它昭示出西川在世界面前的深沉的镇定。这是拥有70多年历史的中国新诗始终缺少的气度。面对混乱而喧嚣的世界,面对古典艺术精神的无可挽回的陨落,西川没有报之以愤怒或者揶揄——像当今中国许多从事写作的人所做的那样,他沉静的诗思中包含着极其广阔的胸襟。《母亲时代的洪水》大概是西川本人很喜欢的一首诗,在谈到这首诗的写作时西川披露了自己的诗歌主张:"在巨大的灾难面前,在命运的笼罩之下,诗人必须将其个人恩怨和伤感降低到最低限度,或者干脆抛诸脑后,从'个我'走向'他我',继而走向'一切我'。"[2]"走向一切我"的志愿使西川超越个人的经历和感觉,获得统驭上下古今的诗歌体验,他需要构筑更具篇幅的诗思世界。

在20世纪初,桑塔亚那即就诗歌的短与长提出了"供讨论"的诘问:"诗歌本质上是简短的,富有诗意的东西必然是诗人作品中的断断续续的部分,只有飞逝的瞬间、心境、插曲,才能被人销魂蚀骨地感受到,或令人销魂蚀骨地表现出来。而生活作为整体,历史、人物和命运都是不适合想象力停留的对象,并与诗歌艺术相排斥吗?"桑氏表示"我不这么认为"。他论述了鸿篇巨制的哲学诗可能比短小的抒情诗更富有诗意的理由:"如果因为短小段落含有对一些事物的联想,因而它使我们的注意力高度紧张,并使我们狂喜和严肃,所以它就是诗意的,那么那些含有我们所思考的一切景象的,它的诗意又该有多大呢?关注某一点体验、一定范围和一定深度地表达你的感觉,它会成为富有想象力的;关注一切体验、更大范围和更深刻地表达你的感觉,使它成为哲

---

[1]《随笔两篇·乔托的黎明人身份》,载1992年2月出版的《组成·夸父研究五号》。
[2]《关于〈母亲时代的洪水〉》,《未名诗人》1992年第2期。

学家看待世界的图像，它将成为最富有想象力，也是最有诗意的。"当西川的哲学眼界超越了表面的与局部的现象，他写下了体现着整体性诗思的《雨季》《挽歌》和《远游》。在这些较具篇幅的诗作里，哲学探究的意图通过具有充分可增性与多义性的构思来实现。对世界的体验终于在沉思中形成壮丽的秩序。在向"圣心登临的高度""远游"的旅途上，西川的诗性追寻有了激动人心的收获：

　　肉体和灵魂拥抱在一起
　　流着泪，为真理开辟大道
　　当我能够从这歌声中分辨出
　　大海的音乐，一片精神的大海
　　便有如解放的太阳胜利地上升

在这里，我们又一次看到了从哲学沉思中升腾出的激情。我们也可以由此认定：放弃抒情的西川其实珍藏着浪漫理想的情怀，因此，他才会那样热烈地为乌托邦思想家们辩护，他才会那样钟情地全面描述"海市蜃楼"的意义。在西川的诗情的描述中，海市蜃楼既不属于现在，也不属于过去，也不属于未来……它游离于时间之外。其神学意义在于：上帝不在天堂；其哲学意义在于：瞬间即成永恒；其美学意义在于：远方是一种境界。而对于西川来说，由海市蜃楼所象征的理想只存在于诗中。

有人把西川称为"最终的诗人"，这话是说得太绝了。诗不会在西川这里结束，但作为当代中国不可忽视的文学现象，西川诗将随着时间的流逝愈益显示出其重要性。

西川诗二首评点

蓝棣之

文化不一定造成盲点——评《夕光中的蝙蝠》

几年前一些年轻诗人提出的诗创作中的"非文化"主张,并非没有道理。的确,人类创造了辉煌的文化,但同时也被它所编织、所创造。人创建了文化,但同时也毁灭了一片纯真的"人之初"的净土。人被一种文化的网络所牵绕,他们只是以文化的面具和符号相互呈现,远离了本真的乐园。文化的确可以成为沉重的负荷。然而,请千万不要误解,这绝不是说一个诗人没有文化最好,绝不是说写诗的人可以不读书,绝不是说诗的繁荣可以建立在文化沙漠之上。我想,西川的情况提醒我们看到问题的全部复杂性,因为西川正好是酷爱读书,酷爱文化,有较高较深的文化修养。可是他在写诗方面的成绩,是大家公认的。我想西川的成功说明了:文化不一定造成创作的盲点,这要看我们在创作中如何对待文化了。

《夕光中的蝙蝠》依次写了三种情况下的蝙蝠——绘画里的、故事里的和现实生活里的,但最后落在生活里的蝙蝠。夕光中的蝙蝠是"自然形态的东西",它来自生活,而戈雅绘画里的蝙蝠和其他故事里的蝙蝠则来自书本,来自文化。在这里,作者的目的是写出对生活中所见到因则被触动的蝙蝠的感受,对绘画里的和故事里的蝙蝠的观感,在这里是作为陪衬和铺垫的。最重要的是,文化里的蝙蝠并没有使现实中的蝙蝠成为西川眼中的盲点,并没有使他因此看不见生活中的感受，并没有使他一看见夕光中的蝙蝠就想起了戈雅绘画和蝙蝠的种种故事，因此找不到自己的真实感受。正相反，西川的成功在于：文化里的蝙蝠，"它们的铁石心肠从未使我动心 / 直到有一个夏季黄昏 / 我路过旧居时看到一群玩耍的孩子 / 看到更多的蝙蝠在他们头顶翻飞"。这就是说，真正触动诗人感触的，真正给诗人带来感觉、灵感和创作推动力的是生命对现实的直接的赤裸裸的观察。在这观察、体验的过程中，诗人尽可能排除文化的笼罩。生命自身在现实中找到本真的感觉之后，生命本身在现实中一再体验之后，当进入创作过程的时候，诗人这才想起了文化里所表现和叙述过的蝙蝠，诗人这时候把文化积累和生命的观察、体验相对照，然后产生了这首诗的构思。在这首诗里，蝙蝠最吸引诗人的，是它们那没有归宿却对命运沉默不语的坚韧和它们那闲暇的姿态。我想，这其实也就是诗人自己对命运和生存方式的体验或思考。

最后，我们再来看看作为这首诗的陪衬和铺垫的"文化内容"是如何进入诗的文本的。简单来说，这也经过了一个转化，即文化转化为诗，这仍然需要诗人生命之光的烛照，在诗人生命之光的烛照之下，浑身漆黑的蝙蝠好似"永不开花的种子"，同时也对故事里的蝙蝠竟然能够讲述生命提出了质疑，这其实也就是对文化的质疑。经过烛照，经过质疑，经过体验，经过与诗人现世生命体验的对照，文化转化成了诗，或者说成了诗的一部分。只有这时，文化才不再是创作的盲点。

1993 年 10 月 10 日

【附】

夕光中的蝙蝠

西　川

在戈雅的绘画里它们给艺术家
带来了噩梦。它们上下翻飞
忽左忽右；它们窃窃私语

却从不把艺术家吵醒

说不出的快乐浮现在它们那
人类的面孔上。这些似鸟
而不是鸟的生物,浑身漆黑
与黑暗结合,似永不开花的种籽

似无望解脱的精灵
盲目,凶残,被意志引导
有时又倒挂在枝丫上
似片片枯叶,令人哀悯
而在其他的故事里,它们在
潮湿的岩穴里栖身
太阳落山是它们出行的时刻
觅食,生育,然后无影无踪

它们会强拉一个梦游人入伙
它们会夺下他手中的火把将它熄灭
它们也会赶走一只入侵的狼
让它跌落山谷,无话可说

在夜晚,如果有孩子迟迟不睡
那定是由于一只蝙蝠
躲过了守夜人酸疼的眼睛
来到附近,向他讲述命运

一只,两只,三只蝙蝠
没有财产,没有家园,怎能给人

带来福祉？月亮的盈亏退尽了它们的
羽毛，它们是丑陋的，也是无名的

它们的铁石心肠从未使我动心
直到有一个夏季黄昏
我路过旧居时看到一群玩耍的孩子
看到更多的蝙蝠在他们头顶翻飞

夕光在胡同里布下了阴影
也为那些蝙蝠镀上了金衣
它们翻飞在那油漆剥落的街门外
对于命运却沉默不语

在古老的事物中，一只蝙蝠
正是一种怀念。它们闲暇的姿态
挽留了我，使我久久停留
在那片城区，在我长大的胡同里

1991 年 2 月

思想也可以很美——评《十二只天鹅》

  记得王佐良先生在一篇论文集的通信里，引证金岳霖老先生过去的话说：一个概念、一个公式也可以很美，例如表达得干净利落，比例匀称，形式引人。不是早有人赞美爱因斯坦的著名公式 $E=mc^2$ 为分外文雅么？王佐良先生还说，文采当然并不等于堆砌美丽的辞藻，而是能有新见解，能从新角度看旧事物。当我拜读西川的诗《十二只天鹅》，我不期然而想起了以上论断。

  这是一首咏物诗。咏物诗在中外诗歌里都有久远的传统。传统可以是礁石，也可以是探照灯，既可以成为越不过去的不可企及的典范，也可以启示新的创造。在这显而易见的困难面前，作者并没有却步。同时，"非意象"早已经是新一代诗人的追求，他们已经不再对任何意象有兴趣，转而追求流动的语感、诗感、节奏感，追求语言的原生态，追求新鲜的语句。在这个潮流面前，诗人并不嫌弃意象。这些情况，都足见诗人是有主见和有勇气的。

《十二只天鹅》通过咏物，通过观察、想象和刻画，表现了一些深刻的思想，投射了一些一再体验过的有分量的情感。诗的含义并不晦涩，如果简略一点概括，可以理解为：一个生活于"使人肉跳心惊"都市的现代人，如何保持纯洁，如何免于下沉，如何找回可能一次次丢失的护身符，如何才能找到星座作为人生的导航而免于种种误导。这些问题，其实也是我们每一个有思想的人所面临的严重问题。诗人在这里写下的对现代人生存的沉思，我想对读者是会产生一些启示的。

诗的脉络的发展，它的第一推动力，是诗人希望"接近"那群天鹅的愿望。到最后诗人发现，"必须化作一只天鹅，才能尾随在它们身后"。这是很重要的一笔。这就是说，必须彻底清除异化的全部影响，才可望真正飞起来。

这首诗里的天鹅是一个出世的形象，"空气将它们庞大的身躯托举"，"一个时代退避一旁，连同它的讥诮"，正如诗人西川本人给我们的也差不多是一个出世的形象。这大概不是偶然的巧合，诗人与诗本身是不可以分割的。

似乎有必要再强调一下，西川诗里的这些深刻的思想和很高的向往，并不是抽象的、概念的，而是通过观察、想象和刻画来表现的。重要的是，诗人非常善于从观察中捕捉诗意，又在诗的氛围中思考，善于从自己的体验出发，以找到观看旧事物的新角度。因此，西川诗的思想是美的。让我们多在这里停留一会儿吧。

1993 年 10 月 9 日

【附】
十二只天鹅

西　川

　　那闪耀于湖面的十二只天鹅
　　没有阴影

　　那相互依恋的十二只天鹅
　　难于接近

　　十二只天鹅——十二件乐器——
　　当它们鸣叫

　　当它们挥舞银子般的翅膀
　　空气将它们庞大的身躯
　　托举

　　一个时代退避一旁，连同它的
　　讥诮

　　想一想，我与十二只天鹅
　　生活在同一座城市！

　　那闪耀于湖面的十二只天鹅
　　使人肉跳心惊

　　在水鸭子中间，它们保持着
　　纯洁的兽性

水是它们的田亩
泡沫是它们的宝石

一旦我们梦见那十二只天鹅
它们傲慢的颈项
便向水中弯曲

是什么使它们免于下沉？
是脚蹼吗？

凭着羽毛的占相
它们一次次找回丢失的护身符

湖水茫茫，天空高远：诗歌
是多余的

我多想看到九十九只天鹅
在月光里诞生！

必须化作一只天鹅，才能尾随在
它们身后——
靠星座导航

或者从荷花与水葫芦的叶子上
将黑夜吸吮

1992 年 2 月

诗歌炼金术

西　川

1. 诗人既不是平民也不是贵族,诗人是知识分子,是思想的人。
2. 诗人是劳动者。
3. 诗人集过去、现在和未来于一身。诗人之梦既不属于现在,也不属于过去,也不属于未来。
4. 诗人的尊严表现为激荡不息的创造力。
5. 传统绝不是平庸的代名词,创新绝不意味着降低诗歌的档次。
6. 诗人如不在神恩笼罩之中,则必须在命运的高度说话。
7. 在最好的状态,诗人胡说八道都是好诗。
8. 诗人通过"命名"挽留世界。
9. 诗人必须迈过三个门槛,"个我""他我""一切我",使众多"往昔之我"在"我"体内复活。
10. 诗人相信启示和秘传真理。与其说诗人需要哲学和宗教,不如说他需要伪哲学和伪宗教。
11. 没有秘密的文学不能传之久远。
12. 避谶。
13. 在信仰与迷信之间,诗人是炼金术士。
14. 我可以容忍诗人的死亡,但却不能容忍诗歌的死亡。
15. 向诗歌吹一口气,让她站立起来,让她在楼梯上舞蹈,让她在大雨中漫步。

16. 诗歌是飞翔的动物。

17. 诗歌是忧喜参半、天才加愚蠢的东西。

18. 诗歌是灵魂自我证明的方式。

19. 诗歌能够揭示出人类灵魂中最隐晦的东西，把它摆放到阳光下。

20. 这种揭示本身与人类幸福有关。

21. 首先要热爱生活，其次要蔑视生活。热爱生活使诗歌丰富，蔑视生活使诗歌精炼。

22. 但一个缺乏经验的人不可能了解真正的艺术。

23. 诗歌往往处在两个精神之源之间。

24. 诗歌有其界限。

25. 诗歌有其说话的对象。

26. 诗歌精神即如建筑中的柱石：建筑倒塌，柱石站立。

27. 纯洁的诗歌拒绝，人道的诗歌包容。

28. 必须培养想象的激情，但不应宣泄激情，而应塑造激情。

29. 让女人去表达她们的情绪，让男人去表达他们的智慧。

30. 从经验的诗歌到超验的诗歌，是一个诗人的超水平发挥。

31. 灵感即是发现。

32. 强大、结实的诗歌之美反对虚假、伤感的诗歌之美。

33. 诗歌内部蕴藏着一股偏离诗歌的力量。作为整体的诗歌对这股力量的纠正产生诗歌的张力。

34. 只有不真诚的人才需要谈论真诚，别让真诚伤害了诗歌。

35. 可以写无产阶级的诗，可以写地主阶级的诗，可以写资产阶级的诗，但就是不能写小资产阶级的诗。

36. 就诗歌的语言来讲，诗歌分三种：歌唱性的诗歌、戏剧性的诗歌、叙述性的诗歌。能够综合此三种诗歌的人堪称集大成者。

37. 丰厚的诗歌要求大气，尖锐的诗歌要求危险。

38. 任何事物都可以述说，任何事物在找到述说方式以前都不可述说。

39. 让语言和自然较量，让语言和人生较量。

40. 强力诗人点铁成金。

41. 诗歌的质感表现为弹性。

42. 诗歌的元素感表现为可还原性。

43. 诗歌的形式即是它的音乐。

44. 诗歌的外在形式可以被反复使用，而每一首诗的内在形式只能被使用一次。

45. 不同的语言速度产生不同的智慧。作品之间大致相同的语言速度构成一个诗人作品的风格。

46. 写小诗需要大手笔。

47. 一般来说，可以从短诗看一个诗人的基本功，从长诗看他的综合创造力。

48. 诗歌是多层次的。诗歌首先即是它自己，其次作为一个跳板向我们暗示。

49. 一部作品的完成，是指作品获得了它的自足性。

50. 每一次文笔滞涩时都应当回到你最初的创作源泉去痛饮一番。

51. 一切的哀愁、一切的欢乐，最终归于歌唱。

52. 诗歌的最高境界不是五彩缤纷的花园，而是色彩单一的天空和大海。

53. 历史之于中国人，相当于神话之于希腊人。

54. 如果不能成为一个好的诗人，那就成为一个好的读者。

55. 尽量分享前辈诗人、作家的秘密。不应把他们当作榜样，而应把他们当作朋友。

56. 大师是半个诗人。

57. 大师们抹去他们作品的光亮。

58. 凡二流作品都可以如法炮制。

59. 好诗必须使我们有再生之感。

60. 诗歌绝不向任何非诗的势力低头。

61. 强大的理性指向强大的非理性。

62. 我一直在试图描述海市蜃楼。

1992 年，1993 年

王家新

王家新：承受中的汉语

臧 棣

> 我欣赏米兰·昆德拉的一句话：艺术以对抗时代的进步而获得它自身的进步。（王家新：《回答四十个问题》）

每一个时代的诗歌都会选择一些独特的诗人，作为折射它自身所隐含的深邃的艺术内涵的一面镜子。在我看来，诗人王家新即是能映现出我们时代的诗歌的这样一面镜子。我并不是说这样一面镜子可以反映出我们这个时代诗歌的多样性和复杂性，而是说它可以反映出一种主要的诗歌倾向和诗歌精神。我也无意说，没有成为其时代的镜子的诗人就不重要，或写得不够出色；相反，许多在各种各样的诗歌史中成为其时代的镜子的诗人往往写得很糟，被平庸所吞没。在这里，我想说的是：是否成为其时代的镜子，并不是我们评价诗人的一种价值标准，它至多只是我们看待诗人的一种批评角度而已。王家新恰好是这样一位诗人：他的写作引人瞩目，出类拔萃，并呈映出当代中国诗歌在我们这个时代中所处的一些具有经典性的状态。

王家新的写作横跨我们这个时代的两大诗歌形态：朦胧诗和后朦胧诗。最初，他是被诗歌批评家们列为朦胧诗的一位边缘诗人，像徐敬亚和王小妮有时被这样看待一样；他早期诗歌的主题（如《星空：献给一个人》《献给太阳》《草原》中的）属于那一时期常见的诗歌主题，缺少独特的个人意识；不过在风格上却显露出一种高亢、恢宏和沉郁的诗歌气质。1986年至1988年可以简要地称为诗人的过渡时期。有趣的是，这一过渡时期具有某种普遍意味。许多当代优秀的诗人都在加紧寻找适于他们自己艺术个性的楔入时代的艺术方式，例如当代重要诗人骆一禾就在给友人的信中直率地谈到这一时期对于他个人而言的过渡性。甚至在某种程度上，相对于朦胧诗以后的当代中国诗歌的整体发展状况，崛起于这一时期的第三代诗也可以说是过渡性的。王家新在其过渡期内的写作，主要是研究作为一种语言艺术的诗歌的随笔写作，这是一种在散文领域中不断打磨诗人对语言的意识的写作。联想到同一时期内被恣意标榜的所谓宣言写作，这样的随笔写作似乎更能为当代中国诗歌输入清新的艺术空气。所有艺术上的真正的过渡期，必然包含对艺术方向的抉择，必然会导致一种自觉的转向。1989年后，王家新的写作像一束探照灯的光，径直映射到当代中国诗歌写作的最前沿，并且成为后朦胧诗的一位重要诗人。

  这种转向具有一种象征意味。我指的是从亚朦胧诗写作变异到后朦胧诗写作，没有人比王家新完成得更出色。也不妨说，在众多的亚朦胧诗写作中，唯有王家新一人完成了在一种新的写作中彻底结束旧的写作的艺术行为（至于从朦胧诗写作变异到后朦胧诗写作的例子，我们可以举出其他的人，比如北岛或多多）。这种转向的本质是一种来自诗歌内部的自我突变的艺术能力，这不仅对显示王家新作为一个诗人的能力是重要的；而且在某种程度上，对显示当代中国诗歌的自身发展也是有代表性的。也就是说，这种转向所带来的新的诗歌面貌，我并不把它看成是只属于王家新自己的。由于一种敏锐的艺术个性所起的作用，这种转向中的某些个人意识已成为1990年代以来的中国诗歌的具有倾向性的诗歌意识。比如，王家新戏剧性地为当代中国诗歌注入了一种严峻的时代意识。

  1986年以来，随着第三代诗人的崛起，在诗歌所涉及的各种关系中，诗歌与时代的对抗关系是崩溃速度最快的一种。似乎诗歌意识的自觉一定要以扭断它与时代的联系为代价。曾几何时，时代，以及与之相关的其他范畴，如历史、社会、政治、伦理、人性、信仰、价值等，被强行从诗歌中剔除。这时，两种诗歌，超越时代的和疏离时代的，得以迅速发展。对抗时代的诗歌则迅速衰落，并且在写作意识中受到有力的反讽和质疑。

当然，我并不想否认在远离时代的地方，诗歌同样能茁壮成长、走向成熟。不过，只须稍稍提及几位著名的诗人，如奥登、蒙塔莱、米沃什、布罗茨基、帕斯，我们便可以意识到，在 20 世纪，至少也存在着这样一种对抗时代、关注人类精神状况的诗歌传统。对于属于这一传统的诗人来说，诗歌的写作始终意味着一种特权。这种特权的本质表明，诗歌由于同语言、同人类意识的特殊的内在关系，它似乎注定要比其他的艺术形式，更倾向于在一种坚定、睿智、高尚的领域里捍卫体现着人性及其尊严的想象力的价值。这种特权并非来自历史，而是来自写作本身。所以严格地说来，它既不存在被赋予也不存在被剥夺的问题。

一种新的转向最终要体现在一些新的诗歌形象里。"守望者"的形象在王家新转向后的写作中，可以说异常引人注目。因为在这一形象中，隐含着一种针对时代的意识的焦点。在写给当代诗人莫非的《守望》一诗中，王家新通过诗歌的语言表达了一种对命运和信仰的双重意识。"雷雨就要来临"，"起风的时刻，黑暗而无助的时刻"，这些诗句勾勒了诗人意识中的对一种越来越严峻的存在的感受。这是一种怎样的存在呢？从"花园一阵阵变暗"这句诗中，我们可以认为这种存在原本是有如明亮的花园的。这是我在当代诗歌中第一次读到把存在比作"花园"的修辞手法。"花园"一词以后还多次出现，已成为王家新个人诗歌语汇中最有生命力的一个习语标志，因为他为这个词创造的语境比别人的要尖锐、紧张得多，这意味着他对这个词有一种独特的语言意识。把存在隐喻为花园，并非要美化存在或是对存在怀有一种天真的浪漫的态度，这一隐喻反映的是一种信念的力量。因为在"花园似的空间内，聚集的是一种如何来承担命运"的严峻的时刻。"如果我们躲避这一切，是否就能／在别的地方找到幸福？"这里，虽然运用疑问句式，但实际上诗人已在上下文中布置了一种逻辑上的否定的回答。这样，"守望者"渐渐确定了自己的信仰："把你的生命／放在这里"，置身于有着"另一世界的反光"的花园中，与黑暗抗衡。

《守望》是一首充满象征意味的诗。它的语言是象征性的，它的意象包含着一种象征主义的风格，它的思维也具有一种象征的结构。但是我更想谈的不是它在诗歌上的象征艺术，而是它所创造的——在我看来这的确是一种创造——在一种严峻的生命意识中谈论时代的诗歌能力。"守望者"可以被认为是一种关于诗人形象的隐喻，相应地，"守望"的姿态也可以说是诗歌在我们这个时代里所呈示的一种姿态。在某一处，王家新的确说过"在一个扼杀精神的时代闪耀起诗歌的明亮"（《回答四十个问题》）。显然，对王家新而言，诗歌是对人类精神价值的一种守望。并且这种守望已不再能保持一种适意的风度，如塞林格式的麦田中的守望；虽然它的乌托邦色彩并没有减弱，但它所承受的时代压力表明，它具有一种集结在信仰上的深刻而真实的生命意识。

《帕斯捷尔纳克》自1990年底问世后，常被人视为一首有关诗人自身精神写照的自白诗。不过，那激昂的格调使它有别于我们所熟悉的另一类自白诗，如约翰·贝里曼或安妮·塞克斯顿的自白诗；后者的艺术感染力，照美国诗人丹尼尔·霍夫曼的说法，是在一种纯粹的形式中倾诉了个人的痛苦从而减轻了时代的痛苦。《帕斯捷尔纳克》不追求对个人的痛苦的神话化，虽然诗中也提到痛苦，但这首诗主要讨论的是在诗歌的写作中发现并维护一种个人的精神力量的可能性。在当代诗歌中，要保持诸如"人民胃中的黑暗、饥饿，我怎能/撇开这一切来谈论我自己？"这样的音色是异常困难的，目前流行的诗学已将这种音色的真实性消解殆尽。然而，正像一切言辞的消解最终会遭遇人类感受力的神秘莫测的挑战一样，在我们时代的某些时刻，这种音色所蕴含的崇高曲调在我们的精神生活中仍有可能是真实的。在艺术中，崇高和伟大完全是一种感受问题，而不像一些第三代诗人所认为的是一种与真伪有关的问题。需要反对的不是崇高和伟大本身，而是人们认为和表现它们的那些浅薄的、虚假的方式。

在另一处，王家新写道："我们一再被告知：诸神离去，此乃世界的黑夜。但我依然感到仍有某种伟大的事物在我们中间……"（《谁在我们中间》）这多少意味着，在诗歌的写作中，对一种高贵的精神品质的追寻意识有其内部的深刻的感性来源。不过，王家新有时也会越出某种限度，宣称"不是技艺而是内在灵魂在决定一切的领域"（《回答四十个问题》）。"内在的灵魂"虽然能为诗歌提供一种崇高的精神依据，但把它视为唯一的尺度或决定性的力量是危险的，那样会把诗歌引入一种狭窄的途径。并且，对于诗歌来说，心灵的因素并不总是可以信赖的，如果涉及语言那情形就更是如此。

尽管这样，我仍倾向于肯定王家新所做的工作：在汉语的肌质中植入一种富有生气的语言机制，使汉语和灵魂更加紧密地结合起来。《帕斯捷尔纳克》体现了这种结合的努力。这首诗几乎揭示了诗人在我们这个时代的一种典型的处境，"震颤中相逢的灵魂""共同的悲剧""忍受更剧烈的""耻辱"，这些语汇不是以感性取胜，而是以强烈的灵魂色彩触动我们的意识。这首诗像柏桦的《献给曼杰施塔姆》一样，在创造出了一种针对时代的诗歌感受力的同时，为汉语引入灵魂的声音。

这里，需要避免的是，不应把一位中国当代诗人和一位俄罗斯诗人之间的精神"对称"理解得过于狭隘，正像不能把诗人与时代的对抗狭隘地解释为社会抗议一样。应该说，在《帕斯捷尔纳克》中，一种现代诗人的精神遭遇的普遍性被强烈的意识力量凸显了出来。而社会学意义上的对抗，不过是诗歌——由于它在人类的想象力方面坚持维护一种特异独立的审美意识而导致的一种附属效应。

在王家新转向后的诗歌中，"承受"是一个反复出现的主题词语和主导意象。在《最后的营地》中有"鹰是他承受孤独的保证"，在《庞德》中有"让我足以承受这严酷的命运"，在《帕斯捷尔纳克》中有"只是承受、承受，让笔下的刻痕不断加深"，在长诗《词语》中则有"这是他们自己所秘密承受的火焰"。"承受"一词还有许多适用于不同语境的变体，如"分担""忍受""坚持"等等，在《瓦雷金诺叙事曲》中就有"当语言无法分担事物的沉重"的句子。

诗人内在精神中的这种承受感，必然会导致诗歌形式上的质变。首先是语调方面的。转向后的作品中，诗人的语调趋于激越、滞重、坚定。其次是语言方面的，语言的表达变得短促有力，语汇的色调也趋向粗朴、锋锐，装饰性因素越来越受到鄙弃。简而言之，这种承受感为当代诗歌带来了一种坚实、沉稳的结构，它已成为一种标志：汉语在深入语言的内部之后，并没有完全被散漫、松弛所侵蚀，它仍能发出一种集中而高亢的声音。

在当代诗歌中，很难再找到一种比王家新的"承受"延续了如此长久的词语，并且这一延续一直维持着一种敏感的、高昂的音色。这个看似朴素的词，却有奇妙的暗示和隐喻力量，它可以被看成是一个敏感而丰富的灵魂在我们时代的写照，一种坚忍的生命意志的语言浮标，或一种有关诗人的信仰和良知的自我诊断；但归根结底，它意指汉语在我们这个时代所呈现的一种姿态。这种姿态偶尔会滑入浪漫主义的领域，比如这样的诗句"站出来，为整个人类／承担了上帝的惩罚"（《庞德》）。然而无论如何，这并非一种空洞的姿态，也不是一种过分夸张的姿态，它是一种语言的真实状况。这种语言的承受的姿态表明，汉语已越来越意识到它"需要大地"（《保证》），不畏惧于迎接"扑来的光亮"（《光明》），并且正成为一种精神生活的"最后的营地"。总之，"承受"反映着语言自身的一种新的渴求：它将一种"蔑视、高贵、尊严"（《最后的营地》）的语言个性注入了汉语的躯体。

在王家新转向后的诗歌中，还出现过一个个人色彩浓郁的主导词汇"进入"，并且像"承受"一词一样，它也自我形成了一个连绵的意象网络。这个词的亲缘变体是"深入""跃入"，另一些比较晦涩的变体是"到达""抵达"。这个词及其变体与其他诗人的区别在于，在王家新的诗歌中，它们强烈地暗示着一种精神的历程。

诗人曾说"1989年标志着一个实验主义时代的结束，诗歌进入沉默或是试图对其自身的生存与死亡有所承担"（《回答四十个问题》）。这里，我们很难分辨出"进入"和"承受"在时间上的关系。作为一种意识的姿态，同时又作为一种语言的姿态，"承受"也许是在"进入"一定的灵魂阶段后才出现的。也有可能，"进入"是对"承受"的一种超越。仅仅"承受"还不够，还必须向前推进，走入"空无一人之境……感到一种从不存在的尺度：它因为你的到来而呈现"（长诗《词语》）。不过，很多时候，"承受"和"进入"聚合成一种意识的融合状态，彼此互为阐释。譬如《瓦雷金诺叙事曲》，这首诗直接呈现在"我们的内心"，它完全省略了如何进入这一内心境界的语言过程。"进入"以缺席的方式存在着，它指向一种既与写作又与阅读有关的深度：在那许多诗人会感觉不到语言存在的地方，诗人用质朴有力的语言捕猎到一种内心的声音。这种语言的捕猎是如此专注：

诗句跳跃
忽略着命运的提醒

然而又是"忽略"一词透露了更内在的承受姿态。

"进入"在诗歌意象上是如此突出,在诗歌语调上又是如此强烈,以至于我们有时会这样看待它的另一种含义:在某种意义上,它宣告了当代中国诗歌中的一种边缘写作的终结。王家新的写作拒绝停留在时代的边缘,而是以坚定的语言力量突入时代的内部(我们姑且不说中心)。在诗人的写作意识中,有一种隐约可辨的不同凡响的逻辑:"无论生活怎样变化,我仍要求我的诗中永远有某种明亮:这即是我的时代,我忠实于它"(《词语》)。这种公然表白其性质的写作在当代越来越罕见,更出人意料的是诗人的另一种表白:忠于时代的最佳方式不仅意味着深入它的内部,在那里存活、呼吸、承受,而且意味着"拒绝给这个时代提供见证"(长诗《另一种风景》)。

"进入"的另一隐喻是针对语言而言的。在写于1989年的《词语》中,越来越锋利的语言开始"进入事物",这种"进入"甚至伸展到了神秘的领域,在那里"我们终因触及到什么/突然恐惧、颤栗"。这多少表明一种新的语言意识渐渐形成。在写于1993年的长诗《词语》中,王家新意识到"只有更深地进入文字的黑暗里,你才有可能得到它的庇护"。这种进入语言内部的写作意识,已不同于韩东前些年提出的"到语言为止"的主张。王家新在此强调的是写作中的一种"词的自治",其具体内涵是"诗歌的可能性,灵魂的可能性,都只存在于对词语的进入中"(《回答四十个问题》)。

从韩东的"到语言为止"到王家新的"对词语的进入"反映了当代中国诗歌中的一种语言意识的变化。这种变化,从技术的角度看,也许并无优劣之分,它们把语言作为一种独立的因素或领域突出在诗歌的写作中。韩东的语言观念侧重的是语言的整体性和原初性,王家新则希望在此基础上增强语言的力度,这样,他在"对词语的进入中"掺入一种强烈的灵魂因素。有趣的是,灵魂本身就是一种与内部有关的概念。

王家新诗二首赏析

陈　超

心象——读王家新的《诗》

　　美国自白派诗人罗伯特·洛威尔在那首有名的《尾声》中写道："有时我写下了万事万物 / 却用的是我眼睛的乏味艺术 / 就像一张快照 / 苍白、急促、华俗 / 从生活中搜集浓缩 / 却被事象麻痹瘫痪。"在我们持续努力的诗歌写作中，洛威尔的提醒具有非常重要的意义。诗歌意象的交融、重叠或派生，过去曾是我们诗歌本体自觉的标识，但今天，它本身却构成了一个需要警示的"问题"。许多诗人的诗，意象驳乱，目迷五色，他们沉迷于意象猛冲过来的狂喜，被眼睛的高强度刺激夺走了个体生命的内在话语，"苍白、急促、华俗"，不能自已。

　　在这种"美文"热病大行其道的情势下，王家新的《诗》使我倍觉珍爱。对于我而言，这首诗促人深思的一面，首先在于它那种饱满连贯的个体生命之"心象"的竖立。这不是平面推衍出一系列意象"快照"，而是牢牢扣住几个经由生命灌注的"心象"，据此，整个诗章被"心象"举起，坚卓有力地展开，成为更丰富的"灵魂"的言说。

　　这首诗着力最重的几个心象是：泥土，树木，光，飞雪，泪水，"在路上"。这些语词有着稳定的精神中枢，前后呼应，彼此加深。而运行在这一切深处的，乃是诗人对"漂泊与家园"这一生命哲学母题的某种玄思。因此，我不想将它仅仅理解为一首身世感很强的诗（虽然对于王家新来说它的确有很强的身世感)。我要说,正是这些"心象"的竖立,使这首诗在表层结构之上,更有着形而上的深层结构。意象(就其时下被降格为"眼睛的乏味艺术"而言)的罗列是偶然的、快速的,而"心象"却给一首诗以成长的时间。它凭借这种时间,使语词具有了"诗"的意义,语词在灵魂的洞彻中创造了它之所是。这正是王家新最见本领的地方。

读这首诗,我被"漂泊与家园"这种两面拉开的力量所吸摄。一系列局部心象经由这种力量的牵引而构成一种更广阔有力的"大"心象:这是由"独自穿过千万重晦暝的山水"的诗人("我")本身构成的心象。正因如此,一系列局部心象被完整地贯通起来,具有了鲜明的指向。它谋求的不仅是诗句的张力,更是整个诗章的张力。这里,诗歌的心象展示出一个饶有深意的悖论:一方面,"漂泊"的意识强化了诗人对"定居"的渴望;另一方面,对"家园"的穷索反而促使诗人一再离家"上路"。这样一来,诗歌中所写的"家园",就超越了本来意义上的家(诗人所定居的北京),成为灵魂之"家",自明之"家"。而通向诗人可能存在的"灵魂之家",他就必须首先穿越自己生命体验中的"地狱"。至此,问题的重心就由向外的"还乡",转变为如何才能经受住穿越内心地狱的考验。这是对"家园"这一语词更深层次上的追问。没有这种追问,我们仍然是"在家"的异乡人;没有这种承担绝望的勇气,我们即使"定居"却完全不知自己身在何处,我们的安恬不过是一个冒名顶替的骗局。在王家新的诗中,"出走"并不仅仅是生存暴力压抑的结果,他已将之上升为一代人整体的性格状态。整首诗就在这个完整的心象运行中互否、冲突着,完成了对"家园"这一语词的终端显示:"家园"只在"远方的远方",正如叶芝所言,"它是一切事物中最难获得的东西,因为那唾手可得的东西绝不可能成为我们生命中的一部分"。

王家新曾写过一组名为《反向》的诗片段系列,堪与此诗对读。这种彻骨的体验不是经由某种"顿悟"达成,而是在我们的生命和写作历程中,旷日持久逐渐澄明的复杂经验的聚合。这里,"心象"的含义通向的不单是写作技术,更关涉"灵魂"。

给一首诗以成长的时间。不错,这就是《诗》最打动我的地方。

【附】
诗

王家新

"北京的树木就要绿了"
　　　　　　——友人书

在长久的冬日之后
我又看到长安街上美妙的黄昏
孩子们涌向广场
一瞬间满城飞花

一切来自泥土
在洞悉了万物的生死之后
我再一次启程
向着闪耀着残雪的道路

阴暗的日子并没有过去
在春天到来的一瞬,我宽恕一切
当热泪和着雪水一起迸溅
我唯有亲吻泥土

那是多么明媚的泥土
曾点燃一个个严酷的冬天
行人们匆匆穿过街口
在炉边梦着辽阔的化雪

只需要一个词
树木就绿了

只需要一声召唤,大地之上
就会腾起美妙的光芒

为了这一瞬
让我上路
让我独自穿过千万重晦暝的山水
让我历经人间的告别、重逢

命运高悬
在这一瞬后就是展开的时间
在这一瞬后就是泪水迸流
当内心的一切往上涌

让我忍住
忍住飞雪和黑色泥泞的扑打
忍住更长久难耐的孤独
甚至忍受住死——当它要你解脱

多么伟大的神的意志
我唯有顺从
只需要有一阵光,雪就化了
只需要再赶一程,远方的远方就会裸露

只需要一声召唤
我就看到——
一个日夜兼程朝向家园的人
正没于冬日最后一道光芒之中……

1992 年 3 月 24 日于伦敦

"从我的写作中开始的雪"——读王家新的《日记》

王家新的诗歌写作,从发生学上考察,不属于灵感型写作。他总是处理个体生命体验中最持久最噬心的情怀,使之和语言发生一系列严酷的关系,在克制陈述中展现一种精神大势。这种写作是自觉的,有难度的,有方向的。从这个意义上说,王家新是我们这个时代不多见的具有"古典主义精神"的诗人。按照瓦雷里的说法是"古典主义作家就是自我批评家,就是能把批评密切地融入自己作品的作家"。

《日记》是王家新孤身负笈欧洲期间所写。这首诗在我看来是成色十足的。所谓"成色十足",是指这首诗具有不能被散文的话语转述的性质;整体语境完整、均衡,结构端凝,但其内部却充满复杂的互否关系。从表层文本到深层文本,它闪烁着一种纯正内敛的光:那是诗与思忻合无间的美。

诗名"日记",昭示我们此诗含有个体生命沉思录的性质,它预设了个人话语／经验的环绕线,它不是简单的向外寻找,而是向内的分析和发现——话语和生命猝然交锋,坚持溯回源头。

一开始,诗歌展现的是一组直接意象。"从一棵茂盛的橡树开始／园丁推着他的锄草机,从一个圆／到另一个更大的来回。"这里,既有深致的宁谧又有某种单调和紧张。诗人为"圆"这一语词注入了超量的负荷,无数个"更大的来回",使我们产生了一种眩晕,在表层文本之上,涉入了"永劫轮回"的深层背景。"锄草机"作为集约化技术时代的产物,喧噪、冰冷、整饬,打扰着我们的安宁。与人的存在密切相关的现实,被诗人紧紧嵌在这一组直接意象中,有力而充满生气。两种彼此相悖的向度奇妙地融合为一体,在对立冲突中达成平衡。

借此,诗歌得以悬置直接意象,而在形而上学的话语巉岩道上砌石或攀缘。"整天我听着这声音,我嗅着／青草被刈去时的新鲜气味／我呼吸着它,我进入／另一个想象中的花园。"此刻,诗人快速地展开了"日记"的经验之圈,"花园"经由"想象"这一定语成分,使自身成为凝恒的永久现在时,成为诗人在写作中展开与包容多重复杂经验——例如现实与想象、生与死、个人写作与时间意志等等——的一个起点。那里,青草正吞没着白色的大理石卧雕:生命在欣快地高蹈,但同时却奇异地带有某种死亡的意味!"吞没"与"爱抚","死亡"与"拂动",在语词的"花园"里,充满着转换的可能,那是一种"时间"的隐语,一种"思"与"诗"遭逢后产生的美。在这里,死亡与生还并存不悖,扩展成生命中最广阔的环行,正如里尔克所言:"关键是不要以否定来读解死亡。"

接下来的第二节,与上面的一节发生了深层呼应,诗人的话语产生出强烈的自指功能。从园丁的运作中"开始"的橡树,到"从我的写作中开始的雪";从一系列刈割的来回,到"万物服从于更冰冷的意志"(这是"时间"主题作为一个声部的再次强化);从"青草拂动",到"青草呼出的最后一缕气息";如此等等。语词意义的不断精细化,进一步涉入了结构内部的相互盘诘、抵制、互动、包容。"永劫轮回"的残酷背景,至此进一步消解了单向度的宿命与悲怆,在诗人复杂经验的冲击下,变得漂移甚至充盈着某种异常的生命力量:这是"写作"的力量。它是迷醉趋临的省察,是语言与生存临界点上发生的"履险如夷"。那在诗人的言说中敞开现身的"花园",乃是海德格尔所说的"家园"("语言乃是家园"),而这一切,尤其是那种时间的威力与死的意志,最后指向了一个从事写作的个体生存本身:"大雪永远不能充满一个花园/却涌上了我的喉咙。"而写作就正是对寒冷和高峻的占据——通过在字词冥暗的梯子上的跳荡,通过一种对沉痛与骄傲、畏惧与蔑视的相互包容(正像此文开头所言,它不依赖莫测的"灵感",它是一个诗人的隐语世界,一种由纯粹的个人经验展开的精神大势;它不是抒情和寻找,而是分析和发现,是某种更深刻的自觉)。"从我的写作中开始的雪"——这一危险的永久现在时,也就具有了耐人寻味的多重意味:一方面它是对时间意志的吸收和呼应,但同时它又是抗拒与转化,由此而自成一个自足的世界;换言之,它看似一种无奈的"认命",但恰恰在这里,才会有那种"在毁灭和烈火中轮回的精神"。的确,这是一个具有"古典主义精神"的现代诗人所乐于付出的代价。这一切,正如布罗茨基在评价阿赫玛托娃时所说,诗人之所以有力量继续写作,是因为"诗歌吸收了死亡"。

这首诗同时完成了揭示生存和省察写作两种现代母题。一首 20 行的短诗，其包容力是巨大的。即使从表层文本看，此诗也是如此迷人。限于篇幅，不能详加论述，这里我只想特别指出此诗奇妙的音乐性。这种音乐性不仅仅体现在简隽畅达的"耳感"上，更体现在色彩的缓缓回旋与和声中。全诗有如绿—白"主题"的交替呈现／展开：橡树，青草，白色大理石卧雕，青草，大雪，青草……色彩在旋绕、翻转、应和，主题也共时呈现／展开着。这是另一种轮回，是缄默中的隐隐震荡，是灵魂的音乐。

是的，我"彻底"喜欢这首诗。它"成色十足"，我以为我的评价毫不过分。

【附】
日　记

王家新

> 从一棵茂盛的橡树开始
> 园丁推着他的锄草机，从一个圆
> 到另一个更大的来回
> 整天我听着这声音，我嗅着
> 青草被刈去时的新鲜气味，
> 我呼吸着它，我进入
> 另一个想象中的花园。那里
> 青草正吞没着白色的大理石卧雕，
> 青草拂动；这死亡的爱抚
> 胜于人类的手指。
>
> 醒来，锄草机和花园一起荒废
> 万物服从于更冰冷的意志；
> 橡子炸裂之后
> 园丁得到了休息；接着是雪

从我的写作中开始的雪；
大雪永远不能充满一个花园
却涌上了我的喉咙，
季节轮回到达白茫茫的死。
我爱这雪，这茫然中的颤栗；我忆起
青草呼出的最后一缕气息……

1992 年 10 月

谁在我们中间

王家新

1. 诗人创造了一个世界,为了在其中消失。

2. 是否存在着个人语汇、个人的诗学辞典?在《另一种风景》中你写道:"站台是一个词,而无尽的句子就在这个词里。"这即是说,在一种流亡的命运里,站台即祖国——记住这一点。

3. 浊雾扑向北伦敦一道斜坡昏濛的街灯,犹如雅各与天使搏斗,而我曾在那里?不,这已是从语言中出现的另一个人:他就在那里。

4. 当我们以忘却的方式记住,诗就在那里生长。

5. 我这样来限定写作:一种把我们同时代联系起来但又从根本上区别开来的方式。但即使不做这样的限定,诗歌也依然在做它自身的双向运动。

6. 倾心于那些仅属于个人的秘密:日记、断片、某些修改稿,或诗人在公众面前突然拉下自己帽檐的一刻……例如从奥登的"我们必须去爱否则死"到他15年后改定的"我们必须去爱并且死",这中间发生了什么?谁在修改着一位诗人?

7. 的确还有一种我们从不知道的语言,在这一代人都把他们的诗写出来之后。

8. 在我这里一直有个对话者,但是当我写作时,他消失了。于是我不得不把他重新追溯出来,从一种更深入的黑暗中。

9. 死亡造就的不仅仅是挽歌。波波的死,使布罗茨基俯身之际发现在他身上有了一个新生的但丁。

10. 庞德《诗章》："佩里帕鲁姆，不是地图上见到的大地，而且舟子们航行的大海。"这即是诗歌的考古学，它教我们的不是去辨识，而是如何学会在时间中突然迷失。

11. 写作，把终生的孤独化为劳动。

12. 深入黑暗、再深入，直到你能够在那里忍受无名。在那里，卡夫卡的布拉格仅仅在一种死者的记忆中展开。

13. 如果你不能创造出自己的神话，起码应创造出自己的晦涩——因为这是一片死亡的开阔地。

14. 在任何一个我所喜欢的作家那里都有着他们各自的"基本词汇"。这是他们的风景，他们的界石、尺度、游动悬崖与谜语：这是他们一生的宿命……

15. 诗歌并非乌托邦，它首先是地狱。

16. "写诗就是去接受尺度"（海德格尔），而这是一种什么样的尺度，当你走上阴郁的大街，而天空在你内心的呼应下渐渐发蓝？

17. 倾听那种只偶尔出来说话的人：倾听并寄期望于他们，纵然他们可能永远不再开口——如果是这样，我同样会在沉默中找到并挨近他们。

18. 我们在我们自己的声音中沉默：谁在说话？

19. 我把叶芝看作一个神话，是因为在叶芝的所有诗中还潜藏着另一个叶芝：叶芝的全部作品创造了他，而叶芝本人对此却浑然无知，或者说，佯装不知。

20. 需要一些更为确切、坚实的东西：就像歌剧院的石柱撑开音乐的空间。

21. 关于我们自己我们有什么好说的？但是罗兰·巴特在《罗兰·巴特》中却把自己转变为"他"。正是这种转换成为一种对想象力与求知的伟大召唤，也正是这种写作，使一张唯有"上帝能看见的脸"有可能被你自己所瞥见。

22. 你无法考证神话，而它却一直就在你的梦中做梦。

23. 写什么？写。在你执笔之际，过去会在你的身上要求看它的未来——如果在你的诗中突然出现了峡谷、风景和使者，他们所走的路，可能会比你能追忆的还要遥远……

24. 如果一定要给诗歌下一定义，我只能称它为盲者的明镜——如果他真的恍然从中看到了什么，那首先只能是一种彻骨的战栗……

25. 与峰顶相比，我更倾心于"斜坡"：它提供一种回头俯瞰的角度，同时又让人感到来自更高处的召唤。这就是"斜坡"的双向功能，此刻我正感到它就在米沃什的一系列诗中再次涌现……

26. 一个多么美好的词：破裂。愈加无望地破裂，为了我们能够从中不断地获得。

27. 谁写下了《杜伊诺哀歌》的第一章？是迎风走向海滨的里尔克，还是空中响起的一个声音？这一切仅仅取决于倾听。我们必得像里尔克，学会在说的同时去听。

28. 诗歌的到来，总在一种无以名之的更新里。

29. 就在萨宾娜与弗兰茨疯狂做爱的那一刻，却莫名地听到"背叛的金色号角"在远方奏响。当一位诗人把某一阶段或某一风格的诗写到一个极限时，他也必得如此。而我把这一切称之为神谕。

30. 通向天国的门是窄的，而自负却把人变为庞然大物。

31. 当我们什么也不写，只是写的时候，写作就成为一种对天意的试探：在我们的漫不经心或疑虑中，是那不便言及的恐惧。

32. 在他的作品中，还有一座带花园的楼阁的顶层，从来无人敢于走上去——也许那是最高的禁忌，只在一道盲者的闪电中显现。

33. 那些能够游刃有余地同他自己的时代开着玩笑的人，我们只好称之为大师。大师的身上有一个魔鬼。

34. 一片空茫中，我们总想通过写作去触及某种东西：它就在那里，而我们的全部期待只是听到猝然的一声（那是一种石头的震动？）这才意味着抵达，虽然那不过又是一个开始。

35. 或者说写作似乎只是为了"惊动"某种东西——这是一个诗人要做并且能做的事情，也正好在他的限度之内。在这之后，那就是语言自身的事情了。

36. 天使漫步于大街上。他在一些人那里引起惊讶，而在另一些人那里引起痛苦的记忆：他恍然认出了自己的前世，于是他转身避开了他们。

37. 去成为，还是不去成为？——天命执笔于哈姆雷特之际，言词的节奏迟疑；言词成为一种试探，因为它所追问的一切马上就会成为不可追问……

38. 写作（诗的）是一种迎接。但这种迎接却常常以推迟甚至逃避的方式进行——领会这一点，否则你得到的仅为虚无。

39. 我们不是诗人。诗人是那种一开始就带来一种命运的人，是使夜的眼睛变绿而他自己消失的人。的确，诗人在我们之中，而我们除了进入写作就无法与他相逢。

40. 你热爱汉语，你贪婪地呼吸着她的气息，当你从另一种语言中回来，这是归来的奥德修记：一个在风暴中经历了一切的人，由此却倾心于母语的不贞。

41. 我们一再被告知：诸神离去，此乃世界的黑夜，但我依然感到仍有某种伟大的事物在我们中间，虽然我们永远不可能再以伟大的语言把它们说出……

42. 即使在冬天里写作你也要记住：这只能是从你的诗中开始的雪……

43. 谁在"自白"？普拉斯一生都在致力于一个神话，直到美狄亚与安提戈涅在她的诗中得到再生。最后她杀死她自己，正是为了让这些奉行神谕的人出来说话。

44. "这一切是我们的变形记"——卡夫卡通过写作使自己变为 K，奥登则在晚期诗中变为在语法恐怖笼罩下的蒙田。这一切仅仅由于写作内部的挤压，这一切还将在你进入词语后继续发生。

45. 在一个依然是集体主义的时代，希望仅在于个人不计代价的历险，在于一种彻底的偏离：在那些小小的流派之外，是伟大的游离者。

1994 年 5 月于北京

于　坚

于坚与诗的本质

胡 彦

如果说《罗家生》《尚义街六号》时期的于坚，还不可避免地归属于反主流文化的一代诗人，那么"事件系列"[1]诗歌及长诗《O档案》[2]的发表，则真正标出了于坚在中国当代诗坛的位置。

在阐明于坚的诗歌方式之前，我们有必要回溯汉语文学的传统诗学表达。

中国传统文化的基本特质与价值核心是重"道"轻"器"，"形而上者谓之道，形而下者谓之器"。与这种文化特质及价值追求相适应的传统诗学观的经典表述即是"文以载道"。"道"即是"形而上者"，这似乎给人们一种普遍的印象，中国文学一开始就是和永恒、终极的东西联系在一起，它表达、追求的是最高贵、最神圣、最不朽的价值。这里对中国文学所表达的"道为何物"先暂且不论，我们首先要弄清"文"是何以载"道"的。

我们知道语言是人和物、自然、社会、世界碰撞而产生的。与此理相同，诗语言的形成离不开诗人对自身当下生存处境的体验、感受，正是对"当下"的关切、感怀，才使诗的产生和表达成为可能。所谓神灵附体之类的说法，不过是痴人说梦、谵言妄语。但在中国的文学传统中，人们具体的生存现实、生

---

[1]"事件系列"及后涉于坚诗歌均见于坚最新诗集《对一只乌鸦的命名》，国际文化出版公司，1993年。

[2]《大家》1994年第1期。

存处境是形而下的,是小而俗的,试想普通人的衣食住行、悲欢离合,怎么能承载、表现"大美之道"?那些高人雅士、骚人墨客怎能和贩夫走卒、村夫野妇的形象混为一谈?但"道"毕竟需要以"文"来显示、寄托,对"形而下"的轻视、漠然,决定了中国诗人普遍在物象中营造诗语。山川树木、花鸟虫鱼、田园麦地、太阳月亮成为中国历代诗人的固定语汇,复制出一批又一批的语言衍生物。这些语词是自然物的指称符号,它们是和形而下的生存相对立的另一种语言,对这些语词物象的使用似乎显示了诗人人生意趣的不俗、超凡,而且它还给人们造成这样一种错觉,以为中国诗人对自然有一种内在、天然的亲近,他们是把自然作为大美之道、人的存在家园来看护的。

"文以载道"的传统诗学观决定了汉语文学是一种本质话语,诗语言不是本体性的,而是功用性的。这样当诗人以物象入诗时,并不是因为他面对自然产生了一种被遗忘、遮蔽已久的原初生命同构关系。诗人眼中的自然并不具有自足性、生命性。"自然"不过是言"道"之"器"。作为"器","自然"的存在是可置换的。整个汉语诗歌史不过是菊花替代梅花、沙鸥替代鸿雁、转蓬替代春草、麦地替代土地等的意象置换史。"象"为何物,"象"缘何而在、如何而在,从来没有被人们正视、考虑。而由于中国诗学传统是在否弃形而下的前提下来言"道"的,这种言说、表达不可能是具体的、清晰的、可见的,诗人对语言的寻求、对物象的使用是隐喻性的、大而化之的,这样"象"的真实面目就更加不为人们所重视了。按照传统诗学观,如果一个读者不能由"鸡声茅店月,人迹板桥霜"进入到"羁愁旅思"境界,他显然会被视为"不懂诗"。而一个人若要发问"白发三千丈,缘愁似个长"何以竟成了诗,这更要被那些文人雅士嗤之以鼻。汉语文学的诗学观决定了诗人之为诗人的基本素质不在于他能否具体、清晰地操作语言并把生存的本质体验、客观事象传达出来,诗人之为诗人在于他能天马行空式地"精骛八极,心游万仞"。

对语言的隐喻性使用,决定了汉语文学中"象"与"意"、"文"与"道"的关系是一种主观、任意、功用性的关系。尽管"文以载道"是汉语文学的一贯传统,但"道"为何物却历来是一笔糊涂账。"道之为物,惟恍惟惚","道"是一个谁都可以微言大义、填塞私货的器具。屈原"路漫漫其修远兮,吾将上下而求索"的"道"是辅佐君王、成就霸业的"美政";陶渊明的"道"是"采菊东篱下,悠然见南山"的所谓冲澹平和;浪漫王子李白的"道"则是"人生在世不称意"时的"散发弄扁舟",皇帝垂青时的"仰天大笑出门去,我辈岂是蓬蒿人"的心花怒放。显而易见,中国传统文化视为高深莫测、玄而又玄的"道"的"形而上"的"大美",在汉语文学中不过是一曲"感士不遇赋""闲情赋""逍遥颂""你方唱罢我登场"的轮流重奏。某些诗人一直把诗看作求道待诏时的"欢乐颂",失意落魄时的"逍遥游"。其间虽不乏"长太息以掩涕兮,哀民生之多艰"的戚戚之音,但"一棵树上总要掉几片叶子"的政治话语却始终是这些诗人看世界的基本方式和价值态度。不奇怪,在"白骨露于野,千里无鸡鸣"的现实面前,陶渊明能够拈花微笑、神清意闲地"采菊东篱下,悠然见南山";不奇怪,在今天当诗作为谋道求食的工具已经报废时,有那么多的"现代""先锋""文化"诗人慌不择路地奔向玛丽娅、奔向爱丽丝、奔向山姆、奔向比尔。针对这样一种现象,于坚调侃幽默而又一针见血地指出:"诗人在今天已成为这样一种形象:闲人、大谈文化、怀才不遇、郁郁寡欢、苍白修长、自杀、用斧子砍人、老玫瑰、老骑士、风度、朦胧、永不改变的七十一个蹲位","中国诗人大多是逃避存在,把流亡之地看成乌托邦看成'怀抱'……以流亡欧美为荣,争先恐后……以流亡而自豪,骨子里是殖民地文化人心态"[1]。

在中国西南边疆云南高原的省城昆明,于坚长年蛰居于翠湖边的一栋小楼中,像铁匠打铁、工人铺路一样,把写诗作为一项严肃、认真、客观、冷静、具体的活计来操作。于坚的诗学观不是抒情言志,不是形而上的表达,他所理解的诗歌是一种"在之诗"。"在"不是指彼岸之在,也不是指抽象概念之在。它是指诗人所置身、所看见的当下、此在。它由各式各样的具体的细节、局部、动作、物态、事象、事件、行为构成。诗人与之的关系不是主体对客体、创造与被创造、表达与被表达的关系,而是镜头之于镜像的关系。也即是说,诗人不是"在"的创造者,而是"在"的发现者、召唤出场者。诗人的作用即在

---

[1] 于坚:《回答诗人朱文的二十五个问题》。

于用语言把"已在之在"召唤到场。这样写诗就不是一种"主观艺术",而是一种"客观艺术",诗人必须用自己的眼睛去看,而不用自己的想象、才气、灵感去想。于坚的诗语言是结构性的,而不是喻指性的。喻指性的诗语言可以脱离其语境单独成章。例如"红杏枝头春意闹","天若有情天亦老"。现代白话诗的语言结构同样不是本体性的,语言之间的关系是一种松散、跃跃性的主观组合,它依靠的是情接意连,而不是语言的内部张力。于坚的诗歌,例如"事件系列":《下午一位在阴影中走过的同事》《铁路附近的一堆油桶》等等,诗语言都是结构性的,它不能脱离其语境,也不属某种表情指意符号。结构即是语言,语言即是结构。这种结构性的诗歌文本决定了于坚诗歌的具象性,它由事象、事件、事实、事态等因素构成。传统诗歌也讲求具象,但那是一种隐喻具象,是意象。"象"不是本体的,而是传情表意的。例如舒婷的《思念》这样写道:

一幅色彩缤纷但缺乏线条的挂图 / 一题清纯然而无解的代数 / 一具独弦琴,拨动檐雨的念珠 / 一双达不到彼岸的桨橹

"挂图""代数""独弦琴""桨橹"四个物象都不是独立的、具体的,它们都是缘"思念"而在,"思念"是本质、是目的。诗语言虽然是具象的,但诗的本质却是主观的、概念的,诗歌的存在之所在是"得意忘象"。与之相反,于坚诗歌的具象即是具象本身,它是本体性的、存在性的。《蘑菇》一诗这样描写:

雨后林中草地 / 金羊毛的阳光 / 一队蘑菇 / 红的脑袋 / 蓝的脑袋 / 鹅黄的脑袋 / 把它们一一拾取 / 带回 / 阴暗的室内

诗人对蘑菇的描述虽然也使用了隐喻性的语言,但整首诗的结构却不是隐喻性的,"蘑菇"并不象征什么、指代什么,"蘑菇"仅只是一种视像,一个动作的涉及物。诗歌的本质是一种具体、清晰的视觉印象的传达。于坚那些和生活事象、事件密切相关的诗歌,在语言的使用上,诗人尽量做到情感零度、价值零度,诗人的个人化立场、态度、判断遭到最大限度的抑制,诗歌是由一种

透明得近乎物性的语言构成。这里面没有什么"自我情感""文化象征",诗歌的语义内涵即是一种画面形象的客观再现。

  冰块冰箱里 衣服衣架上 水在水管里 时间钟壳后面 柔软的是布 锋利的是水果刀 碰响的是声音 痒痒的是皮肤 床单是洁白的 墨水是黑色的 绳子细长 血 液状
  …………
  一切都在 一切都不会消失 没有电 开关还在 电表还在 工具还在 电工 工程师和图纸还在

(《事件:停电》)

  面对这样的诗歌文本,由传统诗歌表达所决定的那种主观悬想式阐释性阅读观念遇到了来自语言本身的有力消解。于坚采用现象学式的悬搁法、中止判断法来写作诗歌,把语词作为语词来操作,而不是作为暗示、象征来表达。这样语言的"物性"被凸显出来,那种动辄比附悬想、微言大义的阅读心理只得"站在它们的外面不知应该从啊开始呢还是从哦开始"(《事件:寻找荒原》),于坚那种没有"杨柳岸,晓风残月",没有"该得到的尚未得到,该丧失的早已丧失"(海子:《秋》)的"零度写作",使那些充满了文化、充满了宗教、充满了形而上的脑袋瞠目结舌、不知言何。于是一种关于于坚诗歌"非诗"的说法在诗界大大小小的才子中间传开。我以为,正是这种"非诗"的说法从反向的一面证实了于坚诗歌革命的成功。它表明,于坚已经摆脱了那种根深蒂固、至今仍在绵延的总体诗歌话语倾向,那种"梳洗罢,独倚望江楼"的20世纪中国诗人的群体形象。

  对隐喻的拒绝,对语言的物性使用,使于坚的诗歌浮出历史文化的尘封,成为一种陌生、刺目的"现象存在"。它并不遥远、虚幻,它的存在是那样具体、清晰,那样与人密切相关,人们无法回避这种来自自己当下生存的"语言异物",不得不面对这种"语言异物"的逼视。于坚的诗歌所唤起的阅读期待是"不要想,而要看!""看"。是于坚诗学最本质的核心所在。"看"意味着人不能凭空去看，而只能看眼前之物、脚下之物。但于坚所确立的"看"又根本不同于那种走马观花、浮光掠影式的"看"。于坚的"看"是本源性的、存在性的"看"，是对人的此在性生存缘何而在、缘何而是的本真之"看"。借此，于坚的诗歌把一种最本质的看世界的方式传达给读者，并从根本上改变了人和世界之间的存在关系。

《0 档案》是于坚冷眼看世界而创作出来的。于坚的诗歌是一种"非人格化话语"，是"物语"。于坚诗歌的艺术力量不是来自思想的张力，而是来自语言的张力。《0 档案》是 20 世纪汉语文学对当代中国人生存处境令人震惊、触目的揭示。这是一篇真正意义上的史诗。长诗中的"他"是个完全类型化的人物，"他"不是某一个、某一种、某一类中国人的代表，"他"即是整个当代中国人的直接画像。《0 档案》以一种极度冷静、客观的描述，展现了语言对人的暴力作用。长诗中的"他"是完全"类型化""平面化""物化"的，其根源来自意识形态话语、商业文明话语的双重扼制。不仅如此，这两种话语已经潜入人的日常生活，成为人的无意识心理结构和习惯性行为而不为人所知。在当代中国的历史进程中，一方面由于意识形态话语的长期统摄，人们并没有获得个性化的自我形象；另一方面，在朝向商业经济的发展中，商业化又使非个性化的中国人进一步"物化""机械化"。《0 档案》以一种非同凡响的艺术力量揭示出这个时代的历史本质，它使每一个中国人为自己的双重贫困、双重危机而震惊。

于坚没有在自己的诗歌中为人们指点迷津。在一个上帝已经隐匿、缺席的人的时代，一个本真的诗人是达于深渊的诗人。诗人的使命仅在于展现他所属的那个时代的深渊处境，"对上帝显现或上帝在没落时缺场做准备"。

1994 年 4 月 25 日于华东师大

于坚诗二首赏析

辛 月

读《对一只乌鸦的命名》

题目暗示出这是一个诗人对自己的一次具体诗歌创作过程的描述。"乌鸦在往昔是一种鸟肉 一堆毛和肠子/现在 是叙述的愿望说的冲动",这两句诗使我们的猜测得到了证实,诗人在这里要表达的是一次具体的创诗活动,这种表述诗歌本身的诗歌可以称之为"元诗歌"。那么诗人是如何命名乌鸦呢?

"当一只乌鸦 栖留在我内心的旷野/我要说的 不是它的象征 它的隐喻或神话",后两句诗显示出诗人的命名并不是原初命名,对乌鸦的命名已经发生过,那是一种象征、隐喻、神话式的命名。"不是"表明了诗人对先前命名的否定,正因如此重新命名才成为必要。诗人要确立、证实自身的命名,又必须消解先前的命名,暴露出它的"不是",只有这样,自己的命名才会显得可靠和令人信服。"它不是鸟 它是乌鸦/充满恶意的世界 每一秒钟/都有一万个借口 以光明或美的名义/朝这个代表黑暗势力的活靶 开枪/它不会因此逃到乌鸦以外/飞得高些 僭越鹰的座位/或者降得矮些 混迹于蚂蚁的海拔/……在它的外面 世界只是臆造/只是一只乌鸦无边无际的灵感。"在诗人的叙述中,我们看到,无论人们以什么样的借口、名义去描述乌鸦、表达乌鸦,但乌鸦始终只是乌鸦,它既不会因为人们的赞美而变成"鹰",也不会因为人们的贬低而混迹于"蚂蚁"。在乌鸦坚硬的物性存在面前,人们各式各样的话语只是臆造。由此，诗人揭示出了那种隐喻、象征、神话式命名的虚妄不实。既然对乌鸦的先前命名是不可靠的，那么诗人又是如何呈现自己对乌鸦的命名的？

"我断定这只乌鸦　只消几十个单词就能说出/形容的结果它被说成是一只黑箱/可是我不知道谁拿着箱子的钥匙/……我把'落下'这个动词安在它的翅膀之上/它却以一架飞机的风度'扶摇九天'/我对它说出'沉默'　它却伫立于'无言'。"诗人连续展现了几种对乌鸦的命名方式，命名的结果显示的却是命名的不可能。诗人通过对传统命名的消解，通过对自身命名过程的展现，表达了人对物的命名是一种佞妄、遮蔽。这即是全诗的本义所在。

《对一只乌鸦的命名》作为一首"元诗歌"文本，从语言和物的存在关系方面，消解了传统的隐喻诗学表达，并确立了于坚自身的诗学原则。诗歌凸显了于坚对词与物、人与存在关系的本源性思考。

【附】
对一只乌鸦的命名

于　坚

从看不见的某处
乌鸦用脚趾踢开秋天的云块
潜入我的眼睛上垂着风和光的天空
乌鸦的符号　黑夜修女熬制的硫酸
嘶嘶地洞穿鸟群的床垫
堕落在我内心的树枝
像少年时期在故乡的树顶征服鸦巢
我的手再也不能触摸秋天的风景
它爬上另一棵大树要把另一只乌鸦
从它的黑暗中掏出
乌鸦　在往昔是一种鸟肉　一堆毛和肠子

现在　是叙述的愿望　说的冲动
也许　是厄运当头的自我安慰
是对一片不祥阴影的逃脱
这种活计是看不见的　比童年
用最大胆的手　伸进长满尖喙的黑穴　更难
当一只乌鸦　栖留在我内心的旷野
我要说的　不是它的象征　它的隐喻或神话
我要说的　只是一只乌鸦　正像当年
我从未在一个鸦巢中抓出过一只鸽子
从童年到今天　我的双手已长满语言的老茧
但作为诗人　我还没有说出过　一只乌鸦

深谋远虑的年纪　精通各种灵感　辞格和韵脚
像写作之初　把笔整支地浸入墨水瓶
我想　对付这只乌鸦　词素　一开始就得黑透
皮　骨头和肉　血的走向以及
披露在天空的飞行　都要黑透
乌鸦　就是从黑透的开始　飞向黑透的结局
黑透　就是从诞生就进入永远的孤独和偏见
进入无所不在的迫害和追捕
它不是鸟　它是乌鸦
充满恶意的世界　每一秒钟
都有一万个借口　以光明或美的名义
朝这个代表黑暗势力的活靶　开枪
它不会因此逃到乌鸦以外
飞得高些　僭越鹰的座位
或者降得矮些　混迹于蚂蚁的海拔
天空的打洞者　它是它的黑洞穴　它的黑钻头

它只在它的高度　乌鸦的高度
驾驶着它的方位　它的时间　它的乘客
它是一只快乐的　大嘴巴的乌鸦
在它的外面　世界只是臆造
只是一只乌鸦无边无际的灵感
你们　辽阔的天空和大地　辽阔之外的辽阔
你们　于坚以及一代又一代的读者
都是一只乌鸦巢中的食物

我断定这只乌鸦　只消几十个单词就能说出
形容的结果它被说成是一只黑箱
可是我不知道谁拿着箱子的钥匙
我不知道是谁在构思一只乌鸦藏在黑暗中的密码
在第二次形容中它作为一位裹着绑腿的牧师出现
这位圣子正在天堂的大墙下面　寻找入口
可我明白　乌鸦的居所　比牧师　更挨近上帝
或许某一天它在教堂的尖顶上
已窥见过那位拿撒勒人的玉体
当我形容乌鸦是永恒黑夜饲养的天鹅
一群具体的鸟　闪着天鹅之光　正焕然飞过我身
旁那片明亮的沼泽
这事实立即让我丧失了对这个比喻的全部信心
我把"落下"这个动词安在它的翅膀之上
它却以一架飞机的风度"扶摇九天"
我对它说出"沉默"　它却伫立于"无言"
我看见这只无法无天的巫鸟
在我头上的天空中牵引着一大群动词　乌鸦的动词
我说不出它们　我的舌头被这些铆钉卡住

我看着它们在天空疾速上升　跳跃
下沉到阳光中　又聚拢在云之上
自由自在　变化组合乌鸦的各种图案
那日我像个空心的稻草人　站在空地
所有心思　都浸淫在一只乌鸦之中
我清楚地感觉到乌鸦　感觉到它黑暗的肉
黑暗的心　可我逃不出这个没有阳光的城堡
当它在飞翔　就是我在飞翔
我又如何能抵达乌鸦以外　把它捉住
那日　当我仰望苍天　所有的乌鸦都已黑透
餐尸的族　我早该视而不见　在故乡的天空
我曾经一度捉住过它们　那时我多么天真
一嗅着那股死亡的臭味　我就惊惶地把手松开
对于天空　我早就该只瞩目于云雀　白鸽
我生来就了解并热爱这些美丽的天使
可是当那一日　我看见一只鸟
一只丑陋的　有乌鸦那种颜色的鸟
被天空灰色的绳子吊着
受难的双腿　像木偶那么绷直
斜搭在空气的坡上
围绕着某一中心　旋转着
巨大而虚无的圆圈
当那日　我听见一串串不祥的叫喊
挂在看不见的某处
我就想　说点什么
以向世界表白　我并不害怕
那些看不见的声音。

　　　　　　　　　　　　　　　1990 年 2 月

读《下午一位在阴影中走过的同事》

　　这是一首具体、清晰但令人困惑不解的诗歌。困惑不解的缘由不是因为诗歌表达含混、语义玄奥，相反，是因为诗歌的存在方式太清澈、透明了。面对这种充满画面感的具象诗歌，那些学富五车、一肚子文化象征的智慧脑袋一时竟哑默失口，不知从何说起，说些什么。

　　"拒绝隐喻"是于坚基本的诗学原则，他所理解的诗歌创作是和人的当下生存密切相关的一种语言建构，诗人不是通过诗歌表达什么、暗示什么、宣喻什么，而是通过诗歌再现人的生存中的某种原初结构，这样在诗语言的架构上，于坚尽量以一种近乎零度的态度来操作语言，使语言脱离其文化背景，而凸显其"物性"。《下午一位在阴影中走过的同事》很好地体现了于坚的这种诗学主张。诗人描述了自己在窗前倒水时看到的一幕情景：一个编辑同事手中拿着信从两幢建筑物之间经过。诗歌对同事的外貌、穿戴、建筑物的形状做了具体、形象、清晰的描绘，涉及两个细节：一是同事的踌躇、迟疑；一是同事手中的信差点掉到地上。对这两个细节诗人只是客观描述，没有做任何评论。在这首诗中，诗人的"自我"被最大限度地拒绝，他的作用仅在于诗歌的创作过程中，而随着创作过程的完成，诗人也即宣告了自身的死亡，存在的仅仅是作品而已。在作品面前，诗人和读者都是平等的，他们都是诗歌本身的"局外人"。

　　任何一首诗要做到绝对的情感零度、价值零度当然是不可能的。诗人任何一次创诗活动都或显或隐地蕴含了某种意义追求。《下午一位在阴影中走过的同事》作为一首客观、冷静的具象诗，其意义何在？人们不禁要问。其实这首诗的存在方式已经显示了它的意义。诗歌所唤起的阅读期待就是想象，不是诠释，而是谛视、察看。诗歌传达的是一种看世界的方式。在人和世界的存在关系上，于坚所要求的是"不要想，而要看"！

【附】
下午一位在阴影中走过的同事

于　坚

　　这天下午我在旧房间里读一封俄勒冈的来信
　　当我站在唯一的窗子前倒水时看见了他
　　这个黑发男子　我的同事　一个期刊的编辑
　　正从两幢白水泥和马牙石砌成的墙之间经过
　　他一生中的一个时辰　在下午三点和四点之间
　　阴影从晴朗的天空中投下
　　把白色建筑剪成奇怪的两半
　　在它的一半里是报纸和文件柜　而另一半是寓所
　　这个男子当时就在那狭长灰暗的口子里
　　他在那儿移动了大约三步或者四步
　　他有些迟疑不决　皮鞋跟还拨响了什么
　　我注意到这个秃顶者毫无理由的踌躇
　　阳光　安静　充满和平的时间
　　这个穿着红色衬衫的矮个子男人
　　匆匆走过两幢建筑物之间的阴影
　　手中的信，差点儿掉到地上
　　这次事件把他的一生向我移近了大约五秒
　　他不知道　我也从未提及

1991 年

传统、隐喻与其他

于 坚

  文学的传统在任何时代或民族中都是一样的。这就是对现存语言秩序、对总体话语的挑战。这种挑战并不意味着一种革命。它仅仅是对一种语言的张力与活力的考验。诗人们总是能找到一种个体的话语，来把这个已经被说过千万次的世界再说上一遍。那些作家个人最优秀的话语最终会融入传统，成为主流文化的一部分。于是新的挑战又必须开始，真正的文学永远是一种自觉的、根本性的对主流文化的挑战。

  这种挑战的困难在于，它往往被很肤浅地理解为一种激进的、战斗的、暂时的、否定一切的姿态。然而看看历史，我们就会发现，真正的挑战并不是来自达达主义，而是来自像巴赫这样的老派人物，像乔伊斯这样躲在巴黎某个公寓中写作的、在道德上颇为正统的市民。斯特拉文斯基当然在先锋派的阵营上红过一次，然而他持久不衰的音乐语言在先锋派的大批斗士皆已销声匿迹之后，仍然像最初那样奏鸣了许多年。

  世界之进步，在某种程度上，是与艺术家对这个世界的新"说法"有关的。

  尼尔·J.布尔在《美国人》一书中讲到在20世纪初，美国人的口语革命竟然使正统的牛津英语成了方言。而美国人的土语、俚语、粗话却堂而皇之进入大学课堂。试想教授们上课不讲"同学们，你们好"而是说"杂种们，上课啦"，这是一种什么效果。当然，这里说的已经是文学对生活的影响这个方面。正是更早些时候惠特曼这样的大师向语言的挑战，才导致了用新的"说法"来表述世界。

可以说，一个社会是否能容忍一种新的"说法"，这是对一个社会是否具有活力的考验。

在文学的价值与社会意识形态相对较独立的地方，"说法"的改变直接进入人们的日常语言和行为方式。而且，这些"新的说法"无论如何激进、异端，它也仅仅在文学的范围内，而不会被视为对整个社会格局构成威胁。社会当然要受到"新说法"的影响，但社会系统总是以接纳而不是排斥甚至镇压来接受的。这当然也由于文学自身的独立性。

然而，在文学附庸于意识形态的地区。"新说法"的出现则被全社会一起视为异端，并且在政治的运作范围中来处理它。因此，先锋派往往是"持不同政见者"。在这里一切"新说法"都是"政见"，都和意识形态有关。

中国的"文以载道"传统是使中国文学自古以来就和意识形态纠缠不清的一个重要原因。文人们也乐于此道。在中国古代，大多数诗人、作家都由于才华得到政府的肯定而做官，像屈原、杜甫这样的大诗人也概莫能外。文学，在某种程度上，是政治权术的操练所。文学之术和权术有密切联系，说异端的前卫艺术是一种政见，在中国并不怎么冤枉。

中国缺乏纯粹的诗歌。诗自古以来都是用来"寄托""道"的。"道"何其广也。大到人生宇宙、君主帝王，小到风花雪月、屎溺。"道"之广，以至"世间一切皆诗"。然而，诗是为"寄托"而作却是一致的。

中国诗歌一向擅长被西方现代主义在20世纪大为鼓吹的隐喻，将之作为"载道"的最佳手段。

中国人是世界上最擅长隐喻的民族。从政治家到阴阳先生到诗人。中国人，人人都可以说是某种程度的诗人。因为隐喻除了作诗用外，人际关系、官场交际、婚姻恋爱、生意财路都要用。难怪美国的一份统计资料惊呼，在中国，每十个年轻人中就有一个在搞文学！

中国流行的一种看法是，写诗是年轻人的事。30岁以前写诗，30岁以后写小说。无怪乎中国从未有过像歌德那样的大诗人。

中国诗歌的不纯粹也在于它讲究的是才气、激情、直觉和灵感。中国诗人是"守株待兔"式的写诗，所谓"等待灵感"。纯粹的诗人讲究的是对语言的控制、操作。"主动出击"是一种与心情无关，只与纸和笔有关的行为。

斯特拉文斯基有一次为芭蕾舞大师巴兰钦的一段舞配乐。斯问："这段舞要多长时间的音乐？"巴说："大约十二三分钟。"斯说："十一还是十二，没有什么大约。"我想，这种精确的操作对于即兴诗人来说恐怕不可思议。艺术怎么能像仪器一样精确呢？然而，大艺术无不如此。

贡布里希在某处谈到凡·高时，这样说："抽象表现主义"的理论确实把艺术家的姿势——这种姿势从而成了"自我发现"的手段——所留下的笔迹学的痕迹作为艺术家的标志。然而作为一个历史学家，我将这样回答：艺术中的问题和艺术中的价值——甚至包含抽象表现主义的问题和价值——是从手工艺人的问题和价值中出现的。大部分西方传统的大艺术家觉得自己萦萦于怀的是解决艺术的问题而不是表现自己的个性。这是一个历史事实。贡布里希为此引用了凡·高的一段信："平衡赤、蓝、黄、橙、紫、绿是件费神的事。这活儿需要大量工作和冷静分析。这时候一个人是殚精竭虑的，就像一个演员在舞台上扮演难演的角色那样，这时他得在半小时之内一下子想到千百种不同的东西。""不要认为我愿意故意拼命工作，使自己进入一个发狂的状态。相反，请记住，我被一个复杂的演算所吸引，演算导致了一幅幅快速挥就的画作的迅速产生，不过，这些都是事先经过精心计算的。"贡布里希评论道："这种计算是什么，凡·高令人信服地称为费神工作的平衡活动又是什么？美学的颓败之处恰恰在于我们不能像运用精确的公式来表示科学问题或竞赛规则那样表示美学。"

在缺乏科学传统的中国，美学的颓败甚至被视为一种风格、一种样式、一种习以为常。然而，如果我们要换一种"说法"，那么在这种美学所造就的造句方式中，"新说法"是永远不会有的。

隐喻从根本上说是诗性的。诗必然是隐喻的。然而，在中国，隐喻的诗性功能早已退化。它令人厌恶地想到谋生技巧。隐喻在中国已离开诗性，成为一种最日常的东西。隐喻能把不可说的经验转换成似乎能说出来意象的喻体，因而有时它也被人们用来说那些在日常世俗生活中不敢明说的部分。在一个专制历史相当漫长的社会,人们总是被迫用隐喻的方式来交流信息,在最不具诗性的地方也使用隐喻,在明说更明白的地方也用隐喻。隐喻扩大到生活的一切方面。隐喻事实上是人们害怕、压抑的一种表现。人们从童年时代就学会隐喻式地思维、讲话,这样才不会招来大祸。由此,隐喻的诗性沉沦了。在中国,有时候却恰恰是那最明白清楚、直截了当的东西显得具有诗性,使人重新感受到隐喻的古老光辉。在一个普遍有隐喻习惯的社会里,一种"说法"越是没有隐喻,越是不隐含任何意味,听众越是喜欢"隐喻式"地来理解它。

弗洛伊德是本质主义者。中国人会以为他是全部现代主义的根源。然而,中国文学之所以如此容易对弗洛伊德上瘾,却来自一种传统思维中与弗氏相通的东西。中国当代诗歌中的现代主义,常常是传统在借尸还魂。

文化赋予语言的一切意义在写作时都应像抛弃垃圾那样抛弃掉,或者处理掉。

写作是一种命名的活动。

尼采的想法是伟大的,但由他的"说法"说出来却是一种浪漫主义的效果。尼采是表现主义者。他用最浪漫的"说法"说出了最现代的东西。

在尼采想到的地方,20世纪的哲学家却用另一种"说法",使尼采的那一套不仅仅是精神上的,而成为一种形式的具体的东西。

有人来信讲到海子。海子是一个很有才气的诗人。海子是小农社会最后的才子之一,海子是一个"即兴"诗人。他的特点是把在青春期所能想到的一切谵语都写下来。而在一个成熟的诗人那里,这些都被沉默省略掉了。海子的思维方式是庄子式、毛泽东式的:纵横千里。据他的朋友说他的思维空间横跨欧亚大陆,上下千年。海子确实有一种真正的才气,然而,像所有传统的农业社会的诗人一样,海子对空间和时间把握的方式是依赖于集体无意识的、隐喻式的。海子缺乏对事物的具体性把握能力。他看见整体却忽略个别的、局部的东西。他的诗属于语言操作的少,精神漫游的多。海子很年轻,他正处于每个人在一生中都必有的那个青春期癫狂年代。他没有驾驭住那些使他坠入传统的东西。海子,一个才子,一个农业社会的抒情诗人,他梦想的是乌托邦。

波普尔是一个能用最清晰的语言写作的人。他的朋友贡布里希也是如此。

蒂里希的东西很容易为浪漫主义的中国找到一些继续浪漫的借口。而蒂里希却并非如此。

中国文化缺乏的并不是浪漫，而是理性。看上去世故非常的中国人其实只是在谋生方面有理性。对具体的事物是怎样的，国人大多浪漫其辞，想当然耳。

中国人的浪漫也不是大浪漫，彻底的浪漫，浪漫到一种举动完全只具有操作的严肃、理智。中国人的浪漫是小浪漫，是压抑在世故的人生下面的小乌托邦。只在饭碗不会被敲掉的前提下，才偶尔露峥嵘。所以有很多一贯冷酷无情、世故得要命的中国人会在某些时候，例如酒店，例如某次春游中，忽然"天真"那么一下，令人毛骨悚然。

中国人的浪漫缺乏操作可能性。缺乏浪漫所必需的理性认识和条件。中国人的浪漫更多是内心的，是一种隐喻着的憧憬，是一种茶余饭后的"如果……，就……""假如……，那么……"之类的梦话。这种浪漫最容易被煽动成一种盲目的运动。这种浪漫又往往有很功利性的动机，因此常常采用"下赌注"碰运气的方式。

伊 沙

伊沙：边缘或开端
——神话/反神话写作的一个案例

李 震

现场举证:《饿死诗人》《法西斯艺术》和不明去向的潜逃

  人们是在这样一个精神与艺术场景中发现伊沙的：这是一个历史与时代意义上，精神价值、生存状态意义上，诗歌意义上的多重边缘地带。在这里，边缘不意味着它是"中心"的反义词，而是指一种极限或尽头，它意味着一种从精神到肉体的终结和窘困。伊沙正是在这种终结和窘困中出现的。因而，他的出现本身便是对当下和未来的一种追问和扑朔迷离的猜测。

  在伊沙的身后，是绵延了几千年的农业文明和一再崩溃下去的艺术传统，建筑在这种农业文明和艺术传统之上的神性的威力和法则正在消失，而凭借着这种神性的威力和法则旷日持久地照耀着人类精神的诗歌的太阳正在向西山滚落。现代诗人们面对林立的丰碑，普遍地开始在怀恋旧日的辉煌中苟且度日。旧日的诗歌精神和艺术法则以及长期支撑着它们的悲剧价值观和形而上神话正在新的现实生存场景中破败下去。因而伊沙的双脚一开始便站在这样一个多重意义上的边缘地带：神性的/人性—兽性的；形而上的—感官的；悲剧的和苦难的—喜剧的和快感的；彼岸的—此岸的—此时此地的；象征的和幻象的—实在的和本真的；终极的—当下的；绝对的—相对的；整体的—破碎的；和谐的—不和谐的；农业的—工商业的！

这，便是伊沙所要逃离的现场。

在这个现场中，我们发现了伊沙留下具有代表性的文本——《饿死诗人》。我们试从这样一些章句中，查找其逃离的线索：

那样轻松的　你们／开始复述农业／耕作的事宜以及／春去秋来／挥汗如雨收获麦子／你们以为麦粒就是你们／为女人逆溅的泪滴吗／……你们拥挤在流浪之路的那一年／北方的麦子自个儿长大了／它们挥舞着一弯弯／阳光之镰／割断麦秆　自己的脖子／割断与土地最后的联系／成全了你们／诗人们已经吃饱了／一望无边的麦田／在他们腹中香气弥漫／城市最伟大的懒汉／做了诗歌中光荣的农夫／麦子　以阳光和雨水的名义／我呼吁：饿死他们／狗日的诗人／首先饿死我／一个用墨水污染土地的帮凶／一个艺术世界的杂种

这是一些在诗歌的意义上大规模"谋杀"与"屠杀"的血证，现代意义上的诗歌精神被谋杀了，诗歌被谋杀了，诗人被谋杀了，而这个自称为"艺术世界的杂种"的凶手逃向了何方？

线索一：感官的乐园，一个此在的栖居之地

1990年的一个冬日，作为目击者的我，在西安南郊的一间简陋的小屋里发现了他。我进去时他正在给一帮男女诗人谈论"只一泡尿功夫／黄河已经流远"之类的诗句，众人为之愕然。我着实为伊沙所震惊，该兄直率和粗鲁的程度实为当年以粗鲁著称的莽汉主义诗人所不及，我更担心这样的作品为一向风雅华贵的诗歌传统所不容。然而，正由于此，我悟出了伊沙这样做的本意。我由此想到了《恶之花》，想到了"达达主义"的绘画和雕塑，想到了垮掉派诗人们粗俗得为美国社会和现代诗所不能容忍的诗歌和行为，想到了西方后现代诗人中的瘾君子、同性恋者等等。这种有意为之的粗鲁、鄙俗，这种近乎肮脏的、矫枉过正的直觉真实和官能快感，这种几乎残暴的、蛮不讲理的反文化姿态，不正是对那高处不胜寒的形而上神话和这种神话所规定出的诗歌——美

学信念和原则的强硬抵制吗？不正是用一种感官的轻松和快乐去除掉我们躯体上超载的文化负荷吗？不正是以对"此在"真实的确认来杜绝中国现代诗歌对所谓"绝对精神"的妄想吗？

进一步的阅读告诉我，伊沙的诗歌不相信任何形式的终极价值和形而上神话，所谓绝对精神、纯诗和神性，那些只是无助而无耻地孤独着的现代人为自己假设出来的一种幻象，用以供自己寄生，用以庇护自己的无能和无奈，寄生在这种幻象中的诗人正是伊沙诗中那些寄居于城市的"伟大的懒汉"。这些"懒汉"们正是在用自己假设出来的幻象来弥补和替代自己真实的生存与行动能力，而当今时代，诗人被抛弃的悲剧不正是由于这种能力的欠缺和疲软吗？

在这种意义上说，现代诗的悲剧在于它永远在画饼充饥、望梅止渴。

伊沙的诗歌在现代哲学和现代诗的一片"还原"声中，亮出了一种相反的还原：由绝对的"在"向相对的"此在"的还原，由抽象的"真实"向实实在在的真实的还原，而且是一种矫枉过正式的还原。

目前，伊沙诗歌正在寻找一种与"此在"的真实相对应的游戏规则和快乐原则，那里没有什么神圣的意义，人类在那里只有健康而快乐地生存着。而且这个世界不在天上、不在太初、亦不在终极，而在人的体内或身边。

线索二：逃离神性的天堂，直奔人性的地狱

天堂是神的居所，是农业文明中生长出来的各种各样的神话和宗教所描绘的最高乌托邦，在那里汇聚着几乎所有的古典文人的全部形而上欲求，古今中外的诗人们用尽了全部的想象力企图步入天堂并接受神灵的庇护。因而，天堂是一部精装的神话，是农业文明的金字塔，是诗人们最后的栖居之地。在这个意义上说，我认为无论是古典诗人，亦还是现代诗人，他们都是神的臣民，他们的写作都属神话写作，他们所不同的是：古典诗人几乎是在直接吟哦自己所直觉到的神话的幻象，而现代诗人则以对现代文明对抗和对没落的神性的不满与反叛，间接地成为天堂的最后的守护者，艾略特、庞德是这样，北岛、杨炼也是这样。

现代主义者们的努力终将在无情的历史面前归于破产，强大的工商业文明必然要摧毁那个农业文明的金字塔，天堂及其神话最终要成为那些守护者们永远等不来的"戈多"。

这是神话诗人们最后的悲剧！

"宁愿选择一个可能的地狱，而不愿再造一个不可能的天堂。"——这便是现代主义之后的诗人们的抉择。

伊沙是这一抉择的突出代表。伊沙奔向的是人性的地狱。在伊沙这一代诗人那里，人性是一个全然不同的概念，它已经完全脱去了神性的灵光的拂照，它不再是前代诗人嘴里的那个作为一种理性标签、标语口号或武器弹药的"人性"，它不具有任何抽象的、概念化的和形而上的光彩，只会成为一个个体的人本来具备的那样，是一种生存的或存在的自然状态和合理需求，是感官和欲望的复活和喧响，是作为个体的人类对自己的最直接、最真实的确认。伊沙们几乎毫无顾忌地游走在这个被那些曾经高呼"人性"的诗人视为地狱的领域内，自得其乐地做着自己实实在在的游戏。也许，我们可以在这首被人们视为语言标本的《结结巴巴》中，真切地感受到一个在人性的地狱中自得其乐的伊沙：

结结巴巴我的嘴 / 二二二等残废 / 咬不住我狂狂狂奔的思维 / 还有我的腿 // 你们四处流流流淌的口水 / 散着霉味 / 我我我的肺 / 多么劳累 // 我要突突突围 / 你们莫莫莫名其妙 / 的节奏 / 急待突围 // 我我我的 / 我的机枪点点点射般 / 的语言 / 充满快慰 // 结结巴巴我的命 / 我的命里没没没有鬼 / 你们瞧瞧瞧我 / 一脸无所谓

我认为，这首诗所包含的对人性的基本现实（即使是一种残缺的现实）和自我真实的勇敢确认的价值，以及对人性健康、乐观的认同的意义远远大于它在语言创造上的价值，因为这种语言把玩可能是一次性的和不可重复的，而诗人这种直面人性基本事实而自得其乐的姿态却是永久性的。

正是这种姿态使诗人得以磨砺自己的感官和欲望，把自身的直觉和智慧变得敏锐，使诗人不通过神的话语直接与自然和自身交谈，使诗人敢于以戏谑的方式面对神祇。我们可以在这首《命运之神》中看看诗人是怎样谈论那位曾经被音乐大师贝多芬和一大批诗人隆重礼赞过的"命运之神"的：

那是雨后 / 闪电 / 将一棵巨树 / 修剪成炮筒 / 吐放青烟 / 令我思忖 / 命运之神的脾气 / 昨天 / 它就在我左侧 / 相距五米 / 但懒得理我 / 大手伸向三百里外 / 点石成金 / 把一只跳跃池塘的癞蛤蟆 / 指为蛙王

线索三：走出悲剧价值，成为一代精神顽主

无论是东方还是西方，诗歌的审美准则始终被统辖在悲剧价值观的领地之中，即使一些表面优美、柔和、充满欢娱的情诗，也是以某种悲剧的崇高感为内核的。

诗歌的悲剧精神源自人与文化、欲望与规则、生存与罪恶、欢愉与苦难、生与死等一系列人类生存的基本矛盾和悖论，这些矛盾和悖论是诗人永远不得不面对的精神事实。神话诗人们的写作将这些矛盾和悖论简单地对立起来，本身便形成了一系列永无休止的悲剧冲突的怪圈，他们便只能企求这些冲突在神那里得到化解与和谐，因而又形成了另一层悲剧意义，那就是他们在神威和神恩面前的自我丧失，这种双重悲剧精神使诗歌始终置身于酒神和日神的刀光剑影之下。

及至现代主义之后的诗人那里，这些矛盾与悖论得到喜剧化的处理，因为它们已经被看作一些人类生存的基本现实而被确认，它们不再是必须求得调解与和谐的对立因素，而恰恰是这种对立随时有可能变成诗人智力与直觉把玩的有趣的材料。加之，这些诗人已无求于神灵、不再是神的臣民，或者干脆不承认神性的存在，因此，诗歌的悲剧时代已经终结，诗人在自己的想象力中有可能以真正世界主体的身份去调理人类的生存悖论了，而这又是一件多么有趣的事，它将使诗歌充满快乐，并且步入喜剧的时代。

这一时代的到来，我们已经可以在严力、李亚伟、伊沙等诗人的作品中找

到依据，我们在其作品中已经看不到那种基于狭隘的生存得失的悲悲戚戚，也看不到那种自命不凡的个人英雄主义的苍凉悲壮，更看不到那些生存失意，或在神性面前祈祷的顾影自怜和奴颜婢膝了。我们看到的除了从从容容、自自在在，便是机智幽默和痛快淋漓，而悲剧在他们的作品中充其量只能作为笑料了。譬如这首《反动十四行》，即是对诗歌既定格律的公然反动，也是在开那种正襟危坐的悲剧精神的玩笑：

  在这晌午　阳光底下的大白天 / 我忽然有一肚子的酸水要往外倒 / 比泻肚还急　来势汹汹　慌不择手 / 敲开神圣的诗歌之门　十四行

  是一只便盆　精致　大小合适 / 正可以哭诉　鼻涕比眼泪多得多 / 少女　鲜花　死亡　面目全非的神灵 / 我是否一定要倾心此类

  一个糙老爷们儿的浪漫情怀 / 造就偶尔的篇章　俗不可读　君子不齿 / 或不同凡响，它就是表现如何的糙

  进入尾声　像一个真正的内行　我也知道 / 要运足气力丹田之气　吃下两个馒头 / 上了一回厕所　不得了　过了过了 / 我一口气把十四行诗写成了第十五行

这里不仅仅是一些人们玩熟了的反讽和自嘲，而是对诗歌的一种深远的精神传统的挑战和嘲弄，伊沙诗歌中的这种一以贯之的反悲剧姿态，足以使他成为一代精神顽主。这代精神顽主绝不仅仅是一种当代嬉皮士们的状态，也不是"过把瘾就死"那种貌似潇洒狂放、实则慷慨悲歌的伪后现代主义者，而是一代立足于对悲剧文化传统做深层解构的精神游戏者。

线索四：冲击象征的森林，直面现实生存场景和能指化的人本身

传统的悲剧价值观表现在诗学上的主要法则是象征。从古至今，诗歌始终是一片象征的森林。在这个象征的世界里，神成为人和世界及其关系的总体象征，而诗乃至所有的艺术则是神的象征，是人与世界及其关系的象征的象征。

在这个象征的森林里，人被一种神话集体地所指化了。

这种人类的集体被象征化和所指化正是悲剧价值观的艺术后果，酿成了人类在艺术中的永恒的痛苦和苦难，这证明了人的个人主体性的丧失以及人在这个世界上的败局。

伊沙及其诗歌写作正是在这个败局的边缘上出发的。伊沙几乎目睹了一个又一个的被上帝所象征的"所指"们自杀身亡，目睹了人类被象征和所指化的苦难已濒临剥夺人类生存权和艺术创造权的绝境。因而他首先放弃了人类用某种象征体（比如上帝和一些艺术信条）力图穷尽的那个叫作终极价值的黑洞，然后放弃了那诱惑着人类误入歧途的美丽的象征体，他的努力，似乎在于让人象征人自己，让人成为自己的能指。

因此，伊沙只能直面现实生存场景中的人本身，我想他不会去轻信那个丧失了基本的现实关怀和主体地位的人能够具有真正的终极关怀，也不会去轻信在如此严酷的现实生存场景中能够建立起神话的象征的森林。正是因为如此，伊沙才将自己的诗歌的触角伸向了当下的、此时此地的现实与人类生存的基本状况，哪怕是丑陋的、粗鄙的、简单的、为传统诗歌和现代诗歌所拒斥的基本现实。我认为如果说伊沙的诗歌具有鲜明的后现代倾向，那么这一点便是一种见证。

因此，我们才在伊沙的诗作中看到这样一些篇目《学院中的商业》《名片》《卡通片》《乡村摇滚》《假肢工厂》等，而且，我们在伊沙的诗集可以找正宗的《广告诗》，这首诗是这样写的：

挡不住的诱惑／是可口可乐／／非洲儿童的饥渴／咬紧美国奶妈的乳房／拼命吮吸里面的营养／里面的营养是褐色的琼浆／／可口可乐的感觉／挡不住的诱惑

这首广告诗既有伊沙式的诗性的光彩，又是一件具有独特创意的广告作品，更重要的是它显示了诗人对待现代文化的一种姿态和艺术与现实生存之间出现的一种可能的角度。

在伊沙所展现的现实生存场景中，人成为一个鲜亮的主体，人性的内涵已不再被象征得温文尔雅、含蓄隐晦，而是直接凸显为戏剧化的、明晃晃的、快感的能指形态。

线索五：解构经典话语，寻找活的母语，建摇滚时代的新民谣体诗歌

的确，伊沙的诗在许多方面都得益于摇滚，它们同具一种振聋发聩的强节奏，同具一种粗野、狂放的反文化姿态。而这些互通之处最终归于一个根本性的共同点，那就是蕴含了我们这个时代的当代精神的口语。

的确，在1980年代中国诗坛上曾刮过一阵口语风，但那个时期的口语仅仅是在与书面语抗衡的意义上的日常用语，这种口语在狭义文化诗的欧式古汉语弥漫诗坛的时候，为诗坛吹来一股清新而轻松的微风，其贡献是不可否认的。而伊沙的新民谣体所倡导的口语则是在母语缺失的强烈压迫之下产生的一种乡音，这种乡音类似于一个人童年时期所讲的方言，它包含着一个人全部的无意识。因此，它又像梦呓，或街头俚巷之语。伊沙似乎对这种童年乡音式的口语非常着迷，他用《善良的愿望抑或倒放胶片的感觉》这首诗来温习童年时绕口令用的反语，这种诗这样写："炮弹射进炮筒／字迹缩回笔尖／雪花飞离地面／白昼奔向太阳……／自杀的少女跃上三楼／失踪者从寻人启事上跳下门口向他人之手缩回口袋／新娘逃离洞房／成为初恋的少女／少年愈加天真／叼起比香烟粗壮的奶瓶／她也会回来／倒退着走路／回到我的小屋／我会逃离那冰凉而陌生的车站／回到课堂上／红领巾回到脖子上／起立上课／天天向上好好学习。"

可以看出，伊沙在有意识地找回童年游戏中的稚拙和本真的语言方式。这就是伊沙口语的实质，一位爱好诗歌的朋友为了强调伊沙口语的特征，将1980年代的口语诗称为"前口语"，把伊沙的口语称为"后口语"，我当时戏言"前口语"是口水、哈喇子，"后口语"是痰、呕吐之物。但不管是什么，伊沙所用的口语不同于1980年代的口语，尽管它还不够纯熟，但伊沙寻找一种

活的母语的努力是自觉的。他用口语这种最直接、最切近的母语来抵制日益八股化的所谓经典的、书面的母语，或者说，他对这种口语化的母语的大量使用，本身便对所谓经典的书面母语发生着一种解构的意义，尽管这种解构几乎是在极度的、矫枉过正的粗鲁和鄙俗中完成的。这种解构的企图，我们还可以在《梅花：一首失败的抒情诗》《跟祖国抒抒情》等诗作中看出，这是一种由口语导入的对某种文化传统的全面解构，这也正是伊沙被指控为后现代诗人的重要证据。

伊沙曾经明确地说他想写作一种"新民谣体"诗歌，从他已有的诗作可以预见，这种"新民谣体"诗歌的特征将是以粗鲁、狂放、率真的蕴含着当代精神的口语来体现的，这种诗歌会成为这个摇滚时代的一种无声的摇滚。

在这里，请允许我用伊沙《乡村摇滚》中的诗句，作为这起典型的"神话/反神话写作"案例的结案之语：

我继续胡闹/在河里摸鱼/在天上飞行并且调戏了一只鸟//怕鬼的爹爹快回家/今晚没你事啦/俺要和造反的鬼儿们一起打天下

伊沙诗二首评点

沈 奇

以浪漫主义为初始态势的中国新诗，历七十余年探寻和发展，在世纪之交的晴空下，又复归披着现代主义外衣的浪漫主义主流，实在令所有真正严肃诚实的先锋批评家们为之发窘。他们终于发现，传统依然且始终是强大的，无须提醒和加强便影响着所有的进程。普泛的当代中国诗人们甚至连浪漫主义的瘾还没过够，更何谈对现代主义的深入以及后现代主义的涉足？随着实验诗歌在1990年代的全面式微，一种空心吟诵和复制的"时尚"便主导了诗坛的流向。脱逸于现实拷问，疏离于生命去真，诸如"玫瑰"和"麦地"式的乌托邦意象，像这个时代的通货膨胀一样不可抑制地流通乃至泛滥，使我们的现代汉诗再次变得更"丰富"也更贫穷。

正是在这一"语境"下，伊沙的出现成为1990年代诗坛一个刺目的亮点和令人兴奋的话题——他对生存真实的承担精神，对实验诗的重涉与推向极限的独自深入，以及较为彻底的后现代创作态势，使我们对中国实验诗歌的未来重新恢复了信心。1994年出版的伊沙诗选《饿死诗人》，在发行数月之内便告脱销以及大量追随者与呼应者乃至仿效者的出现，显示了伊沙诗歌具有原创性的特殊质素和重量，也同时昭示了至少是青年诗坛对我们这个时代诗歌的期望。

在目前为止的伊沙创作中，《结结巴巴》和《饿死诗人》是其最具代表性、影响最大的两首诗作。在1990年代的中国诗歌中，它们可能不是最优秀的，但无疑是最重要的作品。前者代表着伊沙诗歌语言实验所抵达的一个高度，后者则是伊沙诗歌精神的宣言性文本。让我们由此获取一点对这位青年诗人之诗歌精神向度和语言向度的基本认知。

极限实验或对失语时代的命名——简析《结结巴巴》

《结结巴巴》一诗写于 1991 年，诗人当时的主要创作动机是想制造一个独一无二的诗歌文本。很幸运，这个契机被伊沙抓住了；更幸运的是，这首看似带有"施暴"性质的纯形式实验，却无意间楔入了这个时代的隐痛之处而抵达为时代命名的高度——在这里，形式完全代替了内容进而成为内容（"有意味的形式"）。这在当代诗歌中是一个极为难得的"范本"，显示了诗人独特的形式能力和绝不随波逐流的精神力量。

语言是文化的本根，文化的疾病首先是语言的疾病，诗人伊沙对此有原在性的敏感。对复制的本能反抗，对惯性写作的高度警觉与拒斥，使伊沙的创作一开始就具有对当下诗歌的文本形式／文化蕴含的挑衅性与干预性。于是，用"病态"的语言方式去冲击或解构"常态"的诗语方式，便成为无可回避的挑战——当进入 1990 年代的诗坛，再度成为意象与观念的牧场，普泛的诗歌语言完全脱离当下生存／生命体验的真实而在那里虚假地空转，从而幻化为一片失去血性的风景时，伊沙以他"斗牛士"般的姿态，及时而诡异地亮出了这把"结结巴巴"的刀子。

利用结巴的语式做诗歌语言实验，是伊沙的一个发明。有意味的是，一般实验诗歌常犯的实验与阅读分离的毛病，在这首更极端、更具"试错行为"的实验诗中却得到消除；它非但没有拒斥阅读，反而刺激了阅读的快感（顺便指出，阅读快感是伊沙诗歌艺术的最大特点也是其最大贡献，它使处于后现代语境下的诗歌阅读进入新人类的"文化餐桌"成为可能——这是我们一再忽略的重大命题，而伊沙率先做了有效的探求）。一首将我们所熟悉的诸如意象、节奏、韵律等"诗歌元素"几乎完全剔除干净且"结结巴巴"的分行作品，仍然充满且加强了诗的冲击力，这本身就极具文本研究的价值。它接近"摇滚"，但又迥异于歌词；它含有于坚、韩东们口语诗的承传，且更坚实有力，更富口语自律性亦更无须氛围性东西的补充。它有点"语言狂欢"的味道，但形式上又显得很整齐，有一种新奇的秩序感——狂欢而不乱，结巴而有秩序，由此产生出一种让人哭笑不得的、极特殊的反讽意味和幽默感。是的，它太特殊了，特殊到难以阐释乃至拒绝阐释，你由不得只沉浸于阅读，而一切尽在这"沉浸"之中了。

而这首诗在阅读之外所抵达的表征意义，我们只能称之为"命定的契合"，一种源自伊沙诗歌立场的必然指归。语言的意义存在于语言的表现过程中。以粗暴消解虚妄，以结巴为失语命名，伊沙的抵达是深入的。进食和言说是作为人的口腔器官的生物功能，而在当代人/诗人这里变成了"二等残废"只有发霉的"口水"没有真实的言说，在失语的时代里人只好当结巴。这是人对时代产生的困惑。而作为人类"精神先知"的当代诗人们的言说，既跟不上新人类"狂奔的思维"，又跟不上代表行为能力的新人类的"腿"，只好陷入"莫名其妙的节奏"之中。其空前尴尬的处境不仅揭示出当代诗人/文化人的精神偏瘫和主体破碎，更触及语言困惑的深层命题。

当然，所有这些言外之意皆是作品完成后才形成的，写作中的伊沙们对此"一脸无所谓"。他们只要求回到一种真实，回到生存的真空和言说的真实。而当我们对普泛的诗歌中那些语言的焦煳味和精神虚妄症感到腻味后，再来读伊沙，和他一起"结结巴巴"一番时，自有一种特殊的快感，一种文本与读者双重自我领会的诗性愉悦，并于这愉悦中体味到一点失语后的语言之思。

【附】
结结巴巴
伊　沙

　　结结巴巴我的嘴
　　二二二等残废
　　咬不住我狂狂狂奔的思维
　　还有我的腿

你们四处流流流淌的口水
散着霉味
我我我的肺
多么劳累

我要突突突围
你们莫莫莫名其妙
的节奏
急待突围

我我我的
我的机枪点点点射般
的语言
充满快慰

结结巴巴我的命
我的命里没没没有鬼
你们瞧瞧瞧我
一脸无所谓

拒绝抚慰或面对逃逸的诗性"呕吐"——简析《饿死诗人》

《饿死诗人》这首诗，可以说是在 1990 年代中国诗坛中流传最广的一首作品，其影响（尤以青年诗坛为甚）不亚于当年韩东的那首《有关大雁塔》，乃至最终成了伊沙诗歌的缩写代码。诗人也自称这首诗"是我诗歌精神的宣言性作品"。

读《饿死诗人》，我有一种痛快淋漓的"排泄感"，出了一口"恶气"、一腔闷气。那些由拖着农耕时代小辫子的诗人们所播撒的，充满矫饰、虚妄、闲适、无病呻吟、无关时代创伤和生命疼痛的所谓"麦地""玫瑰"和"乡土"诗歌的弥漫气息,被伊沙式的"宣言",一炮轰成了碎屑。在一个被孱弱泡软了的诗坛中,人们为这位年轻诗人极为真诚而坦率的愤怒而震撼,便由此激活了有良心(非关道德)、有血性(艺术血性)的诗人们对当下(生存真实)的诗性思考和言说。应该说,伊沙对 90 年代诗歌写作所做出的特殊刺激,是由这首诗所引发而扩展开的。

此诗写于 1990 年,正是大量的青年诗人们背对时代创伤和生命疼痛,"那样轻松地""开始复述农业"的时候(有意味的是,此时的小说家们也同样"那样轻松地"开始复述虚假的历史)。对"麦地/家园"的虚构和对"玫瑰/自慰"的制造一时成为风潮,由于坚和韩东开启的一派诗歌精神由此阻断,而由韩东数年前提出的语言贵族化倾向再度泛滥成灾,颇有点越疼痛越要显轻松、越猥琐越要耍"高贵"的样子。于是那些"城市最伟大的懒汉"纷纷"做了诗歌中光荣的农夫",而我们再度领受了中国诗人们的"精神阳痿"和"语言迷失"。

对此,这个时代的另一位重要诗人于坚也同样尖锐地指出:"诗呈现真实,这种真实不是时事、史实、事实、现实,而是一种语言的真实、去蔽,是呈现人的存在状态……在垃圾堆中生活的我们,难道能满嘴玫瑰吗?"[1]

伊沙要"饿死"的正是这样一批他曾称之为"不说人话(亦即只编造神话)的诗人"。当生活裸露出它全部的丑陋、病变和隐痛时,关于"玫瑰"和"麦地"的吟诵的真实性,便自然要受到拷问。诗,就其精神向度而言,有抚慰、吁请、呼唤,亦即建造与给定现实相对抗的理想现实的一面,也有质疑、批判、呕吐,亦即直接向现实发问的一面。遗憾的是,在前者的文本中,我们至今很难听到真正让人感到真切可靠的言说,大都是充满了语言的焦煳味和精神虚妄症。伊沙是后者的坚持者,他拒绝抚慰,而且"呕吐"得更厉害。伊沙的"呕吐"出自一种"恶心":一是对生存毒素的敏感(由此决定他彻底的实验意识和先锋态势),包括意象迷幻、隐喻复制、惯性趋滑、观念结石及常态范式

---

[1] 引自于坚在北京大学中国语言文学研究所召开的题为《对〈0 档案〉发言》讨论会上的发言,1994 年 12 月 15 日。

等。这种"呕吐"带有强烈的排斥性,有时难免连正常的东西也一并"吐掉",有一种为诗歌"洗胃"和对诗坛"清场"的效应,一种诗歌精神空间的负面拓展导向语言意识的革命和生命状态的重塑,亦即抱有终结和重建的"呕吐",不是闹着玩,需要更坚强的意志和承受力。这样的效应和拓展至今令许多诗人和批评家难以接受,同时也使不少同道为之亢奋,其更深远的影响恐不是现在便可做结论的。

既是一首"宣言性"的诗,便难免带有观念性的划痕以及直露的硬块。但就整首《饿死诗人》而言,我们依然感受到伊沙独特语感的魅力,一股中气十足、以极饱满的精神张力贯注其中的语言冲击力,且不乏他特有的诡异和反讽意味,如:"你们拥挤在流浪之路的那一年/北方的麦了自个儿长大了/它们挥舞着一弯弯/阳光之镰/割断麦秆 自己的脖子/割断与土地最后的联系/成全了你们。"——在这样的诗行中,我们同时感受到北岛式的精神指向和于坚、韩东式的语言质地,且这些得以全新的整合与重铸。我认为,在对1990年代初中国诗歌现实和生存现实的诗性书写中,这几行诗是极具涵括力和经典性意义的。开阔疏朗的语境,讽喻性的口吻,诡奇而又坚实的本色意象,它是宣言性的,更是真实的生存状态和真实的语言状态的统一、精神宣言与诗性言说的统一,在所谓"转型时期"的郁闷的萎靡不振之中,伊沙让我们重新感受到什么是诗的力量。

【附】

饿死诗人

伊 沙

　　那样轻松的　你们
　　开始复述农业
　　耕作的事宜以及
　　春去秋来
　　挥汗如雨　收获麦子

你们以为麦粒就是你们
为女人迸溅的泪滴吗
麦芒就像你们贴在腮帮上的
猪鬃般柔软吗
你们拥挤在流浪之路的那一年
北方的麦子自个儿长大了
它们挥舞着一弯弯
阳光之镰
割断麦秆　自己的脖子
割断与土地最后的联系
成全了你们
诗人们已经吃饱了
一望无边的麦田
在他们腹中香气弥漫
城市最伟大的懒汉
做了诗歌中光荣的农夫
麦子　以阳光和雨水的名义
我呼吁：饿死他们
狗日的诗人
首先饿死我
一个用墨水污染土地的帮凶
一个艺术世界的杂种

饿死诗人　开始写作

伊　沙

"饿死诗人"的时代正在到来。

这个时代给我们压力,"压"掉的更多的是坏的东西。遗老遗少们在感叹和怀恋……

从来就没有过一个文学主宰的时代。凭什么非要有一个文学主宰的时代?

有人讲的"汉诗"是否真的存在?"汉诗"和"纯诗"正在成为一种借口和企图。

我在写作中对"胎记"的敏感,竭力保留在对自己种性中劣根的清除,"人之初,性本善",我在诗中作"恶"多端。

意象和隐喻内在的技巧规律,使我同胞中绝大多数同行找到了终生偷懒的办法。这种把玩,与在古诗中把玩风花雪月异曲同工。

到处是穿长袍马褂的"现代派"和哭错坟的主儿。口语被用来讲经。

把语言折腾成"艳词"不是才能的表现。把一首诗写得"像诗"是失败的。"诗"和"诗的"是两码事。

没脾气的人,被认为是"纯粹的诗人"。"心平气和"成为一种风度。太监风度。

喜欢维持秩序的人,是既得利益者。他们怕"乱"。

我看到邪念丛生、冠冕堂皇,想当大师"大师"是最致命的邪念。

大师永远是过去时的,一座墓碑,上面写着"到此为止"。

在细节上做永久性停顿再节外生枝，是我们祖传的毛病，根深蒂固。

中国人真是"嘴上说的与手上写的不一致"的那种人吗？

必须抛弃鸡零狗碎的玩意！让诗歌进入说人话的年头。压力不是坏事。

站在原地思考诗歌的"终极意义"是无聊的，到尽可能远的地方去。到极端上去。

诗歌进入后现代，也仍然是和灵魂相关的东西。

诗歌是智力的，也是体力的。

在今天，诗歌和艺术是自我解放的最佳方式。

无法家人一样生活？但可以像人一样写作。

如果叛逆是气质上的东西，我对之迷恋终生。我不知道反对谁，只知道反对。

举头望天不代表你就能飞起来，锅碗瓢盆也不是真正的"平民意识"。

所谓"真实"需要对真实的想象力。口语不是口水和故作姿态。

从"形而下"到"形而上"是一个过程。

我已"自在"。您认为我在"反讽"，我认为我在"反反讽"。

我不是在"改写"着什么，我是在"写"。

"玩"从来都是严肃意义上的，是写作的至高境地。有人永远不懂。

后现代首先是一种精神，一种人生状态，无章可循，无法可法，它排除不"在"的人。所以有人害怕。

有就是有。无就是无。不存在有"多少"。

在写作中"淫乐"，玩得高兴！别无替代。

我不为风格写作，风格在血液里。

割舍掉这个时代正在发生着的一切是愚蠢的。在这最后的居留地，逃遁没有好下场。你又能"隐"到哪儿去？

"写什么"仍是重要的。因为对你所看重的"写"来说，很多事无关紧要，都是皮毛。

甭扯"世间一切皆诗"，在最容易产生诗歌的地方，无诗。

把瓷器打磨光滑的活计，耗费了多少中国诗人的生命。让石头保持石头的粗粝或回到石头以前。

把诗歌搅"活"。

走向后现代之路同样是"寻求真理"之路。但它可能不是有人说的那个"理儿"。

后现代已不"先锋"。进不了后现代就是进不了当代。

到语言发生的地方去，把意义还原为一次事件。

我写我现在进行时的史诗——野史之诗。

一首具体的说人话的诗。

我不为"人民"写作，但我不拒绝阅读。

我没有耐性去等某些人的观念跟上来。我相信我的诗同样会对他们产生效果，起码是生理上的效果。我不拒绝误读。

诗人和国王并举的时代是糟糕的时代。

多么来劲！诗歌与人们"柏拉图"了很久之后，正欲"施暴"！

"饿死诗人"的时代正在到来。真正的诗人"饿"而"不死"！

也许，"后"不"后现代"是次要的，我只想满足我自己也给你一个刺激！

翟永明

飞翔的蝙蝠
—— 翟永明论

张 柠

一

在这个蝗虫一样泛滥的印刷品将诗人微弱的光亮遮盖得晦暗的年代里，翟永明也悄悄地出版了一本诗集（成都出版社，1994年版），收集了她自1984年至1993年以来的主要诗作。诗集的印刷和装帧十分精美。但印数极少。我猜，她是想送给那些还愿读诗但又看不惯手抄本的朋友们。

前面所附的几帧黑白照片，的确为诗集增色不少，但就像她本人的性别一样，继续在起着错误导向的作用，以至于许多人还在津津乐道地说女性诗歌，女性诗歌。好像诗也分了上身与下身似的。我很遗憾不能看到她1981年至1983年的诗歌练习簿，其中肯定有她如何从一个普通的女性变成一个诗人的印迹。但这又有什么关系呢？我想，对于一个诗人来说，性别远不如其语言或词汇重要。

说到词汇，也有许多牵强的议论。"黑裙子、黑鸟、黑夜、黑风景……：女性词汇"。这种分赃式的思维方式，看似大家都有所得，但结果是使诗一无所有。当一位男诗人大量使用"黑色"词汇，一位女诗人大量使用"白色"词汇（如翟永明后期诗歌）时，是不是要用"阴阳同体"或"性倒错"的观念来评价呢？从一般的经验层面来看，黑色、白色、彩色，对于荷马、弥尔顿、博尔赫斯这些伟大的盲诗人来说有什么区别呢？何况翟永明一开始就宣称自己像一位盲人：

我一向有着不同寻常的平静／犹如盲者，因此，我在白天看到黑夜（《预感》）

可见，她并不只是在一般的经验层面使用"黑色"词汇。这与"女性"这个词没有必然的联系。在这个对性别十分敏感、对诗十分迟钝的时代，我们可以少谈些性别，多谈些诗。这恐怕是一个"不明智"的选择，就像一个人选择了写诗而不是别的一样。

在梦中曾经抵达了天堂或地狱，醒来后一无所获，但诗的花朵却捏在手中。换句话说，在梦中，"世界闯入了我的身体"（《世界》）；在诗中，词语抵达了事物（包括自己的躯体）和世界。因此，诗人就是一位梦想家。[1]对于他们来说，现实世界和梦的世界是不可收拾的。他们用精疲力竭的词汇收拾和组合那混乱的局面，却在词汇之间留下了许多裂隙。这裂隙的背后是深渊，但词语依然跳了过去，在抵达事物和世界的中途行走。所以，在诗人的整个创作过程中，每一个词都可以看作一条通道。它们有的在中途夭折（落入深渊而消失），有的则一直走到了底。在这里，诗人抵达事物的方式，或者说对待自身、生命和世界的根本姿态，是词的检查官。这是一个诗人最根本性的因素。翟永明在这一点上是很独特的。

二

有人认为，照片是进行微精神分析的极好的材料。要求是照片要成一个系列，并且还得借助一些特殊的放大设备，最后能发现照片上的人与世界之间有

---

[1] 这也与性别无关。博尔赫斯就是一个梦想家。他多梦且经常失眠。而作为女人，他的妻子玛丽亚·埃丝特则很少做梦。即使偶尔有梦，她也记不住。这对于一个梦想家来说，无疑是一个不小的打击，三年后他们分手了。参见《博尔赫斯传》，陈舒译，上海三联书店，1994年。

某种隐秘的关系。[1]这当然不是每一个人都能做到的事。但我们在诗集前面的照片上可以发现，翟永明的眼睛是大得出奇的。但是，在她的诗中，我们没有看到她像利用"广角镜"一样利用她的眼睛，即伸出眼球扩展视野，加大诗歌画面的幅度和生活的广度；也没有发现她增加视点的焦距，加深视觉的深度，从一般的事物发掘历史的价值或哲学的启迪；更没有像"市民一样思考"，睁着茫然的眼睛，看见什么就是什么（上面几种现象都可以在中国当代诗歌思潮中找到对应的例证）。恰恰相反的是，翟永明闭上了眼睛（"犹如盲者"）。

"闭眼"是对窥视的反应方式之一。美国作家爱伦·坡的小说《泄密的心》中那位青年男子对窥视的反应是一个特例。他由于不能忍受邻居的窥视而歇斯底里。开始，他掩饰自己，用一种虚假的行为方式来对抗窥视。但他终于因不能忍受精神的重负而杀死了那个"善良的老头"。对窥视这种"视觉占有"行为，还可以采用另一种姿态，即用亲切、温柔而又坚定的目光与对方交流，并达到诱导的效果。这或许只有佛陀和基督才能做到。最常见的对策是用视觉反视觉，将窥视者变成被窥视者，也就是常人所说的"以眼还眼，以牙还牙"。这的确需要勇气，并且是心甘情愿地采用"占有"的方式。这对于一个在"秘密的一瞥"面前就"精疲力竭"（《预感》）的人来说，实在是一件很困难的事。

我们并不敢断言翟永明曾采用过什么具体的对策，但却敢断言她在"视觉占有"的行为面前最终是一个逃亡者。我们可以设想，周围有无数个像枪眼一样的眼睛，枪眼背后是不为人知的黑暗或深渊，其中潜伏着各种毁灭性的力量，并且随时都可能将一个人吞没。我们会怎样呢？

那些巨大的鸟从空中向我俯视 / 带着人类的眼神 / 在一种秘而不宣的野蛮空气中 / 冬天起伏着残酷的雄性意识（《预感》）

我将怎样了望一朵蔷薇？/ 在它粉红色的眼里 / 我是一粒沙，在我之上和 /

---

[1] 瑞士当代微精神分析学家西尔维奥·方迪认为，分析幼儿照片系列可以发现他与母亲的关系，分析成人的照片系列可以发现他与世界的关系。参见 [瑞士] 方迪：《微精神分析学》，尚衡译，生活·读书·新知三联书店，1994年。

我之下，岁月正在屠杀（《臆想》）

我想，任何一个稍有惧怕、敬畏和同情心的人，都可能闭上眼睛的。

但闭上眼睛的人并不比睁大眼睛的人糊涂。我们很少看到一位盲人掉进田沟里，却经常见到聋人撞在电线杆子上。因为有的人看见了光，内心却一片幽暗；有的人看不见，但内心却是敞亮的。盲人总是凭着听觉（加上触觉）在世界的迷宫里行走。他周围一片黑暗，但他自己点亮了躯体的灯盏。你在他心目中，是一些与过去和现在交织在一起的声音和气息，而不是服装、名片、高矮、美丑、和善或凶残。所以，闭上眼睛并不能说明他斩断了与外部世界的交往。他恰恰是以一种或许更好的方式在交往。

"仿生学"不一定能给人类带来福音，但却为写诗和读诗提供了某种暗示。我们可以发现，翟永明一直对蝙蝠对待事物和世界的姿态有着十分浓郁的兴趣。蝙蝠是翼手目的具翼哺乳动物。它是哺乳动物中唯一可以飞翔的。它的双翼既是皮肤，又是翅膀；它的眼睛就是耳朵（接受声呐，或者可以称为"观音"），耳朵就是眼睛（接受声呐，选择飞行的线路）。所以，蝙蝠对外部的反应就是耳朵（皮肤）等各种器官对声波的反应。它的世界就是黑夜，但并不宁静，各种声音的喧响是它飞行的必要条件。正是在这个意义上，声音成了一个闭眼人在黑暗中摸索、在梦境中挣扎的依凭。翟永明在一首诗中说：

蝙蝠是一个古老的故事／是梦中最后的发现／是一个畸形的伪装的鸟／高贵的心难以着陆／他的重大的肉感的形态／始终与我有关／这一切幼时多么熟悉／现在也依然存在（《我的蝙蝠》）

蝙蝠对事物和世界的反应方式有三种：第一是用特别发达的耳朵接受声波；第二是用吻部、鼻尖和皮肤接受声波（这两种经常是夜间的方式）；第三是用干枯的瘦小的脚倒挂起来的姿态，这是它观察和休息的方式（往往是在白天）。

在翟永明的诗中，我们到处都可以看到她借助听觉表达事物的诗句：

  心惊肉跳地倾听蟋蟀的抱怨声 / 空气中有青铜色牡马的咳嗽 (《臆想》)
  黄昏咯血的声音 (《瞬间》)
  我来到这里，听见双鱼星的嗥叫 / 又听到敏感的夜抖动不已 (《第一月》)
  黑驴们靠着石磨商量明天 (《第一月》)
  赤裸的街道发出响声 (《第八月》)
  死者当中无休无止的哭声 (《永久的秘密》)
  爱生病的女子是怎么回事？/ 她耳中装满全世界的噪声 (《敏感的萨克斯》)

  并且，她对"雨打芭蕉""黄鹂啼鸣"这些直观的、动相的声音不大感兴趣，而对静相中的声音[1]有着高度的敏感。如马的咳嗽、黄昏的咯血声、街道的声响、死者的哭泣、夜的抖动声，这些都是翟永明心爱的词汇。它们的确与黑夜乃至梦境有关，而不属于白昼的或日常生活的词汇。通过这些词汇，诗人像蝙蝠一样，既把握了作为声源的事物，又准确地绕开了这些事物的迷宫，使飞翔时不至于撞伤。翟永明就这样用自己对记忆中的黑夜惧怕和怨诉作为胶液，将这些词汇黏合到一起了。我们无疑能清楚地看到其中的裂隙。但正是这些裂隙中断了习以为常的连续，使词超越了历史性，而指向了她个体的史前史：对黑暗、子宫、死亡的追忆。在这种敏感的听觉中，现在与过去遥远的事物重逢了。重逢的喜悦像节日一样，化解了她的恐惧和怨恨，使诗的语调变得温柔而又宽厚：

  为那些原始的岩层种下黑色梦想的根 / 它们靠我的血液生长 / 我目睹了世界 (《世界》)

  在寂静的声音间歇中听到了声音，一些并不都有物理学依据的声音。这完

---

[1] 佛教将听觉分为外闻与内闻。外闻关注耳朵与物理声音的关系；内闻关注耳朵与"闻性"的关系。动相指可以直接听到的物理声音；静相指常人耳朵能听见的物理声音的间断。参见《大佛顶首楞严经》。

全是心智或幻觉的产物。精神分析学和佛教理论都把这种强行伸张听力的结果视为病态。因为这些声音是介于精神分析（引向日常的物理声音）和佛教（引向耳根圆通：天籁之声）之间的。[1] 如果硬从医学的角度判断这是病态，我宁愿称它为一种非但不使生命贬值，反而使之升华的"病态"。诗人就是用自己的"病态"和诗行驮起了黑夜的重负，使黑夜变得清晰起来了。她曾毅然地代表诗人宣称：

我创造了黑夜使人类幸免于难（《世界》）

把个人深重的苦难融进人类的不幸之中，这是诗和生命的升华。在这个意义上，所有曾为黑夜和恐怖伤害过的人都应感激她，将她引为知己和同类。

三

但是，作为黑夜的囚徒的同类们，如何进入翟永明的诗歌呢？耳朵出奇发达者的听觉，往往能在中耳和内耳部位轻易地沟通大脑和神经系统。最终，他们可能成为一个越来越沉浸于内部世界的"通灵者"。这种方式造成的语言晦涩，增加了读者的困难（尤其是耳根阻塞者）。诗人曾经说过："把自己纳入孤独的境地／不停留在带蛛网的角落／不关心外界的荣辱／它独自醒着／带着晦涩的语言"（《蝙蝠》）。所以，读者将翟永明的作品当作古典抒情诗来吟诵的时代似乎还没有到来。如果增加一些与外部交流的通道，对读者的理解或许是一种弥补，但对于诗人自己来说，真是前途未卜啊！

耳朵的确不是人与外部世界的唯一联系。研究表明，在电子显微镜下，"皮

---

[1] 庄子有"天籁之音"。《阿弥陀经》中有所谓"天乐"。但翟永明听到的声音与这些并不相同。她听到的，无论是生与死、自然与肉体，都与"黑夜"有关，都是她和她的同类精神创伤的记录。对于她来说，并不需要医生和教士，诗歌充当了这两种角色。

肤表面像一个粗网眼的筛网，又像一个令人目眩的坑洼地"[1]。人通过这些孔洞的呼吸与外部进行交流，尤其是那些组织结构比较复杂的部位（中医称之为"穴"，如头顶——百会穴，脚心——涌泉穴等等）。

被泡沫溢满的躯体半开半闭（《臆想》）

"半开半闭"与其说是一种犹豫的表白，不如说是一个被动的姿态。当翟永明闭眼倾听黑夜的声音时，她的躯体没有完全闭锁，也无力沉入黑暗的寂静孤独之中，而是在强力的冲击下被动地感受。

太阳用独裁者的目光保持它愤怒的广度 / 并寻找我的头顶和脚底 /……世界闯入我的身体 / 使我惊慌，使我迷惑，使我感到某种程度 / 的狂喜（《世界》）
全身每个毛孔都张开 / 不可捉摸的意义 / 星星在夜空毫无人性地闪耀（《渴望》）

"狂喜""惊慌""迷惑"都来自阳光、风、星月、异性和一切外部事物的侵入。它们打破了夜的静寂和深度。孤独的飞翔的耳朵堕落在"赤裸的土地上"。这是白天对黑夜、身体对耳朵背叛的一种不能持久的方式。所以，诗人旋即就以一种十分矛盾的心情表达了自己的态度：

身体波澜起伏 / 仿佛抵抗整个世界的侵入（《生命》）
你整个是充满堕落颜色的梦 / 你在早晨出现，使天空生锈（《噩梦》）
当你走后，我的痛苦 / 要把我的心从口中呕出（《独白》）
一阵呕吐的情节 / 把它的弧光悬在空中（《生命》）

---

[1] 西尔维奥·方迪的研究表明，身体与外部世界本来就没有界线。人体的虚空组织与宇宙的虚空组织是相连的。这是人体"小宇宙"与外部"大宇宙"的同一性这一东方信念的佐证。

对窥视的抗拒，可以采用闭眼的方式。但这种方式也有无能为力的时候；光、风、热、性的侵入可以让你精疲力竭。问题并不在于真诚与否，而在于有没有新的姿态。如果除了对声波的反应之外，你对身体的迷宫和世界的迷宫一无所知，那么，你就可能时时感受到外物的伤害。于是，向黑夜逃遁便成了最后一招。所以说，翟永明开始对蝙蝠的偏爱，只是集中在它那黑夜的幽灵、飞翔的激情、倒挂的姿态上：

天真的翅膀被刮伤 / 只在夜里出没 /……腋下有一片反抗的情绪（《蝙蝠》）

而对于它两栖性的另一面——哺乳动物，则有着天然的警惕和敌意。这种感受是完全可以理解的，就好像我们看见蝙蝠粉红色的小乳房而不快，看到它在夜空中奋翅飞翔而激动不已一样。所以，当她写到"夕阳在你们 / 两腿之间燃烧"的诗句之后，马上就说："蝙蝠在空中微笑 / 说着一种并非人类的语言。"（《边缘》）

看来，躯体向世界敞开是短暂的，向黑夜和天空逃遁成了一种宿命。我把她看成最后一批理想主义者中的一员。

只有我在死亡的怀中发现隐秘 / 我微笑因为还有最后的黑夜 /……我生来是一只鸟，只死于天空 / 你是侵犯我栖身之地的阴影（《七月》）

充满了喧响和回忆的黑夜与肉体的虚无、事物的虚空之间一直是一种争斗的力量。仿佛黑夜成了她的宗教，而肉体则成了一个不断发出诘难的虚无主义者。但是，翟永明总是把理想和诗情、把最心爱的词汇给了黑夜：

夜里总有蝴蝶叫着她的名字 /……月亮很冷，很古典，已与她天生的禀赋合为一体 /……越来越多的燕子在你家筑巢 / 黑罂粟被当作饰物挂在窗口（《沉默》）

蝙蝠的窘境是这个时代人类理想的遭遇和最好的隐喻。飞翔的欲望使"高贵的心难以着陆",但"重大的,肉感的形态"下坠的力量,使它"执意的飞行永远无法接近鸟类"(《我的蝙蝠》)。这个窘迫的境遇像一块沉重的巨石抑制着她,并深化了她诗的主题。因此,翟永明既没有在黑夜的声音中流连忘返,也没有像赌徒一样全身心地投入躯体的虚空。她开始学会睁开解剖刀一样的眼睛:

血从地下涌来使我升高 / 现在我睁开崭新的眼睛(《结束》)

"崭新的眼睛"有两层含义:一是外视,一是内视。但都不能从一般的经验层面来理解。这是翟永明第一次以主动的姿态(而不是被动地抗拒或闭目不视)面对自身,面对生命和外部世界。

四

表面上看,外视在翟永明这里的确像常人那样,利用眼球和焦距成像:外部世界的事物通过眼球晶体,在视网膜上投下了一个倒影,犹如一张感光胶片。人们习惯于把这张虚幻的没有显影的底片当作真实的事物对待。但翟永明采用的是倒立的姿态(视网膜留下的正立的影像)。像蝙蝠一样,在"睡不着的夜里倒挂着"(《我的蝙蝠》)。或者也可以说是婴儿的第一个姿态:"保持着这头朝地的事实我已长得这般大"(《旋转》),"婴儿般直率"(《预感》)。所以,她才能"在白天看到黑夜",才能"在贪婪的朝霞中"看到古老的哀愁。(《母亲》)

按照一般的理解,人的基本姿态应该是头上脚下、天上地下、阳上阴下。这的确是一个傲慢而又诱人的姿态。《易经》中的否卦正是对这种姿态的抽象表达。"否"在经文中解释为:"否之匪人。不利君子贞。大往小来。"在"十二辟卦"中它代表七月。"否"的本义为干坏事。纯洁的人(君子)干坏事,成了匪人,真是因小失大啊(大往小来)。"否"的卦象与七月互比,恰恰暗示了人的这种姿态的尴尬处境。翟永明或许也感觉到了这一点:

你是一个不被理解的季节／只有我在死亡的怀中发现隐秘（《七月》）

高昂起头颅的人们自以为是，殊不知他们成了魔鬼节日的祭品。所以，他们平常充当着魔鬼的仆人。而七月还只过了一半的时候，他们就只好贡出所有的精美食品，去祭奠那些同类：野鬼孤魂。其实，为了这样一个姿态，不幸的人类付出的沉重代价，何止一些"精美食品"可以概括的呢？

你让我生下来，你让／我与不幸构成／这世界的可怕的双胞胎（《母亲》）

相比之下，倒挂着是一个十分谦卑的姿态。愚蠢无明的头颅指向了大地，卑微的脚抬到了至高无上的位置。在《易经》的卦象里表示为"泰"卦。经文是这样解释的："泰。小往大来。吉亨。……朋亡，得尚于中行。"在"十二辟卦"中对应于正月，三阳开泰。泰：好的意思；朋：货币，代指外物；朋亡：世俗生活的失意，但能得尚（助）于中行（途）。恰恰在此刻，你才能听到"野樱草的呼吸"和生命的声音。这就是"小往大来"的道理（有人很失望吧）。美学上的补偿使"朋亡"变得多么微不足道啊！倒立者所见到的图像在常人看来是颠倒的，是不真实的。这只能说是"正者见正，倒者见倒"。

所以，在尘世中要保持这个正确的姿态，并不是一件轻而易举的事。在《旋转》这首诗中，诗人说出了她的难处和苦衷：

我站得很稳，路总是在转／从东到西，无法逃脱圆圈的命运／够了，不久我的头被装上轨道／我亲眼注视着它向天空倾倒

注定要死于空中的飞鸟一样的生命，即使想把双脚举到空中也不容易：

大地压着我的脚，一个沉重的天／毁坏我，是那轮子在晕旋（《旋转》）

但幸运的是，倒挂时所见的事物在视网膜上留下了难以消磨的真实影像，

就像在乳胶底片上留下的影像一样。何况诗人总是不惜代价地保存它,"目光朝着伤了元气的轮回部分和古老皱纹"(《第十二月》)。的确需要很好的内视能力,才能将她保存的胶片显影出来。内视的基本要求是"两目后视"。"后视"并不是叫你转过脸来,而恰恰要求脸依然朝着前方,但目光却要看到后面,"看呵,不要转过你的脸"(《结束》)。后视的人一般还是将双目微闭。但这种"闭"与闭目不视,仅仅只伸张听力的"闭"是完全不同的。这时,你可能看到古老的岁月在你眼底上留下的真实图像。更重要的是,你可能看到了骨骼的空隙、皮肤的网眼、血液的流动、气脉的走向,甚至阴与阳的争斗、生与死的较量。此时你即使倾听,也更多的是听到某种与宇宙声音合而为一的体内声音。这是人对自身的凝视和深刻的解剖,比那些整天睁大双眼去占有世界、去解剖别人的人要谦卑得多。

我的眼神一度变成琥珀 / 深入内心,使它更加不可侵犯 / 忍受一种归宿 / 内心寂静的影子 / 整夜呈现在石头上,以证明 / 天空的寂静绝非人力(《证明》)

在一种"崭新的眼睛"逼视之下,飞翔的激情与躯体的喧嚣之间是否能出现新的通道,那要看她对自身凝视和解剖的结果如何。我们应该把这个过程看作一座桥梁。

五

后来我们才发现,在翟永明的诗中,内视与外视之间并没有明确的界线。她有一种将内视外化或将外视内化的能力。这得益于她的基本姿态。也就是说,在她观察或倾听自己的躯体深处的时候,仿佛就像在看外部世界:

身体轻轻流淌 / 在古老的岩石 / 光攀至高山 / 让灵魂徐徐飞进又飞出 / 正确而真实,犹如远景(《身体·之一》)

轻轻扭头 / 身体宛似—— / 扑火飞蛾的双翅 / 远离尘世的事物(《身体·之二》)

纯洁的身体面对北风／你拧亮太阳／与躯体的平静混合／……一只乌鸦撒开灰色翅膀／死亡在身体内发生多次(《身体·之三》)

而对外部事物的观察，仿佛是在注视和倾听自己躯体深处：

怀着／那伟大的野兽的心情注视世界，深思熟虑／我想：历史并不遥远／于是我听到了潮汐阵阵，带着古老的气息(《世界》)

我突然看见苍老的家园／惊讶的冬天已鼓满了腹部(《太平盛世》)

将这两种方式真正结合在一起的，是一系列以母亲为主题的诗。

没有人知道我是怎样不着痕迹地爱你，这秘密／来自你的一部分，我的眼睛像两个伤口／痛苦地望着你(《母亲》)

对于这个经常闭着双眼的人来说，再也没有什么比母亲的形象在视野中停留的时间更长。我们在分析中可以发现，翟永明与母亲的关系十分密切。她把对母亲的爱视为一个秘密。这个秘密用生死相搏的"子宫战争"也无法解释[1]。恐怕只能将它看作一种东方式的"血缘情结"："我……是你的血液""血泊中你惊讶地看到你自己"(《母亲》)。

对母亲的凝视(外)与对自身的凝视(内)往往混合在一种奇特的视野中。这是翟永明的独到之处。她无法在自身与外部(母亲)之间划出一条界线。因此，长诗《死亡图案》是一组十分独特的"悼亡诗"。相比之下，阿赫玛托娃的《安魂曲》似乎显得十分直露。[2]或许与对人类暴行的控诉相比，对死神的

---

[1] 有人认为，子宫远不是一个充满爱的天堂。受精卵在着床和成形的过程中，胎儿这个体内寄生物随时都有被"呕吐"出来的危险。

[2] "涅瓦河烟雾茫茫，太阳暗淡／但希望始终不渝，在远方高歌。"类似的句子在《安魂曲》中随处可见。

暴行的控诉显得尤为艰难，因为"生者就是死者墓地"(《第七夜》)。于是，对死者的哀悼变成了对生者的诘难："我是死亡的同谋犯。"(《第一夜》)睁大茫然的双眼，面对死者苍白的面庞和绝望的眼神，并不一定能洞悉生与死的真相。人们的心往往会被恐惧和震惊塞满。"黑色葡萄的眼睛徒劳无益/在死者的床前，谁能伤害亡魂的灵感？"(《第五夜》)

也许不是每一个人都能感同身受地领悟到诗人在写作《死亡图案》时的心境。但我们却能从中学会对生与死的凝视，甚至能学会在死亡阴影笼罩下如何摆正生的姿态的基本知识。这是组诗在主题上的超越。

《死亡图案》由七首诗组成，依次称为《第一夜》《第二夜》……《第七夜》。其中，"七天七夜，我洞悉了死亡的真相"的诗句，是贯穿全诗的主旋律。不可忽视"洞悉"一词。它不只是表明睁着眼睛，还暗示了对夜的警惕和对梦的拒绝，并通过对自身的反观（内视）把握生与死的真义。如果母亲的死真的经历了七天七夜，那纯属巧合。但"七天七夜"对于生和死来说，都是意味深长的。否则，怎样能把母亲的死与一个活着的躯体连在一起呢？怎么能把生离死别的悲伤融进流动的血液和"一呼一吸"的气息中去呢？

无论是在数术文化中，还是在宗教和人体科学中，"七"都与生死问题密切相关。在后天八卦中，"七"代表了兑（泽），是一个苦难的深渊；在先天八卦中，"七"代表艮（山）是竖立的，担负苦难的背脊。当人站立于深渊之上时，艮上兑下成为一个咸卦。这个卦象是《易经》的"下经"之首卦。经文表明，除了到人来人往的市场上去搞经营（"九四，憧憧往来，朋从亦思"）以外，其他所有的行为都使人受到伤害。[1]对于一个诗人来说，这种伤害可能是终其一生的。

此外，在"七"的奥义中，宗教与科学也惊人地吻合。佛陀七日悟道。上帝七日造物。《易经》的"七日来复"（一个卦象由六爻组成，第七爻是新卦的开端）。佛对阿难说《住胎经》时，也反复阐明人之入胎，七日一复，十月全

---

[1] 咸：从口从戌，会意。戌，伤也。故咸即伤义。经文指明：初六，咸其拇（足大指）；六二，咸其腓（腿肚子）；九三，咸其股；九五，咸其脢（背脊）；上六，咸其辅颊（脸部）舌。参见李镜池：《周易通义》，中华书局，1981年，第63页。

胎的道理。中国习俗，追悼亡灵，七日为期，直至七七四十九日。《内经》认为，伤寒症患者的病症七天一变，要经三七二十一日才能痊愈。这些对"七"的直觉感悟，的确带有神秘性，都与胚胎学相吻合。[1]

"七天七夜"是一个从生到死或从死到生的过程。在这个临界点上，人可以同时听到交织在一起的生死之音。

今夜，我亲临边境 / 目睹两种命运——过去和未来 / 无尽无休，与时间交媾在一起（《第六夜》）
透过母亲的眼睛我看到 / 灵魂的结局…… / 我亲眼看到杀人者（《第三夜》）
分娩中的母亲 / 在生与死的脐带上受难（《第五夜》）

生生不息的循环时间挽救了她，使她没有跌入绝望的梦境。但母亲的死亡这一震惊事件，却通过诗人的"内视"转换成了一桩内部事件，一种更深层的伤害。所以，在细读中我们感受到，《死亡图案》似乎变成了濒死的母亲的哀号。

死亡梦魇充满躯体 / 惊心动魄：我掌握着 / 全体受害者的灵魂 / 备受折磨而焦虑（《第四夜》）

能洞悉生死真相（并将他人的死转换成自己内心的深层经验）的人，佛教称为"中阴身者"，即舍此（生）而未入彼（死）者，中间存在之身也。[2] 必须得有极强的意志力和内视力，才能把握这种状态。因此，"中阴身"就是一个既生既死、生死一如的中间状态。所以，《死亡图案》就不仅是对母亲之死的悲泣和伤悼了。

---

[1] 胚胎学认为，受精卵的细胞分裂过程经历了整整六天的血腥历程。在第七天时才开始在宫壁着床。结束了一个死的经历，开始了另一个生的过程。此后的变化，也是以七天为一周期。
[2] 并不是每一个人都能进入"中阴身"状态。比如一个濒死的老妪，可能会被痛苦、子女、别离等各种外事所拖累，而变得意识混乱不堪。这不是"中阴身"。

假定死亡在生长，借着黑夜杀人／我的躯体将保存全世界死者的痛楚（《第一夜》）

当我们亲尝死亡／……诞生只是它恶意的模仿（《第六夜》）

黑色的窗户把光线漏进心底／假如我是你，你是我，有多少时间／让我们看到生离死别（《第七夜》）

就这样，翟永明在对濒死的母亲的凝视中，借助于内视力（通身眼），以一个"中阴身"的状态，站在生与死的边界上，为母亲、为人类那些已死将死者，唱了一曲奇特的哀歌，在生人的躯体上刺绣了一幅"死亡图案"。

如果黑色就是死的颜色，白色就是生的颜色，那么，在一个生死一如的"死亡图案"中，黑与白就像一枚枚围棋子一样，镶嵌在棋盘上。

黑与白／我聆听怎样的智慧？／……消失的声音依照空气的安排／黑与白的安排（《变奏之三·黑与白》）

所以，组诗《颜色中的颜色》可以视为这个主题的另一种延伸。在此不再详论。

六

在"崭新的眼睛"的逼视下，发现"岁月把我放在磨子里／让我亲眼看着自己／被碾碎"（《母亲》）。睁眼对外部和自身的凝视，其结果真是难以收拾啊！苏格拉底说："你去活，我死。究竟谁更好，只有神知道。"孔子说："未知生，焉知死。"看来，普通人与伟大的智者所面临的难题是相同的。不同的只是前者贪睡，后者失眠。

但你来晚了。原以为能赶上一次隆重的典礼，可是死神的节日已经结束。它们又在重新开始自己的日常工作。那些三三两两的旁听者还不肯散去，重复着智者们热烈地争辩过的老话题。而迟到的诗人则开始掉转头去，独自踏上了自己在尘世的羊肠小道。

　　正因为通过了独特的倾听和凝视的练习,从而洞悉了事物和世界的真相,诗人才敢于以一个常人的姿态(头上脚下)走进外部的世界。在这里,"静安庄"就是外部世界的象征或代名词。我们在翟永明的诗中,找不到城市与农村、工人与农民这些题材上的区别。她关注的是人与世界、生与死、灵与肉之间的关系。所以,无论她与"静安庄"曾经有过怎样的亲缘或敌意,这都是一次将自己与外部事物融为一体的努力。其实,这种努力在组诗《女人》中就已见端倪:

　　偶然被你诞生。泥土和天空 / 二者合一,你把我叫作女人 /……从头至顶,我有我的方式(《独白》)

　　《静安庄》与《被称之为一切》这两首长诗在主题上的近似无须论述。不同在于前者将主题表达得更为浓缩和典型。《静安庄》由 12 首诗组成,依次称为《第一月》《第二月》……《第十二月》。进入"静安庄"所采用的姿态,已不是具体的闭目倾听、倒挂、双目内视的姿态。这些基本姿态早就与诗人的生存方式融合了。或者说,现有采用什么姿态并不十分紧要。好像"飞天蝙蝠"柯镇恶(江南七怪之一),无论是躺着、坐着还是站着,都能凭耳朵准确无误地判断飞镖或毒针等暗器的来路。因为他的耳朵在空中飞翔,而肉体变成了"通身眼"。对于他来说,姿态已经不重要了。

　　"怎样才能进入 / 这鸦雀无声的村庄?"(《第十二月》)玉米地、草垛、小路、羊圈、街石、田埂……,这一切依旧如故。但它们不会主动地与遥远的过去的生活相逢。当年的气息、体温、泪珠、汗水早就融进"阴阳混合的土地"中去了。只有土地才"对所有的岁月了如指掌"(《第一月》),去问土地吧。往事在土中喃喃低语,像"神在低声预言"一样。这无疑不是一组普普通通的怀旧诗。诗人没有思绪万千地唠叨着过去,也没有把过去的岁月集中在一块"小玛德兰点心"的滋味上(像普鲁斯特),而是把"脚"的感触和聆听的日程,当作自己精神岁月的历史来揭示。现实世界的图像像幽灵一样四处乱窜。但土地中"嘶嘶的声音"从脚底涌进，与她精神岁月的影子真实地重逢。

在《静安庄》中，"脚"的意象是贯穿全诗的中心意象。它不但有触觉，而且还有敏锐的听觉。这无疑得益于躯体的眼睛——涌泉穴，还有皮肤的孔洞。

从早到午，走遍整个村庄／我的脚听从地下的声音／让我到达沉默的深度（《第二月》）

我的脚只能听从地下的声音／以一向不抵抗的方式迟迟到达沉默的深度（《第四月》）

踩在泥土上，本身也是土（《第九月》）

听见土地嘶嘶嘶的／挣扎声，像可怕的胎动（《第十月》）

步行的声音来自地底，如血液流动（《第十二月》）

我们绝不能把"脚"看作一个可有可无或者能随便替换的道具。融进了土地的过去的岁月，如今已经变成了大地之气，徐徐涌出。诗人像一个赤足走进梦的森林的孩子。她也许并没有得到可观的猎物，但"脚"却听到了"这片翻松的土地／爬出一种古老的调子"（《第十月》）。当她把自己视为"土地与天空"的元素和合而成的一粒尘土时，她也就成了"古老调子"中的一个音符。

全诗的"十二个月"，与其说表示了古老的历法，不如说表示了十二律吕的声音。而律吕恰恰传达了天地气机的变化。[1] 所以，"静安庄"土地上每一个角落发出的声音构成了一组旋律，说它古老是因为过去的元素早就融入了其中。躯体的声响如今也与这土地气机中的律吕交织在一起了。生命的元素就是这样与土地融为一体。"低飞的鸟穿过内心使我一无所剩／刻着我出生日期的老榆树／……给予生命的骄傲。"（《第十二月》）脚在倾听大地之声的过程中，

---

[1] 传说黄帝时，乐师伶伦用昆仑山所产的十二根竹管并排埋入地下。当十一月的"一阳来复"之时，第一根竹管中就有地气冲出，吹起了"黄钟之音"。此后，大吕，太簇、夹钟等十二律吕依次与十二个月对应。中国音乐与西方的"十二平均律"不是一回事，它与自然和人体的状态联系得更密切。

也仔细地分辨和筛选了属于自身的音符。她的确进入了静安庄。在这里，过去和现在的边界是模糊的。精神岁月的脚印在十二个月循环不止的小径上游荡。

七天成为一个星期跟随我／无数次成功的梦在我四周／贮满新的梦，于是一个不可理解的／苦难渐露端倪，并被重新／写进天空：完成了又怎样？

对于一位年轻的诗人来说，完成仅仅意味着开始。

七

在翟永明后来的一些诗歌中，我们的确可以发现幸运的生活之鸟的影子，飞翔的蝙蝠有时慵懒地倒挂在地窖里。但对此我们除了深深的祝福之外，还能说什么呢？美学的代价曾由她自己付出了。当一个"厌倦了黑夜／常常从梦里坐起"（《玩偶》）的人说："走吧，壁虎的你／离开阴影，如我一样。"（《壁虎与我》）这是十分真诚的。其实，黑夜依然笼罩着她。在最近一首诗中她又写道：

我的沉默，类似它的沉默／我无法开口的黑暗把夜充满／在世上我无法成眠／……向谁剖开我满腹的追问／当月亮醉如烂泥／我仍无法成眠（《甲虫》）

挑选黑夜、死亡、赤脚、盲目作为自己基本的经验对象，挑选闭目谛听、内视、倒挂、飞翔作为在尘世间行走的基本姿态，这不是一件轻而易举的事。对于那些整日沉浸在"散乱"（精神不集中，胡思乱想）和"昏沉"（昏睡或打瞌睡）状态的人来说，她的诗歌却完好地保存声音（大地的喧嚣、血液和气脉的流动）、颜色、气息等各种人类的基本经验。而她自己依然是一个"异乡的孤身人"（《第十二月》）。所以，诗人总是以一个咸卦的姿态站立在黑暗的深渊上，用自己遭受的伤害，保留着人类古老的气息而不至于四散无踪。

1995年6月于广州

翟永明诗二首点评

钟 鸣

《玩偶》点评

  翟永明诗风多变,但大致有两路见长;一路表现场景(如《静安庄》一类);一路咏物变相(如《壁虎与我》和《蝙蝠》一类)。前者讲气势,后者讲微妙。《玩偶》属后者。诗人从美国带回不少布娃娃,特别钟爱。这或许使她想起了童年,或许由此发现自己童心未泯。诗中也正好给出这样的台阶。若真这样,那未免就太简单了。"童趣"固然是童趣。但它被一种可怕的东西给限定了。是什么呢?说来也巧,我译过一首史蒂文斯的《可怖的鼠之舞》,是关于国家历史、人民和被遗忘雕塑的。围着雕像,"我们绕了又绕"。人鼠混杂。鼠具有双重性。"多么美的活人画,影姿绰约,伸出的铜臂抵抗一切邪恶!"这座美的雕像——诗中的"beautiful tableau"(美的活人画),在斯坦贝克式的人鼠嬗变之间,聚集反讽,提示其"玩偶性"。"活人画"正好又有"引人入胜的场面"之意。于是,玩偶和诗的深邃在两个层面上形成张力。翟永明的《玩偶》,意象上虽与此大相径庭,但构造极相似。现在来看看,诗人是如何形成短诗张力的——许多人爱空用张力,但就诗人而言,它非常具体,无非是寻找意识的多种支点,其经验必须有效,否则就堕入艺术交流之恶(理查兹在《文学批评原理》中,有专门论述)。第一小节,诗人提供了典型的白日梦。尽管词的表层意义暗示时间为黑夜,但就意识的清晰而言,这是技术性遁词。为引诱阅读，黑夜的隐喻性较容易理解。此小节的关键在于完成"倒置"：无生命的玩偶（客体），"闪着褐光"，把主体的"我"暂时置于被惊醒的位置。"不真切的口吻"和"胡言乱语"，在我们经历过的时代，是有真实前提的。回忆其实就是怀疑。这点诗人表达得极委婉。接下来的一小节，诗人表述了两个"惊魂未定"的对立物。玩偶因被注视而惊醒——这里，诗人扣住"玩偶"主题，运用了类似史蒂文斯的"剪影法"，表面"不慌不忙"，而实质却另一番心境（即内心的狂野之义）。"丑陋"在这里具有多义性。或许正是惊醒"我"的东西。"辛酸"和"儿时"为此提供着线索，但仅仅是线索。因为，两个惊醒物突然转到了补纳这个可疑的动作上。往事与创痛，在起承转合间被提醒，真可谓天衣无缝。玩偶到此，已暗暗转换了好几个角色。诗人的变相技法极为熟稔，不愧是短诗高手。最后一小节前四句可视为"闲笔"。一般短诗为扩大容量，多密锣紧鼓、不施空隙。而诗人恰好利用这点，使其有回旋往复之感。这几句由物转向场所的描写，实际上在扩展玩偶既是个人诗意的也是社会的属性。"梦见未来的一夜"在上下文关系中勾出诗的主旨：玩偶的此时"凝固"，提醒着"我"的将来时态——"黑夜"在翟永明的其他作品中有着一贯的指称，既表示心理和生理的双重阴影，也表示对一种广而言之的死亡的警觉。这一节，"不真切的口吻"在这里得到了验证。这是全诗重心，但却被诗人淡化到了不易察觉的地步。若用套话，便是温柔敦厚所在。接下来，又像电影淡入淡出般，诗人的笔触又回到玩偶的"剪影"上，用玩偶安宁的眼睛，暗示了生命向前推进的寂静之声，这既是生活的哀怨之声，像结尾两句表露的，同时它又是一种天真的戏谑之声。"童趣"在这里有了歧义，因为这既完整又不完整的生活（这也是诗所提供的副题），乃由社会历史和自然肯定，恰恰不为我们个人所摆布。或许正因为这点，诗中的玩偶才着了魔似的，已远非什么小玩偶了。

【附】
玩　偶

翟永明

当我厌倦了黑夜
常常从梦里坐起开口说话
小小的玩偶闪着褐光
我说话带着一种不真切的口吻
我说着一直想说的胡言乱语
像静物也像黑暗中的灯泡
面目丑陋的玩偶不慌不忙
无法识别它内心的狂野
当我拧亮台灯　梦在纸上燃烧
我的梦多么辛酸　思念我儿时的玩伴
躲在我手上一针又一针
我缝着它的面孔和笑容
梦见未来的一夜它开口说话
来到我的床边
白色的床分开阴阳两界
白色蚊帐是这玩偶的衣裳
这玩偶的眼睛
　　　比万物安宁
这玩偶的梦
　　　飘向我的世界
我的梦多么辛酸
夜夜见你站在床前
你的手像一把剪刀
时时要把我伤害？

《我策马扬鞭》点评

记得有人曾对翟永明说过,她的美国之行把过去普拉斯的影响全都还给了纽约。1980年代,因翻译,诗人们深受"自白派"影响。其中,普拉斯又最为女诗人钟爱。翟永明可说首当其冲。但她何时疏远普拉斯尚待研究,在我印象中,仿佛是80年代末。接着,她旅居海外两年。这首诗正好是出国前写的最后一首,也是她风格的转折点。最明显的特征是她原来的风格多内心剖白,现实与时尚虽经变形,仍有迹可寻,物我互渗,较情绪化,行文结构之演进较倚重人生经验,虽藏形露迹,并给予技术的阻断和稀释,但这经验却是再明显不过的。而从这首诗开始,她逐渐转向一种较冷静的"客观描述",过去作为剖述者的"我"成为讲故事者,想象与幻象的运用也渐渐多于个人的涉世经验——就是说,个性、常识多为历史经验覆盖。杨炼曾戏说诗人写这首诗时,读了许多的武侠小说。就诗而言,其中也确实不乏"穷兵黩武"之气,但那是男爷们式的"穷兵黩武",那是我们皇族历史所热衷、所喜好的关起门来的"穷兵黩武"。这首诗,对它正好是一个莫大的讽刺。

此诗具有"双向写作"的特征。所谓"双向写作",即诗人在构造的统摄之际,有两种以上的经验重合,而同时又下意识地使其并行延伸。这首诗结构并不复杂,除最后一节跳开,前面六小节都带叙事味,亦古亦今恍若《木兰辞》,复杂性在两种经验的重合。由第一种看,诗中的"我"与诗人现身吻合。记得,就缘她而起的"女性文学"或"女权"一类的标签,我们交换过意见。翟永明显然是极轻视的。因为这往往是种褪了光来说真理的把戏,实在可疑。了解她的人,也不难发现其秉性气质中有种特别的英武之气,是由于现实所给予的特别压力而形成。这"第一种我",及我之恣意狂放,便借题发挥出来。至于"第二种我",则产生于对"黑色统领"的滑稽模仿。"今晚是多少年前的夜晚?"使"第二种我"回到了多灾多难又多兵燹的历史画卷。显然,"黑色统领"就是穷兵黩武者或他所代表的某种权势。这种权势或许看不见摸不着,与我们生存的方式相仿,但却"使我胆战心惊"。因为它或许就由每个人的无意识滋养。对这样的权势,翟永明在诗中非常隐蔽地给予了嘲讽。或许因为出自女性之手,这嘲讽也就特别的厉害。就我所知,至今还很少有人发现翟永明许多作品都具有这种讽刺特色。眼前这首诗的最后一小节,就最能说明这点。这里,诗人有点突如其来地借用了叶芝的"长腿蚊"(又译苍蝇或虻)。在叶芝原作中,这长腿蚊,正好就用来讽刺恺撒、海伦和由他们所引起的战争与死亡。翟永明借用过来,不能不说是出于相同的旨趣。

【附】
我策马扬鞭

翟永明

> 我策马扬鞭在有劲的黑夜里
> 雕花马鞍在我坐骑下
> 四只滚滚而来的白蹄
> 路上羊肠小道落英缤纷
> 我是走在哪一个世纪?
> 哪一种生命在斗争?
> 宽阔邸宅我曾梦见:
> 真正的门敞开
> 里面刀戟排列甲胄全身
> 寻找着寻找着死去的将军
> 我策马扬鞭在痉挛的冻原上
> 牛皮缰绳松开昼与黄昏
> 我要纵横驰骋
> 穿过瘦削森林
> 近处雷电交加
> 远处儿童哀鸣
> 什么锻炼出的大斧

在我眼前挥动？
何来的鲜血染红绿色军衣？
憧憬呵憧憬一生的战绩
号角清朗来了他们的将士
来了黑色的统领
我策马扬鞭在揪心的月光里
形销骨锁我的凛凛坐骑
不改谵狂的裹性
跑过白色营帐 树影幢幢
瘦弱的男子在灯下弈棋
门帘飞起进来了他的麾下：
敌人！敌人就在附近
今晚是多少年前的夜晚
哪一位垂死者年轻气盛？
巨鸟的黑影还有头盔的黑影
使我胆战心惊
迎面而来是灵魂的黑影
等待呵等待盘中的输赢
一局未了我的梦幻成真
一本书一本过去时代的书
记载着这样的诗句
在静静的河面上
看呵来了他们的长腿蚊！

1989 年 8 月

献给无限的少数人

翟永明

这个标题出自诗人希门内斯一本书的赠言。关于诗歌的生命力和诗歌的本性，这难道不是最好的回答吗？对于许多诗人来说，这也是内心对自己读者的最好的期待和赠言。

这是又一个世纪末，我们必须习惯读者的分流，必须将阅读空间让位于电视、报纸、公众话语、畅销书、发迹史甚至小说。诗歌习惯于这样的位置：在某些人那里什么都不意味，而在另外的人那里却充满了意义。或者说，在大众无动于衷的地方，诗歌将仍会得到某些人的厚遇。

我的诗始终是献给我心中的少数人，他们可以是我心中臆想的陌生的读者，更多的时候则是我身边某位具体的朋友，我的诗仿佛是为他而写，就像我的心在那一时刻急于与要他的心交谈。这也可以说明为何我的诗中总有一个暗含的他者，一个处于倾听中心的隐身人。因此，我写作，并不与时下的倾向有关，也不与当前迫切的哲学思潮有关，它们只是个人在词语和纸背中向外注视着一个变化的时代，实在无足轻重，不被人所体味与认同，其妙处只被自己和少数喜欢和理解"毫无意义"的事物的人所领略。偶尔或被人这样那样地归类和存档，却也是别人的事，与我的写作无关。

少数然而无限，犹如希门内斯的逻辑，因为正是这少数人构成了我与寂寞和词语的对话，构成我诗歌的轴，带动了诗歌的血液循环，使得语言像活跃的红细胞，在诗中孕育、繁衍和增长的诗歌中呓语般，但又是直觉所获得的各种因素。我为这少数人的变幻、持久的目光而写作，当我坐在桌前，它们从不同的空间和不同的角度注视着、要求着我。

那么，对于我来说，无限的含义还包含在自身之中，我的一位朋友曾说："重复就是力量。"但对于我而言，重复意味着有限，而变化才是一个永不枯竭的无限的概念。我希望我的作品能创造出这样一个空间：既不被已有的知识所束缚，也不被已往的历史所局限，它将在一个更广泛的空间里被自由地体验和容纳。

有时候，我并不希望我的诗像我那过敏的神经一样，衰弱、紊乱、失调，我更愿按事物本身的面目来理清某些实质。我其实更相信，某些朴素的事物比它们的表面耐人寻味，它们更深的层面被我们忽视了，我希望我的诗歌之锹在写作时能刨开意象和词汇的浮土，不断挖下去，就接触到事物的核心，它们像卵石一样，坚实，有力，滤干了多余的水分，因此成为美学大厦的最可靠的地基。

不过在某些时候，当细节在诗中流动和渗透时，语言被怪异地夸大，它表现出对整体的疑惑和对现存的语言的脱节。这时，你不得不敬重那些词语组织中超越你的思想的含义，就像当音乐在你体内流动时，它唤醒你的四肢百骸，扭转你的僵硬枯萎的身躯，但并不意味着你必须热爱某位乐师的演奏和风格。

有时我会想到：即使我的阅读者只留下一个，我的写作也仍然有理由为这无限中的一个而追求活力，延伸美，面对有限的现实而追求无限的激情。因为"这一个"就像镜中的影像，反射出我自己的没有止境的渴望。并且我相信：在时间的空间里，读者和诗人只是来来往往，历史和事件将不断消失。只有诗歌和它所代表的事物永远留在那里。

沈 苇

瞬间在持续
——读沈苇诗札记

耿占春

词语的瞬间

　　这些诗章在以神奇的方式悄然结合起文字与那片中亚高地、心与物、冰与火、我和未见过的沈苇。这些书页之中布满秘密的门，通向无限的瞬间。阅读这些诗，我就不再处于持续消逝的日常时间中，而是"手持火焰，远离虚无的镜子"，在一行诗里得以深入无穷的瞬间。正如书名所示，"在瞬间逗留"。
　　这可以视为一个趋于成熟的诗人的风格的魔力。它的一个可以辨认的标志，是一个诗人所特有的语汇及其语汇间秘密的独一的关联方式。这使它不同于在新诗潮上涌起的大堆的"宝石"、大片的"麦地"。这些互相传染的词语常常缺少经验上的切身性。它所表达的并非某种特有的经验而只是一个诗人的行话。
　　在沈苇的诗中我遇到了这样一个词语的瞬间世界。它由易变的、灵活的、在瞬间生成的词语所构成。这些词并不坚固，也没有固有的语义，在体验的余温里显现正在孵化的含义，结晶成形式，又仿佛是词语向经验之源的一种融解。它们是"飞翔"——鸟、时光、岁月，"太阳"——中亚的火与玫瑰，"透明"——冰、光芒、水滴、葡萄，"空气"——变为往事的残余物的气息，以及梦幻般的日常事物。而"瞬息"则是许多语汇的一个隐蔽的起源。

飞翔中的世界

通常而言，瞬间是人所不能逗留的地方。我们的生命仿佛不过是生活在瞬间，不过是被瞬间所抛开。对于沈苇来说，抓住瞬时的世界就是与无情抛开我们生命的那种力量相抗争。因而他总在充满警觉地注意到"枝头小小的寂静在爆炸"的时刻，以及

只有光，高大的光，赤裸的光 / 站在眼前，……（《初步》）
高塔和孤独一起上升，鸟飞翔时的努力改变了古老秩序的那么一点（《东方》）

当诗人把我们带往"枝头小小的寂静"或"高塔和孤独一起上升"的时刻，诗人也同样"改变了古老秩序的那么一点"，他改变了时间的秩序，改变了时间的流速，使时间出现了一次小小的停顿、逗留，如同直立的光芒，站在眼前。这也是诗人"飞翔的努力"所带给我们的。这种飞翔，也见于"一个地区"：

中亚的太阳、玫瑰、火 / 眺望北冰洋，那片白色的蓝 / 那人傍依着梦：一个深不可测的地区 / 鸟，一只，两只，三只，飞过午后的睡眠

这种飞翔的努力、飞翔不动的静止的瞬间把"一个地区"、一个恒定的空间也瞬时化了。中亚这个古老的地方获得了一个瞬间的形态，仿佛转瞬即逝的梦，又仿佛它就是那个做梦者"那人"。由此我们得以深入这块亚洲腹地，深入它的深处、它的梦境。

瞬息故土

对于人们来说，瞬间似乎什么也不是。日常生活世界，总是表现为瞬间的

枯竭。这也是内心生活的枯竭。对于生活、劳作、事件的长度而言，瞬间无法构成什么可以言说的东西。与之相反，沈苇的诗却揭示了瞬间的丰富的蕴藏。沈苇通常并非是一般地写到甚至不是在记忆中写到故土与童年，那另一个已逝的生活世界总是在一个瞬息间、在一种特殊的回味的气息中突然降临，故土、童年就在这种瞬息即逝的气息中获得了不在之在：

登上童年的木楼，内心空旷／那风中飘过来一个陈旧事件／刹那间笼罩我的全身（《还乡》）

然而，任何还乡都会把人变为一种神话元素，面对着现在与过去之间的无法逾越的乌有的路程，还乡的人不能不感到：

我来自岁月的下游，死亡和波浪起伏的／蔚蓝之地，我来自我的乌有之乡／神圣源泉晶亮的一滴

然而这神圣源泉的一滴，又是易于枯竭的一滴。这晶亮的一滴犹如一个瞬间不会持续很久。更多的却是岁月的尘埃，"只有尘埃、尘埃，我细细辨认其间我的面孔"：

就在昨天，一百个处女还在瓦房上曼舞歌唱／一夜之间都糊里糊涂做了新娘／她们凝视远方，世界便在身后出现／给她们突然一击，——这一切总来不及思考／那远逝的春天啊，如花丛中升起的云朵／飘向蓝天，使翘首者满面泪流／／我正走向我诞生的木楼——我是否还在里面／在一岁的早晨，或者十岁的黄昏？／迎面扑来干草熟稔的气味／那白米的木桶和木桶上龙凤的图案／是以怎样的方式维护旧日的面貌？（《故土》）

旧日的时光，人与事，给诗人以复杂的感受，一个声音在心底说"没有了"，"消逝了"。另一个声音却在耳边说"还活着，一切都仍在持续"。如同迷

漫的尘埃与神圣源泉的水滴。远嫁的新娘，一岁的早晨，十岁的黄昏，已成为岁月的尘埃，然而不也是神圣源泉的晶亮的一滴？生命在消逝，也在持续。

对于诗人来说，并不是时间包含着连续的瞬间，而是非连续的瞬间里包含着时间过去和时间现在。时间中的瞬间不过是消失、遗忘和死亡，而瞬间中的时光却是重现、记忆和复活。时间中的瞬间不过是失落的大片尘埃，瞬间中的时光却是源泉晶亮的水滴：它映现着世界，也以神奇的方式映现着乌有之乡：

记忆低垂，像南方谦卑的屋檐 / 我的情结：一只汁液饱满的水蜜桃 / 在绵绵细雨中吮吸乡镇的精气（《从南到北》）

诗人敏锐、通明的内心抵抗着使瞬间枯竭的那种机械的、重复的外力，使瞬间成为诗歌——心灵——世界的一个丰厚的源泉：

唱啊，置身越来越严重的荒凉 / 丰盈恰恰是唯一的主题（《秋歌》）

日常生活的神性

沈苇的诗中经常写到一种瞬间升起的疼痛，然而这疼痛并非绝对的悲痛，它也包含了难以言说的"欢愉"。这种疼痛是面对存在之物的一种伤逝之情。诗人又感到这疼痛的一刻仍然毕竟是面对着存在之物。因而他体味到"生命的疼痛 / 居然令人暗自喜悦和感动"。在此，诗人提到了波斯诗人哈亚姆和他的《柔巴依诗集》，并回应着东方诗人所特有的一种"感伤的快乐"。一种不是从天国，而是在人世间突然面对日常生活的神性的方式：

在一个名叫滋泥泉子的小地方，我走在落日里 / 一头饮水的毛驴抬头看了看我 / 我与收葵花的农民交谈，抽他们的莫合烟 / 他们高声说着土地和老婆 / 这时候，夕阳转过身来，打量着 / 红辣椒、黄泥小屋和屋内全部的生活（《滋泥泉子》）

在光线照彻这一切存在的事物时，这些凡俗之物被纳入了另一种"神性"的目光中，也许它是夕阳的目光或毛驴的目光、物自身的目光，是"几棵小白杨"就"使滋泥泉子突然生动起来"的物的魅力。在我们读到滋泥泉子、小毛驴、红辣椒、黄泥小屋时，就不是在罗列事物的名称，而是在内心中顺从一种魅力，到达这些事物之中一个无法说明的、高于我们的世界之中。诗人因此在存在面前谦逊起来：

在滋泥泉子，我遵守法律/抱着一种隐隐约约的疼痛/礼貌地走在落日里

这是常常在心里说"不"的诗人与生活世界和解的时刻。对于沈苇来说，结束人与世界的对抗性的调停者总是带着生活世界全部的神秘性突然降临。我们没有忘记饮水的小毛驴、夕阳的回头以及小白杨，在这里它又出现了，却是一只蜜蜂：

一天，我去桃树林里散步/几只蜜蜂在花蕊中深情地看着我/这使人感动万分/我在心里说：我宽恕人类（《回忆》）

这和诗人说我宽恕自己是一样的。他面对了"代表大地说话"的那种力量。他越过了荒地，找到了"自己的起源"。

同哈亚姆一样，诗人同样会铭记让人同生活和解的女性的力量。沈苇写出了自己的"雅歌"，歌中之歌：

今天啊，谁在花朵中入睡/谁在梦里飞翔/谁在天空撒网/谁，乘着月亮遇见奇迹和光芒//而我惊讶于身旁的事物/大地的轻声呼唤俘虏我的名字/你的乳房，你的腰肢，你的大腿/那令人窒息的美，仿佛初次造就/仿佛初次的河流，与山峰，微微颤动（《郊外》）

两性的结合仿佛是宇宙间两种基本力量的结合，是对抗的事物之间的结

合，也是人与世界的结合、生与死的结合、生活与神话的结合、漂在黎明的旷野，"我们拥抱着，好像方舟里的一对／目睹了创世的汪洋和新生的大陆"。

诗人懂得女性所拥有的超凡的力量、所拥有的光芒和秘密的教义：

她拥有一个盛大的王国，一座超凡的宫殿／星光和月光，应该围着她坐下／因为她心中有一盏灯，一个真正的教诲（《肖像》）

"一个真正的教诲"也许唯有在记忆中我们才能听清它痛苦的音质：

我遇见她，并且轻声念出她的名字／像低矮的天空，在入夜时分／保留最后一丝颤栗（《阿拉尔情歌》）

欢愉的音调很快就掺进了记忆中的一丝丝颤栗。他没有哈亚姆那么多欲，然而肯定比哈亚姆更多情：

在告别的风暴中心／我苍白得像一朵云，包含太多悲伤的雨水

但诗人仍然坚持说：

当鸟坠落，飞翔仍留在天空／当手挪开，抚摸仍停在爱人心上（《告别》）

如果这仍然是一种安慰的话，意识到这一点就是一种悲伤的智慧、一种爱的悖论了：

哦，我还知道那么一点：玫瑰就是玫瑰／当它近在身旁，就是一座炼狱／当它远在天边，就是一个天堂（《玫瑰的未来》）

只是没有人是不经过炼狱就能到达天堂的。

物化的瞬间

沈苇经常写到一种自我变为他物的经验。这意味着我与非我（之物）或他者的联系，或者"我就是非我"。在沈苇所歌颂的爱情中，也在他写到一头毛驴、一只蜜蜂朝"我"看的目光中，自我意识就在让位于物的意识。因而，在沈苇这里，物化或异化为他物并非是卡夫卡那里的一种纯粹的痛苦、分裂的经验，而恰恰相反，物化却是一种体验到幸福、融合的时刻。"我没有痛苦，没有抱怨"：

只感到星辰向我逼近 / 旷野的气息向我逼近 / 我正不可避免地成为自然的 / 二个小小的部分，……（《自白》）

在《旅途》上，诗人写到"人很小，太阳很大"：

当我向塔克拉玛干靠近 / 感到自己正成为沙砾的一分子 / 而太阳是天空唯一的皇帝

在此，人的自我中心位置、自我意识的放大被"他物"出现的所具有的奇异的力量限定了。这似乎是对主体经验的一个否定。因此诗人承认"这使我丧失荣誉和自信"。与此同时诗人又在与"他物"自觉地相认同。诗人曾写到在"开都河畔与一只蚂蚁共度一个下午"，"并且倾听它对世界的看法"。他知道这些微末的事物的死"更不会影响整个宇宙的进程"。诗人在宇宙间认同了这些微末之物的命运，物化也是从这些微末之物开始的。《午后》如此写道：

躺在草地上，看凶猛的阳光滑过山岗 / 如一个个波浪打过来，抬起我 / 将我变成漩涡中的一叶诗人为此感到"灵魂忽而出窍，忽而附身"，接着在"惶悚，茫然"之后，一个"反题"出现了，那与"丧失荣誉与自信"相反的感受是：

真的，我居然尝到了一点晕眩的幸福／我知道，这漫过山岗的阳光也会抬起我／连同我尘世的爱、我的宇宙乡愁／一起装上，像一支娶亲的队伍／走在荒凉的午后

在死亡这个主题（正题）之后，诗人提出了一个反题：幸福和娶亲的意象。《诗人之死》写道，"死亡不是什么新闻，正如生命常被忽略"，但接着的却是"一旦诗人死去，死亡也在死亡"。因为诗人懂得如何使自我意识与物化经验协调起来而非对立起来，诗人洞察到我与非我之物在分裂之前的世界。死是一种物化过程，而生亦同物化一样是一种持续的变化状态：

正当年少，他在向日葵中午睡／梦见稚拙的翅膀在飞，在变大／他醒来，金色花般的火焰包围了他的家园（《太阳诗人》）

在沈苇的诗中，正题与反题、生与死、消逝与持续、痛苦与欢愉的合题总是同时性的，物化的经验并非只是诗人的一种内在经验，外部、西部的景观也活生生地表现着这一生与死的合题：

向西！姑娘们骑上高高的白杨／留下美丽的尸骨，芬芳袭人／向西！坟墓的一只只乳房／瞄准了行走的风景（《向西》）

在匆忙的生活时间中，诗人需要那种巨大的静止的片刻向瞬间生成，使我们超出时间之外。诗是一种"现在"的艺术，是对现在这一刻的追寻。帕斯的诗、普鲁斯特和伍尔夫的小说都提供了深入现在的方法。沈苇的诗也把我们带往现在和无穷的瞬间。那流逝的现在、流经我们却总是避开我们的现在，在沈苇的诗章里回旋着，使我们得以"在瞬间逗留"，"让我们追想短暂事物

去远方"——

　　我们沉默着走过公园小径/抬头看见雨后天空的几只飞鸟/哦,飞鸟!飞鸟!什么时候/我们像飞鸟在天空建设家园(《灵魂与花朵》)

沈苇诗二首点评

陈旭光

生命中昂贵的娱乐——《娱乐》点评

沈苇的诗歌，朴实清峻、沉稳坚实，绝少晦涩艰深、故作深沉，然而却奇思精辟、张力内敛。其诗常有意象大跨度的跳跃，但给人的感觉是意象之珠的诗思之线隐然若现，不绝如缕。可以肯定，在他的诗歌中，清新的感性、不乏沉雄的大气、清丽通脱的诗语、张弛有致的语言节奏、飘逸旷远的精辟诗思，均内控于主体诗情的氤氲饱满和诗思的从容婉致。

当初读《娱乐》一诗时，我曾忍不住旁批道："颇有穆旦风。"因为我从中感受到"穆旦式"的坚忍持固、不乏惨烈的"自我搏斗"："我追赶我的名字，一个蛹，一只飞蛾／我与我的影子搏斗，直到筋疲力尽／我变成一只玻璃球，滚进人群的草丛。"的确，作为理性的动物，人是诸多矛盾的复合体，而作为表达人类良知的诗人，必然要慨然承诺比常人多得多、痛苦得多的矛盾纠葛。诗人的这种永无止息的自我搏斗与矛盾纠葛构成人的基本矛盾和生存境况，也成为敞露存在的澄明之境的诗歌之永恒的主题——恰如叶芝说的，"和别人争论产生雄辩，和我们自己争论产生诗"。沈苇无疑是颇具这种慨然承担的达观的："我支付着青春，爱；信仰，忧伤／为了生命中昂贵的娱乐。"

《娱乐》是一首关于诗歌写作的"元诗歌"，是沈苇自己诗歌写作甘苦追求和心路历程的一种诗的表现。沈苇在回答记者的提问"你为什么写作"时，曾回答道:"为了与时间搏斗。虽然在这一场搏斗中人注定要成为失败者,但至少可以做到这么一点:在时光的流逝中不至于焦虑,使心灵获得安宁。我写作,因为我相信'墨水比血液更加诚恳',墨水高于我们的血液,诞生更高的真实。"的确,写作对于写作者而言,确乎是一种以"生命""青春"为代价的,以"真诚""信仰"为支撑的"昂贵的娱乐""痛苦的娱乐"。

沈苇对诗歌写作状态的描述用笔草草而令人惊愕:"我一点点吃着自己思想的面包屑／用人间的蜂蜜和黄连／我吮吸夜半的墨汁／直到身体通明。"

【附】
娱　乐
沈　苇

> 我有我的娱乐,像一个鲁莽的春天
> 用力摇晃盛装的樱桃树,犯下滔天的罪
> 或者一阵风,拖着世纪末多情的尾巴
> 穿过空旷的山谷
> 爱是一种娱乐,我早已悄悄爱上了人类
> 痛苦是一种娱乐,我干得如此出色
> 我一点点吃着自己思想的面包屑
> 用人间的蜂蜜和黄连
> 我吮吸夜半的墨汁
> 直到身体通明
> 我追赶我的名字,一个蛹,一只飞蛾
> 我与我的影子搏斗,直到筋疲力尽
> 我变成一只玻璃球,滚进人群的草丛
> 我正在为下个世纪清扫一个新房间
> 抱着一个旧扫把,像学步的儿童
> 踉踉跄跄走过光滑的地板

或者一条章鱼，匆匆掠过古老的海底……
我支付着青春，爱；信仰，忧伤
为了生命中昂贵的娱乐

1994 年

正午的诗意——《一个地区》点评

这首诗写沈苇的第二故乡——"太阳对面的新疆"。

这首诗，读之感觉如读古诗绝句，如读小令，意笔洒脱而余韵悠长。意象的令人目眩的跳跃，从容不迫的描述性语气，却流贯着灵动飘忽的诗思和充沛的诗情——我称之为"正午的诗意或诗情"。

事实上，此诗表面看来虽极为简括，如国画中的大写意，意笔草草，而细读进去，结构也颇不简单，甚至称得上繁复多层。

先是三个意象的并列，把新疆地区靠近太阳、浪漫热烈的情调和气氛毕现无遗。

接下去一句，是不确指的进入主体的想象或梦。在如火烈烈之地向往北冰洋之白色的蓝，其冷暖色调的对比、现实与梦境的反差，构成为一个颇为动人的诗歌姿态。

接下去是直接写梦。鸟儿，一只，两只，三只地飞过，点缀着炎热、辽阔和空寂，仿佛是炎热午后昏昏欲睡的慵懒的倦怠，戛然而止而又余音袅袅，悠长纤徐。

现实环境／主体情思、梦／醒、生命／爱情（玫瑰、火）、热烈／冷静（北冰洋）……这充满矛盾与张力的情思意趣，均浓缩深蕴于一首类乎古诗绝句的短诗中。

沈苇曾撰有《正午的诗神》一书，看来他对"正午的诗意"是情有独钟的。从"正午"，我还联想到沈尹默《三弦》中的"正午"："中午时候，火一样的太阳，没法去遮拦，让他直晒着长街上。静悄悄少人行路；只有悠悠风来，吹动路旁杨树……"我还联想到洛夫对正午瞌睡的描写："香烟摊老李的二胡／把我

们家的巷子 / 拉成一绺长长的湿发,……你能不能为我 / 在藤椅中的千种盹姿 / 各起一个名字？// 晚报扔在脸上 / 睡眼中 / 有 / 鸟 / 飞过。"(《有鸟飞过》)这些名诗,都不妨与沈苇的诗对照起来读,互为文本,相映成趣。

  无疑,"太阳对面的新疆"的"正午",其高亢、热烈,如生命的极点,给了沈苇以充沛的诗情诗意和饱满刚劲的想象。

【附】
一个地区

沈　苇

  中亚的太阳。玫瑰。火
  眺望北冰洋,那片白色的蓝
  那人傍依着梦：一个深不可测的地区
  鸟,一只,两只,三只,飞过午后的睡眠

1994 年

二十则碎语

沈 苇

　　1. 诗人要有两把钥匙，一把是"芝麻开门"，另一把是"脑袋的撞击"。前者开启智慧，后者开启力量。而情感要成为钥匙链。

　　2. 诗不应该写在纸上，而要写进血液、骨髓和神经里去。

　　3. 关于中国新诗受外国诗歌哺育的问题：母亲的奶不够吃就去吃一点狼奶。母乳是好的，狼奶也是好的。同时吃下母乳和狼奶的孩子将是强壮的。

　　4. 那种活在我们身上的传统比故纸堆里的传统更加重要。所以传统是用生命去接近的那种，而不是照搬实录的那种；是在摇篮里醒来的那种，而不是在棺木里死睡的那种。

　　5. 我想象一种混血的诗，要在其中引入烈酒的节奏。

　　6. 论诗人中的随笔热。因为害怕时间发言，所以赶紧自己发言——"功成名就"后的自我总结。每一天都能从零开始的人是那么少。为什么不聘请时间担任我们的发言人呢？我想，时间是乐意担任这一角色的。

　　7. 大师们的作品排尽了"毒素"，所以是"安全"的。大师们的作品中有"是"也有"不"，即使在大声说"不"时，也不会丧失"是"，而是说出了更高的"是"。诗人之路只有一条：是——不——是。

　　8. 太多的水分是一种灾难，一个病态的源泉。我已在新疆沙漠蒸发了十年的水分，我的秘诀是不让自己脱水，否则就成了木乃伊（一具楼兰干尸）。我必须保持适当的水分——皮肤需要干爽，而神经必须是湿润的。

9. 惊喜感就是对事物保持充沛的激情和持久的爱，就是不知疲倦地去亲近你所置身的世界。惊喜感是抒情诗人的基本素质，是童年继承下来的目光。

10. 生活高于艺术。我的意思是，生活中的悲剧性远远超过了艺术所能表达的。

11. 为什么写作？为了与时间搏斗。虽然在这场搏斗中人注定要成为失败者，但至少可以做到这么一点：在时光流逝中不至于焦虑，使心灵获得安宁。我写作，因为我相信"墨水比血液更加诚恳"，墨水高于我们的血液。

12. "在已知中而不是在未知中寻找上帝。"（朋霍费尔语）当我们受制于时光、地域、种族，我们要为有限生活祝福，因为有限大于无限，一大于一切。科学的悲哀在于最终会被"未知"和"无限"折磨致死，而诗歌则占领"已知"和"有限"并从中获得豁免和超升，它寻找上帝的过程是发现后的发现，完成后的完成。

13. 写作在更大程度上是一种个人的幸福，来自写作本身的颤栗、陶醉与狂喜已经足够。而写作者一方，随着作品的逐渐成熟，其地位则日显"次要"——他应该走开，隐身于作品之后。对于《诗经》和敦煌壁画那些无名而伟大的作者来说，再好的称赞究竟与他们有何关系呢？

14. 关于当代诗歌：优秀泛滥，伟大空缺。并且，技术显然有点纵欲过度了。技术往往成了借口和托词，掩饰着灵魂的虚弱、苍白、病态乃至邪恶。技术是不是在犯罪呢？

15. 在社会学的眼光中，诗歌似乎与社会发展是同步的，但是不，诗歌恰恰是社会静止的部分——喧嚣中的寂寞、变化中的永恒不变。"社会是向前的，悟性是向后的。"（歌德语）古人也说，止，而后观。在时代加速度的列车上，心是静止的——心必须是静止的，以便看清世界的变幻和时间内部的黑暗。

16. 要让作品充满节制的力量。适度的沉默是必要的，不要让每个句子都滔滔不绝，不要让每个词都乒乓作响，不要去迫害语言。让我的诗歌发出对世界的高声赞美，以及被损害的美的低声呜咽……

17. 用灵魂去写作，而不是用才华去写作，通过诗歌完成对当代的一次真正的穿越，使扭头而去的人性重新转过脸来。

18. 时光飞逝，人生短暂，享乐主义是成立的。但诗人在享乐主义中遇见了忧伤——忧伤是闪耀的灯不眠的眼，是透明的美觉醒的痛——他注定要爱上享乐中的苦行。诗人的忧伤气质构成了对享乐主义的最大质疑。

19. 我是说过，写作是为了与美做爱，但那是难度极大的做爱，也并不意味着写作就成了一门"美学"。当美成为"美学"之日，正是美离我们而去之时。

20. 在《伊利亚特》第 12 卷中，荷马用了近 200 行的篇幅来描写跛足神赫菲托斯的工作：用金、银、铜、锡为英雄阿喀琉斯制作铠甲。赫菲托斯在铠甲的盾面绘制了天空、大地、日月、星辰、城镇、牧场、耕地、葡萄园、羊群、直角牛……最后顺着盾牌周沿，附上了伟大的奥克阿诺斯的巨大威力。这副闪光的铠甲被视作"神明的作品"，几乎包含了整个人间。诗歌不就是这么一副铠甲吗？如果说阿喀琉斯的铠甲是用来防御刀剑和箭矢的，那么诗人的铠甲则是用来抵抗焦虑、恐惧和死亡的。

1999 年夏于乌鲁木齐

北　野

诗在新疆
——北野诗歌谈片

韩子勇

我们不时地听到、看到这样一种意见：诗与当代的紧张关系和隐隐敌意——把当代看成飞速成长的物质力量，在物质的轰鸣与节奏中，诗歌成为一种困难，丧钟为诗歌而鸣。引申这种二元对立的想法，有一个古老的原型，就是灵与肉的对立与分离。这种多少有点虚伪的想法，在多大程度上是符合实际暂且不论，我所知道的一点是：诗意、浪漫主义或者灵性的飞扬，也多少需要物质或经济的成本，诗歌和清贫并不具有逻辑和事实的同盟关系，清贫不是"诗歌主义"。历史上，清贫的优秀诗人和优裕的优秀诗人，都从他们与当代的关系中找到了超越自身处境的解释。

回到新疆，回到这个多少有点地域主义的地方，这个"美的自治区"，应该澄清一点的是，绝不要以虚伪的浪漫主义的眼光美化我们的偏僻和原始，从中寻找廉价的美学根据。那些被沙漠围困的绿洲半岛，那些人类生存的"保护区"，对呼啸而过的高速路，对风区中排列整齐、用来发电的大风车，对所有向沙漠延伸的物质力量，感到亲切和温暖而不是相反。

从中心的角度看，诗在新疆，就是诗在民间。和生活保持亲密的接触，和人民与土地站在一起，穿行于不同的民族和文化中间，是新疆诗人共同的特点。而青年诗人北野，正是这样的典范之一。他不仅仅是一个写诗的人（除了写诗这一点外，各方面都与诗歌无关——这样的诗人很多），他生存的观念和生活的细枝末节，都浸透在诗意的氛围中，都营造和带出一个"场"、一种效应，很好地维持了诗人和诗歌的尊严。旅行、欢宴、歌唱、追逐女人，和不同职业的人展开机智的应答、读书、沉思、编报、写稿、无所事事地在大街和土巷中闲逛……北野不是焦虑和着急的人，轻松与节制、调笑与认真、目标的专一与生活的多样、选择性与宽容感……所有这些不仅表现在他的生活中，也反映在他的诗歌里。

就像一位行吟诗人，一位民间的漫游者，知与行的合一，生活与写作的统一，灵魂与肉体的和谐，边疆生活似乎天生有一种享乐主义的成分，有一种沉溺性，热烈的忧伤与一阵阵的哗笑，轻微的讽刺与天真的赞叹，真诚、轻信、古道热肠和鲁莽轻率、粗枝大叶作风、三分钟热度、不经意的伤害交织在一起。孩子气的新疆，似乎还停留在抒情时代的新疆，无拘无束、地广人稀的新疆，多种文化混血激荡的新疆，古老而又青春的新疆，给北野的生活和诗歌以特别的营养。

《马嚼夜草的声音》是北野的第一部诗集，收录了北野边疆生活的点点滴滴，内容庞杂，多属于短歌，有一定即兴的特点，好像是一个忙于品尝生活的人旅途中的匆匆记录，明显有别于那种埋在书房、殚精竭虑、拉开架式的系统的大规模的写作。

> 剥玉米的妇人们愿意看我飞翔
> 更爱看我摔下来的样子
> 我不剥玉米只把写满了文字的纸
> 向着气流拍打
> 有人夸我聪明
> 我就寻找事例加以佐证
> 剥玉米的妇人们喜欢拿我开心
> 她们剥掉米粒把米芯丢在脚边
> 她们鼓胀着乳汁的怀抱
> 绝不向成年艺人打开

剥玉米的妇人们个个善于生育
喜食辣椒而乳汁甜美的她们就是这样

(《剥玉米的妇人们》)

绿洲生活中书生或诗人与一群剥玉米的农妇的关系，如同一种风俗，一种生活即景，一种暧昧、含混、暗示，健康和懒洋洋的东西被不经意地传达出来。除了调笑与幽默，新疆生活的性质更多的是热烈与忧伤，那些尘土之中随时迸发的如痴如醉的飞扬的歌舞，高亢之中外人多误以为是欢娱，其实细细品味更多的是忧伤的倾诉与宣泄。这一点尤其突出表现在原汁原味的民族歌谣中，如同令人神伤的信天游的高亢与苍凉，不同之点在于新疆的民族歌谣更有一种急切和热烈。

羯皮鼓轻轻点了一下
悲怆的维吾尔男子便像塔里木起伏的沙漠
汹涌着汹涌着
生命中一望无际的干渴
沙它尔[1]为那悲歌上下盘旋
都它尔[2]为之一咏三叹
风沙弥漫的嗓子
空阔孤寂的路程
胡大啊
人生为何这般荒凉
谁能把受苦的人直接带进天堂
这就是我们世世代代居住的家园啊
河流通向沙漠

---

[1] 维吾尔族乐器。
[2] 维吾尔族乐器。

老人通向麻札[1]
男人的悲伤像夜火照亮了村庄
所有的乐器都加入了合唱
滚滚不息的热泪
对着天上的安拉流淌
沙巴依[2]甩得叮当响
颤抖的乐手闭着眼摇晃
石头也被敲起来
哑巴也张着嘴放声高唱
唉，过路的人啊
停下你的脚步好好想一想
人的一生竟是如此难熬
喊破了嗓子也驱不尽荒凉

(《夜听库车民歌》)

如同新疆大多数诗人那样，或许由于距离的原因，或许由于地域的美与独特的生活，北野的诗歌创作很少受到内地诗风的影响。在新疆的各个少数民族中间，诗歌的传统深厚，诗人的地位尊崇，"一个地方怎么能没有国王和诗人呢"。尽管诗的处境日塞，古典的情结和没落的、游手好闲、拈花惹草风格依然若隐若现。闲散的、略嫌封闭的边地生活，多样的文化；宗教和语言，不同的族群和奇异的山水，为新疆的诗歌注入健康和质朴的力量，而青年诗人良好的阅读训练又为他们的写作提供了另一个支点和参照，注入一股现代性的品质。

我不是文学的算命先生，但我仍然认为中国诗歌需要边疆精神的鼓舞，需要一种上升的力量、革命的力量，需要一种健康、新鲜、质朴、异样的力量来冲击和补充，需要一种混血的热情——中国的诗歌目前是太缺乏热情了。

---

[1] 维吾尔语音译，意为坟地。
[2] 维吾尔族乐器。

歌声多么稀薄

周　涛

一

　　1990年代以来，新边塞诗彻底地画上了句号。谁也没有想到的是，一季的繁荣终于凋落之后，新一季的产生和生长会需要这么漫长的时间和顽强的耐力。"21世纪文学之星丛书"是中国文学新秀的一种标示，继沈苇之后，北野的诗集《马嚼夜草的声音》又一次代表了新疆的诗人跻身于这一行列——在20世纪的最后一年。

二

　　北野是一个诗人气质浓郁的人，然而他的诗人气质迥异于一般人对诗人的肤浅印象。他表面平静而内心涌动着海洋般的动荡，他表面很"酷"很强壮但内心里却有着细腻丰富的爱与善良。他是那种放得开收得住的人，敢爱敢恨，能起能落，可以宽容但到时候也绝不手软的人。
　　他仿佛内心里深藏着一种宗教，多思少言，特立独行。他是一个不容易被人影响和左右的人，同时又是一个倾心于他所忠诚的精神的人。这种人的诗是值得一读的。

三

马嚼夜草的声音是多么朴素,北野的诗就有多么朴素;马嚼夜草的声音是多么内涵复杂、诱人联想,北野的诗也就同样。

人间久不闻此声矣,人间要好诗,但好诗来到人间,未必能为人间所识。正如一个临盆健壮婴儿的啼哭,所牵心者唯有接生者与其母,旁人识此婴儿,至少需一年后方可见其面若满月,睛如灿星。

四

我是喜欢北野的诗的。读这本诗集,我想起上个月在上海衡山路平生第一次"泡吧"的经历。朋友领我去泡吧,是爱尔兰人开的很有名的酒吧,环境古朴舒适,有三个爱尔兰人边弹边唱。我们坐下来,要一杯酒,听了几曲之后,我竟入迷。歌词我一句没听懂,但我深受感染,我说:"这才是男人唱的歌!"

北野的诗也有这种异质同味,都是乡村的、朴素的、真挚自然的,虽然用了不同的语言。

所以,读北野的诗如同"泡吧",放松些,随便些,不经意间会触碰到什么,且使你久久回味,深切难忘。

五

只是这样的"歌声"多么"稀薄"啊。纵使有了,谁是知音?纵有知音,谁能碰巧看到?深刻朴素的东西总为世俗排斥,大众的趣味缺少独立的判断力,这是恒久的矛盾与悲哀。

我希望人们在忙乱中清醒,时代随意抡起一根柴棍,都能打昏大部分的头,这一点是毫无疑问、屡试不爽的。

剩下的一小部分人尚未昏头,可以抽点闲暇,找个下雪之夜,读读这本

《马嚼夜草的声音》，诗集很薄，但诗味比这要厚得多。

  读上几首，然后关灯睡觉，雪在窗外纷纷降落，无声，有意境，北野会带你去一个新的梦境。

诗与诗人的品性
——我读北野

仵从巨

在致已故诗人昌耀的一封信中,我曾表达过一个认识:"诗歌是文学中的贵族。"在我心目中,诗歌乃是天才的舞台与灵魂的居所,是生命、激情、想象、知识、素养、经验、发现、创造、自由群居的所在,是"闲人莫入"的高贵去处。因此,于诗歌我一直有面对神明般的敬畏,甚至因由衷的虔敬而对诗"敬而远之"。但我从不(敢)拒绝真正的诗。当诗以属诗的品性存在,当创造者的诗人以诗人的品性存在,我乐意呈上一位认真的读诗者对诗与诗人的理解与敬意——正是在这一意义上,我此刻面对诗集《马嚼夜草的声音》与诗人北野。

《马嚼夜草的声音》仅收诗69首,除《雅歌》一首可称"长"外,68首皆为短歌。但在这部单薄得只有百余页的诗集里,我们却可以发现它有十分开阔的视域:既指向世界,也指向内心。诗集中,有大西北的生活素描:维吾尔族人悲怆苍凉的动人歌声、藏族父子相濡以沫的日常情景、回民小城昌吉宽厚温煦的春夜、劳动者永无休止的勤苦劳作、西部自然大漠孤烟状的旷远寂寥,还有西部都会乌鲁木齐色彩斑斓的夜色与喧嚣……诗集中,也有诗人面对世界与人生的内心感受:行进中的孤独、沉思中的苦闷、生存中的压抑、困惑中的忧伤、现实中的幻灭、承受中的反叛欲望以及对生命意义的不休追问。其中,也有对智慧与精神的礼赞、纯洁爱情的诉求以及关于诗与诗人的告白。

在聆听诗人的吟唱中,自始至终,我强烈地感受到一种成为诗歌底色的忧伤。诗人与他的诗都是忧伤的,尽管那是一种淡淡的、有暖意的,但却总是挥之不去的、灰色的忧伤。忧伤何以发生?忧伤折射的是诗人博大深沉的爱心。他以诗告诉我们:他热爱生活、热爱自由、热爱生命、热爱人、热爱美好的一切。但当他源于生命的无限爱意与生存的现实世界相遇时,不尽的忧伤即刻涌上心头:生存的艰难、劳作的艰辛、人生的不可测、思想的不自由、精神的蒙昧、城市的罪恶、欲望的放纵、工业文明的可怕后果、被腐蚀的人性以及种种异己力量的威胁。这一切都使诗人不能不因博大之爱而产生于人于世的莫大悲悯。正因如此,诗人一边满怀深情地书写美丽的大自然、勤苦的劳动者、可爱的鸽子与母羊,歌颂智慧与爱情、诗歌与诗人、生命与活力,祝祷祈盼美好如意的明天,一边又忧伤地传达着他对现实世界温婉含蓄的指责(对激情在表达中的节制与选取温婉的语调是艺术上成熟与大气的一种标志,但在《雅歌》中,诗人有少见的激愤,大约是"不可忍"了)。他的指责所涉广泛:政治、思想、信仰、价值观、生活方式、生命意识、生态环境等等。这显示出诗人精神中的知识分子性质——这是一种境界与高度。大江健三郎认为一位作家应同时是一位知识分子,他应该承担起自己对时代与社会的责任,他应该去"战斗"。诗人北野进入内心但未溺死于内心,或进入世界又沉迷于世界。他以清醒的意识进入世界并将世界引入内心,又从内心发出关于世界的知识分子的声音。他的诗中有"我"。但此"我"乃"大我",此诗便成"大诗"。我想,在当代诗歌与当代诗人中,这应视为一种"宝贵"。

然而,视域的开阔、博大的爱心与知识分子意识只能走向诗而不能完成诗。从形式的意义上说,诗依赖于它的语言与修辞。但就汉语新诗而言,汉语因格律而生的音乐性魅力几乎成了自由体新诗在获得自由表达权时的祭品。因此,新诗除了分行、分节、双行韵、小节韵外,语言上的手段似乎主要就是遣词造句了。在此一点上,北野表现出的却是一种惊人的朴素:他几乎尽是直白地诉说与倾吐。你甚至可以把他那朴素的诗行自然联结成一段散文(当然不可如此读诗):"这时马车夫还在卸马/猎人耐心地擦着他的火器/一只乌克兰狗站在墙根小便/有人打了一个响嗝。"(《钟声响了》)"我收拾好散乱的诗稿/

关好门窗 / 背着足够一周的烟草和油馕 / 去大河的上游 / 照看我的牛羊。"(《阵风》)如果说北野有其用心的话,那么他大约是尽最大努力去选择最平易最普通的词,去写最直白如话的句子,他甚至为此宁愿放弃对"韵"以及因之而生的乐感的追求。他在语言不见痕迹的朴素中谋求诗的力量(但他奇怪也成功地在《乡村教堂》一诗的首节与末节刻意地用了 ABCDEF 与 FEDCBA 的"回文"形式,这是唯一的例外)。事实上,我们为他这种朴素征服。简单的词语在他的诗中重现了它们作为对事物命名时具有的崭新、坚挺与光泽。他的质朴中拥有内在的坦诚、坚定的自由甚至傲然的大气。在修辞上,北野亦显示出质朴的本色。他使用更多的手段是比喻与联想,偶尔用排比与对偶(如《我看见》)。在比喻与联想中,诗人观察细致,发现独特,想象活跃:"(夜雨中的城市那)啤酒色的灯光""被烟囱奸污的天空"(《黑雨》);"落日把草原烧得一片金黄"(《致一位俄罗斯小姑娘》);"远方城市放学的一群孩子唧唧喳喳 / 拥到了红绿灯下 他们东张西望 / 就像一窝怕水的牛羊 / 停在了湍急的河边上"(《正是一年中牛羊转场的时节》);"我来自麦田 / 来自彭斯的田埂和蒲宁的庄园 / 米勒的拾穗者拣起的正是我 / 我的血液里还有燕麦和青稞"(《麦田》)。而《夜听普罗斯科菲耶夫〈彼德与狼〉》则是以比喻与联想化为视觉的精妙诗章,可圈可点。

作为生于 1960 年代的当代诗人,他自然也使用了隐喻、象征、反讽这些富有现代性质的手段——他无意于用它们作为诗华丽夺目的羽毛,这只是决定于题材和意识或情绪的复杂性:朴素的表达已不适应于不单纯的对象。《砍树的人们》是一首典型的隐喻诗。"树"是一个以象征传达的秘密。而《六张小牌》《疯人院上空的蓝》《离家的人》《骨牌》《低语》《乡村教堂》甚至《雅歌》等,也都在若明若暗、似非而是、不确定的"朦胧"之中。我们甚至可从中排列出若干有待索解的意象。我想特别强调北野关于"城市"的那些篇章(《雅歌》《黑雨》《六张小牌》《夏日镀金的黄昏》等),它们的若干诗节在艺术上的光色甚至可与波德莱尔的《恶之花》媲美:"雨他妈的蘸着暧昧的夜 / 正在大肆喷刷 / 流放诗人的城 / 湿透的街上行人稀少 / 淫秽的灯光透过猫头鹰的眼 / 射出了老虎的金胡须。"(《雅歌》之十一)其中的象征、隐喻与艺术冲击力分明显然。这虽然没有成为今日北野之为北野的基本色,但它标志这位以古典情怀与博爱之心在大自然与现时代中自由行走吟唱的诗人(周涛视他为"侠")的意识中有着自觉的现代性:不仅是话题,也是观念;不仅是观念,也是技巧与形式。

　　阅读北野的诗,我不时写下一个又一个词。我企图以第一感觉(这对诗的把握极为重要)捕捉他的风格。林莽在为北野的诗序中取用了"质朴""率直""纯粹"几个词。诗集折口处的"评论家语"取用了"明朗""新颖""质朴"几个词。我同意"质朴"一词。但我不时记下的词还包括"优美",那些关于西部风情的素描有如普希金笔下的俄罗斯,请读《钟声响了》;"深沉",喜怒哀乐之诗情发生皆自生命之真切体验与感知,请读《致一位俄罗斯小姑娘》;"开阔",大西北、大自然、大视域、大爱心、大悲悯与大精神;"大气","我是来自荒野天空下的一块石头 / 我最大的天赋就是笨重 / 我不认为白负的人可以使我变轻"(《石头花瓶》),"我经过的地方长出了诗"(《我经过的地方》),"谁曾看见天和地交换礼物的那一天 / 天空掉下石头 / 而大地吐出青烟"《爱我的女子遍布人间》;"细腻",请读《鸽子》;"清新",请读《母羊》《回乡之路》;以至"哀婉""悠长""高贵";等等。我最终放弃了几个"关键词"的选择与概括。因为我以为北野与他的诗正是在如上词语的意义上存在着。我不想为了合于评论的"规范"而伤害了我读诗中的丰富。我想,这应该是它(与他)能从全国五倍的推荐稿中被遴选出来、进入中华文学基金会"21世纪文学之星丛书"的原因——须知,它的坐标是当代中国诗坛。

　　是什么成就了北野和他的诗?这是一个与北野有关又超出北野的问题。我对此颇有兴趣。北野的藏族血统应是一个原因,这命定了他对于西域与土伯特人的亲和感。而他自由、散淡与带有某种野气的执着天性则与他诗中的朴素、大气甚至高贵相关。还有他的家庭。他曾表白从父亲那里承袭过儒学教义,从母亲那里汲纳了博爱与善良。这使他在面对异种文化与变化的现代时具有了自己稳固的出发点和自觉的平民意识。教育(不仅是学院的,也是阅读的)发生的影响更是不可低估:传统文化、俄罗斯文学、法国文学、美国文学、古希腊文学甚至基督教以及音乐、绘画等都以"典故"进入了北野的诗。值得欣慰的是,它们不是以点缀而是以精神生长在北野的诗田里。这些"典故"使诗歌的空间顷刻间开阔,使其意识的密度又瞬间增大。也许还有一点是更重要的，那就是北野已生活近20年的中国大西北这一极为独特的环境：寂寥广阔高远苍凉的大自然，汉藏维哈回多民族的杂居，农耕文化与游牧文化的彼此交汇，以理性与科技为基础的现代文明与以神秘与经验支撑的古老风习的并存，世界与中国的地缘政治中的边缘存在等等。这一切使它成为文学意义上的、中国的"拉丁美洲"。它是可能产生魔幻现实主义与阿斯图里亚斯、卢尔福与马尔克斯的地方。它是可能出现《总统先生》《佩德罗·巴拉莫》《百年孤独》的地方。北野诗中的"大气""开阔""深沉"以及因多文化的汲纳而生成的艺术活力与个性应得益于此。此外，我想，北野在"生存"与"写诗"（这有时是两个问题，有时则是一个问题）上是自觉的：活得像一个诗人，写得像一个诗人——这是可望而不可即的"诗意的栖居"状态。但北野向此一方向走去："我注定是个死后的诗人／我厌恶当代／不想被它了解／也不想赢得它的好感。"（《雅歌》之十七）否则，他为什么会钟情于诗又漠然于发表？对于他，在诗中燃烧生命远重于从诗中求得生存。这无疑又使他的诗在新的意义上具有纯粹的诗性，也使他成为一位在审美人生中行进的真正的诗人。

　　北野，关好你的门窗，背着你的行囊，到大河的上游去吧，照看你的牛羊吧！你的牛羊便是你的诗和你自己。

附记：

　　在快成稿时我看到了2000年12月22日《新疆日报》的"北野专号"：《冬日里一次温暖的恳谈——谛听马嚼夜草的声音 品味人与诗歌的尊严》。读罢全版内容后，我对新疆作家与批评家对诗歌的感觉与品评留下了深刻的印象：周涛论及的"朴素"、沈苇发现的"忧伤"（与从"是"到"不"再到"是"的诗论）、韩子勇指出的"尊严"、刘亮程谈及的"痛苦"、朱又可发现的"孤傲"，还有郁笛对诸如"瘦长的蓝"等诗句的精微体察与诗性表达等，都实证了新疆诗群的整体实力与令人尊敬的艺术水平。在此我想向他们表达我一个诗歌读者的敬意。

在多种语言和部落间穿行
——新疆的生活、诗意和文学

北　野

在新疆我已经生活了将近20年。

我不敢说我是新疆的儿子，我充其量只能算个新疆的养子。

一个养子对他的养父母的爱，可能有点谦卑、有点感激、有点过敏；但他的感受的可靠性以及对养父母的身心品格的基本认定，并不比这个家庭的其他儿女更逊色。

我眼里和心中的新疆之美是难以言表的。这主要由于它太丰富、太辽阔、太诗意、太美。而它的端庄、深邃和高贵，像偏远部落百岁老人的微笑，也像千年核桃树叶片的安详。

在冰块与烈日之间，在沙漠与草原之间，在河流与遗址之间，在制造酸雨的工业与生产牛奶的牧业之间，多种语言、宗教、种族和习俗相互摩擦又相互依存着，其中的宽容、尊重、礼仪和忌讳，无不使我感动。

有时我在清真寺与天主堂之间的某个街区，迎面碰上一位云游四方的行脚僧和一位头戴面纱的穆斯林妇人，甚至还有一群头发染成柠檬黄或鹦鹉绿的时尚青年，我就惊讶于人类生活的基本图景，在新疆竟然保存得如此破碎而完整！

当然，偶尔来到乌鲁木齐做短期旅行的京城或外省朋友也曾问我：你究竟爱新疆的什么呢？我想，乌鲁木齐也许并不能代表新疆，就像黑色的牧羊犬并不能代表白色的羊群一样。

关于新疆的生活、诗意和文学，我想提供三个事例。这三件事分别发生在世居新疆的维吾尔族、哈萨克族和蒙古人族的生活里。我想这些事也许能够说明一点新疆的精神品格和文学根基。

1. 国王和诗人

几十年前王蒙曾被流放新疆。

作为被改造对象，他落脚在伊宁县巴彦岱乡一户普通的维吾尔族农民家。

显然，作为一个北京来的、汉族的、正在倒霉中的知识分子，王蒙和他的房东，不仅阶级成分不同，而且种族、信仰、饮食习惯等等均有极大反差。

然而正是这户维吾尔族农民，以他们古朴宽厚的人类情怀，接纳、保护了王蒙，并教他一口流利的维吾尔语。

几十年后，当有记者采访那户维吾尔族农民，问其为何对一位异族的流放者那么善待，这家的男主人——被王蒙称之为穆敏老爹的——说：

"因为他是一个诗人。我们想，一个国家怎能没有国王和诗人呢？"

2. 拒绝交配的马

在塔城草原，有一匹远近闻名的种马。

附近的牧人都愿出高价让自家的母马怀上这匹种马的孩子。

但这匹种马实在是太娇贵太骄傲了，并不是所有的母马都能得到与之交配的荣光。

有一位牧人养了一匹相貌平平且左眼染疾的母马。凭着他与种马主人的老朋友关系，他想让那匹种马给他的母马肚子里输送一两个健壮漂亮的马驹。为此他不仅带了好酒，还为他的老朋友搞了一块当时在草原上还十分稀罕的电子手表。

但是种马显然并不重视主人之间的关系，它只看了一眼那匹不敢抬头的母马,便转过头去。

两位老朋友喝过酒,眼见天色向晚,但是种马依然不理睬那匹可怜的母马,且显得情绪暴躁。

两家主人都感到很没面子。趁着酒劲,他们想出了一个现在看来是十分糟糕的主意。他们决定,先让母马的主人佯装带着母马离去,然后种马的主人用一块红布蒙住了种马的眼睛。过了一会儿,他们就将返回的母马连推带拉送进种马的怀抱。

被蒙住双眼的种马,在人力和本能的推动下,终于完成了对那匹母马的配种。

两家主人又是握手又是拥抱。

但是当他们摘掉种马头上的红布,当种马明白了事情的真相——正如传说中那样,那匹骄傲的种马终于不堪忍受那种奇耻大辱——它像疯了一般,长啸着冲了出去,冲向悬崖,跳涧身亡。

3. 醉酒的父亲

有一天,我多喝了几杯回到单位。

几分钟以后传呼机响了,是个名叫阿娜尔的蒙古族女青年打的。她说:"您喝多了。请您回家休息去吧。"

我就职的单位有两千多人。对阿娜尔我并不十分熟悉,只是偶尔在电梯或走廊遇见过几次。她说她在走廊看见我满脸通红,走路有点摇晃。

我虽然感到纳闷,但还是采纳了她的建议。

第二天我专程去她办公室致谢,并问她,我当时是否很糟糕。她说:"您让我想起我死去的父亲。他也是个诗人。当他活着的时候,那时我还小,就常常看见父亲喝得摇摇晃晃,每次我都既伤心又害怕。诗人是崇高的,不应该摇摇晃晃出现在办公室,让别人对诗人产生不太好的议论,所以我就劝您回家去休息。"

以上三件事,在我将近20年的新疆生活中,仅仅是无数美好记忆的九牛之一毛。在我看来,新疆的生活、诗意和文学品格,尽在其中。

牛庆国

诗歌：关于苦难的感知和叙事
——谈牛庆国的诗歌写作

唐翰存

读牛庆国的乡土诗，我立刻被震撼了。在西北，在甘肃，在烈日下的黄尘中，在雨天的泥泞里，有这么一个诗人，背负生活的重担，在艰难地行吟。他热爱乡村，但他没有粉饰乡村，而是专注于乡村生活中苦难的一面、悲剧的一面。他把这种苦难和悲剧转化成了自己的精神资源。有了这样的底蕴，诗歌就变得十分充盈、深厚了。一方面，它要言说一种真实，人的真实、存在的真实。譬如那首很有名的《水》，就是甘肃农村活生生的写照。那种干旱，那种自然环境和社会条件的恶劣，是今天城市里喝着可口可乐长大的孩子们所无法想象的。另一方面，在真实的语境中，渗透着诗人强烈的主体关怀。牛庆国的叙述不是那种冷冰冰的、完全客观化的叙述，而是那种身临其境的、忍无可忍的叙述。读他的乡土诗，我们能深切地感受到，他是在跟他笔下"沉默的大多数"一起受难，一同祈祷。"走在乡下／就是走在土里／我看见／那些多年的老树／总是弯弯腰／然后又抬起头／这么厚的黄土／也没把它们埋住。""走在乡下／就是把路走到了窄处／我看见／那窄处的毛驴／腿在不住地发抖／这么难走了／谁还能忍心举着鞭子。"（《走着乡下》）

牛庆国曾说："在那里写作，我力求以纯朴的诗情，传达西部的浑厚和苍凉，表现那里惊心动魄的生命体验和刻骨铭心的悲欢离合。我所选取的意象，大多是一头找水喝的老牛、一只觅食吃的麻雀，或者一棵弯拧疙瘩的'小老树',一棵硬要坚持活下去的冰草……"由此可见,诗人要着力表现的是原生态的乡土,而且他格外钟情于那些弱小的、可怜的事物。这让我想起新疆的散文家刘亮程,牛庆国的诗和刘亮程的散文是有共同之处的。李锐在评价刘亮程时说:"刘亮程把人间的不平、历史的蹂躏统统流放在自己的世界之外。让生命浸漫到每一颗水滴、每一丝微风中……他在脱落的墙皮、丢弃的破碗、蓬生的院草中穷尽人可以体会到的永恒。"我想,这段话也可以用来解释牛庆国的诗。所不同的是,在乡村长大,然后又辗转到城市,并有曲折工作经历的牛庆国,在坚持自己的心灵自由、捍卫文学的纯洁性时,要付出的代价可能是同样艰难。

一个耐人寻味的现象是,许多人在离开曾经养育过自己的、多灾多难的乡村之后,才开始写乡土诗或者才开始写著名的乡土诗。他们到了城里,有了体面的工作和优越的生活条件,同时又对城市感到不满,这又勾起乡村情结,想起那里的一幕幕来了。一切都好像是充满诗意的。但我总感觉到这里面似乎有点不对劲。难道美确实需要距离?难道诗就是岁月冲掉现实创伤之后的一种想象和回味?诚然,苦难本身并不是诗,甚至是和诗相对立的东西,但逃避苦难、美化苦难,那就是在降低诗、作践诗!一个真正具有悲悯意识和道德良知的人,是绝不会背对背地、盲目地赞颂乡村的。他也不会去肤浅地敌视城市。乡村是人类的家园,城市也是人类的家园。乡村田野上汗流浃背收割麦子的农民能进入诗歌的视野,城市街道边低声下气擦皮鞋的小女孩应该也能进入诗歌的视野。

由此,更进一步地,就涉及一个创作的路径问题:从乡土到诗歌,从城市到诗歌,这一质的飞跃是如何完成的?我想,这并不是一个复杂的问题。什么东西能写,写到哪种地步,这并不取决于事物本身的诗意含量(事物本身并无诗意含量可言),而是取决于诗人对待这些事物的眼光、心态和表述能力,取决于诗人主体精神之于客体世界的干预程度。如果眼光迟钝、心态麻木、表述能力低下,如果精神力量微弱,就不大可能从生活中发现诗、创造诗。真正的诗歌抵制一切非诗意的存在。在一个才情深厚的诗人那里,一群羊、一片庄稼、一盏路灯、一幢高楼,它们的出现可能只是一个偶然的现象。它们是实有物,也是别的什么:想象,情感流露,灵魂关照。所以从乡土到诗歌、从城市到诗歌的过程,就是一个从现实事件到心灵事件的过程。心灵越自由,诗意的空间就越大。一旦进入写作阶段,又和语言发生重大关系。

语言是诗的外壳,也是诗本身。但这里的语言,只是指"诗"的语言。诗的语言应该是内指的,它倾向于一种特殊的语境,倾向于把存在逼到心灵和精神的深处。因此,诗的语言应该是最有含量和张力的。现在的情况是,许多诗人都在语言运用方面出了问题。他们太热衷于把写诗当成一种技术性、操作性的事了,滥用词语,不加选择,因而也就违背了诗意的规则,导致心灵和精神事件之于语言的缺场。语言变成了毫无内容感、毫无事件感的文字游戏。这样的文字游戏对诗歌的伤害是有目共睹的。

牛庆国的可贵之处,就在于他无论到哪里,都保持着一个真正的诗人所应有的那种品格和素质。他是在把诗歌创作的一些根本性问题弄清楚之后,才考虑别的方面的事情的。他的诗具有很强的自给自足性,无论内容还是形式,都出于一种稳定的经验,都给人一种浑然天成的感觉。可以说,他的诗是自己走路的,一贯的朴实,一贯的深厚,一贯的悲天悯人。除了乡土诗,他写的许多其他题材的诗歌(如写历史、人物),都是非常出色的。"没有连三月的烽火了/家书还能抵万金吗//驿站早已改称邮局了/可我们还这驿那驿地叫//驿上的那匹老马 此刻/正驮了一捆青草在古道上走"(《驿》);"一颗牙掉了/就是一生的长城/被打开了一个缺口//现在连风都挡不住了/还说什么以牙还牙"(《一颗牙掉了》)。这些诗保持了他统一的风格,同时又很有智慧和才情。

牛庆国非常注重诗的叙事性。那些专门的叙事诗自不用说,就是抒情功能较强的诗,一个句子甚至一个意象的背后,都隐含着故事的成分。用故事来吸引人、打动人、提升人,是牛庆国诗歌的一大特征。这得益于他丰富的人生阅历,得益于他当年写小说的经验,但更主要的,我认为这是诗歌自己走路的一种方式。叙事就是要讲故事,或者出示故事,故事所包含的情节和事件是诗歌能引人入胜的一个因素。故事在场,诗歌就变得饱满起来、厚重起来,并且带有沧桑感。可以设想,牛庆国那些写乡土、写历史的诗,如果没有了故事会是什么样子。

牛庆国需要更进一步的，是如何更有效地操作故事，即如何更有效地叙事。在诗歌里面，如果叙事的成分太重了，太拘泥于具体的事件，无疑会影响诗的表情功能，影响诗的意蕴的提升。这就像绘画，一旦画面上的景物过于饱和，再加上没有层次感，就不可能产生"深山藏古寺"的效果。因此，一切艺术都需要一种节制，都需要一种淡化，甚至都需要一种隐没。牛庆国是一个很有潜力的诗人，我希望他能做到这一点。他应该适当地节制叙事、淡化叙事、隐没叙事。当他把叙事处理得更加高明的时候，他的诗也就会进入一种更大的境界，让人刻骨铭心、回味无穷。

牛庆国诗二首评点

余 亮

读《饮驴》

在这片古老的土地上,生命的出现是一件多么美好的事情,同时又是一件多么悲哀的事情。生命之所以美好,是因为它给这个世界带来了生机;生命之所以悲哀,是因为它无法从这个世界获得应有的尊严和满足。

这是《饮驴》告诉人们的现实真相。在这首诗里,"我"和"我的毛驴",作为两个生命的实体,处在客观环境的严重逼迫之中。没有水,没有起码的生活资源。于是,生存就变得十分艰难了。我赶着毛驴去饮水的过程,实际上就是我和我的毛驴如何应对生存挑战的过程。

诗人使用一种谈话的方式,来对一头不会说话的毛驴进行循循善诱:"走吧 我的毛驴 / 咱家里没水 / 但不能把你渴死 // 村外的那条小河 / 能苦死蛤蟆 / 可那毕竟是水啊。"令人心酸的劝说,说明严酷的现实已经把人和动物逼到同一个生存境遇中,他们必须相依为命,相互安慰:"生在苦字上 / 你就得忍着点 / 忍住这一个个十年九旱。"当人对毛驴说出这一番话时,其实人的痛苦一点也不比毛驴小,甚至比毛驴更为深刻,更加刻骨铭心,只不过人有理性,更善于克制和隐忍,所以毛驴"仰天大吼"时,得到了我心灵的共鸣。我"早都想这么吼一声了",只是"再吼也无非是 / 吼出自己的眼泪"。读到这里,诗已经让人快喘不过气来了,但诗人最后又来了两句:"好在满肚子的苦水 / 也长力气 / 喝完了我们还去耕田。"看似说得轻巧,但实际上是何等沉重、艰难的挣扎!人和毛驴离开苦水河,走到远处的田里,他们能不能苦出一点收成,那就只有天知道了。

【附】
饮 驴

牛庆国

走吧我的毛驴
咱家里没水
但不能把你渴死
村外的那条小河
能苦死蛤蟆
可那毕竟是水啊
趟过这厚厚的黄土
你去喝一口吧
再苦也别吐出来
生在个苦字上
你就得忍着点
忍住这一个个十年九旱
至于你仰天大吼
我不会怪你
我早都想这么吼一声了
只是天上没水
再吼也无非是
吼出自己的眼泪
好在满肚子的苦水
也长力气
喝完了我们还去耕田

读《杏花》

《杏花》的清新和灵动是惹人喜爱的。同时，一朵杏花所负载的重量，又让我们的阅读轻松不起来。诗人的心中隐藏着一个深深的情结：关于他和他热爱的杏花，以及杏花一样美丽的女人和她们的生活。因此，作者在意象的选取、色彩的呈现、语感的把握等方面，都顺从一种温柔的忘记，响应着深情的召唤。

诗人牵心着"杏花"的命运，大而言之，是西部农村妇女的命运。作为在农村长大的诗人，在自己的生活范围之内，根据亲身的经历，目睹着这种命运，他想去探究造成人物命运的根源到底是什么。这些，《杏花》都已经暗示给我们了。"杏花我们的村花"，如此明快的口吻，表露了诗人心中的喜悦和自豪。"春天你若站在高处 / 像喊崖娃娃那样 / 喊一声杏花 / 鲜艳的女子 / 就会一下子开遍 / 家家户户沟沟岔岔"，而且，"那其中最粉红的 / 就是我的妹妹和情人"。在这里，杏花，村庄里成长的少女，还沉湎在生活的美好时光里，鲜艳、明丽、青春闪耀。为了表现这样的情景，诗人特意突出了色彩的渲染，它给我们的感受就是一种视觉上的愉悦。但在诗的第四节，情形发生了变化。"当翻山越岭的唢呐 / 大红大绿地吹过 / 杏花大朵的谢了 / 小朵的也谢了"，"翻山越岭的唢呐"是"杏花"一生中遭遇的重大事件，"大红大绿"是色彩的最后一次热烈呈现；唢呐象征着婚礼的进行，"大红大绿"之后，一切都开始黯淡了。

婚姻改变着"杏花"的形象和命运，消磨着她们曾经的天真烂漫。她们成为人妻，成为人母，成为艰苦生活的承担者。"丢开花儿叫杏儿了 / 酸酸甜甜的日子 / 就是黄土里流出的民歌。"读到这里，诗已经唤起我们全身心的体验和联想，或许在我们自己的家乡，有多少"杏花"就这样生活着。正是在这一点上，我和诗人产生共鸣，他的同情也就是我的同情，他的牵挂也就是我的牵挂，我想要说的，他已经说出来了："杏花你还好吗 / 站在村口的杏树下 / 握住一颗杏核 / 我真怕嗑出一口的苦来。"

【附】
杏 花
牛庆国

　　杏花我们的村花

　　春天你若站在高处
　　像喊崖娃娃那样
　　喊一声杏花
　　鲜艳的女子
　　就会一下子开遍
　　家家户户沟沟岔岔

　　那其中最粉红的
　　就是我的妹妹和情人

　　当翻山越岭的唢呐
　　大红大绿地吹过
　　杏花大朵的谢了
　　小朵的也谢了

　　丢开花儿叫杏儿了
　　酸酸甜甜的日子
　　就是黄土里流出的民歌

　　杏花你还好吗
　　站在村口的杏树下
　　握住一颗杏核
　　我真怕嗑出一口的苦来

我的经历,我的诗歌

牛庆国

有朋友问我是怎么搞起诗歌创作来的,我竟一时答不上来。接着又问,我的第一首诗是怎么写出来的,我还是答不上来。也偶尔有朋友约我写点创作经历或创作谈之类的文章,更是让我颇为犯愁。而往往每遇到这样的情形,我脑海里总是浮现出一些零零碎碎的生活片段。如果说这些生活与诗有关的话,那就是关在笼子里的鸟是最幻想飞翔的鸟。而这鸟一旦飞出来,就会拼命往高远处飞,哪怕这笼子被叫作"故乡"。当这只"鸟"栖息在远方一棵叫作城市的树上,喘着粗气,回望故乡时,心里涌起的那种东西就应该叫作"诗"。

在我小时候的记忆中,父亲有过一支花杆杆红帽帽的铅笔,他用这支铅笔在一个很大的本子上写下曲曲弯弯的数字,那时,父亲是生产队的记工员。当有一天我忍不住拿起那支铅笔。在脏兮兮的土墙上划了个大大的"1"字时,正巧被从地里回来的爷爷看见了,爷爷说怎么能把笔砚随便交给孩子?爷爷大字不识一个,他把笔叫成了笔砚,这种叫法现在看来还挺古典的。当爷爷从我手里夺走铅笔寸,一向任性的我竟然没有哭闹,只是怔怔地看着爷爷。或许爷爷的做法是对的。一个人是不应该随便握笔的,一支笔在爷爷的眼里是多么神圣。现在想来,要是我从此不再握笔,我的生活肯定是另一番模样,心中的喜怒哀乐肯定是另一种滋味。然而,后来我还是拿起了笔。令我十分震惊的是,爷爷当年的做法竟符合祖上的遗训。我从县志中知道,我们祖上曾出过一个进士,当然是好多辈以前了,他说自己是"书读五车,才高八斗,非一日之清闲"，而且他还是个清官，正因为"清"，多遭陷害，九死一生，去世后留给子孙们一句"不近诗书，不近城市"的遗训。可见这老夫子的迂腐，也可见其因读书做官而悔恨至极的程度。由此看来，我无疑是牛氏门中的不肖子孙了，不但近了诗书，离开故乡，近了城市，还做了一阵小官，险些步了老祖宗的后尘。好在我比老祖宗多了一个心眼，今已弃官从文，靠舞文弄墨混饭吃了。

  想起来，父亲执意让我上学，这或许是在我一生当中父亲为我所做的最伟大的一件事情。说父亲执意，一是为了攒够我的学费，父亲毅然让我的两个妹妹辍学，因而使她们至今没有离开那个连做梦都想离开的故乡，我不知道妹妹是否记恨父亲，是否由此在心里迁怒于我，但我一直觉得我永远都对不起她们；二是父亲与大哥的矛盾。因为大哥为了让我挣工分，坚决反对我在学校里"白吃闲饭"，而且有一次或许是大哥气极了，"一不小心"就踢断了我的一条小腿，细心的人至今还能看出我的"拐迹"。我就是这样一拐一拐地走出了家门，走进了县一中，走进了一所师范学校，再后来就走进了省城。想起父亲那时说过的一句话：只要他还有一口气，就要让我念书。这至今让我感到悲壮。为此我曾在一首小诗中这样写道："那时全中国的字／都躲在书里／默不作声。"

  记得当我考上县一中要去报到的那一天，天蓝得耀眼，秋日的阳光比夏天还毒，大地宁静而疲惫，透过窑洞的窗户，几朵白云让我心里有种说不出的难过，应该说这是我这半生所经历过的秋天中最秋天的一天。母亲在窑里为我忙这忙那地收拾东西，所谓收拾，也就是把补好的布鞋装好，把借了8块钱新缝的那条被子叠好，然后用一根冰草绳捆住，套在我瘦弱的肩上。当我跨出老家的门槛时，我预感到从此我将走上背井离乡的道路。当然，这条道路后来被故乡的人们看成是一条最有出息的道路，或许这是由于在他们的心里出人头地的"出"与出门在外的"出"是同一个"出"字的原因吧。

  那时正是一个人多梦的年龄。然而，我的梦里没有五彩缤纷，我总是梦见自己在危险的山路上拼命奔跑，跑着跑着不是路忽然断了，就是跑到悬崖边上无处再跑了，或者被一双有力的大手狠狠地抓住，惊醒时还在不住地哆嗦，往往是一身冷汗。自卑、倔强、寡言、敏感、富于幻想，伴随着我的童年和少年以至青年的一半。我在一首叫作《崖》的诗中就描写了这种情形，我说："哆嗦

的目光 / 已无处落脚 / 走还是不走 / 独对险境 / 就是独对一种悲壮 / 这样的片断 / 不知我们一生 / 能遇上几回。"

那一个个深深浅浅的脚印，那一个个令人难以忘怀的人生片段，现在回想起来，就像散落在阳光下的玻璃碎片，从不同的角度反射出诗歌的光芒。

我对知识的向往，始于一支花花绿绿的铅笔；我对幸福的追求，只是吃饱肚子和不被挨打；而我对于感情的了解，无非是眼泪、呵护、愤怒；我对整个人类的认识，始于对一个叫杏儿岔的小村里的百十号男女老幼的认识。所谓我的诗歌，在我眼里就是雨天的脚窝里长出来的一朵朵苦苦菜。

我曾在一首叫作《饮驴》的诗里对毛驴说："至于你仰天大吼 / 我不会怪你 / 我早都想这么大吼一声了。"然而，我没有吼，我忍住了。在黄土飞扬的山路上，我像一头挨了鞭子的瘦驴，撒开蹄子狂奔而去……

在我的家乡，有这样一首民谣："千山土盖头，东水向西流。人无三辈富，出门不回头。"我也属于不回头的一个。"头"不回，"心"却常常回到那里，我大半的诗就是被"心"从那里拣来的。

出门在外的日子，我打过工，教过书，做过官，现在在《甘肃日报》做编辑和记者工作。屈指一数，最辉煌的是在县文化局当过几年代局长。初入官道，明显的感觉是现在混到可以干坏事的程度了，然而，却偏偏一身清高，或者准确地说是一身的书生气，把历代清官的名字在心里一遍遍数来数去，在他们的阴影里两袖清风、疾恶如仇；而且还自不量力竟擅自为民做主，幻想着老百姓有口皆碑，却不曾料想，被官场的不平绊倒在地，局长前的那个"代"字一夜之间变成了个"副"字。于是"醉里挑灯看剑"过几回以后，就自以为看懂了些什么，由"业余诗人"几乎变成了实质上的"专业诗人"，躲在诗里平平仄仄了几年。这几年，《诗刊》《星星诗刊》《飞天》等刊物，都曾给过我深切的关注与无私的扶掖，有几位诗人的名字我当永生铭记，好心的诗人当一生幸福。

至于具体说到我的诗，老师和朋友已从多角度给予过分析和评价，如果让自己说说对诗的看法和体会的话，我只能说诗在我心里一直很崇高。面对崇高，我一直在呕心沥血攀登不止，自然这要吃不少的苦头，比如清贫、孤独和不被理解。然而，我又实在走不出古往今来那些大师所具备的崇高魅力，无法逃避那些中外优秀诗篇所赋予人类的人格力量。我所要达到的目的,只是我曾全身心地努力过了,努力到力尽汗干的程度了。在我心里,真正的诗人是崇高的人格、深刻的思想和伟大精神的象征。所有写诗的人,并不是都可以叫作诗人的。凭着自己对生活的感悟和理解,凭着自己的道德水准和目前所达到的学识修养,苦苦磨炼,这就是我的现状。

总之,生活着,写作着,艰难而幸福,这就算是我的创作谈吧。

2002 年 7 月 8 日于兰州

蓝　蓝

"写给世界的一封情书"

王晓渔

开始写这篇评论的时候，我突然很无奈地发现自己陷入了失语的泥沼。整整一天坐在电脑面前，打上几个字符，再把它删去，如此往复。如果说涂涂抹抹的手稿是时间的灰烬，空白的屏幕却仿佛宣告这一天根本不曾存在过。更为奇怪的是，我的失语并非漫无目的。面对其他的话题，我依然可以缓慢但又有条理地写作。但蓝蓝的文字——她压低的声音有一种看不见的力量，使得我无法发出哪怕最细微的声响。或许，言说寂静的最好方式是寂静本身：

但在这里：言词逃遁了，沿着
外衣和肉体。

(《无题》)

在 2003 年谈论蓝蓝，似乎还为时过早。这种说法绝不意味着她的写作不值一提，恰恰相反，这位 36 岁的诗人已经成为一位和平使者。在她的诗歌面前，不同阵营的诗人们不约而同地放弃了写作的意识形态之争。据我不可靠的记忆，深居学院的臧棣和力倡民间的韩东，都曾把蓝蓝列到自己偏爱的名单里。对于某些写作者来说，成熟就意味着自我重复。但蓝蓝不属于那种偷懒的过去时，她不断用写作纠正着自己的写作。谁也无法预言，在未来的纸张上，她将写出什么样的诗篇。现在，唯一可以断言的是，关于她的任何评论都是不完整的。

　　据一份创作年表透露，14 岁的蓝蓝就已在《芳草》上发表第一组诗。早慧曾使很多写作者付出沉重的代价，他们如同服用了兴奋剂的运动员，在少年阶段就跑到了自己的终点。坦白地说，1993 年以前的蓝蓝，并没有表现出太多的与众不同。她更像一个长跑运动员，既懂得如何抢跑，也懂得如何在最初节省体力。但这不仅检验了蓝蓝的耐力，也考验着读者的耐性。在董辑《什么是诗歌，什么又是垃圾》中，这位眼光锐利的鉴赏者也不免"刻舟求剑"，仅仅盯住参加 1992 年青春诗会时的蓝蓝，认为她"缺乏真正意义上的诗的说服力"。

　　蓝蓝不喜欢缠绕那些技巧的线团，在她的诗歌里几乎找不到技巧的痕迹，这是批评者必须面对的最大难题。先锋诗人的高难度动作往往并不可怕，几乎每一个招式都有案可循，来自德国、爱尔兰或者意大利。蓝蓝看似保守的写作，却使得批评者束手无策，他们无法在上面插满某某主义的羽毛。或许，有人会从她的身上看到俄罗斯的影子。但在蓝蓝的诗歌里，不时地闪现着只有她所知的大铺村，她从来没有在彼得堡的地图上旅行过。我更倾向于认为，对大地、植物和生灵的歌唱不是某一个国家的专利——它属于每一个国家。

　　优秀的作品通常是无形的美学标尺：批评者给它打分，它也测量着批评者。同样，蓝蓝的诗歌是美学的显影剂，将使说三道四的围观者现出原形。关于她的评论极为有限，却几乎集合了最出色的诗评家：耿占春、张闳、敬文东……鉴于此，我这篇画蛇添足的评论将试图躲开他们的话题。为了避免班门弄斧，我将故意遗漏那些至关重要的主题，比如宁静，比如日常生活的诗意，比如及物的抒情。身单力薄的我，准备从一些细枝末节说起，从人称、标点符号和词性说起。唯一可以自我安慰的是，因为写作时间相对较晚，我有幸看到了蓝蓝更多的诗篇。

"你""我""他"

　　1993 年，蓝蓝出版了两本书，一本是诗集《情歌》，一本是散文集《人间情书》。正如布罗茨基所说："我们不清楚，由于诗人转向散文，诗歌输掉了多少；但毫无疑问的是，散文由于这一转向而狠赚了一笔。"诗与散文两种文体之间的输赢率，并不总是一成不变的。在蓝蓝的早期写作中，我更偏爱她散文中的非诗歌部分——比如一段故事，而不是那些抒情的段落。同时出版的诗歌输给了散文，散文又似乎预示了诗歌的可能。等到2003年，蓝蓝把自己将要出版的诗集《睡梦，睡梦》称作"写给世界的一封情书"。

从"情歌"到"人间情书"再到"写给世界的一封情书"，这不仅是诗歌对散文的"否定之否定"，也表明蓝蓝对写作的不断"纠正"。我有一个偏见，女诗人和少年诗人通常会在青春期中停留得太久。这大概是她们（他们）永葆青春的秘密，但对于诗歌而言却是一个不大不小的灾难。很不幸，蓝蓝兼具这两种身份，但幸运的是她成了特例之一。

从人称上说，"情书"通常是"我"和"你"的二人转。一些捕风捉影的评论喜欢考证"我"是不是诗人本人，"你"又是现实中的哪一位。事实上，不管把生活当作诗歌的脚注，还是把诗歌当作生活的旁白，都不等于两者可以混为一谈。那种新闻记者式的智慧，与诗歌无关（这并不妨碍诗人成为一名优秀的记者）。在蓝蓝的早期诗歌中，"你"和"我"正如大地之于安泰，前者是后者致命的精神资源：

想你的时候
我是一座空房子
仅仅是一座空房子

（《空房子》）

你带来了盛水的瓦罐、谷种
带来了植物的芬芳和
祖先的身影

（《一条路》）

把过于具体的"你"当作种植诗歌的大地，很容易产生营养不良的后果，蓝蓝最初的"情歌"也常常是一种真诚但又单薄的"室内乐"（在1980年代，

"卧室"一度成为某些女诗人的阵地）。这种青春期症状很快随着时间（不仅是生理时间）的消逝而消逝，"我"/"你"也逐渐拥有了复数形式：

> 我聆听死去的人们
> 在我身体里走动的声音
> 许许多多的声音
>
> （《秋歌》）

> 你有无数冰冷的身体
> 火焰里的双唇。
>
> （《秘密情郎》）

在蓝蓝的语法里，单数的"你"/"我"与复数的"你"/"我"相安无事。这是一个安全阀，即使她的诗歌里出现"我们"/"你们"，依然可以保证不会导致那种复数对单数的暴政。多年以后，蓝蓝曾这样描述自己"脱胎换骨"的过程："我的皮肤下有一场政变／四周的一切已是另一个朝代。"（《失眠》）但她诗歌中的政变，并不是发生在某一个瞬间的暴风骤雨，它持续了十几年直到现在。单数和复数、"唯一"和"无限"始终在交错：

> 一个和无数个。
> ——请继续弹奏——
>
> （《母亲》）

值得注意的是，"情歌"往往非常忌讳第三者的出现。在蓝蓝的"写给世界的一封情书"中，"他"的出现却打破了二人转的单调局面，诗歌开始丰富并且饱满起来。"我"有可能是"他"，"他"也有可能是"你"——三种人称之间没有天然的界限，更像两口之家突然增添了孩子，就变成了一个"小世界"。在诗集《睡梦，睡梦》中，蓝蓝有一组献给孩子的"情书"。孩子不仅是"一个和无数个"的果实和源泉，同时也改变了"情书"的定义，"试着弯腰捡起大地

第一封 / 落叶的情书"(《母亲》)。其实，男人和女人正如可爱的双胞胎，一直在周而复始地演绎着单数和复数的辩证法：

它在失去中得到
并在失去中维持：
——两张变得相像的脸。

(《婚姻》)

破折号和省略号

用不着发明一种"计量文学"来统计每一种标点符号的出现频率。在蓝蓝的诗歌中，破折号 / 省略号的数量肯定不会少于"你" / "我"。它们的区别在于出场的先后顺序不同，仿佛一场接力赛，标点符号在中途部分地取代了人称代词。正当"你" / "我"开始减员时，破折号 / 省略号却偷偷地溜了进来。从外表上看，人称代词将鲜活的人物抽象成几张脸谱，标点符号则部分还原了象形文字的丰富风景。它们的交替也恰巧与蓝蓝的"内心生活"保持同步，从不断重复的独唱变成向世界敞开的多声部。

在我所看到的蓝蓝的诗歌中，破折号的首次登场是在1990年。具体的时间并不重要，但它出现的姿态却值得关注：

来吧来吧
指给我看
茅屋林中沙沙的声响
虫鸣
有人悄悄合上忧伤的双目——

(《七月》)

现在看来，这几行诗句没有太多的与众不同之处，最醒目的倒是结尾那个破折号。它似乎用手指捅开了封闭已久的"茅屋"（另一种"卧室"），又像一个指向空白的箭头，标明这是一首未完成的诗，等待着读者一起书写。

套用一句耿占春先生的句式，"至少到1993年以后"，诗人开始慢慢引进破折号和省略号。在蓝蓝的近期写作中，它们已经扮演了通常逗号和句号才拥有的重要角色。破折号逐渐成为沟通永恒之物和日常生活的"助听器"：

我轻轻停步——倾听
脚下的大地沉默无声。

（《黄昏》）

更多的时候，破折号仿佛是建筑物里的镜子，通过不同事物间的互相折射，使得"卧室"成为"世界"，也使得"我"与"世界"达成一种美妙的比例。一首短诗因此具有了无限的空间：

小和慢，比快还快
比完整更完整——
蝶翅在苜蓿地中一闪
微风使群山猛烈地晃动

（《正午》）

在破折号的照射下，小和慢、快与完整、蝶翅和群山，都成了对方的影子。气象学家罗伦兹认为，南美洲亚马孙河流域的热带雨林中，一只蝴蝶偶然闪动翅膀所引起的微弱气流，可能会造成一周后纽约的龙卷风。《正午》几乎就是"蝴蝶效应"的诗歌版。或者说，蓝蓝的短诗越来越轻盈，仿佛长上了蝴蝶的翅膀，词语的重量却不断地增加着，如同微风扇动的群山。

在破折号和省略号之间，也举行着小型的接力赛。破折号首次登场的位置，逐渐被省略号取代。仅在诗集《睡梦，睡梦》中，就有9首诗歌以省略号结尾（抱歉，还是使用了"计量文学"）。在我看来，两种标点的意义几乎完全不同。省略号更像一块情感的海绵，六个小圆点仿佛上面的小窟窿，有效地吸去了"情书"中溢出太多的眼泪：

> 每一个定律都令我恐惧。但我感到它
> ——这是值得的。我活着
> 双手紧紧抓住谷子的
> 呼吸——在风中……
>
> （《自波德莱尔以来……》）

在另外一首短诗《记忆，或者》中，省略号同时出现在短诗的开端和结尾。它恰如蓄水池的进水管和出水管，根据诗歌的内在容量来控制其中情感的浓度。可以看出，省略号不会把泪水连同恐惧、幸福、忧伤之类全部擦掉。它只是一种蓄水装置，把某些时刻过剩的情感储存起来，再寻找恰当的时刻释放出来。从这个意义上说，六个小圆点又仿佛眼睛里的沙粒：

> ——这幸福的沙粒使你
> 泪眼模糊……
>
> （《爱我吧……》）

在中国现当代文学史上，始终有一种"泪水崇拜"，偷懒的写作者常常把它当作某类情感的图腾。蓝蓝的省略号则提醒我们保持一种对泪水的节制，并把它与"仇恨"剥离开来。泛滥的泪水将成为一个人流动的面具，"泪水"这个词也将成为钟鸣所谓的"词具"。那种词与物的分离，不正是那令人恐惧的"自波德莱尔以来"的定律么？

形容词和名词

翻开蓝蓝的写作手记，可以看到一段独白："过多地使用形容词于创作是有害的，但是若生活在一个没有形容词的时代却是十分可怕的。"这是一个常常被忽视的常识——形容词和泪水一样，它们的数量与诗歌的重量并不总成正比：

那一夜有你全部的往事
我伏在钟声里泣不成声
亲爱的！
你怎会知道你对另一个人的
思恋
使我感动也使我
蒙羞

(《往事》)

这首写于 1986 年的短诗，很快就湮没在时间的尘埃里——不像柏桦的"往事"，至今还不停地闪烁在人们的嘴唇之间。我不想否认"思恋""感动""蒙羞"（与拉丁语系不同词性之间清楚的后缀不同，中国词语通常同时兼具几种词性，我把这些直接表达情感的词语都归类为"形容词"）如何真诚，但真诚仅仅是诗歌的某一个起跑点，无法保证诗人一定能够跑在其他选手的前面。一位几乎同样年轻的诗人穆旦，在 1940 年代这样写道：

在大路上人们演说，叫嚣，欢快，
然而他没有，他只放下了古代的锄头，
再一次相信名词，溶进了大众的爱
坚定地，他看着自己溶进死亡里，
而这样的路是无限的悠长的
而他是不能够流泪的，
他没有流泪，因为一个民族已经起来。

(《赞美》)

与"泣不成声"相比,"没有流泪"的声音非常微弱,但它拥有的回声感却是无法比拟的。这种主动放弃"叫嚣""欢乐"的姿态和那个"相信名词"的身影,逐渐成为蓝蓝无意中模仿的对象。她在写作手记里绝非鹦鹉学舌地重复着布罗茨基的格言——"名词具有不朽的魅力"。

相对而言,名词具有一种公共性,它可以被传递和分享;形容词则更具私人性,"亲戚或余悲,他人亦已歌"。当收信者从"你"扩大到"世界"(后者包容而不是排斥前者),"内心生活"的私人语法也面临着如何转换成"人间情书"的公共语法的难题。事实上,中国的古典诗人们,早就练就了一套用名词给世界写情书的绝招。不管唐朝温庭筠的"鸡声茅店月,人迹板桥霜",还是元代马致远的"枯藤老树昏鸦,小桥流水人家",都已成为经典并被修辞学追认为"列锦"。

"胸无大志"的蓝蓝,无意于发起一场形容词和名词的改朝换代。在那首被反复提及的短诗《让我接受平庸的生活》里,"平庸"与"肮脏的街道"、"无奈叹息的美妙"与"青草"、"活着,哭泣和爱"与"深深弯下的身躯"始终并排行走。通过一副副可以传递体温的跷跷板(这个跷跷板经常由破折号来充当),"内心"和"人间"、形容词和名词获得平衡。她更想在两者之间挖掘一个精神通道:

很可能,我是你所期望的——
一株最绿的草,非修辞的美丽

(《危险》)

"非修辞"仿佛一个魔方的中轴,转动着"草"和"美丽"、"名词"和"形容词"、"物"和"词"、"现实"和"虚构"四对组合。但问题在于,如何才能让这些甜蜜的舞蹈成为"可能",而不仅仅是"期望"。

重新回到蓝蓝的写作手记,在那里,"创作"和"时代"遵循着两种形容词的伦理。她似乎在暗示,作为一种书写的"情书"和作为一段经验的"情感",将拥有着不同的修辞学(包括人称、标点符号以及词性)。这也悄悄透露了一

个秘密——"非修辞"的中轴,正属于修辞的魔方:

> 他在鸡毛蒜皮的小事上摸着生活的胸脯
> 他的手在洗菜盆中触到梦想的头
> 他的字背叛他日常的面容
> 为了保住贞操,守住秘密
> 他放弃经验的照相术

(《写作》)

2003 年 3 月于上海

《野葵花》点评

陈东东

　　跟许多以植物为题的诗作一样,《野葵花》吟唱的也主要不是植物。历来许多诗作里植物意象普遍的女性化,在这首诗里,野葵花也一样被以"她"代称。古典诗人总是用植物意象强调女性之香艳,所谓香草美人是也。这甚至影响到像埃兹拉·庞德这样的现代诗人,他创作或译写的某些"中国诗",也因为一两种植物而"香艳"过一点点。蓝蓝这首以植物咏女性的诗作则不同,并没有植物和女性的"香艳叠加"。

　　野葵花本来就不是香艳的植物。这种喜欢跟着太阳转动的植物似乎对时间特别敏感,其转动会让人联想到表盘上的指针。也许有感于此,蓝蓝直接以野葵花与时间的关系起句,提出公理般述说了那个时间里的宿命:"野葵花到了秋天就要被 / 砍下头颅。"而当野葵花在诗的第二句被以"她"指代,野葵花的宿命就成了一个或一种女性命运的拟喻。值得注意,也是蓝蓝在这首短诗里做得特别醒目,要让人注意的,吟唱过半,"她"已经消失——"随夕阳化为 / 金色的烟尘"了吗?——而"我"出现了。这个"我"仿佛是第二句里"打她身边走过的人",但也不妨是另一个"她"。问"我 / 替谁又死了一次?"倒更像是问"她是否替我又死了一次?"野葵花跟"我"和"她"实为一体,但"我"又是那个吟唱野葵花之"她"的人。野葵花之"她"终要在时间里逝去的命运是被"我"看见,被"我"体验,被"我"赋予和唱出的。对野葵花的吟唱终归是一种自我吟唱。不知道是否在这一意义层面上蓝蓝写下了"不真实的野葵花。不真实的 / 歌声"这样两句宕出整首诗吟唱序列的旁白。这样的旁白使得最后一句更显突兀,戛然收住了这首很可能并未完成的诗,让余音慢慢消散在时间里。愿意把女性香艳化的诗人喜欢选用玫瑰("我的爱人是一朵红红的玫瑰")、桃花("人面桃花相映红")、杏("一枝红杏出墙来")、菊("人比黄花瘦")和丁香("我希望逢着 / 一个丁香一样地 / 结着愁怨的姑娘")等植物意象。它们往往是一些被驯化、园艺化和人工化的植物,它们为人利用和支配,用途在于取悦人;它们要比金丝雀之类更加听话,对它们的裁剪、盆栽和嫁接等等连环保人士也没有异议。野葵花相对于那些为人重视和培育的植物,意味着所谓自然的、野生的、遭淘汰的、无用的、丑的、奇怪的、边缘的、乡土的和民间的东西。蓝蓝吟唱野葵花之"她",在诗中不乏以野葵花自况其人和其写作,用心和意义是不言而喻的。

这首诗节奏的顿挫和节拍的缓慢,让人听见了被置于秋天的野葵花带来的忧伤和痛楚。我一再提到蓝蓝在这首诗里的吟唱,现在我要说她用的是一副民间歌手的嗓子。这首诗的声音如同蓝蓝许多诗篇里的声音,总是让我想起原始民歌那有时候不成腔调的朴素和纯真。记得 1996 年蓝蓝获"刘丽安诗歌奖",她的获奖理由是:"以近乎自发的民间方式沉吟低唱或欢歌赞叹,其敏感动情于生命、自然、爱和生活淳朴之美的篇章,让人回想起诗歌来到人间的最初理由。"除了欢歌赞叹一语,这几句话很像是针对《野葵花》的评语,因为这首诗的确堪称蓝蓝诗歌的代表作。

【附】
野葵花
蓝　蓝

野葵花到了秋天就要被
砍下头颅。
打她身边走过的人会突然
回来。天色已近黄昏,

她的脸,随夕阳化为
金色的烟尘,
连同整个无边无际的夏天。
穿越谁?穿越荞麦花的天边?
为忧伤所掩盖的旧事,我
替谁又死了一次?
不真实的野葵花。不真实的
歌声。
扎疼我胸膛的秋风的毒刺。

只是碎片

蓝 蓝

我确信写作源于孤独。

人们信赖文字有时是因为绝望,人在文字中安置自己的梦幻和向往,好像它们真的在那儿一样。

但某些美好的文字的确教会了我更接近于真实地面对生活,像一块磁铁——倾斜构成了我生活、写作的态度。

文学,不断地记载着人的失败,显得是那么骄傲。

时间、记忆、分离、死亡、疾病、衰老……这些词代表什么意思?个人感受的私密性使得人与人的完全理解变得困难。但是,"可能"存在。

事实上,对一件事物我无力评判。所有绝对形而上的寡白面对真实的生活都会成为认识和投入生活的牢狱,甚至更糟。除非,我睁开的眼睛(视力)每一次都是新的,——"我赞美"。

从平常意义上讲,写作者也许在文字中留下与生活摩擦的痕迹,但同时我也看到它们某些不真实——宛如水中的倒影。与绝望相比,文字是(仅仅是)保持希望的一种方式。或者,是类似情书的写作——我希望如此。

在民间童话中人们识别一个真正的公主往往用令人难以想象的做法,那就是在许多层褥子下放一粒豆子,真正的公主马上就能感到身体的痛苦。

人们对极度敏感的人赋予了与众不同的高贵,但同时也令其成为苦难和不幸的象征。敏感何罪之有,以至于落入厄运的深渊?然而命定如此。

感受力与想象力宛如孪生,或者几乎就是彼此。医学上有"痛阈"一词,泛指人对疼痛的感受。已经证实人与人是不同的,与其天赋、气质修养、生活背景关系密切。可以想见,敏感的人在生活中怎么能不成为大众的异类?他不仅对幸福的感觉异于常人,对痛苦的感受更比常人强烈。作为概念化的叛逆,他在现实中往往即便是正义的也会软弱无力。他的有力在别的地方。

一个从不循规蹈矩的写作者的风格移到现实中呈现的却是有着苍白面颊的忧郁者的形象——绝望。但绝望却能够聚集起毁灭性的能量。几乎不引人注意地,他把自己藏匿起来,像卡夫卡那样——"躲在地洞里",这并非另一种哗众取宠,而是绝望使然,公平的是:水总是流往低处。

沉默。沉默中有一只最大的耳朵。

最好的倾听莫过于从必需的声音中听到更多的沉默。我与"你"常常是,你在心中低声恳求:看看我,听听我,不要离开,不要忘记……

你有一个对象,"他"仿佛是一个证人,确切无疑地告诉你:是的,是的,你在呼吸,在爱,在痛苦——你活着,这就是你。

这个"他"同样要依赖你而存在:来自于你的目光、听觉、长期的专注、你的爱。

"他"对你是记忆、往昔、感觉中的未来;是某个你爱过的人;是你注视的一棵草、一座山,一条你曾独自走过的林间小路。"他"是一个完整的世界——你自传式的知识与感受的全部。

曾有很长一段时间,我不能写诗,不能写任何文字——我与这个我热爱的浑浊的世界几乎切断了联系。直到前两年,生活的列车晃动了一下,又继续慢慢前行——我又看到了那些细小的快乐、伤痕和皱纹。

能够抓紧一个人而不至于使他堕入遗忘(那可怕的取消)深渊的不是理念,而是关系:与具体人、与最日常事物的关系,此中包含了爱、责任、感受、想象力和由此而来的自我反省。

当一切有价值的事物都在飞速逝去的今天,爱就是:我在,我在。

我在写作上的梦想同样也是:无论何时,我和周围的世界就在当下——留住它。

如果这些诗篇就是类似于情书的写作，我是多么乐意署上自己的名字！

2002 年 11 月于郑州

西　渡

时间和时间带来的
——论西渡

敬文东

一

早在 1997 年,西渡就仿佛知天命般地说过:"写作是在与一个沉默的对手较量,而这个对手正是时间。"[1]在同一篇文章中,西渡近乎固执地为他的诗歌写作定下了基调:诗歌中的主题不是情感,不是信仰,甚至不是经验,"而是时间"。饶是如此,西渡还是谦逊地承认[2],一个青年诗人在刚开始写作时,确实很少会自觉地把时间作为主题,尽管无处不在、无孔不入的时间早已经渗透到他所有的诗篇之中[3]。我们有理由认为,西渡这番表白有着浓厚的现身说法的意味。

如果我们仔细检索西渡迄今为止的诗歌写作,就会发现他曾经深受到同

---

[1] 西渡:《时间的诠释》,载《草之家》,新世界出版社,2002 年,第 321 页。
[2] 谦逊是西渡一贯的品德,这一点十分重要,因为它不仅是西渡日常生活中的重要德行,而且是他诗歌写作中的一贯品质,并且构成了西渡诗歌写作中的美学特色。有关论述请参阅敬文东:《谦逊的涵义》,载《写在学术边上》,云南人民出版社,2002 年,第 134 页。
[3] 西渡:《时间的诠释》,载《草之家》,新世界出版社,2002 年,第 321 页。

为北大出身的诗人海子的影响[1]。这种影响在一个时间段里是如此重要,以至我们可以大而化之地把西渡的这一写作阶段称作他的"海子时期"。在"仿写"海子时,西渡既显示了他不凡的、卓越的写作才能,也在相当程度上继承了后者诗歌中的时间形式,尽管他当时也许并没有明确地意识到这一点。在只有三节的短诗《歌谣》中,西渡分别以"语言依旧""月亮依旧""爱情依旧"来开头。这里显露的是一种近乎静止的时间[2],是时间被创造出来就没有再改动和变迁的刹那。在许多青年诗人那里,它被看成是永恒的:依靠诗人对抒情性的强力追求,这一刹那被较好地和较成功地固定了下来。

赫西俄德在《神谱》中写道:"首先请你说说诸神和大地的产生吧!再说说河流……无边的大海,闪烁的群星,宽广的上天。"[3]屈原以一种非常相似的方式追问过:"遂古之初,谁传道之?上下未形,何由考之?"凡斯种种,其实都是在追寻时间的起点。起点虽然只存在于刹那,但在一些青年诗人那里,往往更愿意将它理解为永恒,理解为静止不动,从而成为抒情和吟咏易于捕捉的对象。很难设想,面对流水惊呼"逝者如斯夫"的孔子会是一个翩翩少年;而站在幽州台上咏叹"念天地之悠悠,独怆然而涕下"的陈子昂,也肯定过了意气风发的少年阶段……西渡通过三个"依旧"所引出的物象(或意象),也都先在地沾染了那种永恒的时间方式沾溉过的丝丝缕缕。一切都是亘古不变的,无论是"语言""月亮"还是"爱情"。依靠对抒情的追求,西渡在这首诗里无意中说出了一个与青春有关的心理事实:无论时间怎样变化,总有一些东西是不变的,或者总有一些致命的东西我们希望它们是不变的。反过来它们又让流动的、变化的时间始终成为源头,成为某种起源性的时间方式。而起源之所以具有说服力、阐释力和煽动力,是因为起源所具有的神性,在青春的想象中赋予了它自身抒情源头的特性。

---

[1] 对此,西渡在不少地方都做了诚实的甚至是动情的回忆。参见西渡《燕园学诗琐忆》《死是不可能的》等文,载《守望与倾听》,中央编译出版社,2000年。

[2] 海子有很多诗作都采用了这样的时间形式,比如《亚洲铜》《阿尔的太阳》《秋》等。以上诗作都收入了《海子诗全编》,上海三联书店,1997年。

[3] 赫西俄德:《神谱》,第107—110行。

在每一例证中我们都可以看到，所谓起源（即第一）都意味着神[1]。对起源（第一刹那）的遐想和追溯，几乎从来就意味着形而上学（伯格森："时间是形而上学的关键问题"）。它也被认为和我们今天的一切相关（卡尔·克劳斯："起源即目标"）。而形而上学在不少时刻与其说是哲学，毋宁说是诗，因为它天然勾起人对自身命运的想象，正是对自己命运的想象开启了和引发了人的抒情冲动。无论是西方早期的哲学还是中国早期的哲学，对起源的遐想都采取了一种咏颂的方式（即诗的方式），所以赫西俄德在《工作与时日》一开篇要代表哲学咏叹道："皮埃里亚善唱赞歌的缪斯女神，请你们来这里……"；赫拉克利特要说："世界是一团燃烧着的活火……"；《伊利亚特》要祈求道："诗歌女神啊……"；我们的《尚书》也才会说："於，予击石拊石，百兽率舞"。正如人类有自己的初民时期，每一个成长着的、在时光中逐渐老去的人都有自己的青壮年时期。人类学和心理学的事实告诉我们，一个人的成长经历和一个种族的变迁有着许多暗合之处。维柯、列维－布留尔和皮亚杰早已在他们的著作里暗示过这一点。事实也正是如此，无论海子还是"海子时期"的西渡，他们的诗歌方式都是飞翔的、歌唱的，和人类初民的歌唱有着相似的特性：

> 语言依旧
> 在歌曲中居住
> 的地方，社长的两个儿子
> 从鱼腹中回来，鹿皮
> 短褂、银色的枪
> 走在
> 玉米地中央
>
> （《歌谣》）

在接下来的另外两节中，分别是社长的"两个女儿"、社长的"一对儿女"

---

[1] 参阅雅克·施兰格等：《哲学家和他的假面具》（中译本），社会科学文献出版社，1999年，第51—53页。

走在"谷地中央"、走在"大水中央"。在起点被固定下来或被想象为静止不动的情况下（即"××依旧"句式所昭示的），"中央"也是固定的、静止的。这显然是歌唱方式导出的后果之一：歌唱在许多时候确实倾向于将运动的处理为不动，或者将巨动转换为旋律中的左右微晃。它宛若电影中的远景镜头，某一个人走在"玉米地""谷地"或"大水"中，从遥远的地方或从漫长的时光的这一头看过去，就像是没有走动或仅仅是在微晃一样。

在"海子时期"，西渡同样接受了海子诗意的时间形式。诗意的时间形式不同于静止的时间形式，尽管它仍然是歌唱式的。诗意的时间形式是流动的，但不是一般的流动：它始终在幻想之中、在超验之中流动。流动，实质上就是在歌唱需要的情况下，对静止的时间形式中的"左右微晃"进行放大，是双倍的或多倍的"微晃"。在海子和早期西渡那里，诗意的时间形式归根结底就是幻象，是超验的和咏颂着的。在作于1988年的《黎明》一诗的结尾，西渡"唱"道：

白马白马，它就要敲响
黎明这面大鼓。

按照圣经的看法，神创造了天地（当然是在一瞬间创造了天地），紧接着就创造了光。在青年诗人那里（而不仅仅是在诗人那里），黎明也是一个颇能撩拨想象的时间概念或时间段落。考虑到海子诗歌写作的基督教背景，他把黎明理解为超验的早晨，甚至看作神性的早晨，是可以想见的[1]。西渡不一定是在同一个维度上接受了海子"诗意的时间形式"，但他这一阶段作品中的诗意的时间形式和海子对时间的理解却有一脉相通之处。这同样是由青春的抒情冲动带来的结果。而歌唱，在这里给了西渡的"黎明"某种超验之动（比如"敲响"）。和"月光依旧"等等很不一样，"敲响"显然是放大了若干倍的"力量"，

---

[1] 海子曾经在一篇诗学文章里写道："但是我……我为什么看见了朝霞？为什么看见了真实的朝霞？！"参阅海子：《诗学：一份提纲》，载《海子诗全编》，上海三联书店，1997年，第903页。

时间（在此处就是"黎明"）也在这种放大了若干倍的力道面前开始了它的颤动——既然按照西渡的看法，黎明正好是一面可以被敲动的"大鼓"。

值得指出的是，西渡的诗歌写作中还有一个短暂的"博尔赫斯时期"。和他接受海子的情形相类似，他接受博尔赫斯的影响，原因之一也许正在于博尔赫斯是一个杜撰和玩弄时间的大内高手。他的"但丁"组诗可以说是对博尔赫斯近乎完美的"仿写"。在这组诗中，西渡将过去的某一个时间段落带到了眼前，把过去当作了今天；或者，他潜回了过去，把今天当作了已经消失的某一瞬，把观照今天转化为回顾今天或者回忆今天[1]：

> 我来到了世界神秘的诞生地，在那里
> 时间不再被机械的指针分割，过去和未来联姻
> 诞生了崭新的生命，伴随着暴风雪
> 我的精神正越来越趋向辽阔和无垠……
>
> （《但丁：1290，大雪中》之一）

这里，在时间的交错（即让今天与过去的边界混淆）中，要抵达的仍然是最初的一瞬。在西渡的诗歌学徒期间，一如他自己所说，诗中的时间形式是不断游弋、摇摆的。这正是青春期的重大标志之一：对时间敏感，但在仓促之间又难以找到自己更为准确、有效的时间形式。在这种情况下，一些青年诗人往往倾向于将时间看作"幻象"，倾向于将时间看作诗意的、想象的，或者将时间看作诗意和想象的源头或源头之一。在这个意义上，与其说西渡"继承"了海子诗意的时间形式，不如说西渡和海子共同分有了一个性质相同的青春。

无论是静止的时间形式还是诗意的时间形式，都还只是一种定性的时间，它来源于青春期的抒情冲动和形而上学冲动；它是混沌的而不是清晰的，是

---

[1] 博尔赫斯明确说过："时间是永恒的流动形态。如果时间是永恒的形态，那么未来就成了心灵的前进运动。前进就是回归永恒。"参见《博尔赫斯文集·文论自述卷》（中译本），海南国际新闻出版中心，1996年，第196页。

诗意的、超验的而不是具体的、现实的。在这一时期，西渡所使用的大量意象——比如"黎明""白马""玉米""雪"——也基本上不具备现实事境中的物象的真实成分，只大体上和框架它们的时间形式相吻合。值得注意的是，在《但丁：1290，大雪中》（之一）里，静止的时间和诗意的时间出现了一种联合的倾向，因为抵达源头（即诗中的"诞生地"）正是为了追溯出生的过程。那显然是一种回溯式的追索。不过，西渡在此仍然把这种追索处理成了对超验的精神的向往（"我的精神正在越来越趋向辽阔和无垠"），尽管在这首作于1992年的诗中已经隐隐约约透露了诗人对现实的时间的展望。

二

西渡的看起来相当漫长的诗歌学徒期终于结束了。这个结束的标志之一就是他写于1992年的《残冬里的自画像》。顺便说一句，即便如此，西渡仍然比许多我所了解的诗人更为早熟。在这首诗中，西渡基本上放弃了上述诗意的时间形式和静止的时间形式，不再将时间仅仅处理为幻象，不再定性地处理时间，而是定量地处理，也用沉思取代了部分的歌唱。他把从海子那里取得的礼貌地还给了海子。在《残冬里的自画像》中，西渡以相当坚定的口吻写道：

> 开始可以肯定也就是结束，因此
> 困难的是我们要怎样献身给生活。
> 结束是不可能的……
> ……但开始仍然是不可能的：在我们内心里
> 一种即将复活的希望开始被淫雨淋着。

而在西渡本人确认的转向之作《挽歌》（同样写于1992年）里，他更明确地写道："时光迅速成熟，把我们推向／生命永恒的困境。"在这里，时间不再是诗意的，更不是静止的或神性的，它既没有起点，也没有终点（"结束是不可能的""开始仍然是不可能的"）；时间只是我们的宿命和"困境"，是一件实实在在的、需要我们加以解决和克服的"事情"。正如西渡在另一处精辟地写道:"那最痛苦和最甘美的/在时间里有相同的根源。"(《樱桃之夜》)但在此时,所谓的"根源"已经不再是"起源"或"黎明",它表征的毋宁是类似善恶同体的那种一致性。而对这一切理解的来源在西渡那里最终落实到一个严峻的事实上:"那天堂之门就要在我们之前关闭/而时光要迅速过渡到严峻的正午。"当然,正午,在已经"转向"和"告别"的西渡那里,既不是开始的那一瞬(比如"黎明"),也不是结束的那一刻(比如晚上)。它需要我们用真实的而非比喻意义上的、非超验的行为和动作去填满它。西渡在沉思中(而不仅仅是在歌唱中)小心翼翼地写道:

天明醒来,
你将步入一个谨慎的年头,一些细小的变故
将给你致命一击。脆弱的中年,"绿叶成荫
子满枝",压弯了伤痕累累的旧枝。

(《新年》)

此刻,时间再不是诗意的或者静止的,而是现实的。现实的时间形式意味着它是尘世的时间、凡人的时间,它给了我们凡俗的生活一个特定的框架和形式,给了我们的尘世生活(即事境)一个推演自身的舞台。这是定量的时间,是经过沙漏一点一滴量度过的时间(在组诗《格列佛游记》中,西渡用隐喻的方式专门写到过沙漏的功用)。这里的"天明"仅仅是天亮,是生活中具体的一天的开场与序幕,是一个休息得也许还算不错的人"醒来"迈向生活的那一刻,它不是混沌的、超验的,而是具体的、清晰的,具有实体的性质。在这个由具体的时光所组成的舞台上,每一刻实际上都是"正午",是需要我们严阵以待的时间,因为它包纳的是我们艰难的生活事实。正是这样,时间最后终于成了我们必须面对的敌手。但这个对手太强大了,以至让我们预先就领有了失败的命运:

和时光竞赛脚力
像一只富于献身精神的蚂蚁
下定移山的决心,谁会给予安慰?
勇气可嘉,只是过于鲁莽。

(《新年》)

老去的终归是我们,而不会是某些自大的、矫情的诗人认为的那样是时间本身。在看清了时间的这一战无不胜的实质后,在抛弃了"青春写作"的诗人那里,时间只能是如此这般的现实的时间,它不再具有超验的性质,也不再具备开端或结束的特性。所谓的结束和开端诚然是歌唱和抒情的源泉,但它或许不是老老实实地对待时间的方式,也不是严峻的现实时间中可能的生活形式。因为结束和开端对于我们这些渺小的凡人来说,从来就是不可知的。《从天而降》这首诗说的也许正好就是这回事情:它精确地"描绘"了主人公从飞机上下来,从鹰的高度下来,坐民航班车回到家里的情形:

一个半小时后,我推开家门
恢复了尘世的身份:一个心事重重
的丈夫和父亲,敬业的小公务员
面对一大堆商业和时事公文

这是在量杯中测定过的时间(即"一个半小时")。相对于具体的、现实的生活,也许只有定量的时间才是有效的。这是长满了肌肉的时间,它的肌肉就是活生生的生活内容,看似琐屑、无聊但并非毫无意义的生活内容。和静止的时间形式、诗意的时间形式相比,这显然是一种老老实实的时间形式。尽管后者也是长满了肌肉的时间,但由于它们的超验性质,它们的肌肉在大多数情况下(如果不是说在所有情况下)只是虚拟的,具有浓厚的形而上学特性。形而上学讨厌具体的运动,讨厌具体的、带血的肌肉。

对西渡或者对我们这些1960年代中后期出生的人来说,这种现实的时间又是来得太早的时间。作为对手,它过早地来到了我们的身体之内,来到了我们对自身的阐释的境域之内,来到了我们对自身被迫认同的意识之内。

诸如此类的时间对比让人陡然觉悟时间的残酷,但即便如此,时间对我们也并非没有安慰。事实上,对时间抱着敬畏之感的诗人也感到了时光的馈赠,正如他在一首"描写"我们这一代人的十四行诗中写道的那样:"但无论如何,生活已教会这一代人/思考的能力,并且有那么几个懂得珍爱自由。"(《朋友们》)让人惊讶的是,一贯谦逊的诗人还带着悲悯试着去解放时间,因为在他看来,时间同样是无辜的,同样是蒙难者:

> 我从一杯茶中找到尘世的安慰
> 让它从微小的苦闷填满的岁月中
> 拯救出午后的一小段光阴。
>
> (《午后之歌》)

解放时间,在西渡那里,实际上就是解放我们自己;拯救时间,也就是拯救我们的生活。正是在对时间的不断领悟中,西渡找到了属于自己的诗歌声音、语调、韵律、句式和词汇的综合体。对时间主题的不断挖掘,也给了西渡的诗歌写作以最大程度的独立性以及由这种独立性赋予的杰出品质,或者按照西渡自己的话说,通过诗歌写作,他创造了"另一个自我"。这是一桩需要有能力而且伴随着幸运才能完成的事情。

早在 1990 年代初,西渡就写下了这样的句子:"我发现我写下的诗句,/比时光本身消失得更快。"(《格列佛游记》)相对于我们的写作,时光具有一种不败的性质。更甚者,时间每时每刻都以一种沉默的方式改变着我们,改变着我们的情感内容和我们的情感方式。在时间的权威面前,没有不败的事物,当然也没有什么永恒。后来的西渡对"海子时期"的西渡显然持一种反对的态度:没有什么会是"依旧"的,无论"爱情""月亮"还是"语言"——

> 两年的时间,生活已悄悄改变了我们

朋友之间已经隔着一道不曾道破的沉默的墙

(《扬州三日》)

越到后来，西渡越洞明了一个事实：除了知道一点点注定要在时间中消失的事物的有限消息外，我们对时间其实一无所知。不管已经有多少诗人和哲学家歌吟过和沉思过时间（比如海德格尔、艾略特、张若虚和屈原），对它我们唯一能做的，就是感激它、承受它，直到它授予我们那枚表征我们失败的勋章。这枚勋章的最大作用，按照西渡的看法，就是让我们懂得对时间进行观察："在世界的快和我的慢之间／为观察留下了一个位置。"（《一个钟表匠人的回忆》）在这样一个位置上，我们也许真的可以像西渡所希求的，从那些在时间中慢慢消失的事物身上获悉一点点有关时间的真实含义，而不再像年轻时过于自信地宣称的那样，我们既能"预见到／一千年前，罗马兵团在沙漠中全军覆没"（《蚂蚁和士兵》），又能"预见到两千年后／美洲的一场雪、一次火灾以及我们微不足道的爱情……"（《雪景中的柏拉图》）。是时间教育诗人懂得了生活的含义、时光的含义，当然，还有诗歌的含义。

三

伴随着诗人对时间主题的一贯关注，西渡迄今为止的诗歌谱系具有了某种整一性，显示了一种自然生长的特性。这不是每一个被称为诗人的人都可以轻易做到的事情。它需要更多的耐心、审视、思考、磨炼和勇气。除此之外，更重要的是得力于时间的教育。正是在时间的教育下，西渡懂得了"开始"和"结束"的双重不可能（《残冬里的自画像》），由此他抑制和隐藏了（而不是全部删除）歌唱；他也明白了"飞翔的极限"（《挽歌》第五首），因而放弃了不及物的"高度"（《鹰》），并由此把歌唱的嗓子修炼为沉思的目光，把仰望天堂的姿态置换为俯瞰、置身人间的身影，由此幻象开始转化为经验。在这里，神性的时间（即静止的时间）、诗意的时间理所当然地化身为贴近地面并把人间事境框架化的形式。

时间对西渡的前期写作进行了有效的涂改，但并没有彻底改变他诗歌中的基本品质，这里所说的基本品质实际上就是歌唱和仰望。如果说西渡早期（即"海子时期"）的诗歌是相当纯粹的歌唱和仰望，那么在他较为晚近的诗作中，基于对时间形式的深入理解，他把歌唱与沉思、仰望与俯瞰的成分按照不同比例进行了混合与搭配。在那些堪称杰出的诗作里（比如《雪》《一个钟表匠人的记忆》等），西渡宛若一个高明的调酒师，对各种成分在同一作品中的修正比有一种精确的意识，由此形成了西渡近期诗歌的鲜明特色。[1]这一点突出体现在被一些朋友认为是他的转向之作的《寄自拉萨的信》中。这首诗是将神性的时间、诗意的时间修正为现实的时间的典范之作，与那个曾经入主过布达拉宫的六世达赖——仓央嘉措相反。后者的情歌表达了神性对人间生活的向往，而前者依然试图飞升与仰望，试图实现对凡俗生活的超越。

我同意你的决定，把孩子生下来
我愿意和你一起把他抚养成人

（《寄自拉萨的信》）

西渡显然意识到了纯粹歌唱与仰望的姿态对事境可能造成的遮蔽，但抛弃这两者则更为不幸。在组诗《大地上的事物》里，西渡仍然没有把这些"大地上的事物"（比如蛇、芦苇、蟑螂）处理为完全贴近地面的。他赋予它们低飞的姿态。这样的处理方式是有道理的：尽管时间不断强化着我们在它面前的失败感，但人并不一定要自甘失败的命运。在《云》的结尾，西渡代表我们这些匍匐在地面而又始终试图仰首望天的人表达了一种渴望："我似乎能听到一声召唤来自天上 / 并感到一阵永恒的渴意。"这里，我们分明听到了海明威"人不是生来要被打败的"的回声。

---

[1] 在《面对生命的永恒困惑》一文中，西渡对这一特性的由来有过很好的自我剖析：少年时代"乡村生活的贫穷、寂寞、单调以及对死的过早认识，都使我更易被那些坚定、不朽、超越时间的东西所吸引，而对即时的、表面的东西缺少兴趣"。参阅西渡《守望与倾听》第258页。

西渡诗歌中（尤其是在晚近的诗歌中）的意象也沾染了这种双重性。无论是风、雨、雪，还是蛇、蟑螂，都是沉思与歌唱、仰望与俯瞰的不同比例的混合。在"转向"之后的西渡那里，所有这些意象既是凡俗的、有血有肉的，也是超越性的、飞翔式的。西渡的写作表明，尽管在时光面前没有不败的事物和人生，尽管"空虚和黑暗／遮没了星空和大地"（《马》），但也并非没有局部成功的出走，正如西渡说的，即使枯萎的花朵也会"梦见自己的枝头上／渐渐长出了新的花枝"（《瓶花》）。

风、雨、雪是西渡诗歌中的主要意象。[1]西渡之所以大面积地写到这三样东西，可能是这三样东西恰好暗合了天堂（高处）和地面的混合，神性的时间与现实的时间的混合。对于一个有着充沛想象力的诗人来说，毕竟雨和雪是来自天空的，毕竟风既在天上行走，又在地面奔跑。长诗《雪》是这方面值得分析的范本。在这首长诗开始后不久，西渡就写道：

从上面飘落下来：雪花纷扬
从上帝的牙缝间挤出、渗下
混合着唾液、病痛和暧昧的愿望
降落到空旷的大地上。但是否
真有一个上面使我们永远
处于它的下方？在天空中横渡
一个巨大的引擎牵引着秘密的心愿
孵出一枚晶莹的宇宙之卵

在此出现了"上帝"，但这显然已经是较为凡俗的上帝了；上帝身上的时间也由于"挤出""渗下"而成为微动、微晃的时间。上帝的造物（雪）也降落

---

[1] 西渡的两本诗集（《雪景中的柏拉图》和《草之家》）中所收诗作都大面积地写到了风、雨、雪，这些意象一开始应和着静止的时间形式、诗意的时间形式，其诗学特征是抽象和歌唱，而后来则有着明显的变化。本文后边仅以"雪"来说明这些变化。

到了地上。接下来,雪开始在大地上行走,具有了现实的时间形式,被现实的时间形式所定义和框架:它飘落、融解、消化,开始成为大地的一部分。在这个过程中,西渡显然把时间也看成了大地的一部分,把时间也当作了大地上的事物。在这里,西渡对自己的写作来了一次有趣的、完善的总结:《雪》综合了从上(天空)到下(大地)的转渡,体现了从静止的时间形式、诗意的时间形式到现实的时间形式的转渡,与此同时,降低了歌唱的比重,而调高了沉思的刻度。雪作为一个带有根本性的意象,在西渡那里具有双重性——既是凡俗的,又是超越的。它是上与下、神圣与卑俗的统一体,是巴赫金所谓的正反同体性。

最重要的是,对时间的体认让西渡有能力写出我们这一代人最隐蔽的忧伤。这是一个诚实、谦逊、才华卓著而又不屈的(诗)人才能做到的。在谈论普鲁斯特的文章里,W. 本雅明用饱经沧桑的语气说:"我们没有一个人有时间去经历我们命中注定要经历的真正的生活戏剧。正是这一缘故而非别的使我们衰老。我们脸上的皱纹就是激情、恶习和召唤我们的洞察力留下的痕迹。但是我们,这些主人,却无家可归。"[1] 激情、恶习和召唤我们的洞察力,也让我们成为过早衰老的一代。在我们还来不及"看见"(即西渡所谓"观察")更多的美景、美貌之前,一切都消失了。这是我们的失败,也是世世代代的人的失败。西渡在陈述我们在时光面前的失败时,也陈述了古往今来所有人的失败;在陈述了我们这一代人的忧伤时,也陈述了所有人的忧伤:

疲倦的肉体啊,纷飞的落叶从体内开始
伴随着群鸟飞离枝头的纷乱的声音
我们越来越接近那提坦神的缄默:他的失败
作为奇迹,已暗中成为我们心底的信仰

(《挽歌》第五首)

---

[1] 本雅明:《本雅明:作品与画像》,文汇出版社,1998年,第95页。

但现实的时间还是教导了诗人在灰色的、现实的时间形式中继续保持向往和憧憬。时光让我们失败、毁灭，但"永恒的渴意"与幻想则引导我们飞升。这也许就是我们的小小胜利，是我们臆想中的了不起的"成功"。我感到下面这些充满力量的诗句，几乎包含了我们这一代人全部的无奈、无助和忧伤，"与我们一样易受伤害，会因流血而死去"的鹰——

> 使我终于相信我们
> 同样可以在天空飞翔，属于神和属于天空的
> 也属于我们：我们之间的区别仅仅是
> 立足点不同，你的起点是高高的岩石
> 而我们始终待在大地上，从未设法
> 让自己像铁一样飞起来，与你并肩
>
> （《鹰》）

2002年7月1—3日于北京丰益桥

反向进化的自我之歌

——西渡《蛇》解读

周 瓒

这首诗十四节,每节八行。单纯从长度看,似乎算不得鸿篇巨制,但略显高昂的抒情口吻,婉转沉郁的描述语气,二者交替显示出节奏的匀称和语调的舒缓。全诗读来别有一种悠长之感,也称得上诗中的"大篇"。姜夔曾言:"作大篇,尤当布置:首尾匀停,腰腹肥满。"又云:"大篇有开阖,乃妙。"玛丽安·穆尔在访谈中,虽然不否认自己在诗歌写作中最主要关注的乃是节奏感,但她又明确地指出:"诗歌主要并不在音调,而是处理提高了的意识。"读西渡《蛇》诗,我尤其注意诗人的谋篇布局和如何"处理提高了的意识"这两方面的特征。因为,如果写作者缺乏结构意识,写篇幅较长的诗作时就容易流于散漫或平淡;而经验和细节——往往是中小篇幅的诗作取胜之道,在长诗中,又经常面临被中断的思绪稀释或简单的意识榨干的危险。

西渡此诗有一个互文本,即瓦雷里的同题诗,并且是罗洛的译本《蛇》。这两首诗的互文特征最鲜明的表现是:二位诗人共同选择的书写对象——蛇,圣经中那个原型形象。有趣的是,西渡以瓦雷里《蛇》诗中的一句"永恒的困扰——他的终点"作为自己作品的题记。这句差不多是瓦雷里《蛇》诗接近末尾的一行诗又可以说是西渡诗的起点。在一篇书面访谈中,西渡曾经描述过自己的诗歌观念的演变:"第三个阶段是在90年代之后,这是我的诗歌意识逐渐确立的时期,也是对上一阶段庞杂的诗歌趣味进行修正的时期。马拉美、瓦雷里、里尔克、博尔赫斯逐渐成为我的兴趣的中心。瓦雷里诗学理论中关于意识的观念成为我的诗歌美学的核心基石。瓦雷里被我视为集中体现了人类在一个物质时代的悲剧性尊严、得心应手地驾驭语言的无可匹敌的巨匠。读一读罗洛译的《蛇》吧，那种精妙绝伦的感觉足以令人心醉神迷……"[1]书面访谈完成于1997年，《蛇》写于2000年。我相信，至少从思考自己写作的访谈时开始，这首《蛇》就已经存在于诗人的内心中了，而且诗人拟订的访谈标题"面对生命的永恒困惑"似乎为孕育中的《蛇》一诗奠定了语调甚至主题。西渡的《蛇》诗也可以说是对瓦雷里《蛇》诗的续写。如果说瓦雷里的诗以蛇的口吻描述其如何迷上夏娃，并诱惑夏娃吃智慧之禁果，在有关生命、智慧、永恒、无限和快乐的知识思考中，体味着胜利的喜悦和失败的困扰，那么西渡的诗则是对被上帝惩罚的蛇，在人间、地上、泥土之中的自我之思，是对永恒的失败者命运的拷问，是自我如何通过分裂出或再创造出另一个自我的自我疗救，是关于新生的梦想和因此而来临的智慧所引发的宁静和感伤。

在对圣经故事的众多阐释中，有一种释读法把"蛇"想象成有手足的男人模样的拖着根细长尾巴的形象，其根据大概是神对蛇所说的一番话："神对蛇说：'你既做了这事，就必受诅咒，比一切的牲畜野兽更甚；你必用肚子行走，终身吃土。我又要叫你和女人彼此为仇；你的后裔和女人的后裔也彼此为仇。'"从这段话逆推并设想，蛇就很容易被构造成一个可能本来有手足并且迷恋上夏娃的、有智慧并显得淫邪的形象。因此，在瓦雷里和西渡的诗中，以"他"来代指蛇的性别也似乎顺理成章。这只是理由一。理由二，两诗人皆男性，诗中"蛇"的形象不可避免地和抒情主人公"我"关系密切。在瓦雷里的诗中，就时时出现以"我"（即蛇）的口吻说话的段落，而西渡诗中虽然大多以"他"指代"蛇"，但反复出现的"自我"一词，已经暗示出诗人在"他"（蛇）的身上所寄寓的个人的内在普遍性。这个"自我"就是诗人之自我。全诗中，唯一出现的"我"之所指及其与抒情主人公的关系，下文会分析到。

---

[1] 西渡：《面对生命的永恒困惑：一个书面访谈》，载《草之家》，新世界出版社，2002年，第295页。

诗的开头，蛇已经背负了永恒的受罚的命运，他被罚到地上，在人间筑巢，匍匐在泥土中，躲避着夏娃的目光，并渴望向远方逃遁。注定了的命运使得他不能见容于世界，他是"永恒的矛盾者"。在此，令我备感兴趣的是，为什么诗人是在注定的受罚命运这个关键点上提炼出他的意识，为什么是它显示出"人与世界的相遇"的一刻？瓦雷里在谈诗的笔记中，如此描绘过诗人的写作过程："诗人的写作过程是一种期待。他是人内心的一种过渡——使他对自己的发展的某些方式很敏感：这些方式与惯例相一致作为对期待的回报，诗人把自己所希望的东西重新加以组织。他重新组织，使之能补偿所耗费掉的精力，甚至更多（因为此时明显有悖于预定的规则）。"瓦雷里认为，与诗歌创造密切相关的因素有三：记忆、理解与想象。"理解是运动中的记忆。它所暗示的极限只能是记忆的极限。""理解是一件封闭的事情。要理解 A 就意味着能够重新组织 A。而想象不过是理解你自己。"面对关于诗人的创作的一系列提问，西渡以"面对生命的永恒困惑"进行了一次组织（理解、记忆和想象）"自我"的散文写作，而面对内心世界时，在某个特定的阶段和时刻，那"永恒的矛盾者"自我的体认，使得诗人以《蛇》组织"自我"而进行了一次诗歌的写作。

他在自我的焦灼中焚烧；
他经过的地方，草叶枯焦
泥土碎裂，成为灰烬的灰烬
他与万物为敌！

一个命定的人、永恒的受罚者，就如同古希腊的悲剧英雄，他无法改变自己的命运，他的处境就使得他有罪。而作为现代人，《蛇》诗中的"他"将如何重新组织自我呢？换言之，在诗的某个部分，必然需要一个转变：以一个诡计中的诡计，他从被动的命运中获得力量，并将自己推向主动的一搏——

这是他应得的惩罚，还是出自
他奇特的嗜好，与危险共枕同床？

的确,"奇特的嗜好"是最有说服力的一种自我体认,即承认自我的多重性。由此,可以引向对人性中阴暗面的观照,对欲望的体察和分析,以及对超越自我的梦想的憧憬。这个转机部分发生在诗的第四节,而在第五、六两节中,诗人继续描绘了一个"适应了失败者的生活"的"自我",承受并适应了命运,同时也更新了命运:既然是"一个永远解不开的自我之谜",那么"生存(便)是永恒的冒险"。由此确立起来的自我意识变成了新的力量,甚至催他产生了新的梦。在梦中,他角力,他抱着自己飞升,而他在梦中进入的,已经不复是原来的天堂,而是另一个、另一重光明。因此,"另一个自我"在梦中出现了,但难道不也是在现实中存在了吗?这梦不仅仅是愿望,而且也还是一种可见的力量。仿佛天空成了一面巨大的镜子,那里面正映现另一个自我的美好形态。这从梦中分裂出的镜像使他自惭形秽,并触动了他"黯淡的回忆"。由梦到回忆,进入了新一轮的组织自我以理解自我的阶段。在回忆中,自我又一次发生分裂,诗人以"宇宙产床上一枚被遗忘的卵"的意象,称呼这个自我的形象。这是个封闭的自我,"他紧紧抱着自我取暖""跟人类一起进化",却"向着相反的方向"。到这一节(即第九节),诗人通过对回忆的清理,从而完全赋予了"自我"以自觉的主体意识。接下去的四节是全诗语调最高昂的部分,铿锵的词语、急促的口气以及肯定坚决的声响,似乎暗示"自我"选择的坚定。从蛇的生存形态中,诗人总结出理解"自我"的独特方式:放逐／冬眠,逃离／换骨,消失／蜕皮。

蛇之蜕皮的生理现象在诗人这里,变成了更生动的隐喻。前面提及的梦中飞升,形成另一个自我的憧憬,在蜕皮中变成了现实。第十节中,再一次体认自我被放逐、永离天堂的命运之后,诗人以吁请的口吻,要求"自我"放弃言辞,再次默默咀嚼苦果,逃跑,消失,进入"一个冰冷的、没有知觉的世界"。而第十一节,自我主体以第二人称的形象出现了,仿佛带着惊喜,诗人接近了这个蜕变中的"自我",诗句愈发连贯,语气愈发坚定。当"你多想"这个句式出现时,诗人几乎与"自我"(即蛇)的形象叠合了。第十、十一节所描绘的景象,也不禁令人联想到惠特曼著名的《自我之歌》中的句子:

> 我是肉体的诗人,也是灵魂的诗人,
> 我感受到天堂的快乐,也感觉到地狱的痛苦,
> 我使快乐在我身上生根并使之增大,我把痛苦
> 译成一种新的语言。
>
> （第 21 节）[1]

那么,诗人西渡是如何把体认到"永恒的矛盾者"的"自我之谜"的痛苦,译成一种新的语言的呢?以蛇为象征,他探索了人的自我之谜。"逃离存在的迷宫",这迷宫即"自我监禁的牢狱""神秘的肉体"。体认到了欲望,现在却需要用"沉默和遗忘""驱逐歌者的言辞,诱惑的女儿"。最终,把"一个死去的自我捧在手上的"难道不仍然是那个被永恒困扰的他?诗写到第十三节,第一人称出现了,"我"吁请"说服之神""劝诫之神"去"让放弃这苦果和加在自己身上的无休止的惩罚"。"我"是突兀出现的抒情主人公,"我"难以抑制的出现忽然又拉开了与"自我"的距离,这节诗中吁请式的句子反而显现出一种沉重甚至绝望之感。但正如同瓦雷里所言:"听就意味着说。只有当你出于不同的动机说过这个词语时,你才会在听到时理解它。"当吁请之词被说出时,它被倾听的愿望就转而变成了一种肯定的理解,既然这理解含着一种无奈而欣慰的宁静。这里的理解,即是认可了对"自我"的永恒追寻。它也正应答了诗人臧棣曾经说过的那句关于诗歌的话:

诗歌是我们用语言追忆到的人类的自我之歌。

当诗歌完成、智慧来临,你会发现,正如叶芝所言:"智慧像一只蝴蝶;它不是阴沉的食肉鸟。"蛇的蜕皮,自我的新生,宛如蝴蝶之一梦。在这首情绪起伏错落有致、文气通畅的长诗中,也许我们更感觉到自我的神秘和智慧的朴实。如果说,从火中更生的凤凰是一种自我之歌（郭沫若《凤凰涅槃》),通

---

[1] 惠特曼:《草叶集》,楚图南、李野光译,人民文学出版社,1987年,第94页。

过歌颂自己的身体与生命力而书写的诗篇也是一种自我之歌（惠特曼），他们都体现了一种浪漫主义的自我之歌，那么西渡的自我之歌则以蛇为喻，物我时分时合，自我剖析又自我怀疑，自我体认又自我放逐，扑朔迷离，错综复杂，可谓象征主义的自我之歌。

也许，读西渡此诗的另一个更为复杂丰富的方式，是将其与罗洛译瓦雷里同题诗比较。这样，互文语境中的相同意象、词语和修辞，都会在阐释的碰撞中重新激发出诗歌的生命火花，使那清晰的更清晰、神秘的更神秘。但选择译本的重要性不只表现在这一个方面，坦率地讲，选择好的译本也是对诗人瓦雷里的尊重，是对他的诗篇的不朽性的尊重。在这一意义上，我相信，到目前为止值得推荐的也还是罗洛。这里选录《蛇》诗的中间几节，可谓开头所引的姜白石意义上的"腰腹肥满"。

【附】
蛇（节选，7—11节）

西　渡

在黎明的光辉里，他醒来了，
挣脱了冰凉的泥土的梦，
躺进心爱的树荫，喃喃自语，
那梦中的角力尤使他惊恐；
仿佛抱着自己向着太阳飞升，
进入另一个天堂，另一重光明……
多可爱的天使，温暖人间的血气，
在漫长的冬季，沉沉的睡眠中
他也感到了它奇特的召唤，
它的来临。那是另一个自我，
在蓝宝石的天空中倾洒着
不灭的光辉。连他也逃不开它的威力！

多大的浪费，枉费多少心计，
倾注了多少热情，才把生命
从睡眠无边的黑暗中催醒。
而他在地底下盘绕着，满怀疑虑
不敢抬眼凝视它的光明！
树荫遮庇着他，黯淡的回忆
缠绕着他；他跟人类一起
进化，向着相反的方向！
曾经是火中之火，一旦离开
伟大的太阳，血液慢慢冷却，
像是宇宙产床上一枚被遗忘的
卵，他紧紧地抱着自我取暖！
这自我的放逐者，永离了天堂，
却永被天堂的影子追逐着！
自我的敌人最好放弃言辞！
——默默地把自我的苦果再咀嚼
一遍，那是对自身的永恒敌意
啃啮自己的心肝。逃吧，消失吧
让秋风吹凉你的血液，进入
一个冰冷的、没有知觉的世界！
响应着内心的号召，你蜕皮，
你换骨，你吐露黄金的芬芳，
你同时是茎与叶、根与花。
天堂与地狱在你的身上合一。
你多想借助这奋力的一跃，
跃出你自身，在悚然的草叶间
完成一出从生到死的变形记，
宛如蝴蝶因一梦而诞生！

诗歌对我们有不朽的爱
——答《南方都市报》记者问

西 渡

1. 你是什么时候开始写诗的？是什么东西促使了你对诗歌的热爱？

答：我写诗几乎是与我阅读诗歌同时开始的。约在我十二三岁的光景，阅读诗歌给我一种强烈的感动，这种感动也促使我写下了最早的涂鸦之作。我很早就对生命的脆弱易逝有着切身的感受，而诗歌向我许诺了一个不同的未来，让我看到了人类灵魂的不朽。这足以使我对诗歌抱着矢志不渝的爱情。同时，诗歌也向我预示了一种理解的可能性，我从 12 岁开始的孤寂的寄宿生活，也使我对理解有一种超乎常人的渴望。这种渴望至今仍是我写作的最强烈的动机之一。不过，严格意义上的诗歌写作应该说始于我 18 岁上大学之后。

2. 很多人对诗歌的热爱仅仅停留在一种盲目与游戏当中，而你却对这种词语的排列和探索怀有敬畏的态度。在当下鱼龙混杂的诗坛，似乎任何人都可以用这种分行的方式表达自己，所以写诗非常随便，要么是不知所云，要么口水太多。背离了诗歌，也背离了群众，在你看来，诗歌需要具备什么样的品质？诗意在哪里？

答：诗歌最重要的品质，应该说它要有一个灵魂。诗歌是我们内心深处最隐秘的心声，它是我们的灵魂的袒露，是我们的心灵在不设防状态下的倾心告白。在这里，我们解除了全部的武装和文装，将自己完完全全交付给另一个灵魂——我们内心暗许的读者。所以，在公众面前朗诵自己的诗作常常会使我感到无助和难为情。诗意的强度在我看来就体现在诗歌中所表现出来的生命体验的强度。离开真实的生命体验，诗意将无处寄身。

3. 每个人读诗的目的是不一样的，有些人是为了消遣，有些人是为了解愁，有些人是为了研究……但写诗的时候，不可能按照这些需求去写，你觉得写诗的时候是处于怎么一种状态和内心矛盾之中？你和诗歌是一种什么关系？你曾说"能够写诗是一种幸福"，能不能介绍一下你的写作动机？

答：这个问题我在上文中已经部分回答了。正因为写诗是对你最信任的人倾心相告，它本质上是一件快乐的事情，它是和理解、爱、幸福这样一些事情联系在一起的。在诗歌写作中，我体验到一种完全的自由感和一种完满的幸福。一切日常生活中的焦虑、烦恼、恐惧、不安，在写诗过程中完全消失了，代之以一种难言的自由和幸福的感觉。诗歌和我是一种什么关系？她是我心心相印的爱人。我想说，没有人能够爱我如诗歌爱我这样深。在我和诗歌之间，始终处于一种对话关系，不存在征服和被征服，也不存在任何爱的计谋。也因此，我和诗歌之间的关系始终是和谐的，面对诗歌，我的内心是安宁的。如果有什么使我不安的话，那也只是对不能写诗的一种担忧，是对自己能不能爱和爱的能力的某种程度的怀疑。而诗歌对我们的爱却是永恒不朽的。是的，爱，无疑正是诗歌写作最根本的动机。

4. 在我读到你的很多作品当中，我有一个特别深刻的印象，那就是语言非常纯净，比喻也很恰当，应该说，你是非常喜欢锤炼技艺的诗人，在你的心目中，诗歌的理念是什么呢？

答：奥登说技艺是对真诚的考验，对于我来说，它也是对爱的能力的一个证明。技艺是我们献给诗歌的礼物，而且看来也是诗歌唯一乐于接受的礼物。我对技艺的全部忠诚来自我对诗歌的热爱。

5. 前面我谈到你是比较喜欢锤炼技艺的，但是，很多时候技艺对诗歌写作并没有效果，诗歌或许更注重内心的一种探索，需要一种内心的气质来维系。所以我想，很多人之所以经常说，知识分子更容易陷入一种知识的陷阱当中，从而忽略了对当下生活与内心的存在因素。对此你认为呢？

答：正如我在上文中所说的，技艺和灵魂的要求是并不矛盾的。对技艺的要求本质上来自灵魂对真诚、完美、精确的要求。从来没有一种完美的技艺是和鄙俗、渺小的灵魂联系在一起的，我也从不相信灵魂有可能寄身于一种粗糙的技艺。真正的技艺就是对内在生命体验的恰如其分的表现。舍弃灵魂内在要求的炫技，说到底是另一种粗俗，而粗糙的技艺最明白不过地暴露了灵魂的鄙俗。能不能真诚地面对自己的灵魂，知识分子和任何其他人的概率是一样的。对诗歌自发性的迷信，造成了无数低劣的和无效的表现。这种迷信永远是诗歌的天敌。

6. 我们说到日常生活，我记得有一个人曾说，诗歌与当下生活需要一定的间离。的确，如果诗歌与日常语言没有区别的话，那么诗歌就会没有存在的必要。我发现，古诗尽管不好懂，但是大家对它是非常怀念的，那么说明古诗有它非常不寻常的品质在里面。我觉得，能看懂与看不懂并不能说明什么，关键是暂时的还是永远的，因为有些时候是因为读者的水平所限，如果是永远不被看懂的话，那肯定是诗歌的赝品。你觉得呢？

答：能不能被看懂自然不是评判诗歌的标准。而诗歌本身永远是对理解的呼唤。因此，每一首诗都渴望被读懂。一首好诗总会对读者的鉴赏力构成某种挑战，因为它提供了读者经验之外的一些新东西。但是，很多的诗之所以难懂不是因为其内容和形式的创新，而是因为表达的无力。这就是你所说的赝品。但是，一首只有一个人能看懂的诗，仍然有可能是一首好诗。这里一个可能的判别标准是，这种难懂是不是必要，它是不是根植于经验的独特性和新异性，或者它仅仅是故意与读者为难的一种习癖，或者干脆就是作者的无能。不过，就我自己而言，我现在越来越倾向于表达的清晰。我希望我的诗能够被更多的读者理解和欣赏，我将之视为自身生命的放大和拓展。爱是最高的理解，换句话说，没有理解，也不会有爱。

7. 你觉得技艺在一首诗的成功中占据多大份额？

答：如果你有某种独特的经验要表达，技艺对表达成功的影响是百分之百。如果你本身并没有什么东西要说，技艺的影响等于零。

8. 你写完一首诗后经常修改么？在你修改的过程中，你是不是非常注重意象、韵律（声音）、形式等因素，进而达到"优美"和"纯净"？

答：我总是不断地修改我的作品。改诗的目的倒不是什么"优美"和"纯净"，而是精确。一首诗只有准确地传达出内心的经验，我才会感到满意。一些诗在发表之后，我仍要不断修改。修改过程中，意象、韵律（声音）、形式等因素肯定在考虑范围内，但最根本的要求还是精确。"优美"和"纯净"可能是我对诗歌品质的一个偏好，但无论在写作过程中还是修改过程中，它们都不构成本质性的要求。实际上，是它们根源于我的内心经验，但我从不会根据它们去修改我的内心经验。

9. 有些诗充满智慧，但有些诗歌却充斥着某种哲学的，或者玄学的东西，这样会不会令诗歌失去抒情性？

答：为了准确地表达我们在错综复杂的当代社会的繁复的经验，诗歌可以也有能力吸收哲学的以至科学的因素，但这种吸收要以丰富诗意为前提。换句话说，我们对哲学或者玄学的体验，也是诗歌渴望表达的经验之一。抒情是诗歌的一个重要功能，但并不是诗歌的本质属性。诗歌可以是抒情的，也可以是叙事的，还可以是沉思的，海子甚至还希望诗歌是行动的。不同的经验需要不同的表达手段，同样的经验也可以有不同的处理。譬如，既可以采取抒发的方式来对待感情，也可以用沉思的方式来分析感情，还可以用陈述的方式来客观地呈现感情。就是抒情本身，也存在多种不同的样式。诗歌的可能性远比我们设想的丰富，我个人以为，失去抒情性也不会成为诗歌的末日。所以，我们尽可不必担心。

10. 北大有很多优秀的诗人，比如海子、西川、臧棣等，你在北大读书，你是否受他们的影响？读你早期的诗歌时，明显有模仿海子的痕迹，你觉得呢？如果是，是不是海子的诗歌中有很多可借鉴之处，是技巧还是某种共同的精神血缘或者通道呢？那么你是怎么看待模仿这种行为呢？诗歌创作可以模仿吗？

答：这三位都是我非常尊敬的诗人，而且在不同的阶段都对我的写作有过相当的影响。我早期的诗受海子影响很大，这可能是因为我和海子都有长期的南方农村的生活经验，而这种经验使我们对北方、对城市生活也有着一些共同的心理体验，它们构成了影响的基础。另外，我也被海子早年在诗艺方面的探索所吸引。但是，我和海子之间个性的差异以及时代的因素都使这种影响不可能是长期的。戈麦生前就对我说过，"如果海子活着，和我们之间也毫无共同之处"，其时还在 1990 年代初。

我一直认为诗歌所表现的是一个复合的灵魂。包括我们的人格、个性在内，我们身上的一切都不是凭空来的。我们的灵魂的力量来自经过无数世代流传下来的千百个比我们更优秀的灵魂。我们身上的每一个进步都得自他们的祝福。因此，一个诗人应该自觉地、不断地从古往今来的那些不朽的灵魂那里汲取精神的力量，来不断地充实自己、丰富自己。所谓独特的品格和个性，就是在这个不断学习的过程中逐渐获得的。哪一个诗人的写作不是从模仿起步的呢？现在诗坛上流行一种天才论，似乎诗歌是从他才开始的。这不过是一种自欺欺人之谈。当他摇唇鼓舌为自己的天才大吹特吹的时候，其实谁都知道他的诗是从哪里来的。一个诗人有过模仿的阶段并不可耻，恰恰是这种故意的欺瞒暴露了其人格的卑下。

11. 你最喜欢中国的哪个诗人，外国的哪个诗人？谁对你影响最大？影响你诗歌创作的哪些方面？

答：中国，杜甫；外国，惠特曼。杜甫在中国诗人中最能显示人格的深沉博大；惠特曼则最典型地显示了灵魂的复合状态，在他身上活跃着无数的灵魂，并通过他的歌唱得以表现。他们影响我的灵魂状态甚于具体的写作。

12. 你读外国诗歌的时候，会不会想到去借鉴，用外国的一种形式来表达中国的思想呢？是不是存在像一些人说的要与国外诗歌"接轨"的问题呢？你觉得有矛盾吗？

答：我都是通过翻译来接触外国诗歌的，也就是说，我是把它们当作汉语诗歌来接受的。至于诗歌的形式，我认为只要一种形式有助于丰富汉语诗歌的表现力，我们都有权利使用，不管它是中国的还是外国的。对于形式，只存在我们能不能驾驭的问题，而不存在是否政治正确的问题。对形式也要进行一番政审，如果不是出于心智的幼稚，就是别有用心了。采用外国诗歌的形式，其唯一的目的就是丰富汉语诗歌的表现力。这跟接轨不接轨扯不上任何关系。我是一个用汉语写作的中国诗人，我首先关心的当然是我的诗歌在汉语中的表达效果。另一方面，如果我的诗能够通过翻译感动别种语言的读者，我只会感到高兴，不会害怕这里有什么"接轨"之类的原罪。如果真有这样的痴汉，那岂不是太虚弱、太脆弱了吗？

13. 因为中国的新诗发展历史并不长，在形式上可能会不怎么完善，你觉得呢？能否获得一个"通用"的形式？

答：缺乏形式一直是新诗面临的普遍指责。为了寻找一种普遍的形式，从新月派诸人到卞之琳、何其芳、林庚等诗人，他们在理论和实践上都做了种种努力。但是，迄今为止，这些努力的成果仍然是令人怀疑的。这些诗人的努力本身无疑是可贵的，其写作也都取得了相当高的成就，但还都无法为我们提供一个普遍的形式。我现在倾向于认为，诗人应该为他的每一首诗发明一个独特的、适合于它的形式。也就是说，我现在怀疑新诗是否真的需要一种普遍的形式。不过，我同样相信每一个诗人都必须具备良好的形式感。形式对每一首诗仍然具有约束力。自由诗并不是不要形式的诗。

14. 你是怎么看待汉语诗歌，汉语的形式和写作资源的局限和优越的？你认为汉语诗歌的走向将会怎样？

答：我在上文中曾说到爱是写作最根本的动机，说得具体一点，它就是对作为诗歌语言的现代汉语的热爱。现代汉语是一种正在生长的、充满了无限生机的语言，它为一种以现代汉语为对象的诗歌写作提供了极其多样的、丰富的可能性。相对于古汉语来说，它是一种面向未来的语言，几乎没有历史的包袱，不会对写作者构成不堪重负的压力。这种几乎没有任何限制的可能性也是促成我热爱现代汉语的一个重要原因。当然，现代汉语短暂的历史也会带来它自身的种种局限。首先它无法为我们提供多少经典的榜样，也没有太多的现成的表现手段可资我们利用，为了寻找一个合适的词语或恰当的形式，我们不得不在黑暗中长期摸索。但这些与现代汉语所提供的巨大可能性相比，不过是一些小小的不方便。相对西方分析性语言来说，汉语显得不够严密、逻辑性差。但是，现代汉语通过引进西方语言的词汇、句式、结构，其分析性正在加强。现代汉语是一个杂交的语言，从而有可能在广泛吸收汉语、传统白话、西方分析性语言长处的基础上生成一种新的、富有表现力的诗歌语言，发展出一个新的诗歌传统。但是，这一传统的形成仍有赖于众多诗人持续不断的、前赴后继的努力，而且必然会伴有种种失败的痛苦和教训。然而，到目前为止，除了少数优秀的诗人，写作者对现代汉语本身的特点仍然关注不够，缺乏研究，在写作中存在较大的盲目性。这个问题已经引起部分写作者的关注。我相信，对汉语性的关注会成为未来一个时期诗歌写作的重要趋向，并会为当代诗歌带来实际的成果。

15. 有些时候，语言所到之处都会暴露生活的真相，但也有很多时候并不是这样。你觉得诗歌能不能反映我们的生活经验呢？

答：语言不会自动地呈现我们的经验，但我还是倾向于相信我们的经验都能够找到与之相称的语言表达形式。与其怀疑语言的表现力，还不如怀疑我们自己的才能和勤奋，因为从前者不能引出任何积极的成果，而后者却总能激发写作者的雄心。

16. 你是否感觉到全球化对写作的影响，甚至威胁？它可能逼迫你去写一种世界性的东西，从而失去了某种个性？你是怎么看待现代性的？

答：我能感到全球化对我们实际生活的影响，但到目前为止，它还没有威胁到我的写作状态。我从未想过要去写一种世界性的东西，我的写作总是限于我切身体验的东西，它首先是一种爱的经验。因此，全球化对我的写作的影响可以忽略不计。说到现代性，我一直抱着非常矛盾的心态。我看到，现代文明的进程是以许多美好事物的毁灭为代价的。我想，我们需要现代化，但我们也需要节制，需要对现代化本身进行反省。诗人有义务不断地向人们提醒，现代化本身不能保证我们生活的质量，我们对物质的无限欲求也不能给我们带来幸福。对数字的膜拜是一个为祸甚烈的现代神话，也是现代化最严重的精神后果之一。其实，我们对物质的需要是非常有限的，爱和理解才是幸福的不尽源泉。

17. 你最喜欢你的哪几首诗？为什么？

答：《为大海而写的一支探戈》《死亡之诗》《未名湖》《伤痕》《实验课》《雪》《蛇》等等。与它们相联系的是一种愉快的写作经验。它们都有不错的声音效果和艺术上的完整性。

18. 很多人认为，新诗很难达到一个高度，在你看来，中国有没有大师级诗人？有的话，应该是哪些？你喜欢中国的哪几位诗人？

答：我不知道这样判断的依据是什么。废名早在 1940 年代就说过新诗已经拥有可与唐诗、宋词相媲美的作品。就诗歌所表现的经验的广阔性和情感的强度、技艺的精湛而言，一些出色的新诗诗人并不逊色于古代诗人。当然，我们还不能说新诗已拥有可与屈原、李杜等量齐观的诗人，但是新诗确已拥有不止一位大师级诗人。我个人认为，艾青、臧棣这样的诗人都够得上大师称号。此外，还有很多诗人都是我喜欢的。

19. 我读到王家新的诗时，他有一种很强的责任意识在里面，其实有很多诗人都有这样的意识，你觉得一个诗人在一个时代里应该承担些什么？

答：我觉得诗人首先应该承担时代加予他个人的那份生活。你可以不是一个诗人，但你必须成为一个人。

20. 你生活有压力吗？如果有，压力来自什么地方？

答：我时时感到来自生活的压力。它用剥夺时间的方式来剥夺我对诗歌的爱。很长一个时期，我不得不停止写作以满足生活的要求。但是，诗歌永远在前方等待我们。它对我们的爱是不会变心的。所以，我，一个负心的诗人，在历尽人间沧桑之后，终究会回到诗歌的怀抱。

21. 你觉得什么东西对你诗歌影响最大，比如风格、写作资源等等？生活压力对你写作有影响吗？

答：是爱的经验塑造了我的诗歌。我不知道还有什么能够超越这种影响。生活压力使我不能写得更多，这是我感到最为遗憾的。

路也

在突破中敞开
——论路也诗歌风格的前后转变及其内在意义

张立群

尽管在充分阅读路也的诗集《风生来就没有家》(百花文艺出版社,1996年)、《心是一架风车》(作家出版社,1997年)以及诗人在20世纪最后三年的创作之后,我已经预感到20世纪末的路也已经在她的诗歌创作中为我们带来了一种新的动向,并将这种"动向"写在一篇名曰《时间流变中的多部和弦》的评论文章之中。然而,当我再次面向路也的创作,特别是阅读完其近几年全部的诗歌写作之后,我还是深刻地感受到了时间对一个写作者的力量:或许,对于漫漫人生而言,1998年至2004年这七年的时间并不能说明什么,但对于路也的诗歌创作而言,却无疑是一段不平凡的时光。在这七年当中,年轻的山东女诗人路也不但最终以强劲的创作势头崛起于诗坛,同时,也在年龄的成熟中完成了自己诗歌写作上的"一种成熟"。而这种创作上的成熟一旦用一种特殊的眼光予以考量的时候,比如使用90年代诗歌史甚至是新时期以来女性诗歌艺术演变之类的学术话语,那么这种前后变化的表征及其内在的价值与意义就会变得更加明显。当然,使用"转变"一词并不是说路也当下的诗歌写作已经完全摆脱了其以往的诗歌写作风格,同时也不是妄图证明这位年轻的女诗人已经完成了某种质的飞跃。然而,如果无视一个具有潜质诗人在写作上出现的新质的话,其结果往往会在人为的忽视乃至不负责任中对诗人造成一种特殊的伤害。因而,所谓的"在突破中敞开"的最终目的就是要联系路也在90年代诗歌创作的前后变化，阐释诗人的创作历程，并进而以其为一种"原型"说明几点与 1990 年代女性诗歌乃至女性诗歌本身有关的话题。

一

一般来说，一个诗人在登上文坛的初期，总要不可避免地展示其所处年龄阶段的种种特征的，而这一点，对路也自然也不例外。阅读路也 1990 年代出版的两本诗集《风生来就没有家》《心是一架风车》，我最大的感受就是一个正值青春的女性诗人所特有的写作气息以及由此透射出的新一代女诗人的艺术气质。的确，在这一时期路也的诗中，尚明显地沾有校园女性诗人的清新艺术风格的特征。首先，在《萧红》《梁祝》等这些传统题材当中，路也总是通过对这些女性英雄和伟大故事的礼赞、向往甚至是带有悲伤的感受中表达对女性命运的叩问："一部枯燥的现代文学史 / 因你而清香荡漾 / 一条偏僻遥远的河水 / 因你而长流不息。"(《萧红》)"全中国的爱情都在这里 / 全人类的爱情都在这里 / 激情足以掀动千年的法典 / 忧伤使所有的美丽黯然。"(《梁祝》) 在这样的作品中，诗人总是将女性的体验、自己的生活经历与自己学习文学的经历融合在一起，而对女性传统题材的关注也正是路也展示其青春理想的外部的重要表征之一。其次，这一时期路也的诗还深刻展现了一个青年女诗人特有的情怀与感受。比如，在温情款款的"冬冬系列"之中（即包括《女孩冬冬一个人的生活》《今生今世》《小站》等在内，反复以女孩"冬冬"为抒情主人公的作品），诗人所表现的情感是宛若孩童般天真的。而在描述爱情这种永远无法避开的题材之中，路也也同样以《瞬间或永远》中的"多少年后这个夜晚依然会情深似海 / 窗外的风雨依然交加 / 时光无法消除我颊上的嫣红 / 和你留在我体内的烟香"式的真率，和为了向往真正的爱情，即使"我不知道你是谁"却依然向往与你不期而遇(《我不知道你是谁》)，以及尽管我们如此贫穷，但人穷而志未短，因为我心里的爱情是如此之真挚(《婚礼》)式的理想化描写，宣告了一个女诗人的纯真、大胆甚至幼稚。最后，与这一时期文本的情感内容和题材选择相适应的，自然是语言与抒情上的直白与直接。有关这方面的特点，或许在我们论述诗人前两个方面的艺术特征时就足以表述得十分明晰了。

杨匡满先生对路也的评价是:"路也属于流行歌曲这一代人,却因她的诗超越了这一代人。从她的诗里,你见不到某些流行歌曲某些港台诗歌里的那种故作媚态故意夸张的矫情、小家子气和诘屈声乐文理不通的语句。这或许与路也作为一个诗人的真率坦诚以及北方女子的爽朗豁达有关,或许也得益于她受过系统的教育,具有扎实的文学功底。"[1]如果说这是对诗人1998年甚至更早一些时间诗歌创作风格的一次全面总结的话,那么随着1998年《镜子》《尼姑庵》[2]的发表,一种新的诗歌风格以及随之而来的"在突破中敞开"便在路也的诗歌中展开了。

首先,已经接近而立之年的诗人在其诗歌创作上逐渐为我们展示了属于1990年代女性诗歌整体的特征,即诗歌与时代氛围、日常生活结合之后的一种艺术风格。一般来说,适应90年代诗歌充分接近生活的写作态势,女性诗歌从"黑暗屋子里"进入现实已经是一件不可避免的事情了。而路也在《两个女子谈论法国香水》(1997年底)、《女生宿舍》(1999年)、《眉毛》(1999年)等作品中似乎表达的也正是这些:谈论法国香水不过是要在一些女人的日常琐事中说明"沾着粉笔灰高谈阔论的一群女人如何成为粗糙的女人的",这些其实和"乱七八糟"的"女生宿舍"、美容院里的"眉毛"等都是一种世俗化的情境。

其次,诗歌语言以及意象使用上逐渐显露属于自我的"锋芒与尖锐"。20世纪末的路也不但在《镜子》《尼姑庵》中为读者营造了阴暗、清冷的诗歌氛围,还在类似《二十七年以后》等作品中以近乎偏执的语句说明了一个成熟女性诗人怀有的情感。除此之外,近几年路也在诗歌语言上最大的特点就是通过语言增殖、句子越来越长、叙事化成分不断加重等方式言说自己在创作中所意

---

[1] 见杨匡满为路也诗集《风生来就没有家》写的序言,百花文艺出版社,1996年。
[2] 笔者一直以为1998年对于路也来说是一个较为特殊的年份,在反复查阅她的作品发表情况后发现,在这一年,她不但只发表了《镜子》《尼姑庵》两首诗(《女生宿舍》虽然写作于1998年,但发表是在1999年),而且这几首诗与其以往的写作也有着风格上的显著不同。

识到的一切。[1]当然，在此过程中，我们也必须联系诗人同时还是一位较为出色的小说家的身份，而"就写作的文体来说，在诗人中我有时会被看成是写小说的，在小说家中我又往往被看成是个写诗的"[2]的自我感受，似乎正从侧面说明诗人创作风格日趋综合以及文体不断"兼类"的事实。

　　最后，出现了以"身体"意象使用为代表的一系列创作新质。如果说诗歌语言以及意象使用上的逐渐显露属于自我的"锋芒与尖锐"，是从诗艺技巧上揭示世纪之交路也诗歌的写作特点；那么，围绕以"身体"意象的频繁使用、临界点意识、过客意识等崭新的创作动向则是从诗歌所寄予的哲理化思考的角度来说明路也的变化的。同时，这无疑也是一个女性诗人告别早年纯情写作，逐渐进入成熟境界的一个开始。当然，这里所言的路也在诗歌写作中的身体意象并不简单局限于身体的本身，它的实质应当是诗人寄托情感、思想乃至人生的一种载体。的确，从《镜子》《尼姑庵》开始，到参加第十九届青春诗会的《南去》《我的尺寸》以及稍后的《身体版图》等；从《注定》《在八里洼》等作品中反复力陈的过客意识，到2004年反复奔波于齐鲁大地与江南水乡，并最终以"一个异乡人的江南"系列（如《江心洲》《渡船》《候鸟》等）和创作谈《郊区的激情》对临界点意识、漂泊的意绪，路也无疑是在逐渐成熟的过程中加深了对事物的哲理化以及自我情感表达的"双向思考"。当然，关于路也近些年在诗歌创作上的新动向，是需要进行细致化的描述的，本文在具体涉及其转变的意义时还会详细加以论述。

二

　　在具体论述路也诗歌风格的前后转变的意义之前，澄清"在突破中敞开"

---

[1] 尽管路也认为其诗歌语言越来越长、话语增殖等特点是无意而为之，并至多是与其个人性情有关，但笔者却认为这是诗人成熟之后语言丰富和所要表现内容日趋丰富的缘故。具体内容可见路也2004年2月21日回答笔者四个提问的信件。

[2] 见路也的创作谈《郊区的激情》。第一稿由诗人2004年2月6日致笔者。

的意义无疑是十分必要的一件事情了。事实上，在以上论述路也诗歌风格前后的时候，我们就可以看到一种"突破"了，即路也从前期的校园青春式写作到后来日趋成熟的写作并风头正劲的本身就是一种"突破"。然而，这种突破只是诗人自身创作上的一种嬗变，而如果一旦我们将路也1990年代的创作历程与时代特征以及新时期以来女性诗歌的具体流程结合起来的时候，那么，这种突破就势必要放在1990年代这一视野中予以表述了，即成长并最终崛起于1990年代诗坛的路也是以自身的创作实践完成了一次女性诗歌创作上的突破。同时，所谓的"敞开"的意义也随之变得清晰了：建立于双重"突破"意义上的"敞开"不但指路也诗歌创作风格中的开放性和女性特有的真实情怀，它还指涉相对于以往女性诗歌写作中的那种封闭状态。

一般说来，即使在许多细心的评论家不断努力挖掘1990年代女性诗歌所具有的崭新动向时，还是有那么多行动迟缓、喜爱怀旧的人将女性诗歌当成了1980年代特别是1985年前后翟永明、唐亚平、伊蕾等女性诗人式的写作，这种意识上的幻觉在许多人的头脑里一直是占有巨大的市场的。然而，即使不论上述几位女性诗人在1990年代已经出现了重大的转变，单就崛起于1990年代的女性诗人而言，这样的错觉似乎也早就应该成为逝去的历史。1990年代的女性诗歌乃至整个90年代诗歌的本身都是在一个文学不断趋于文化的特殊情境下展开的，诗歌表面上的风光不再和生存才是人生第一要务的现实条件都使得诗人必须要在写作的时候频频地面对生活。而女性诗人在竞争大潮、商业化大潮面前历来都比男性诗人从容的心态，也使她们的创作可以坦然地向世界敞开。接近生活、面向现实，接受"个人化写作"和"语言论转向"之后在语言技巧上的转变等都使这一时期的女性诗歌拥有了明显区别于1980年代的创作特征。而在崛起于1990年代并在多种创作层面上都有所涉及的路也身上，我们似乎更能清楚地看到这一整体性的特征。

当然，路也的诗歌中也同样出现了身体、独处以及种种属于女性个人性的环境氛围。不过，值得注意的是，即使1998年前后路也以这种崭新的诗歌动向使我们似乎看到了一种诗歌创作的回溯。不过，无论是从文学史角度的女性诗歌，还是从常常要陷入纠缠不清的女性主义之类的术语上看，一切都已今非昔比和物是人非。而有关这一点，一旦联系路也所自言的："至于后来怎样就写到了身体，我不是有意为之，我想这对我应该是一个自然而然的过程，我以为女性的成熟是需要一个过程的，早年写纯情之诗没有错，那是一个必经阶段，如果一上来就大写身体，反而可疑了。其实你讲过的翟永明、陈染还有下半身，我可以说我基本上都没怎么读过或者读得极少，而且心里并不一定就很认同。如果说受影响，我倒是在二十出头时迷恋过一阵子伊蕾，原因是我喜欢她的纯真，我跟她还通过信。至于婚姻，我以为它对我的小说的影响也许更大些，对诗歌的影响可能只是外部的而不是内部的影响。"[1] 而事实上，即使对比前后两代诗人的同类写作时，我们也同样会发现其中的差异：第一，与翟永明、唐亚平、伊蕾等的"黑夜"意象、"黑色"意象以及常常选择"边缘""预感""围困"式的悬浮式的题目不同，路也是常常以具体的题目和具体的意象，如《蓝色电话机》《镜子》《眉毛》等指向具体的问题的。第二，如果说翟永明、唐亚平、伊蕾等女性诗人往往是在诗歌写作中承载反传统的沉重负担，而且这种写作倾向即使是在1990年代初期仍然具有一定的生长空间的话，那么对于崛起于1990年代的新一代青年女性诗人路也而言，她的清纯、直白乃至突进到身体写作的禁区是在自然中的一种自觉，而且走出校园（学生身份）并再次走进校园（工作身份）的现实经历以及1990年代的创作历程使她往往从容而缺乏沉重的负担。于是，在路也诗歌中所展示的敢于表达的自信、我就是我式的第一人称抒情以及手法上的叙事性乃至直白得直截了当都显得较为贴近"自我"和生活本身。第三，如果说曾经的女性写作是以自我封闭、自我独立作战的方式最终演化为读者以他种眼光予以观看的视角，那么在路也的诗歌创作中，我们更多体味到的则是新一代女性在诗歌中寄寓的现实情感，于是路也也就以自然和从容的方式走到了读者的面前。

然而，最终成就路也"在突破中敞开"之事实的却又不仅仅是这些，即在诗人的创作历程的演进过程中，还有一些属于自我意识与自我偏好的东西在影响着诗人的创作。比如，路也曾经在前后两次阐释自己的诗歌观念时分别

---

[1] 见路也2004年2月21日回答笔者四个提问的信件。

说道:"我拿诗当作日记来写,我的诗首先对我个人的生命有意义,然后才具有文本上的意义——我一直是这么希望的。我想在我成为一个老太婆的时候,可以常常翻开它们看看,想起我在何时何地都干了些什么。每当拿起笔来写一首诗的时候,我都感到自己仿佛从来没有写过东西,我的情感会一下子变得像一个村姑。"[1]"我一直觉得写诗仅仅凭才华是不够的,诗歌是需要用命来支撑的一种文学体裁。我喜欢在诗中写十分具体的事物,我愿读我诗的人忽略了它的技巧。"[2]可见,在路也诗歌的写作当中,她并不是以笃信技巧而取胜的。而在诗歌《文章作法》中,她说:"我教写作课/最憎恨的却是文章作法……我发现自己是最不会做文章的人/天下什么文章都不会做/生活完全没有章法/我的技巧是无技巧/我的秘诀是没有秘诀/我的糊涂就是清醒/我的愚笨相当于聪明。"这种明显具有宣言式的写作要说明的似乎也正是这些。因此,在以往的纯情式诗歌创作的基础上,坚持任意而为式的诗歌观念上的无技巧以及情感的真实性,也就成了路也可以突破并可以不断得以向读者敞开的又一重要前提之一。

同样地,强调诗歌写作中的"临界点意识"也是诗人可以自由地"在突破中敞开"的另一重要内容。所谓"临界点意识",路也在《郊区的激情》中说:"我身上这种'郊区'状况其实已经扩展到我生命的每一个角落。""我好像居住在这种文体与那种文体的接合部,在每一种文体的'郊区'。在具体写作手法上,我对所谓传统和所谓先锋都采取了迟疑不决的态度,但也并不是二者的调和折中。"[3]这对她的文本创作进行了总结。在诗人自认为是迄今为止最重要的作品"一个异乡人的江南"[4]系列之中,充分表达诗人"临界点意识",即所谓的"郊区状态"的系列作品是非常引人注目的。以《江心洲》

---

[1] 见路也诗观:《诗刊》,2003年11月号下半期第十九届"青春诗会"专号,第13页。
[2] 见路也诗观:《首届华文青年诗人奖获奖作品》,漓江出版社,2004年,第228—229页。
[3] 见路也的创作谈《郊区的激情》。第一稿由诗人2004年2月6日致笔者。
[4] 见路也2004年2月21日回答笔者四个提问的信件,和作者自印的作品合集:《一个人的诗歌史(路也1998—2004)·一个异乡人的江南》,其中上卷(2004年)"一个异乡人的江南"含有诗人在2004年发表的作品近60首。

为例(节选):

> 给出十年时间
> 我们到江心洲上去安家
> 一个像首饰盒那样小巧精致的家
> 江心洲是一条大江的合页
> 江水在它的北边离别又在南端重逢
> 我们初来乍到,手拉着手
> 绕岛一周
> 在这里我称油菜花为姐姐芦蒿为妹妹
> 向猫和狗学习自由和单纯
> 一只蚕伏在桑叶上,那是它的祖国
> 在江南潮润的天空下
> 我还来得及生育
> 来得及像种植一畦豌豆那样
> 把儿女养大
> …………
> 我要改编一首歌来唱
> 歌名叫《我的家在江心洲上》

这里,江心洲之意象是符合"临界点意识"的,它是以大江之水的结合部表达了诗人向往的"郊区状态",而其中隐含的漂泊与远离的情感以及由此透射出的开放性特征也是一目了然的。

总之,属于1990年代的年轻女性诗人路也是以清纯和青春的气息展现于诗坛,并最终以年龄与阅历上的成熟、哲理化的思考以及自己所持有的写作理念为读者所认可。她始终坚持自己的感受,以自己内心的感动来创作,并没有为刊物发表作品的框架所累。自然,诗歌也向她敞开了包容的胸怀,于是具有多重含义的"在突破中敞开"也就应运而生。不过,路也的诗歌创作由于年龄等诸多方面的原因仍然属于"在路上行走"的阶段，即其创作本身也往往会呈现出一种"临界点"的状态。而且，即使排除性别眼光去看待这位年轻诗人的作品，她也需要在充分表达含义丰富的内容时节制自己的"语言资本"。

灵魂的蛇行
——解读路也的两首诗

张清华

女人是天生的蛇类，人们把美女比作蛊惑与迷幻之蛇，把"毒妇"也形容作"蛇蝎之心"。我当然不是存心要把这个比喻庸俗化和"伦理化"，不过蛇所具有的精准、警猛、尖锐、畅滑、机巧、曲折、细小和凉意的意象，却很符合长期以来路也的诗给我的一种感觉。很明显，没有哪个诗人会忽视语言的本体意义，但真正能够自如地产生"语词如花"之境界的诗人，显然不多。路也是这样迷恋于语言的"蛇行"的韵律与情境，是这样具有自如地驱使语言做出华丽与流畅的表演的能力，是这样富有能够细腻精微地把意识与语言以及经验世界里的细节与情景，织入一路奔涌的情绪与音乐的溪流之中的本能。这样的一种能力使得她的写作倒不像是一种痛苦的缠绕，而像是一种自由的奔泻和天赋的挥霍。

蛇与这个世界的关系是这样的：它穿行在狭小的空间里，小心地和人类互相躲避着，但彼此都留着深深的刻痕。荒凉与冷眼的拒绝是它的翘首眺望世界时的目光，它潜伏在洞穴与缝隙中，但也偶尔有闪电一般的出现，惊起目击者的一身冷汗。它的花纹是隐秘的，展示着这世界深不可测和暧昧不明的一面。同时，它的性格也使这个世界的感受力陷于分裂和矛盾：疑虑与确认、尖锐与模糊、遥远与逼近、曲意与直接……阅读路也是一种这样奇怪的感觉，像一道在视觉中突然闪现又倏忽消失的曲线，一串余韵绕梁又踪迹不见的铃音，一种迅猛尖锐又把握不定的幻觉,恰似遥远的天籁又如世俗的絮语唠叨……这是不是一种不可多得的张力?丰富性由此而产生,或者至少因此有了一种分裂的二元属性。以这里的两首作品为例,读《两个女子谈论法国香水》,你会感觉到一丝可怕的隐秘、冷酷与狡黠;而读《江心洲》,你则会感到完全不同的忠诚和单纯,那种献身的可爱和执着的可怕。独立而私密的世界,矛盾和分裂的人格和世界观,总是陷入爱或者恨的陷阱与迷地。明智与愚蠢、悲剧与喜剧、相依与相弃,在她所虚构的与男人对立又连接的两个世界里,永远分不出彼此的胜负来。

对经验的认知与表述能力,是区分懵懂的词语冲动和老练而精确的表达之间的基本界限。我一方面惊奇于路也对经验世界的痴迷,同时也惊奇于她这方面天才般和近乎神经质的敏感与表达力。我想,路也的诗歌之所以有特别众多的读者,跟这一点不无关系。她是沉迷于经验世界的诗人,同时又是拒绝类型化(比如"某某主义")表达的诗人。路也在自己的世界里得心应手地忙碌着,充满自恋的愉悦和自虐的疯狂,这决定了她的产量,同时也提升了她的质量。在某种意义上可以说,因为路也的存在,人们对世俗情感与生活经验层面上的写作才没有报以完全的绝望。因为她的确能够有效地将个人经验与女性的智性、将冷调的叙事场景与热态的情感意绪、将狭小的个体生命感受与相对边缘化的文化经验结合起来。这是相当不易的,因为老实讲,单纯的经验世界基础上的写作既是诗歌的常态和基础,同时也是陷阱和局限。当代的诗人在这方面成功的例证大概不多。1980年代后,"生活的战歌"表面上看是被改造了,但实际上只是"新瓶装旧酒"罢了。1990年代之后,这种被朦胧诗和新的世俗情感所共同派生出的"生活抒情诗",几经变体又渐渐出现了某种泛滥的趋势,世俗化价值成为我们时代的审美主调,要么被"雅化"为一种自恋性的"个人叙事",把个人生活的细节做病态的放大;要么被"粗鄙化"为一种自虐和虐他式的"潜意识自曝",把反道德的价值与行为变相予以合法化。这是一股难以逆转的潮流,尽管看起来南辕北辙,两者之间实则有殊途同归之本质。而路也似乎也是在这一总的趋向与趣味下写作的,但好处是她一直在讲着她自己的细节和语言,带着她特有的蓬勃与颓废、苍茫与洞彻、达观和偏狭、平易与奇崛、直白与幽暗……充满着张力与生气的思想与语言，挽救着由各种小资自恋和撒娇的、小农和市侩式的粗鄙与自大所构成的日益堕落的写作。

　　我在一开始就说到了语言，因为语言实际上就是一切，包含了意识、思想、经验和形而上学世界里的一切。从语言入手谈路也的诗歌可能不会是舍本求末。事实上这里的两首诗，就其语言的机智和俏皮而言远称不上是路也作品中的代表，但也可以看出她的几近无限的繁殖与生长力。这种能力可不是谁都有的，看起来是轻巧和漂浮的，直接呈现于经验层面的，但这正是路也的不同寻常之处。她能够轻易地使语言充满着"自动生长"的趋势，犹如音乐旋律本身的绵延能力，在不经意中使词语充满感性与气味，发散出令人惊讶的机智与俏皮，同时还要合着自然的弯曲招摇而酣畅淋漓的节拍……而这一切说到底，不是语言本身在自娱自乐地表演，真正表演并且打动人的是她经验的强度与多重性，其作为女性的思想与价值的矛盾与暧昧性，其隐秘而不易觉察的关于世界、人生、爱情与自由一系列"宏伟命题"的悲剧性触及。

　　这里细读式的分析也许是没有必要的多嘴，文本的"一次性呈现"可能就是路也的追求，试图解读其中的"隐喻"与"暗示"的东西可能会误入歧途。我想说的只是一点，在《江心洲》一诗中，随机性的细节渲染与语言本身所产生的自动繁殖性，同其意图要表现的率真与简单——这也许才是置身爱情中的真实状态——之间获得了富有神韵的统一。其中我最为赞赏的大约不是"在这里我称油菜花为姐姐芦蒿为妹妹……"一段的俏皮，而是"每天面对一条大江居住，光住也能住成李白"的偶得，这是最出彩的一句。到底是路也啊，一个现代的乌托邦跃然在纸上了。

　　《两个女子谈论法国香水》证实着路也的另一面——一种作为知识女性的冷态的尖锐，洞若观火的阴鸷，对事物和世界的认识的"智性癖"。其中"两个女子"的身份显然是双重的，既是"女人"，又是"智性的人"，所以其作为女人爱美的性别本能，和作为智者的文化体察力与"怀疑主义"的人文观照之间，产生了一种奇怪的令人意想不到的有冲突但并非不可并存的胶着状态。这种状态令人产生出荒谬的语境体验：一瓶对女人、对知识女性来讲都堪称珍贵的法国香水，究竟意味着什么呢？"知识"和"女人"、"职业"和"天性"、"本能"和"判断力"之间究竟存在着怎样的间隙、通道或者鸿沟？它所暗示和影射出的似乎是很多的。不过，平心而论我不是很喜欢这篇作品的"语势"——有点像早期"第三代"诗的那种无刹车式的铺排，叙述中的调侃显得过于急促和俏皮了，诗意难以具有沉淀的可能。当然啦，这是1997年的路也，如今的路也大概也已经有了很大的变化。和路也较真是不好办的，她的伶牙俐齿和能指的蛇舞，总是先于语意到位之时，早已将你击溃了。

对了，需要提醒一下的还有一点，其中"佘小杰"这个人物是实有其人的，认识她的人可以更能会心地理解这个对话的语境。

【附】
江心洲
路　也

　　给出十年时间
　　我们到江心洲上去安家
　　一个像首饰盒那样小巧精致的家
　　江心洲是一条大江的合页
　　江水在它的北边离别又在南端重逢
　　我们初来乍到，手拉着手
　　绕岛一周
　　在这里我称油菜花为姐姐芦蒿为妹妹
　　向猫和狗学习自由和单纯
　　一只蚕伏在桑叶上，那是它的祖国
　　在江南潮润的天空下
　　我还来得及生育
　　来得及像种植一畦豌豆那样
　　把儿女养大
　　把床安放在窗前

做爱时可以越过屋外的芦苇塘和水杉树
看见长江
远方来的货轮用笛声使我们的身体
摆脱地心引力
我们志向宏伟，赶得上这里的造船厂
把豪华想法藏在锈迹斑斑的劳作中
每天面对着一条大江居住
光住也能住成李白
我要改编一首歌来唱
歌名叫《我的家在江心洲上》
下面一句应当是"这里有我亲爱的某某"

2004年6月7日

两个女子谈论法国香水

路　也

我和佘小杰坐在下午的书房里
认真地谈论起一瓶法国香水
就像谈论一宗核武器
这偶然得到的礼品
对于习惯海鸥洗发膏和力士香皂的人
竟如火星一般遥远
"你哪天有约会可以来借用"
"做女人的秘诀比古汉语还麻烦"
"有香水就标志着是女人啦"
"有了法国香水就算是女人中的女人"
这是一些花朵的魂灵
来自大西洋沿岸地中海之滨

来自艾丝米拉达和包法利夫人的故乡
女人的魅力竟能贮存在一只小小瓶子里
由液体而气体，向四周挥发
男人们那么通感
征服他们须从征服鼻黏膜开始
世界的虚荣像连衣裙上的花边那么好看
据说如今，精致的女人必须
连内衣的款式和质地也要不同凡响
还要参考时间地点气候来制造气味
以托物言志借景抒情
把自己搞成一篇杨朔体散文
那么我们呢，我们这些懒于梳头
让书籍埋到膝盖以上并喜欢
沾着粉笔灰高谈阔论的一群
当然就是粗糙的女人了
"其实医学杂志载文
香水可以引起某种皮肤病症
并造成一定程度的空气污染"
"最重要的或许是导致嗅觉迟钝
就像耗子产生坚强的抗药性
情欲倘若离开了香水便难以唤起
这个世界久而久之，不仅仅是男人
连立交桥也会阳痿"

1997年10月23日

郊区的激情

路　也

长期以来，我感到自己身上有一种既不完全属于都市也不完全属于乡村的东西存在着，常常感到自己既不是城里人也不是乡下人，当然也不是那种地道的县城里的人。命运使我总是生活在城乡接合部，生活在郊区，仿佛一半在城里一半在乡下，往那边望望是繁华的灯火，往另一面望则是山寺里的桃花。

郊区是都市的最边缘，同时也是广大乡村的最边缘，它享有着都市的文化和便利，也有着乡村的自然和宁静。我以为对于从事诗歌写作的人来说，与都市和乡村全都若即若离的郊区也许是最好的居住地带吧。

我出生在我所在的这个省城的郊区。父母并非农民，由于他们工作太忙，我却在九个半月时就被送到山里乡下去，长到五六岁。后来父母工作调动去了另外一个城市，我跟着去了，很快奉父母旨意考到一所地处城乡交界处的重点中学，那里的学生也以农民的孩子居多，学校院墙外面就是青青麦苗。再以后就上了大学，我上大学的阶段是从1980年代中后期到1990年代初期（仿佛是理想主义和经济务实精神相交接的那么一个思想意识领域的"郊区"），那座偌大而古旧的校园处在城市边缘，周围还有不少等着被占了地去而农转非的农户，出了校园往北走上不远有一条铁路，过了铁路就能看见荷塘、芦苇，最后就是那条有着大面积滩涂的流得十分滞重的黄河了。

我毕业后开始了安静的教书生涯，所在院校位于城南山坡上，在一个叫八里洼的地方，其名字由来据说是因为离着老城最南边那个城门有八华里（四公里）之遥，同时这里三面环山，在中间形成了一大片土洼。其实八里洼相对于市区来说是一块海拔高出许多的名副其实的高地。这个东面西面南面全是山的地方，只在北面有一条有着明显坡度的马路缓缓下降着朝向市里，这条路叫舜耕路，我在诗里写过它。

当年我刚刚分配来的时候简直以为找到了我的瓦尔登湖，山上生长着茂密的柏树和黄栌，盛开着野菊，山下是果园和长得粗大的杨树林子，据有关部门统计夏天这里的平均气温比市内低四度。我看见牧羊人甩着鞭子赶着羊群经过校门口，黄褐色的野兔从文史楼旁边的草丛里窜过，校河的桥面上在夏天的黄昏时常会有刺猬大摇大摆地横行。同事过生日不用去花店里买鲜花，可以直接去外面采了来送去，就是在大冬天也还可以找到蜡梅，有几个挺谈得来的女生还从河边逮了萤火虫装到瓶子里送到我宿舍里来。那时候这里还算得上荒凉，住在这里的人们把去市中心办事或购物称为"进城"或者"下山"。

我在这里一待就是十年，做着类似焚琴煮鹤和买椟还珠的事情，天天想着汉语中可能藏着什么形状的句子，吐丝般写出一行又一行，最后它们又全都凝聚在我自己身上。每当看到别人写出《身在剑桥》《人在纽约》《我在哈佛的日子》之类的文字，我就对自己说，什么时候你也写一本吧，就叫《身在八里洼》。我常常到山上去，这是都市边缘的山，它们比那些僻远的荒山更能让人感到什么是孤单和幸福，我有着隐秘的欢乐。到山上去，在柏树丛里穿行，就当脚下那个有着清规戒律的城市正在坍塌；到山上去，是在尘世里却远离着尘世，山下的灯火亮起来，眼前一片模糊。我知道在山下的城里，在我的北面，居住着两个大诗人。他们的故居或祠堂，一个在声声慢的泉边一个在永遇乐的湖边，他们是李清照和辛弃疾，他们是我的邻居和亲戚。

当然过了一些年，城市化的推进使得我的"瓦尔登湖生活"最终结束了，这一带开始砍树炸山建高档居民小区了，在睡梦里都能听得见推土机轰隆隆的声音，仿佛是从我的身体上碾过，吊车就在居所窗前伸着长臂日夜奋战。我清清楚楚地记得学校院墙外面那一大片生长了半个世纪的一望无边的杨树林子开始被砍伐的那一天，我正站在文史楼四楼阴面某个教室的讲台上。我从窗子望出去，亲眼看见一棵又一棵擎天巨树在机械的操纵下轰然倒地，那堂课我很难过。接着是学校扩招，短期内建了许多学生宿舍楼，那片每到春末夏初便香飘几里的槐花林子转眼就不见了，我曾用树上的槐花做过槐花饼；桥边的老榆树也砍了，春天也不能喝榆钱稀饭了；桃树不见了，丁香不见了，梅树也不见了……只有水泥钢筋在大面积地无法控制地生长着，汽车尾气弥漫着，我开始变得不爱出门了，窝在家里害偏头疼。自从院校合并以来，我们学校又合并上了这个城市西部另一所比我们位置更偏远的大学，我才得以坐着班车翻过和绕过四座小山去上课，行驶在郊外的公路上，透过车窗可以看到那些山间通红的火炬树和枫树，还有路旁开着白色花朵的曼陀罗，我是从一本《儿童绘图植物辞典》上认识它们的。

多年前我去过一趟北京，跟着一个大学时代的女同学，从她工作的王府井附近的出版社辗转乘换了两个小时的公交车赶往她在大兴区的居所，一路上我疲惫不堪，对伟大的首都北京没有表现出应有的好奇和感叹。后来我骑车到城乡交界的地方，高楼开始变得稀少，视觉里忽然出现了好大好大一片光秃秃的白杨树幼林。它们站立在雪后清冽的空气中，望过去历历的，生机勃勃，我的心跳不禁加快，为那片树林子欢呼雀跃，并想象春天来时它们全都挂上杨穗子的模样。我的这位女同学后来为此多次调侃我，说我千里迢迢去北京也不过就是为了看一片杨树林子，为了进一步证明我的土气，她又引了当年我们在沂蒙山区实习时我如鱼得水的例子做论据——是的，那时我是那样的快活，天天戴一顶宽边沿的大草帽，忙着上山下河钻树林子，认识了马尾松、栗子树，第一次见到生长在地里的花生、芋头和姜，实在高兴了就在小本子上写上几句诗，根本没有像她那样的小资女同学表现出来的现实烦恼。我知道在那些来自农村的同学眼里，我肯定又是另一番样子了，我原来还以为花生的果实是像猪八戒吃的人参果子那样晃晃荡荡地悬挂在灌木枝子上的，在他们眼里我一定是一个不知稼穑的傻瓜。那次去北京我的那位女同学还对我的另一个行为表示了不解，她后来也对其他同学提起过，说我"出远门在火车上拿的是一本《世界文学》，竟然用《世界文学》来消遣"。

有一个后来成为我亲密朋友的人，见我一两次之后，下结论说我从气质和情感上都像是一个村姑。我无意中从这个城市最高档的商场买来的衣裳，后来证明全是属于同一种田园布衣风格的，我这个对商品非常无知的人不小心买回来的竟全是名牌，我穿着它们拎着教案上教室讲台的时候，感觉自己像一个拎着篮子从山里来的卖鸡蛋的小媳妇，这种朴素实在是有些昂贵了。

2004年，我频繁地来往于齐鲁和江南之间。一个长江中央的小岛被我写了又写，那个小岛隔着长江的内江与一座大都市相望，属于那座都市的郊区。晚上江上升起了月亮，一边照着那边城里的繁华，一边照着这边岛上的古老和寂寞。我写的是一个异乡人的江南，是烟雨迷蒙的国土，是我身体里的那个楼兰。火车咣当咣当地把我运往南方，轮船又把我送到江的中心去。在那里我感觉自己不是一个外来者，而是一个土著，我将在这里开始我的日常的柴米油盐的生活。当我回到北方，回想起那个小岛，想起渡船、江堤、油菜花、水杉、河塘、枇杷树、蒲葵和小狗，我就会激动起来。很长时间过后，我的激动依然没有减弱，我一个人坐在北方家中，却为千里之外的南方而激动着。也许我真正的家就应该在那里，我想我真的应该是那里的人，我前世一定是那个小镇子上的一个蚕娘或者采莲女，也有可能是一个卖豆腐的，后来跟着心上人私奔了。我萌发过到那个小岛上的中学去教书的念头，想象着每天面对着一条大江，带领着学生朗读"天上飘着些微云，地上吹着些微风。啊！微风吹动了我的头发，叫我如何不想她？……"

那个小岛是李白在诗中写过的，现在又轮到我来写它，李白只写过一首，而我一下子写了这么多首。我豪情万丈地写道："每天面对着一条大江居住／光住也能住成李白。"我还痴人说梦："我常常想就这样回到古代，进入水墨山水／过一种名叫沁园春或者如梦令的幸福生活。"我找到了从前不曾有过的长袖飘飘之感，字里行间多了一些烟水之气。

2004年这一年仿佛注定了是用来漫游的。我从一座大都市的郊区千里迢迢地漫游到另一座大都市的郊区。而每个都市都不过是为我提供了交通和文化方面的便利而已，那些广大的乡村也只是向我延伸着我喜爱的那一部分，我真正迷恋的总是都市和乡村之间的地带。我在八里洼校园里的房子是我的根据地，我咣当咣当地坐在南下或者北上的列车里，我从火车站的地下道口钻出来，行李箱的轮子在地板砖上轰轰隆隆地滚过，我坐在出租车上……最后我发现，我的口音不知从什么时候起竟也有一点异乡的味道了。

我身上这种"郊区"状况其实已经扩展到我生命的每一个角落。

就写作的文体来说，在诗人中我有时会被看成是写小说的，在小说家中我又往往被看成是个写诗的，后来我又写起了散文，我好像居住在这种文体与那种文体的"接合部"，在每一种文体的"郊区"。在具体写作手法上，对所谓传统和所谓先锋我都采取了迟疑不决的态度，但也并不是二者的调和折中，我赞成好诗主义，唯好诗至上，我更倾向于鲁迅先生在他那篇很短的杂文《扁》里的看法，一向很害怕那些与具体作品无关的振振有词，实在是应该等那真传统的种种主义或者真先锋的种种主义的匾额都挂起来之后再去比试眼力，而不是在只拥有名词而未弄清这名词的含义更无实物的情况下进行空空之争，在这个问题上我更愿处于"郊区"。

还有更多呢，我的对人际交往的怵头和不擅长，对流行时尚的佯装无知和消极抵触，对某些热闹事物的下意识逃避，我的与工作单位的疏离，教师身份与写作者身份的实在够不上水乳交融的物理性的生硬的混合，我的像夹生饭一般的个人情感生活，还有我与父母之间那种既亲昵又冲突的关系，都无不形成了这样那样的"郊区"。我照镜子发现，我的长相和表情也是那么"郊区"。

甚至我的出生日期1969年12月，在这个喜欢以出生年代来划分诗人群落的时代，也具有过渡带和临界点的"郊区"特点。

我不无自我安慰地想，这种"郊区"状态给予我的激情，也许正是我得以写诗并一直写到现在以及还会继续写下去的缘由吧。

2005年2月6日于济南八里洼

阳飏

阳飏诗歌简论

唐 欣

阳飏在 1980 年代初叶开始了他的诗歌创作，指出这一点旨在标明，他在当代诗歌史（按照韩东的说法，那会儿才正是开端）上的位置，并标明他闪耀的时段（好像也可像毕加索似的分为蓝色、粉红、浅灰乃至深黑等时期）。众所周知，这二十年的中国诗歌几乎尝试和开拓了各种可能性，浓缩了各种主张、转折和发展路向，作为见证人和参与者，置身于潮流和喧嚣之外，阳飏始终沿着自己的轨迹前进。现在，大浪淘沙，水落石出，阳飏的大多同时代诗友已烟消云散不知所终，而阳飏仍坚持在诗歌的前沿，不是维持名声的惯性写作，也不是人书俱老，得道成仙。仍被称作青年诗人的老阳飏，以自己区别于任何人的特别，以越来越天真、越来越前卫、越来越纯粹的声音赢得专业领域内同行们的广泛关注和尊敬（这才是真正可靠和有效的声誉），这也是时间、历史淘汰法则和诗歌艺术本身的胜利。阳飏没有依附哪个宏大的流派，也从未发表什么惊人的宣言，这肯定会让评论家产生一种无处下嘴的惶恐和无奈，因为他们从不信任文本——诗人真实的创作。

阳飏是一个漫游者，尤其喜欢"西巡"，他笔下的西部自然具有某种形而上的性质。这说明，他是一个倾心于无限性的人，据称这种人多是不切实际的浪漫主义者。的确，我们感觉到，阳飏对当代生活可能多少有些不屑，他是那种拥有辽阔和宽广的古典情怀的人。自然，离我们越来越远的世界，它们在阳飏的诗里面，究竟意味着什么呢？显然，它不是海德格尔的所谓家园，也不是古代士大夫游玩观赏、修身养性的周边背景。阳飏对如何生存于此的问题漠不关心，他对阐释其中的人文地理含义也不感兴趣，他是六经注我式的诗人，他在青海湖、贺兰山、乌鞘岭、西藏和额济纳看到的，在某种程度上，毋宁说正是他自我的形象。或者说，西部这些雄浑、博大、苍茫的景观，唤醒和促发的是一种自我意识和自我发现，是一种对自己心灵版图和疆界的测量和塑造。按照泛神论的说法，人乃是大自然的一分子，但大自然也无妨是人的一部分，这一点，阳飏想必也会赞成。他说："风连续三次刮掉了我的帽子，我三次弯腰捡拾，符合汉民族的三鞠躬习俗，在陵塔前。"这里有一种平视的眼光，一种知己朋友式的"相看两不厌，只有敬亭山"，"我看青山多妩媚，料青山看我应如是"。大概阳飏觉得，拥有如此高度、体积和分量的西部自然才接近自己理想的境界吧。而在今天，我们确实已经很少听到这种雄辩的声音："青海湖，为了灵魂的事情你才蓝的／灵魂后面的路好走吗／黑鸟飞走了，花鸟飞走了，一群白鸟飞来了／像是一盏盏灵魂后面的酥油灯。"他发现："云忙着自己的事情，雪山蹲着，从不站起来暖和暖和，青海湖在五百里椭圆形大厅开会讨论着灵魂、般若、缘起、因果……影子的问题，再过一万年吧。"他精通"像青海湖一样颜色"的"天堂数学"，那关乎"肉体和灵魂的距离，生命和精神的距离"。面对"一座座雪山的拖拉机"，他问道："佛是一位拖拉机手吗？"佛当然不是，但既然阳飏让他干这个活，他恐怕也只好当一回拖拉机手了，看上去这个角色对他挺适合的。阳飏为什么会书写这些对于一般人而言几乎是难以抵达和无缘领略的景象呢？因为他言说的乃是另外一种事物，这涉及史蒂文斯所谓的"最高虚构"，它的"客观对应物"（艾略特）只能是这样异乎寻常的东西，我们几乎不可能想象它另外的形式。在他眼里"第七座雪山被鹰的翅膀轻轻地掀了过去"，而"云朵里露出一位熟识的神的半边面孔"。"沉闷的雷声，仿佛有人在天上搬运着巨石"，"白绸包裹的黎明，被放在黑夜的祭坛上"。在这样的强力诗人（尼采的定义）面前，世界被迫弯曲了，从阳飏笔下流出的事物充分阳飏化了，他的设计图纸即兴、随意，建立在奔放跳跃的想象力之上，这对于那些小诗人而言，不啻是一种示范，当然更可能令他们气馁和绝望，天生的诗人那种充沛的甚至是肆意挥霍的博喻能力（钱锺书曾在苏东坡和莎士比亚身上发现过)像是车轮滚动,几乎是自动向前。与他的这种感应力相匹配,阳飏认为:"一首诗里的好句子,就是这首诗的房间里大白天也亮着的灯,以其渗透的光芒扩大着整首诗的面积。"的确,阳飏的诗着力点不在词法而在句法,这是典型的现代表述方式,他的语调舒展而平和,把神奇视作当然,说幻象如诉家常。这与他的美术功底相关。他的诗也讲究画面感,对平行意象的并置使他的诗音步多而富于变化,有一种长风浩荡的乐感,这多少也平衡了他有时的大而化之、潦草和不甚耐烦。

阳飏处理的另外一类诗歌题材,是关于城市的。如果说自然是灵魂的居所,城市至少是肉身的现场,这里面包含着切近和日常的个人经验。阳飏是当代最早在诗里引进城市感和工业气息的诗人之一,这使他在乡土诗氛围中显得洋派。因为他是少数能够发现生长于斯的城市美感和乐趣的诗人(他没有乡村知识分子的眩晕感和恼羞成怒),尤其是,这里面有经历、自传成分、微苦轻甜的童年记忆,阳飏每每有一种感慨良多、欲言又止的神情,他的语气也变得平易和温和,这相当于从华丽的美声转换为通俗的唱法,但阳飏照样应付裕如。同时,像本雅明描述过的,他又总有些心不在焉、若有所思和自由散漫。这大概是诗人与生俱来的气质,这难免会让他和城市生活有点格格不入。说到底,在哪儿会有一座符合诗人理想的城呢?他还惦记着:"有飞机亮着尾灯飞过去了 / 小脚的古代宫女提着灯笼 / 抓蟋蟀去了吧?""今夜,月亮上肯定有谁 / 高声吆喝着贩卖黄金 / 你能听见吗?"于是在他眼中:"建筑是砖头放大的样子 / 汽车是从天空往下看指甲盖涂了颜色的样子 / 城市是一本流行杂志摊开的样子 / 正在拆毁的房屋和街道全是错字的样子。"这里面有调侃,但也未尝没有宽宥和同情,"但我怕和杀鸽子比切胡萝卜还快的人握手"。这是诗人的原则底线,内敛而含蓄,他知道风在哪一个方向吹,但这不能改变他的个人风度。"我挨着你仿佛挨着一株婀娜的垂柳 / 你挨着我呢——一棵老槐树还是老榆树。""一大群麻雀挤在一起像是抢着发言的少先队班会""住在恒温房间里的大熊猫,身上的黑像是穷人棉袄上的黑补丁,身上的白呢,是暴富人家的眼白部分吗?""玻璃窗的破碎声,真像是一大群吝啬的生意人夸张地数钱币的声音。"对于拥有通感的诗人,真是一切皆诗,诗即万物。另外,童年视角、童稚语言乃至童谣儿歌的节奏，也是阳飏特有的风格："半院子一起喊——/下雨喽，冒泡喽，乌龟王八又好喽。"这种兴高采烈寻开心的孩子气，也许就是诗人最值得珍视的品质和使他继续写下去的动力。"我印象里的老鼠仍然是60年代的老鼠"，的确，阳飏笔下一再出现的少先队、口琴、火车司机等意象都可以考证出五六十年代特定的词根、感受方式和修辞学，但对于多少有点自虐倾向的读者（比如我），有时也会有一种不满足感，阳飏为何不多写写悲剧和追求深度呢？难道他不曾像自己在《自传小诗》里描述过的，经历过那一系列荒谬的年代？我不知道这是缘于他的乐观主义，抑或更是一种悲观主义？也许阳飏的名字能给我们一点启示，明亮、坦荡、男子气概和飘逸，这就是阳飏给时代的回答。

　　阳飏还有一些写历史的作品写得洒脱，出人意料，这似乎是第三维。在他的诗歌结构里，这是一个延伸的纵深度。但也许是受制于短也许是纸质历史特有的平滑性和平面性，在我看来这些游戏笔墨似乎仅止于游戏了，除了证明阳飏和陶渊明一样好读书，不求甚解，多有会意，也证明了历史本身混乱难解、拒绝诗话的幽暗性质。

　　阳飏是那种极少有外在资源（传记、姿态、派别、政治文化含义）可以利用的诗人，他贡献的是纯粹的诗歌。照现在的趋势看，他也是一个远未完成的诗人，但他的成就业已构成当代诗歌不可或缺的重要部分，我们不能不对他创造的世界以及他的诗意和天才由衷地赞叹和感动。虽然他本人无须这样的赞叹（好诗人都是自足的）。但在我们，实际上也是向他所代表的某种诗歌精神、诗歌标准致敬，也是向诗歌本身致敬。

阳飏诗二首赏析

古　马

羊拐骨
红羊拐骨
红红的羊拐骨
蹭掉了一点儿颜色的羊拐骨
只剩下一点儿颜色的羊拐骨
只剩下凹处一丁点儿颜色的羊拐骨
还是羊拐骨
骨碌碌去找它犄角朝天的父亲了啊羊拐骨

(《羊拐骨》)

这首小诗是阳飏的系列组诗《旧情节》中的一首。自 1990 年代以来，他以"旧情节"为总标题，写了近百首追忆往事的诗篇。这些诗篇大抵以诗人自己的生活经历为背景，以白描的手法将历史活动和个人心灵的隐秘准确展现在人类现实的片段之中。诚然，我们可以把阳飏的《旧情节》当作黑白时代的露天电影一幕幕地欣赏。"一颗巨大的麦粒把我击昏在 60 年的门槛上"(《旧情节·自传小诗》)，便是他呈现给我们的触目惊心的镜头，令我们真的无法忘记黑色的苦难给一个民族的心灵和肉体所造成的双重打击。然而，一颗麦粒和一枚羊拐骨之间有什么必然的联系吗？或者说我——其实是诗人阳飏试图想呈现的恰是淹没一颗麦粒的无边黑暗中那一点隐约浮现的红色。那令诗人倍加珍爱的一点红，是热血和火光、太阳与心跳的全部的颜色，是让我们忘记苦难和忧伤的颜色，是童年的红、羊拐骨的红，更是希望的红。但这红色为什么在诗人的追忆中无可奈何地一点点淡去了呢？当那枚像命运一样难以把握的羊拐骨充满戏剧性地骨碌碌去找它犄角朝天的父亲的时候，诗人又一次把他自己和我们留在 E 时代的空旷和迷茫之处，留在了思绪苍茫之地。

> 老旱柳在没人看见的夜里走动
> 迈着三十年前吊死在它脖子上的那个漂亮女人的碎步
> 月光下的影子又空又大
> 似乎一件无人穿的睡衣
> 一条蚯蚓像是小学生丢弃的铅笔头
> 它爬行的痕迹是用不可辨识的字体写出的箴言隽语录
> 这个城市的建筑一个靠着一个的肩膀睡了
> 老旱柳孤零零地同自己的体温做伴
> 四楼一盏骤然亮起的灯光吓了它一跳——
> 左脚跺疼了右脚右脚踮起来望了望
> 像一位窥私癖者
> 随后又痛苦内疚地把脸埋在了头发后面
>
> 　　　　　　　　　　　　（《楼院里的一棵老旱柳》）

读这首诗，让人想到蒲松龄《聊斋志异》里画皮的故事。但阳飏显然没有要给我们讲故事的意思。他只是提供了某些奇异的线索，比如有一个漂亮女人曾于 30 年前吊死于老旱柳的脖子上，至于为什么吊死就请读者自己发挥想象好了；又如那老旱柳在深更半夜偷窥一扇突然亮起灯的窗户，"随后又痛苦内疚地把脸埋在了头发后面"，为什么痛苦内疚，老旱柳或者说那个吊死的漂亮女人偷窥到了什么，那扇窗户里骤然亮起的灯是惊醒的噩梦，是一颗焦虑不安的心抑或仅仅是有人起身为他所爱的人去倒一杯开水……毫无疑问，在这首诗中阳飏为我们提供了有关过去和现在、现实和梦幻、生与死、阴界和阳间、爱和恨之间的无限可能的想象的空间,"诗无达诂",正好在此找到一个例证。在这首扑朔迷离的诗中阳飏还格外加强了细节的描写,使诗歌呈现出极为强烈的现场感。当然,我们也注意到阳氏写作的另外一个显著的特点是幽默风趣,即便是在月色凄冷、气氛肃穆的环境里,他都不忘幽鬼一默,让她"左脚踩疼了右脚右脚踮起来望了望",而幽默恰是智慧的令人愉悦的境界。

2003 年 3 月 9 日

把灯点亮

阳 飚

火车头

诗的火车头运来空气、水、血液、月光……然后是脉搏、呼吸的节奏。必须是烧煤驱动行驶的内燃火车头，红红的炉膛如同打开的心脏，火车司机不断用脖子上的白毛巾擦去额头的汗珠，仿佛一位时时修改着自己诗稿的严肃诗人。

诗的火车头——一堆只要行驶就不会生锈的钢铁。

蚯蚓

蚯蚓是土色的，如同土是土色的一样，我曾在诗中写到它：仿佛小学生遗弃的铅笔头，它爬行的痕迹是用不可辨识的字体写出的箴言隽语录——记得小时候一下雨，蚯蚓就满院子爬，我们有时用小刀把蚯蚓一切两半，它好像不觉疼一样，分开的两半各自蠕动着，以至一刹那我居然有了用胶布把它重新粘在一起的冲动和愧疚。

蚯蚓继续蠕动着。或者消失于大地深处。

直到某一天，我面对一首刚刚完成的小诗，问自己：可以分成两首更短的小诗吗——就像记忆中那条被切成两半的蚯蚓。

蚯蚓，因其自由地深入土地深处——类似于深入诗歌黑暗而广袤的内部——被记录下来。

雨天公园

公园是一首诗的幻想部分,这也是一首诗的肋部——一个人身体最柔软的部位,强大的呼吸系统和血液循环的运输地带。就像鸟不能带你飞翔,却能提升你的幻想高度。公园雨中斜飞的鸟更是健康的诗歌精神——它体现了诗歌摆脱自身重量所达到的飘逸和轻盈。

问路者

我怀疑问路者所问的街道地名乃是另一座城市的街道地名,如果我的假设成立,那么这就是一位博尔赫斯式迷路者了,迷失于城市和城市巨大的迷宫之中,他注定是另一座城市那条街道的"缺席"者。问路者转过身去,落日使他像是一个涂了新漆的形容词,却不知形容什么,他自己将会用橡皮把自己从这座城市的大稿纸上轻轻擦去。

早　晨

如果把一天喻为一首诗的话,那么早晨,就应该是这首诗的起始句了,可能的话,也应该代表了这首诗——身体里的第一滴血,这血将缓缓接近心脏,再由心脏的泵将它提升,然后输送到其他部位。这第一滴血提供给身体的不仅仅是参与血液的循环——代表了抒情的深度和精神的浓度,它脱离了指针顺序的时间,并且最终扩展为由一位低嗓音的诗歌神祇镇守的巨大的白昼。

黄　昏

从山上往下望我居住的这座城市——一幢幢汉字笔画结构的楼房——黄

昏的大手一会儿就把它们全部搬进一盏盏灯的小小心脏里面去了——恍若一篇结构严谨的散文，翻页之后变成了一首因歌颂真理而赢得自身光芒的诗歌。

陡 峭

陡峭是一种加速度，就像幼儿园的滑滑梯，一不注意就滑出了童年老远老远。陡峭代表了一种尖锐（声音的）和失重（梦幻的），是一位食指上套着本体和喻体的镣铐钥匙的诗歌警察——"在那些默想和为上帝而憔悴的人们中间"（尼采）寻找一位有咯血病史的诗人的过程，这位诗人发誓要使这个世界变轻——他正大汗淋漓地在一些沉重的词语之间搬动着……

瓷 器

记不清谁说的了——一只猴子闯入瓷器店——这只猴子现在又在哪家诗歌瓷器店呢？这是一只荒唐的、超现实主义的，还是新浪漫主义的猴子呢？当那位与整洁、端庄的瓷器同样整洁、端庄的瓷器店诗人老板面对一地碎瓷器片，他会用那条西服领带把自己的喉咙勒紧，从而成为一位泛灵论者吗？

现在，他已改行开面包鲜花连锁店了——对于饿的人面包比鲜花重要，对于饱的人鲜花比面包漂亮。

八 月

八月，裸露不仅是生理的需要，也是心理的需要，以至脱去橘皮外衣的橘瓣仿佛一群以"坐"和"裸"为宗教的痴迷者，互相围坐着剥除了连缀在身上的最后几缕白绒线。八月，街口那个卖冰棍的老太太快要融化了一样，还在一声高一声低地吆喝着。几个女中学生骑着自行车疾速驶去，恍若被大火烧着了的几朵玫瑰花。挤坐在家中电冰箱旁边小凳子上改写旧稿的诗人，感觉身体内的汗水比诗句更多地冒了出来，他有一种把零七碎八的内脏掏出来翻晒翻晒的荒谬念头——重新排列组合一下身体里可以打制一枚铁钉、制造半块肥皂和一盒火柴的铁、磷、钙、碘等等物质元素，就像一首可以顺时针逆时针任意排列组合的古代回文诗。

八月，一位诗人试图修改八月还是被八月所修改？

车　祸

出车祸的地方警察画了一圈白线——保护现场，被车撞者已送医院抢救。白线内是一辆前轮扭曲变形的自行车，如同一只怪兽，被念了魔咒的白线圈在这儿。我忽然发现这自行车仿佛一位未切除干净的乳腺癌患者失去的均衡对称的胸部，只是其余部分已被时间之手匆匆删去——就像删去一首诗的叙述部分，仅仅留下象征之句。

灯

白天，被夜晚的手一折就塞到灯后面去了。灯——夜晚的名词、动词、感叹词、虚词——是一种人类精神巨大的笔尖写下的字迹，包含了一种宗教的、超验的、梦幻的意义。它是人间物质的黄金和白银镂空以后呈现的精神状态，是一位哑孩子不曾说出的诗句。

黑夜转过身去还是黑夜——如同越埋越深的土地，远处一幢边缘模糊无人居住的废楼——比黑夜更黑——恍如一大堆白天翻出地面高高堆起来的洋芋。有人转过身去，一张能够被灯看见的——在"一个观念使这个苍白的人苍白了"（尼采）的诗人脸上，读出这样的句子："诗人的泥灯够吗？"（圣－琼·佩斯）——够的，如果人们还记得泥土。

电　车

电车该来了吗？往往不是通过观望，而是倾听——如同一首好诗，不仅仅要用眼睛去读，更重要的是要用一种微微前倾的——一个懂得尊重和谦恭的心灵的姿势去听——电车就拐过那条大街，停在了你面前。

把灯点亮

一首诗中的好句子，就是这首诗的房间里大白天也亮着的灯，以其渗透的光芒扩大着整首诗的面积。

动物园

虚词——绵羊、山羊、羚羊、大角羊都是老虎到狼之间的虚词。

感叹词——住在恒温房间里的大熊猫，身上的黑像是穷人棉袄上的黑补丁，身上的白呢，是暴富人家的眼白部分吗？

连词——孔雀以一个古代宫女的姿势打开了一把现代折扇。

风

微风——也就是每晚新闻联播之后天气预报所报道的：风力2—3级，这种风以吹动树叶为特征——类似一个诗人的笔尖在纸上移动的声音——权且称之为婉约之风吧，可以以一只红烛摇曳的烛火为风向标，偷情的人谨慎靠近，否则烛火便会改变其摇曳的方向。另一种与婉约对应的——如同一个人对应的前胸后背——可称为豪放之风，以风和沙的比例交叉换算的形式，并以哗啦——哗啦——掀起一块块遮雨的塑料瓦为特征，砰——啪——玻璃窗的破碎声，真像是一大群吝啬的生意人夸张地数钱币的声音——他们以钱币声音的分贝来炫耀自己的财富。此类风一般都是从黄昏刮起，天一黑透，就找乡村野店投宿去了。

第二天清晨，总会有几只或黑或灰的鸽子（白鸽子都保卫和平去了吗？）——在我对面一所学校的楼顶上迈着绅士的步子，偶或扇动一下翅膀，仿佛左右腋下各夹着一册"婉约派诗选"和"豪放派诗选"似的。

麻　雀

麻雀属于鸟类中的贫民阶层。当它们飞起来的时候，仿佛是蓝天衣领上的小小污渍。麻雀总喜欢并排站在电线上，如同刚刚印刷出来的大号黑体标题字。它们还会不停地挪动着细小的趾爪，怕被冻伤了似的——这是冬天的麻雀，它们无依无靠地站着，一群集体走钢丝的杂技演员的前身或者后世一般。就像我选择一首诗中的某些表述句式那样——小心谨慎，生怕坠落下来，而不能成为我所奢望的一种"悬空"——现实以上，幻觉以下的诗句。

潘　维

液体江南：汉诗地图中的一个路标

沈 健

  1982年深秋的一个黄昏，天空被萝卜花的迷蒙和几个少年慌乱的心跳晃荡着，暮色四合，灯火渐起，回家的时刻必然地到来了。几个"淘"胆包天的初二学生无可奈何地离开了他们隐居了一个下午的天堂——一片"胡萝卜须"溃不成军的菜园地。其中最狂悖的一个，一边用他那"仿效了皇帝"个性的"弹弓""消灭着沿街的路灯"，一边高呼：
  "让一艘大轮船拖走所有讨厌的数学题目吧！"
  这个任性的少年就是后来的诗人潘维，正如克洛岱尔在评价圣-琼·佩斯被迫进入流亡生涯时所说的那样，纳粹的入侵使"法兰西失去了一个难得的参赞，却得到了一个伟大的诗人"。课本、学校与老师"统一无非是让愚昧扩大一点罢了"的喋喋不休的引领，已经无法为他那"贫困得前无古人"的灵魂提供"新鲜蔬菜"，体制化了的教育如同另类的"法西斯"，迫使少年像任性的诗句那样冲出格律、教条与多数人的篱笆。当时，潘维还是个"玻璃孩子"，一头扎进了他毕业于杭州大学中文系的父亲书柜里的《高等数学》的微分、积分、复变矩阵的迷宫。很快，他就放弃了做一个东方莱布尼茨的自学梦想。因为，他那萌动着"性爱幻觉"与"政治幻觉"（刘翔语）的内心听到了何其芳的召唤："这一个心跳的日子终于来临！呵，你夜的叹息似的渐近的足音，我听得清你树叶和夜风的私语，麋鹿驰过苔径的细碎的蹄声……！"诗人怀着对大师近乎羞怯的敬畏，佩戴着"树叶"的徽标，以"酿酒的孩童"身份，投入语

言田野上的倾听、凝视与如饥似渴的鲸吞之中。这种阅读生活在他的生命中留下了"灼烫的鞭痕":

  我,潘维,一个吸血鬼,将你的生命输入我的血管里(《致艾米莉·狄金森》)

  从他今天残存的笔记本、信件、阅读过的文献来看,他几乎只用了二三年的时间就越过冯至"绯红的花朵"一样寂寞的"梦境",越过艾青北方原野上的车辙般沉郁的歌吟,穿过萧红风雪弥漫的呼兰河与凡尔哈伦的"用悲惨结构建造的空间",直接找到了夸西莫多、兰波、杰弗斯、赫尔曼·黑塞、福克纳、阿莱克桑德雷、西门尼斯等一大批诗人、小说家仿佛特意为之编铸的"少女的血肉做成的梯子",——"爬上去,哦,就是我谦逊的南方"。南方,一幅液体江南的地图在诗人"内在的眼睛"(夏布兹里语)里展开了:

  在我居住的这个南方山乡 / 雨水日子般落下来 / 我把它们捆好、扎紧、晒在麦场上 / 入冬之后就用它们来烤火 / 小鸟赤裸着烫伤的爪 / 哭着飞远了 / 很深的山沟窝里 / 斧头整日整夜地嚓叫 / 农夫播种时的寂寞击拍着蓝色湖岸

  这首后来广为流传的《第一首诗》其实并非潘维的第一首诗,在此之前大量有着青春期写作之嫌的作品都已被诗人"遗弃在一片否定论的开阔地里"。在1980年代最初的几年里,他的许多诗作已为他带来了"不可一世的天才"(刘翔语)的声誉。诗人沈苇在《新的光,新的力》一文中所叙述的"诗人们以兴奋的口吻谈论他,他的一些脍炙人口的诗句常被朋友们挂在嘴边,他的手稿被一再复印、传抄、收藏"的现象已经出现。尽管我们说"复印"在前"印刷资本主义时代"(安德森语)的当时并不存在,但是如果把"复印"理解为在他的影响下加速走向诗坛的一些朋友们(比如我自己)在当时官方刊物"发表"的话,平心而论,潘维在1980年代中后期已基本上成长为一个成熟的"民间写作"——尽管"民间写作"这一术语十多年后才出现在诗坛,而且并不被潘

维所完全认同——的优秀诗人。

一

潘维笔下的江南既是一个现实存在，又是一种语言存在，这位从江南的子宫诞生的"皇帝的子民"，从一开始就几乎进入了他的语言幻视者的"帝王生涯"：

邮车被一阵钟声挡住／被早晨的微光挡住／被房梁上的旗帜，桔香和幽静挡住去路／河埠头女人的话语／渐渐明亮，上升／这炊烟充满秘窑／／多彩的街道，空气新鲜／节日的水罐／托在乡村的头顶／孩子们脚步摇摇晃晃的／不时泼下一些快活，一阵陶醉，一片哭嚷／我的耳朵啊／极度疲劳，极度疲劳／就像一对布谷鸟／无法落在粮食多的地方（《乡村即景》）

东经 116 度北纬 31 度的交点，浙北太湖边的长兴，不时地以"县衙""州府""督军府"等面目出现在诗人的语言版图上，一个"野鸡现没的城池"，是诗人生于斯长于斯的家乡。"一个人只能在周长三十英里范围内的写作"，沃尔库特这句多年以后传来的话经典地表达了诗人当时对生活与写作的看法，深受福克纳超越性与历史性写作影响的诗人深刻地认识到，长兴作为"小镇"，虽然"缺乏奇迹和重大事件"，"处于边缘，但实际上它更具有人类生活普遍性"。正是这一理念驱使了诗人深入语言的"鼎甲桥乡""丝绸之府"深处，"像新酿的篝火"，在南方的雨水中自觉地生长。

现存的也即诗集《不设防的孤寂》所保留下来的作品，基本上是诗人开始呼吸希门尼斯新鲜氧气之后的创作。此前，当何其芳灵犀巧慧的麋鹿启动了诗人的心灵蹄痕之后，诗人历经了杰弗斯的张扬、夸西莫多的低郁、阿莱克桑德雷的青春飞舞与黑塞的日耳曼式的生命激荡，不久就在《小银和我》的西班牙明亮乡村找到了话语表达的梯子："以肯定而非质疑为核心的写作"，"语言清新、明朗、节制、准确，呈现了生命对南方水与乡村的体验"。这也是时至今日诗人最受公众好评与认同的创作。水、乡村、少女与充满灵性的自然风光构成以太湖为中心的南方透明世界，勾画出潘维个人化的地图上的最初的轮廓，为他此后的写作标出了一个鲜明的地域方位，也为当代汉语抒情诗创作的版图竖起了一个最初的陆地坐标。

　　对潘维早期诗歌的评价，在民间诗界已有充分的肯定与认可，诗人庞培、沈苇，评论家刘翔在他们的有关文本中有过精辟的论述。在这里我们只是再次强调一下潘维早期诗歌中"哀歌一样明亮"的纯抒情在当代汉诗格局中闪闪发光的美学品格。毫无疑问，迄今为止，潘维依然是一个浪漫主义者，早年的诗人并未在马克斯·韦伯"乌托邦理论的枯竭是当代思想与历史最大危机"的层面上高度自觉地规制自己的创作，在感性雨林中生长着的诗人让身体的每一部位都敞开了诗性的嘴唇，傍水而居，"懒洋洋的青春"沉浸在深度的孤寂与明亮之中，在语言和直观中展开无尽的生活：

　　　　夜晚，是水；白天，也是水／除了水，我几乎已没有别处的生活／如果一位国王路过我们这座无名山乡／我不会向他贡献胶靴和伞／我打算呈上我的女仆——一位村姑／她会插秧、育蚕，并且梳头／并且话语柔婉，微波阵阵／能使法律的尖锐部分远离人民／也许不幸，她因嫉妒、冒犯或阴谋／被贬入冷宫，长时间厮守、厮守／等待、等待，渐渐地空房里筑起了燕巢／梨花开了，凉风中传来一缕缕嫩绿的回音（《鼎甲桥乡》）

　　近百年来，汉语诗坛的天空并不缺少如此轻舒曼卷的天才般的语感把握。天才在每个时代、每个区域、每个创造的空白页码都埋藏着极其生机盎然的根茎与胚芽，剪除天性的主客观语境是天才的生长的最大障碍，正如同阴鸷的乌云对蓝天的涂抹导致了阳光的失语一样。比如，何其芳敏感、多思、灿烂的天才语言幻觉，却由于其内心冲动的偏航而过早地驶离了美学公海，从而使现代汉诗纯粹抒情的天空只露出了一隙小小的微光。而就是这样一缕微光已足以唤醒后代敏感、胆怯、细腻得无与伦比的人性土地。何其芳早年"温郁的南方"在潘维诗歌地理学意义上并无多大影响，震荡、激活并进入潘维诗学心灵结构的是何其芳诗中的泛神论的莲步腾挪的灵异感以及对爱神有着南方征候的气韵的捕捉。因此我们说，作为潘维早期诗歌"哀歌一样明亮"的抒情底色的国内源头，何其芳中后期"内在道路"（潘维语）迷失的不幸恰恰构成了潘维最大的幸运。这种幸运不仅仅在于后者遭遇了牵着小银走在西班牙原野上的希门尼斯的明亮、纯粹与宁静，也不仅仅在于后者较之其前辈的语境逼仄而得以自由舒放使然，而恰恰在于后者对非诗意义上"教唆"的一次又一次"逃学"。疏离浅薄共性、自甘边缘、沉溺现代西诗、纵情感性体验，是潘维至今和将来的保持自我鲜明特征的最大秘诀。

而当代诗人多多诗歌中释放内心巨大能量的语言张力天然地吻合于潘维的内心结构，几乎使他找到了国内唯一的精神恋人：

我听到滴水声——一阵化雪的激动：/太阳的光芒像出炉的钢水倒进田野/它的光线从巨鸟展开双翼的方向投来//巨蟒，在卵石堆上摔打肉体/窗框，像酗酒的大兵的嗓子在燃烧/我听到大海在铁皮屋顶上的喧嚣

这是多多《春之舞》的片段，生活化的细节为诗歌的抒情带来了罕见的饱满与充盈。不妨比较一下潘维早年的经验描述作品：

怦怦作响的子宫不时掉下一些刺/让春天无法在大地行走/因此，那些赤裸、怕疼、缺血的少女来了/玻璃从她们的肺里涌出/美丽在破晓（《丝绸之府》）

这是通天的傍晚，我思虑沉重/我的肩膀像一个即将垮掉的季节/倾斜的石塔，分泌出浓雾/像一支糊涂的曲子，看不清脸孔后面的野兽（《通天的傍晚》）

尽管在主题上看不出多多与潘维的重合之处，比如多多诗歌大都有一种布罗茨基评价阿赫玛托娃时所说的那种"喉咙被掐住般的效果"，而潘维从无任何躲闪与自抑，他面临的最大幸运也就是时代赋予他最大的困惑："诗不是到

语言为止，而恰恰是从语言开始。"[1]但是，在生活细节享用与话语悖逆所形成的张力方面的心灵呼应，构成他们两人在天才抒情诗人频谱仪上类似的振幅与兼容的光芒。而且，这种共振与呼应是在充分欧化诗学语境中展开的，这与当时诗人们对诗歌"技艺"——希默斯·谢尼曾对技艺与技巧做过精到细微的分析——的认识有关。他们对汉语诗歌的共同贡献在于恢复了当代诗歌与现代西方诗歌的对接与交互，为伟大的汉语抒情诗注入伟大的活力找到了一种可能性接口。

马车转了个弯/春天就出现在眼前了//晨光里，鸟啄衔来杂草、谷粒和石块/用唾沫建造迷惘的仓库……//我住在锄头的灵魂里/忘却了阴谋与工作/如远处那片湖泊/一个玻璃孩子/减轻了乡村的痛楚……

潘维这首《远离人间，为麦种守灵》可视作诗人早期风格的经典表达。迷惘、透明、孤独、宁静和无边无际的欲望的"拉锯与愈合"，勾画了诗人液体江南地图的最初的线条与轮廓。接下来的工作便是，通过语言的雨水为这一轮廓培植丰富的丛林与植物，使之充分细化、深化，把诗人那颗"自我挣扎和内心冲突的心"融化在他的液体地图中。诗人后来把这一宿命性劳作比喻为《天方夜谭》中山鲁佐德的命运：走出"表达的需要"，进入"灵魂不断渴求价值等级超越的需要"，"唯一的工作就是使用语言：写作，利用自己的才华、情感、经历、信仰、知识、性格……为作品服务"[2]。

二

变化是静悄悄的，是一种渐进。1988年潘维写了《冬之祭》：

---

[1] 潘维：《在时间丰腴的怀里——答庞培问》。
[2] 潘维：《不设防的孤寂》自序，今日中国出版社，1993年。

收获季节远去，鸡群聚集在仓库的圆柱下 / 亚麻布上粘满精液 / 革命差不多已毁掉了地球的全部 / 只剩下一辆卡车在雨中闪烁

从诞生到死亡，是媚俗的军队扩编的过程 / 所谓觉悟是寄生在虫子或梦的表情里 / 当一场雨尸体般躺在了地上 / 充满了条纹与细节，借着明暗变化的光线 / 我们能辨别出被肢解的人体

早年"日子般落下来"的"雨水"，可以"扎紧、捆好、晒在麦场上"，"入冬之后"用来"烤火"的雨水，在强行加入的现实面前一派狼藉，诗人依稀地从中辨别出"被肢解的人体"。早年在歌谣式的节奏里"静听着自己拔节声"的谷仓，也已失去宁静与纯粹，为"媚俗"的"鸡群"所占据，"乡村的痛楚"并未因为歌谣明亮的抚摸而稍稍减轻。诗人痛苦地发现，"奴隶制时期的光仍然照亮着我的脸，工作和性欲"。一种个人化的低沉、碎裂、虚无与宿命驱动诗人进入了深刻的反思之中，"玻璃孩子"为自己从前"无意中仿效了皇帝"的"浪漫"深感"耻辱"。以逃学开始诗歌之旅的"肉欲分子"（刘翔语）开始了又一次逃学。这一次，诗人逃离的对象是唯美主义的篱笆，是纯粹感性的高地，是"哀歌一样明亮"的歌谣话语方式。他逃入了早年基本放弃的社会、历史与现实的沼泽。在《生命中流行鼠疫》中，他甚至不无偏见地宣称："懂得社会以来，一切就都染上了鼠疫。"冷漠、厌倦、衰老、癌症、沉沦、无意义国度、舌头下的浪费等话语构成了诗人的情感谱系。他的孤独不再明亮、轻逸、灵性四溢，而是一种类似于多多"大地有着被狼吃掉最后一个孩子的寂静"：

几天来，我定居地球
所谓人类，是指我身边的几个人
我住在用悲惨结构建造的空间
惊讶于幼女转瞬进化为妇女的加速度

（《冷漠》）

这种"孤独"与"衰老"无所不在："衰老准确到站，像玻璃上的黑痣。"

请注意，前期玻璃的透明、光亮和空灵，此时已置换为镜子的冷、硬、反鉴与非人性，而"黑痣"与生俱来的丑陋和无法饰掩的尴尬，须臾不离地刺痛着诗人的理智与感官。即使在描写钟爱的自然和女人的时候，诗人的此种存在主义底色依然泛滥在字里行间："黎明像牙齿一样掉落"；"在霞光里，在没落中／我吃着照彻万事万物的苦胆／一颗颗吃着，吱吱作响"；"法官们随时可在我的身下点燃判决／而多少笑声，早在焚烧之前便成灰烬／尚存的一息波及沙沙翻动的空气"。早年那种"醉酒的和谐""换回蓝莹莹的百年孤独"荡然无存，诗人只能像早年多多那样传达他的消极性的个人反抗，这种反抗被诗人表述为"一个悲剧的哈姆雷特"，"用一支疯狂的笔，彻夜同灭亡的大军交谈"。焦虑第一次出现在诗人自信的笔下："一个世纪即将结束，但耻辱仍会延续／我是否能把消极的抵抗运动坚持下去／出没于南方，像一个游击队队员。"这种焦虑源于诗人对人性乃至历史的深度失望：

> 我想我是老了，即使通过花粉授精
> 或交换青春的办法
> 我也无法把疯狂再次推上马背
> 因为纪念碑的根基正在轮回中腐烂
> 到处密布着匆匆行动的领袖
> 如果整个地球都点燃，烧尽
> 人类仍将创造不出阳光

（《轮回》）

迄今为止，人们一般都将潘维视作一个与北岛一代毫无关联的"玻璃孩子"，一个后现代解构主义诗人，一个淹没在1990年代多中心、多元化、个人化写作潮流中富有才气、但缺乏现实关怀与历史责任感的诗人。其实这是一种严重的误读。这种误读与其说是精英文化本身的边缘化的客观结果，不如说是1990年代后诗歌界本身浮躁、趋利、自我异化的主观必然，其中蕴含着诗界的莫大的悲哀。

心平气和地研读一下从《冬之祭》到《雨水的立法者》之间的文本，我们会发现，诗人在现实因素的推动下走过了一段社会学与人类学补课的道路，"用语言与道德与批判所进行的生活写作"成了本期写作的最耀眼的亮色。一方面，"连伞也昏暗如心脏"的"牲口棚低矮房梁"下的生活尖锐地楔入诗人的唯美主义歌唱的乐谱；另一方面，布罗茨基、沃尔库特、曼杰斯塔姆和阿赫玛托娃等诗人进入了诗人的阅读，艺术与现实的双向互动加深了诗人对美、人性、语言和道德的理解与把握，这种理解与把握进一步加深了诗人对北岛、多多与食指的认同："掀掉屋顶，置身废墟，我俯视天空／云朵是一些思想顺手扔掉的袜子，受太阳的焚烧。"天空被置于俯视之下，人类存在的痛苦与荒诞进入诗人的内在视野，诗人开始走出"我活着，活在一片蔚蓝里"的童话境界，把目光投向更辽阔的"现实、人性、虚无"等灰色主题。在语言中展开的纯粹的无尽生活被具体化、历史化、现实化了，一种立足于"时间中的江南"的宏大抒情改写着诗人的音域与风格。

然而，潘维依然是潘维，他的话语方式依然是迥异于北岛、多多的充满阴性的江南书写，一种潮湿、忧郁、历史与梦幻的感官书写，一种独特的直接激活句子的直观句群方式。从《鼎甲桥乡》《雨水的立法者》《为南方的黎明而作》，直到大型组诗《太湖龙镜》，我们一以贯之地触摸到的主调似乎除了"水和梦、情调和女性"，就是对太湖多重性的"冥想、沉思、自省和批判"。[1]但是，如果说早期的诗人已不是一个地域性描述者，那么1990年代的诗人就更不是一个纯粹的地域性诗写者，尽管他的地域性特征越来越突出、醒目，以至于在浮泛的阅读中极有可能淹没他的人类学意义上的承担者与批判者的声音。他写太湖、写阴湿的江南、写南方的阶级、写女性和情欲的喷泉，都既从人类高度来拓展作品的涵盖面，又从地域的深度来挖掘文本的所能够承载的"进入文字的情感"（希默斯·谢尼）。

过渡性的实例是《雨水的立法者》和《为黎明的南方而作》等诗，它消解了《冬之祭》之后的低迷甚至绝望，成全诗人对现实介入中的超越性追求。他

---

[1] 格式：《关于南方的阶级分析》，载安琪、康城编民刊《中间代诗论》第189页。

再也不为黑暗而沉溺、沦丧:"星光,滴破屋顶:冬天闯入。/ 寄生于花瓣上的,是最优秀的那滴黑夜,它引领着拥挤的现实,穿过我的生命。"黑夜洗礼过的生命不断走向自觉,苦难与历险甚至是一种宝贵和财富,诗人此一时期经常以布罗茨基"社会寄生虫"自称,对布氏的人格崇敬与诗艺膜拜充满自信:"当我又一次从思想中回归 / 发现镜子里的自己更陌生了:/ 这是一张复合其他生命的脸 / 其中含有梦幻的折磨,现实的遭遇 / 沉思,反省之光,和笔尖闪电的咳嗽……"因为诗人已在自己的生命中吸纳了整个世界的优秀文化气韵,一种无边的质疑和灿烂的理想武装了诗人。过去已经被瓦解,唯美主义的时代已经终结,大卫·格里芬所谓的建构性后现代主义时代开始了:诗人的使命就是"用语言给刽子手们进行换血!"

　　写于1994年的《太湖龙镜》是本期最重要的作品。全诗由20首27行的短诗组成,540行。对于潘维而言,这既是一次奠基性的诗歌美学总结,又是一次开放性的语言历险,它庞杂地体现了诗人对江南的批判与超越。对人性、幻美、道德、暴力、权力和历史等主题的关注使长诗成为一部关于江南的林林总总的百科全书。

　　才华横溢的诗人把关注的对象聚焦在太湖之上。太湖,他的棺材——多年以前,在《遗言》中曾充满诗情画意地描述他归宿太湖的心愿:"我将消失于江南的雨水中 / 我将消失于一个萤火之夜……我将带走一个青涩的吻 / 和一位非法少女……如一对玉镯,做完尘世的绿梦,在江南碎骨……"一如既往,太湖首先以情人的身体出现在诗中:"我的情人,我称她为玻璃俘房 / 她透明的恐惧和宁静的火反复交替出现 / 像金环蛇和银环蛇结成的锁链。"诗人早年说过,"生活有毒,但没别的粮食可吃",他渴望发现别处的生活和另类的粮食。女人与爱情曾经而且将来都将是诗人的另一种水、另一种粮食,但她们不能消解诗人与生俱来的孤独,因而她们的存在只是一种"青翠的地平线",在诗人晃来晃去的尘世孤寂中,偶尔"绊倒芬芳的脚步"。这种肉身与灵魂的分裂常常把自己带离此在与今生,处于一种超现实主义的幻觉之中:"一条幻觉中的走廊时隐时现,飘浮在半空。"他感觉自己的脑袋长在时间之外,"我只能向遥远说话,只能做世俗之外的事情,如一面液体魔镜"。因此,诗人继续着他的逃亡生涯。"溃退者的河道""逃犯锃亮的梯子""无数条摆脱引力的道路""镀铬米的小径"……这些意象汇集成一片精神逃亡的话语谱系。太湖不仅是情人，而且是棺材、是空旷的广场、是溃逃者后门、是气象万千、是机关算尽的繁荣、是散成碎片的线装书……它既是诗人的甜蜜依恋的幻美对象，是水、梦、镜子与精神的国土，又是诗人反讽与消解的逃离平台，是冷酷、罪孽、邪恶、残暴与耻辱的灵魂荒原，是一个复合的多棱体，有着迷宫结构的立体交叉花园。

死与生、恨与爱、罪与善、美与丑、繁复与暧昧……仿佛一个紊乱而有序的集成电路，释放出前所未有的张力。《太湖龙镜》是潘维对江南——以太湖为核心——的一次包容了深邃性、庞杂性、暧昧性与丰富性的语言观照。作为诗人写作以来的集大成式作品，它集中地体现了诗人把"液体江南地图"提升为当代汉诗醒目陆标的勃勃雄心与伟大创造，是诗人把对象"置于人类历史的整体经验之中"的一次空前收获。

三

1990年代中后期，诗人的"笔尖闪电的咳嗽"基本停止了，用诗人自己的话来说："几乎没有一种状态允许我进入内在的写作。"喧嚣的城市生活与充满波动的工作环境把诗人带离了孤寂与沉静，深渊般的繁忙与嘈杂运载着诗人飞来飞去，但是血液中的"液体江南地图"的构画梦想从未停过一分一刻。诗人走南闯北，遍阅整个汉语文化的现实与历史交叠错合的文本，敞开整个肉身与灵魂，吸纳着他一直梦寐以求的汉语的神秘性与暧昧性的生命气韵。这一期间，诗人写诗不多，《隋朝石棺内的女孩》《白云庵里的小尼姑》却代表了一种新的拓展。细密、敏感、肉感却格外纯洁，近乎神异的恍惚，仿佛刻意地把诗人早年万物有灵的生命哲学泛化为大地上的每一寸泥土、每一片树叶、每一根经络……太湖被扩容了，与北方的黄土高原、大漠孤烟乃至遥远的历史连成了一体。诗人通过语言呼吸着、交汇着，在冥冥之中与汉语文化本身展开了对话：

在地底，光线和宫廷的阴谋一样有毒／我一直躺在里面，非常娴静／而我奶香馥郁的肉体却在不停地挣脱锁链／现在，只剩下几根细小的骨头／像从一把七弦琴上折下的颤音（《隋朝石棺内的女孩》）

面对酣睡在1500多年之前梦想与微笑中的9岁女孩，诗人几乎一见钟情，对古老东方艺术的恋母情结被点燃了，一个在他诗歌中曾经飘忽、闪烁、时隐时现的美学女神终于现形了。诗人别出心裁地以女孩口吻，写出了历史与文化对他的期待："在我出生时，星象就显示出灵异的安排，我注定要用墓穴里的一分一秒，完成一项巨大的工程：千年的等待；用一个女孩天赋的洁净和全部来生。"诗人似乎看到了他一生中最伟大的创造使命的降临。

我们不能忘记，1980年代以来，以逃学迈进诗歌殿堂的诗人几乎从一开始就狂热地寻求着这一刻："步入天方夜谭的立法院"，以"公主的傲气"代表汉语向世界亮相，即从"人类学和遗传学"高度来达致伟大汉语在当代的新的活力的重铸与再建。为了这一亮相，诗人曾在西方大师的丛林里周游、叩访，恣意吸纳与消化。一个又一个"新鲜的导师"出现在诗人的血肉中，比如对兰波，他曾交出过如此空前的学费："做他荒唐的男仆，同性恋者"；比如对布罗茨基，他像个追星族一般迷恋着"灯芯绒裤子"，在诗歌的大街小巷张挂出"灯芯绒裤子万岁"的巨幅标语；甚至，他还将自己比作福克纳，为了建造一座福克纳式的具有鲜明风格的"金字塔"——他梦牵魂萦文学地图上的坐标而不惜像西绪弗斯那样永无止境地劳作、劳作；最具戏剧性的是艾米莉·狄金森，他曾无比亲密地呼之为"姑姑"——一个显然有着乱伦倾向的昵称：

我无法乘螺旋桨或——一个快动作
赶到你用短笺写下的高大松树下
我甚至无法想象你奢侈、胆怯的孤寂
怎样蹑手蹑脚地使意义充满整个天空

狄金森精微、妙悟、涂满人性玄奥的语言，似乎一下子打通了东方文化视野中的江南地域的阴柔、绵韧、颖慧与富有人间气息的神秘，极其天然地吻合了诗人肉身生活在当代、心神漂流于中古的心智结构与精神气质，这使得诗人把汉诗写作的审美维度定位在通过语言"蹑手蹑脚地使意义充满整个天空"，即在江南的气韵中恢复汉语的精深、微妙与博大。这是诗人迄今为止所体认到的最高汉语境界。现在，诗人在几年的游历中迎来这样的千年邂逅：

  石匠们在棺盖上镌刻了一句咒语："开者即死。"
  甚至在盗墓黑手颤栗的黄土中，
  我仍能清晰地分辨出他的血脉、气息
  正通过那些人的灵与肉，在细微的气流中
  逐渐形成、聚合、熔炼……
  我至高的美丽，就是引领他发现时间中的江南。

这样的诗句与晚期的叶芝文本何其相像，"在细微的气流中逐渐形成、聚合、熔炼"，就像叶芝对爱尔兰文化的神秘皈依一样，我们可以看到潘维对伟大汉语抒情传统赤裸裸的皈依。这种皈依早在《太湖龙镜》中就已显露蛛丝马迹："我曾到过千年之外的秋天，在垂暮的光团中，一位智者的肉体变幻着平原的黄土。"至于这里的"智者"究竟是谁，潘维自己告诉我们是"杜甫、李商隐、曹植"等一大批充满灵动与浪漫的语言天才，是整个东方文化传统。《隋朝石棺内的女孩》显然是一个本土回归的宣言，它表明太湖被纳入了整个汉语历史的伟大话语框架的巨大的可能性，它意味着一种新的高度得到了朦胧的确认。至此，我们说，古老的东方文化的新的诗歌阐释者"剪影"渐渐清晰起来："历史中间人、过去的解释者、警告者、预言家和未来的设计者"（索因卡语），或许已经出现在当代汉语诗坛。

  很多人已经注意到潘维诗歌中语言的独特价值，比如刘翔对潘维诗歌语言类似布罗茨基的伦理和抒情性的指认；再如格式对潘维诗歌中"句思维"特征的概括，都较为准确地切中潘维文本语言超凡的想象力和天才的创造力。但是，关注潘维诗歌语言的精微博大与玄奥超妙走向的人并不多，就我个人视野而言，甚至是几乎无人提到。而这，在我看来恰恰是潘维对汉诗语言的不可替代的体悟与贡献。小说家黄石在潘维诗歌朗诵会上的发言极其精确地表达了我的这一感觉："潘维的诗从来没有因为语言的柔韧盘旋而丧失抒情诗的内在的伟大传统。"这是诗界以外的中国先锋与精英对潘维的独到把握，也是迄今为止对潘维诗歌最为精到的评价。

> 真的，在生命的某处。桂冠有足轻重
> 虽然在戴上之前，我早已赢得

（《一年四季》）

桂冠尚在时间行进之中，尚在未完成的降临之中。汉语之光在瓷釉上播下的暧昧种子，终将长成液体江南地图中最精美的植物。

挣脱那水的刑枷

——试析潘维的诗《乡党》

江弱水

在谈论潘维的场合,大家不止一次地提起福克纳,因为终其一生,小说家的笔墨不出自己的家乡约克纳帕塔法那一张邮票大小的地方。诗人的一句话也会被提到:一种诚实的写作,范围不应该超出 30 平方英里。对应于这样一些域外的文学想象,潘维乃聚焦于他的故乡,太湖旁边的小城长兴,一个丝绸和茶叶和雨水和细腰的"国度",我更乐意称之为"后主的领地"。

宇文所安在其名著《初唐诗》中,曾将潘维最著名的"乡党"陈后主的诗风归结为"优雅的南方感觉"。因为,哪怕在一首描写战马与边城的诗中,他也把注意力坚决留给夜风中屡屡送来的山花的芳香。这足以解释陈后主和李后主们为什么最终会丢掉祖上的基业。在武力环伺的阴影下,这些残缺的温柔乡里的寄生物,用女人的罗带结成唯美的绳索把自己缢死。在迄今为止的全部创作中,潘维将这样的历史隐喻精心编织到自己的文字里去,呈现给我们一系列颓废的文本、珠灰的色调、细腻的肌理,其间又掺杂了突如其来的尖锐的撕裂,典型地属于诗人所心仪的"小暴力"。

潘维以他的感性江南获得了诗坛的声望。但不可否认的是,这声望自有其局限性,相当于偏安的后主们在整个中国版图上事实上的节度一方。专注于某个地域的写作往往如此,而且如果这一写作具有较为明显的同质化倾向,则局限性会来得尤其突出。潘维那些混杂着精致的颤动与疲倦的个人化语境,已然成为当代中国诗歌的一处名胜,但是那助长我们成熟的因子同时会让我们衰败。一旦诗人宁愿安驻于自己的写作模式中,那么,他应该嗅到危险的气味了。事实上,潘维正在耸动自己的鼻翼:作为婚床的太湖,为什么,也会是棺材?

一

写一首诗,加一个副标题,送给一个朋友,这在当今也许算得上是诗坛的一种很酷的"流感"吧?潘维的这首诗,仿佛也未能免疫。不过这一回,诗的正题、副题和诗本身,形成了一个有机的整体,彼此相互说明着、支持着。诗的正题——"乡党",有一个久远而显赫的出处。《论语》的《乡党第十》曰:"孔子于乡党,恂恂如也,似不能言者。"另,《雍也第六》云:"原思为之宰,与之粟九百,辞。子曰:'毋!以与尔邻里乡党乎!'""乡党"就是"邻里"的意思,可是,在现代汉语的上下文里,这个词用出来多少有点儿怪异。我想,恐怕诗人要的就是这样的效果,他首先必须拒绝像"老乡"或"乡亲"之类的滥情称谓。一个"郁郁乎文哉"的疏离的表达所引起的会心一笑,正好可以作为诗人倾诉的起点:

离开之前,你就早已把老家回遍。

开始是平静的口吻,其间仿佛不经意地安排了两个韵:"前"与"遍"。在这首自由体的诗中,值得注意的是在几个节骨眼上出现的韵,它们有时候抚平了诗行,有时候又把句子拧紧一点。在这第一行里,两个韵把气氛调试得很舒坦,蓄意地准备好了接下来的碰壁:

现在,你能回的只是一堵
被雨水供养的墙壁。

几度魂牵梦萦,接触到的却将是无情的现实:一堵墙壁,被雨水所供养。

我们知道，古人能将一堵因漏雨而剥落的墙壁看成一幅水墨淋漓的山水，并从中悟出用笔之道来（"用笔如折钗股，如屋漏痕，如锥画沙，如壁坼"，见姜夔《续书谱》）。雨淋的坏壁最容易令人起疑真疑幻之感：

在斑驳中，你幻想般真实。
往事弯下威胁式的膝盖向你求爱；
你退避着，缩小着，吞咽着生锈的奶。

以一堵雨淋的坏壁为背景，噩梦似的场面出现了。在乔伊斯的斯蒂芬流动的意识中，"我的童年在我的旁边弯着腰"。而在潘维的笔下，"往事弯下威胁式的膝盖向你求爱"。一个十足的悖论，屈膝的求爱，却带着威胁。从未见过如此纠缠而有力的表达，将我们对记忆中的故乡那种又爱又惧的情结，刻骨地托出。在压迫面前，"你退避着，缩小着"，于是你弱小如婴孩，"吞咽着生锈的奶"。情人关系转眼变成了一对更加难缠难分的母与子：这是令你窒息的恩情，是堵在你嘴上的乳汁。

请注意几个意象之间的呼应勾连："奶"与"雨水"与"供养"；"生锈"与"斑驳"。也请注意错落地散置着的几个韵，"奶"与"爱"形成了脚韵，再加上作为行中韵的"盖"，它们密集的投放，在声音也造成了的不依不饶的压迫感，再加上"退避着，缩小着，吞咽着"这三个连动的词，若说诗人的表达纠缠而有力，想必大家都会同意吧。

二

乡党，我也是一道填空题；
在月光锯齿的边缘晾晒街道。
石板上的盐，并非可疑时光。
出嫁的屋顶，仅仅是翅膀在收租。
而从雕花门窗的庭院里，不经意的会流露

我们细小的外祖母封建的低泣。

我们慢慢就会注意到，在这首诗里，上一节是出外而欲归未归的"你"，在这一节转成了"我"，又渐渐合成"我们"，第三节复又从"你"转到"我们"，最后一节是"你""我"的实际的归来。分合之际，"你"与"我"一而二，二而一，共享着关于故乡的经验。

"乡党，我也是一道填空题"这一句不免有些费解，或许只能强为之解：一道填空题，看上去似乎有无限的选择，但是只能有一个正确。这仍然暗示着故乡的压迫以及个人的无奈（在另外一首《一年四季》中，诗人也有这样的描写："我坐在桌前，如一块橡皮，弱智牌 / 不知该擦去哪一种答案。铅笔只能 / 在对与错之间画上等号，并一脸惘然。"）。当然，从形象上来说，两列文字中留出的空白，正好隐喻着接下来的水乡小镇的石板街道。我先期归来，姑且填补了这道空白。在这几行诗里，诗人再次显示了出色的意象构筑与文字接应的工夫，真可谓细致而又绵密。"在月光锯齿的边缘晾晒街道。/ 石板上的盐，并非可疑时光。""月光"何以"锯齿"？因为江南民居多带山墙与飞檐，为月光映照所至。"石板上的盐"无非指如魅的月色，所谓"疑是地上霜"是也，但"霜"是否旧套了一点呢？以"盐"代"霜"，也是化熟为生手段。然后出现了一个片语，"并非可疑时光"。于是"月光"之实，接入了"时光"之虚，整个地渲染出梦游似的气氛。古人说"床前明月光，疑是地上霜"；现代人借尸还魂，翻造出"石板上的盐，并非可疑时光"。这是一个如何盘活古典资源的例证，虽然未必是最佳。

"出嫁的屋顶，仅仅是翅膀在收租。"这一句无非是在描摹旧宅的脊瓦与檐角欲飞还敛的风姿，但总嫌造作了些，诗人可能等不及把它弄得更妥帖些了，因为接下去他要写他最得意的句子了："而从雕花门窗的庭院里，不经意的会流露 / 我们细小的外祖母封建的低泣。"熟悉潘维的读者都清楚，这是他最经典的表达方式。"贞节牌坊立起在镇子中央，/ 道德被雕刻得无比精美。"（《梦话从前》）"不是虐待留给官府的证据，/ 是那揪心的美，在搬弄是非。"（《童养媳》）诸如此类，将抽象与肉感，将历史的压抑、衰败与身体的痛楚打成一片，成为具有高度概括性的诗语。从"细小的外祖母封建的低泣"这一个片语里，什么四世同堂呀，妻妾成群呀，都让我们真切地窥见了。

三

第三节的前四行，我认为，是整首诗最弱的地方。是即将到来的现实批判削弱了诗人的感受，使得他心浮气躁吗？我们不妨先搁在一边不提，而去看这一节的最后两行：

在我们县衙贪婪的裙底，
仍是发霉的官员在阵阵洗牌。

在潘维的全部诗作里，像这样有着鲜明的现实指向的句子极为罕见，不能不令人惊讶。但这里仍不乏诗的敏感，不失诗人的本色。"县衙"作为一种淫威的权力表征，本身已积淀着厚实的情感色彩；"我们县衙贪婪的裙底"，兼写酒色与财气；"发霉"呼应了首节的"一堵被雨水供养的墙壁"和末节的"一副水的刑枷"；"洗牌"涵摄二义：其一，麻将桌上噼里啪啦之后的稀里哗啦，其二，随一系列暗箱操作而来的职权调整（那些被"洗"掉的官员也可以说是走了"霉"运了）。诗人仅仅用了两行诗，便完成了一张故乡政治现实的素描，从而使他的江南在时间与空间的维度里立体化了。潘维不再把自己完全沉浸在仿古的叙述里，而是在充分的历史感中掺进了警觉的现实感。这一点得益于我正打算讨论的他的诗的反思。

可是，在这颇具强度和密度的两行诗前头，他写的那些句子却远不够精准和有力：

不过，你将会受到迷信的宴请。
不必去破除那些荷叶纷长的软弱。
即便你能把吉他弹奏出黄昏的形状，

也不会有一根弦为你出生。

"迷信的宴请"是指什么呢？乡间的愚昧么？"荷叶纷长的软弱"应该就是这"迷信"的形象的同位语吧？但"不必去破除"的告白实在太浅露了。"吉他"出现在这里，显然是作为新鲜的外在世界的符号，比如流行的观念，比如青春，等等；但是，"不会有一根弦为你出生"却说得既笨拙又牵强。我相信我明白诗人的意思，因为前面的"墙壁"与后文的"刑枷"，在在说明了处处窒碍的故乡对一把浪漫"吉他"的断然拒绝。然而，"不会有一根弦为你出生"这一意象未免太超现实了。超现实手法往往是由于对现实缺乏把握，或者找不到满意的表达而使出的下策。在这个特定时刻，我们的诗人好像没有足够的耐心了。

四

对于一首四节组成的诗篇，起、承、转、合的内在结构仿佛出自天成。现在到了收束的时候。我想再次提醒的是，"你"与"我"各自分领了前面的三节，到第四节才实际上会合了。这可是真正意义上的"合"。在出现了那么多的"只是""仅仅""即便……也不会"和"不必"之后，诗人再自然不过地落出这样的一句：

一年四季，仍是名副其实的徒劳。

无力感弥漫了全篇。"屋顶"枉自伸展着"翅膀"，"荷叶"枉自"纷长"，所以，一年四季不过是轮回的"徒劳"。这就是身在远方的你所不知晓的真相。不明真相的你，现在，要回来了：

然而，当你再次回来，准备鞠躬；
乡党，我将像一枚戴着瓜皮帽的果子，
送你一副水的刑枷——我已经

被铐住示众多年。还有，让修正的眼光
领你去观赏：太湖，我的棺材。

这是两位"乡党"的相会。作为游子的你，和作为居人的我，对今日家乡熟稔程度的不同，导致了戏剧性的角色变异：你谦逊一如陌生的访客，"准备鞠躬"，准备对一切表示恰当的敬意；我却像一位导游，向你尖锐地指出真相。但这是怎样的我呢？"像一枚戴着瓜皮帽的果子"，一副蔫了的样子，在长期与生锈的现实不断妥协中消磨尽意气。

但问题是，迟早，你也会是我这副样子的。"刑枷"与"棺材"，属于我，也属于你。我们都已经——或者将要——被这一方水的王国所羁縻，所埋葬。故乡用她残酷的爱将我们全都溺毙。"水的刑枷"仍属于悖论的修辞，回应着第一节的那句"往事弯下威胁式的膝盖向你求爱"，恰切地道出了故乡于我们恩威并施、我们对故乡爱恨交集的关系的本质。此时，我想到李欧梵论及鲁迅的《野草》时说过的一句妙语："他在多种冲突着的两极之间建立起一个不可能逻辑地解决的悖论的旋涡"，如《颓败线的颤动》中所谓"于一刹那间将一切并合：眷念与决绝，爱抚与复仇，养育与歼除，祝福与咒诅……"这似乎可以移用到这首诗的场合。想想吧，在《祝福》《故乡》里的"我"和《在酒楼上》的吕纬甫身上，是不是有着潘维的"乡党"的影子？"离开之前，你就早已把老家回遍。/现在，你能回的只是一堵/被雨水供养的墙壁。"吕纬甫们的心头，当年正有着同样的徒劳无力之感。

如果不嫌过度阐释，我会说，这几行诗令我们联想到的，除了鲁迅小说的"离去/归来/再离去"的模式，还有一个"看/被看"的模式。"观赏"一词，配合了上一行的"示众"，有着明显的反讽口气，揭露了地方上人们目光的专制。时隔八十年，潘维的诗与鲁迅的小说不期于合而不能不合，这难道是一个宿命？杰姆逊所谓第三世界作家的写作，当真只是、只能是一种民族寓言？

五

我宁愿把这首诗看作潘维的个人寓言。这也是一个眷恋与决绝的故事，就一种写作模式而言。

潘维的这首《乡党》，算不上他最好的诗作，但却是各种要素最为平衡的诗作。一如既往地绵密、精细，但往昔的柔软中已加强了韧性。尽管也出现了"雨水""月光""雕花门窗的庭院"这些潘维的个人专利式的意象，却并非只作为情绪的点染与装饰，而是在一个有机的诗的动力装置中素朴地发挥了作用。他不再片面地追求朦胧的影射效果，虽然仍是雕琢，但却能够如艾略特所称道的那样，"在必要的时候并不丧失那种既直接、简洁而又出人意料的浑朴"。这证明诗人在感受性方面来得开阔多了。这是判断一位诗人是否真正成熟的标志。我们不要忘记，即使是陈后主，其诗的光谱也绝非我们想象的那么狭窄。他可以工细到极点："苔色随水溜，树影带风沉"，"莺度游丝断，风驶落花多"；也可以非常大气："日月光天德，山河壮帝居"；甚至还可以那么俗："此处不留人，自有留人处。"我非常喜欢潘维过去的一些名篇，《鼎甲桥乡》和《江南水乡》，但同时也觉得，它们似乎挥霍了太多的感觉、意象、历史符号和地方元素。一种浓烈的情绪独占了平面展开的主题，因此在这样的场合，潘维离一个浪漫抒情诗人其实并不远。而这首《乡党》，写来节制、沉稳，是日常说话的调子，有不断转换的语气，几乎不用形容词，只是将复杂的经验提炼成简单的意象，其间迂回映照，充满了内在的张力，让一种可贵的戏剧性内化在诗的组织中，就这么不事张扬地成为极具现代感的篇章。

曾经，在一个为自己所设定的方向和高度上，潘维写得够好了。广义的地方志与家族史的写法成就了他的声名，于是他甘心沉溺在自己的阴性书写里，熟能生巧地进行着他的句子的配方。现在，一个被宠坏的孩子终于意识到，那是"生锈的奶"，是"水的刑枷"。对某一类主题、手法以及字词的长时间的依赖，就像矿业的过度开采、林业的过度砍伐一样，走的不是可持续发展的道路。举一个例子来说吧。"太湖，我的棺材"这一表达十分惊人，可惜在潘维手里,"棺材"一词已经被反复地使用了(分别见于《别把雨带走》《在长兴漫步》《遗言》《登记簿上的夜》《但是,我醒来》《致郊外的一位女孩》以及《太湖龙镜·第十二首》),这是问题的症结所在。

不要迷信福克纳的神话。诗与小说如果是一回事,"支离东北风尘际,漂泊西南天地间"对杜甫也就没什么意义了。我愿诗人珍惜他的才情,并且循着他的这首诗的思路,送上我的祝福:一个地方最伟大的"乡党",往往是游子,甚至是叛徒。

【附】
乡 党
——致何家炜

潘 维

离开之前,你就早已把老家回遍。
现在,你能回的只是一堵
被雨水供养的墙壁。
在斑驳中,你幻想般真实。
往事弯下威胁式的膝盖向你求爱;
你退避着,缩小着,吞咽着生锈的奶。
乡党,我也是一道填空题;
在月光锯齿的边缘晾晒街道。
石板上的盐,并非可疑时光。
出嫁的屋顶,仅仅是翅膀在收租。
而从雕花门窗的庭院里,不经意的会流露
我们细小的外祖母封建的低泣。
不过,你将会受到迷信的宴请。
不必去破除那些荷叶纷长的软弱。
即便你能把吉他弹奏出黄昏的形状,

也不会有一根弦为你出生。
在我们县衙贪婪的裙底，
仍是发霉的官员在阵阵洗牌。
一年四季，仍是名副其实的徒劳。
然而，当你再次回来，准备鞠躬；
乡党，我将像一枚戴着瓜皮帽的果子，
送你一副水的刑枷——我已经
被铐住示众多年。还有，让修正的眼光
领你去观赏：太湖，我的棺材。

"西湖称之为我的婚床"
——潘维访谈

木 朵

木朵:我希望这次访谈能成为你回顾自我的一次小憩。大概是2001年我从诗人何家炜的一篇批评中获悉了你的一点消息:一首长诗的作者。它就是我至今还有印象的《太湖龙镜》,20首二十七行诗。如今来看,它完成了写作过程中怎样的使命?是不是一次转机?我注意到,诗中以"我"展开的叙述是广泛依赖于对众多名词的独特开凿来完成的,里面有一种氤氲存在,像湿漉漉的20枝蓓蕾交叉繁衍。它们似乎又暗示了诗人寂静的生存状态,正如不少诗人所认为的,"使得潘维在浙江以外,并不'著名'"。你是否通过这首长诗完成了一次尝试:诗可以成为自己的家谱(身世)?

潘维:"一切还早,还不用写忏悔录。"十年前我说这句话时,并未意识到回顾是进入生命的隐痛。当时,我在浙江长兴县电影公司做电影拷贝的质检员,为闲职。我请了两个月的假,躲在一座临河的房子里完成了《太湖龙镜》,由20首诗构成的组诗。

我写作的意图主要是想把所处环境的各种声音融合在一起。我很显然受到福克纳美学思想的影响:在邮票般大小的故乡描写时间中的事物。基本上我用隐喻说话。诗人必定是被时光虚构的人,亦是被语言虚构的人。

杜甫已经证明,"诗可以成为自己的家谱(身世)"。诗可以说事,诗可以不说事。野心并不重要,重要的是有足够的耐心和谦虚去写出文化所认同的真正的诗。

木朵：从你 1980 年代的作品来看，就已然弥漫着一种湿润的气息，"呈现了生命对南方水与乡村的体验"。我想从生存地域这一角度来找到小窍门。刘师培在《南北文学不同论》中说："大抵北方之地，土厚水深，民生其间，多尚实际。南方之地，水势浩洋，民生其际，多尚虚无。"你如何看待"虚无"？你作品中的湿润、柔弱、神经质和迷幻色彩是怎么来的？在长诗《鼎甲桥乡》中，你是否完成了对"水乡"（家园、乌托邦）轮廓的建设，为以后的作品提供了落脚点？

潘维：我喜欢"生活在语言中"，语言就是时间，包含了过去、现在、未来。生活在现实中，就意味着生活在非常有限的时间中。想象力、精神、情感、批判、感知不允许我这样贫乏。但"生活在语言中"的语境是从个人生命环境中生长出来的，因此写作就是个人文化语境与语言的对话。由此可见个人文化深广之重要。

我长期生活在江南水乡，也可以说，我同时更多地生活在汉语中的江南水乡。如同有美女一样，南方、北方皆有"虚无"，但形态各有所异。我正视并接受自己地理学意义上的局限。我很迷信，我喜欢阴柔、水、微妙的事物。《鼎甲桥乡》是我青春期写作期的一首挽歌。我写作的发展史是建立在必然性上的。自觉不可能通过某首诗"意外"地呈现。"水乡"作为我生命中的汉语存在，我希望能描写出其中的一部分。

木朵：读到你寄给我的《诗选 50 首》（1986—2002），我发觉两个明显的特点：一是主语"我"在诗句中的撒播、弥漫，这是否与诗作《铁皮鼓》所说的"我不过是一个巫师，炼金术士，先知／目睹了看不见的一切"相契合？或者表明你异常关注自我的现状与一种沉浸式浮想？二是章节格式所显示的匀称感、平稳感，不少诗作的小节的行数、句子的长短都默默遵守了你内定的"交通规则"，像教室里摆放整齐的桌椅一样保持着诗的整洁的形式，这是一种经验吗？是否与南方人的精明细致有关？

潘维：我相信歌德的说法，主观自我的题材很容易枯竭，只有客观世界的内容是不可穷尽的。抒情诗的传统使得我遵循主语"我"的存在。"我"在一首诗里是一种复合的眼光，一个复合的灵魂，一个复合的人，是多重心声的一个借口。浮士德在谈论事物的时候也需要用"我"，其观点可能由叔本华、拜伦、歌德等人所提供，但其语调、口吻和角度却是由角色立场所规范的。

想象力的本质是让一首诗生长，而非沉湎于自恋。我不认为自己有必要在诗中"浮想翩翩"。我认为一首优秀或重要的诗作肯定在某种程度上进入了"自在陈述"状态。卡尔·波普尔谈到，在经过客观和主观两个世界后，才可进入最高级的"自在陈述"世界。

作为一个文化传统的学徒，我的骄傲与谦虚皆是在自我批判中逐渐形成的。诗是有等级层面的，美也有其"交通规则"。中国对诗的形式有着极其严格的要求。我希望有人能感知到古代汉语诗歌的活力和美在我的作品中所显现的影响。我确实认真、自觉地做着把章节、句式"摆放整齐"的工作。

对汉语精深微妙的领悟是一个优秀读者必须具有的品质。连读者都成不了的人能写诗吗？"连散文都没进入，更别说诗了。"（布罗茨基语）

南方人性格与北方人性格的区别，不过是泛泛而谈的大众话题，与诗要求的准确性无关。

木朵：谈到"文化传统的学徒"，我想到《荷马纪元》中你的一个句子："我仅仅是一个卑微的徒工／怀着一颗巨大而精细的耐心。"在诗集的"前言"中你提到"诗无须去完成散文、新闻、哲学或科学等等非诗的任务"，这让我产生了好奇心："诗的任务"究竟是什么呢？你还提到"希望能在杜甫、李商隐、曹植的认知层面上把握汉语"，这三位古代诗人和你创作中显露的气息存在怎样一种"交流和感应的可能性"？在《被沉重的空气压着》里你写道："真正的生活不仅在人间，更在语言中。／奥德修的历程是我内在的命运。"一位不断领悟着"汉语精深微妙"的诗人如何在这个人间球体上度过深省（神性）的一生？

潘维：某一个因素使语言怀孕，直到诗出生。"诗的任务"就是让诗成为生命，要知道诗人不是诗的母亲。诗人是助产士，语言才是诗的母亲。

我们也许可以谈论诗人的接生技术，以及他迎接新生命降生时的谦卑、敬畏之心。

有许多天才、伟大的诗人值得我们永远学习。我提到的杜甫、李商隐、曹植等，我在阅读他们之时，有生理和精神上的亲近感，即所谓"心气相投"，我时常希望他们的有些诗作是我写的。他们三人有一个共同点，就是都喜欢用内敛、厚重的眼光去处理题材。我诗的读者除了朋友、关爱我的女友，还有一类潜在的也更深刻的，就是死去的他们——我的师傅们。像古墓里的壁画，是画给那些死者的灵魂看的。

至少，我的局限性让我明白，我这一生只能用汉语来思维，这也是我作为一个肉体的人超越自身边界最有效的方法。

木朵：在"师夷长技"的背景下，新诗甚或现代汉语拥有着两个传统：中国古典传统和西方现代传统。两种师承，两种血脉。新诗似乎成为一个混血儿了。在你看来，新诗已经经历了哪些重要的转折？就目前你的写作来看，你下一步打算达到的目标是什么？你会不会在写作中考察自己的变化，并且不断下意识地增加某些难度？"此刻，那被速度和集体抛弃的乘客，/凝望着周围的景色：浪漫绿血的遗产。"（《江南水乡》）——我会把这位乘客当作你，作为疏于与更多的人（包括"外省"的同行们）联系的诗人，你如何理解"速度""集体"和"浪漫绿血的遗产"？

潘维：诗是哪些传统的"混血儿"令我困惑。从大的方面看，我认为中国古代传统的精华根本就没作用于当代诗。普遍的写作状况皆脱离了《诗经》、《楚辞》、唐诗宋词这条相承的血脉。当然，历史有它的盛衰规律，屈原之后，到曹氏父子的出现，其间喑哑了近500年。也许，西方浪漫主义、现代主义和后现代主义更大地影响了中国的新诗。"师承"的贫乏显而易见。我很少看到有诗人提东方的印度、日本文化或非洲文化对他产生的影响。

贡布里希说："没有艺术这回事，只有艺术家而已。"确实，某位个体的诗人在怎样的文化传统中培育出来才尤为重要。因此，我能关注的只是发生在我内部的转折。我看到，中国新诗已出现了何其芳、北岛、多多、顾城、柏桦等优秀的诗人。

我以前生活在太湖之滨的湖州，现在居住于西湖之畔的杭州。我写过小镇，现在想描写一些与西湖有关的事物。我一直在写作中考察自己的变化，希望每一次写作都是对自己技艺的一次磨炼。

应该说，我们目前拥有两大遗产：汉语和世界文化。我继承到最核心的财富是一种批判精神。诗不是一批诗人们的运动，用不着追赶什么。诗静止如时间。

我属于那类热爱世俗生活的人，喜欢享乐、爱美与女孩，经常受到善意的批评就是交际太多、浪费才华。我把那些心智、价值观、性情与我相契的人称为我的同行，至于他们从事什么职业或是否阅读现代诗那毫无关系。布罗茨基说："诗不是一种逃避现实的企图，而是使现实更具有力量。"在各种社交场合，我愿意被介绍为诗人，这令我骄傲。

木朵：你对"同行"的理解让我想起你在《蝴蝶斑纹里的黑夜》中的句子："我与世界的联系／建立在一瓶胶水上。"某一个夜晚，作为个体的诗人只能聚精会神于一件事。比如制作蝴蝶标本，比如在纸片上写着"我的孤寂是一具小小的樟木棺材"。在你的一些诗作里，我能观察到"世界文化"的痕迹：缪斯、哈姆雷特、金字塔、肖邦、特洛伊……这些词语或意象暗示着你的阅读经验在写作中的反应。你平常的阅读癖好是怎样的？我在找寻对你的诗作的批评时，发现它们是有限的几篇，而且"为时已晚"。批评家为何谈论得如此少？

潘维：我有5000册左右的藏书，主要为文史哲之类的，但仍然相当杂乱。正如你谈到的"凝神"之力会在一首小诗上留下痕迹：某个星期日的早晨，我会取下一本尼克松的著作或周作人译的《枕草子》，非常随意，除非某种需要，我会在一段时间内关注一个问题。比如去年，我走丝绸之路，就阅读了与之有关的几十本书籍。知识的积累意味着各方面参照系的增加，同时也意味着你写作时更加忧郁、更加自觉。心气的培育同样重要。我很少看当代的中国文学作品，或许会进行了解性的翻阅，或许会关注几个我认同的人，或许还会看看朋友赠送的书，但不深入研究。我不努力，但追求完美。

诗集方面我经常读古典诗词和翻译诗。撇开译本问题不谈论，我的床头长期有叶芝的作品。今天中午，我和宋楠妹妹从学院路散步到杭州植物园，我们坐在竹林中读《雅姆抒情诗选》："两个人，如同风暴下的丁香花深受感动，我们将不会了解……我们将不会了解……"

第一个评论我的人是刘翔，大约在 1990 年。这两年，何家炜、沈健、沈苇等朋友也写了评论。批评界的沉默有许多因素，但究其深层原因，你会发现在一个名利场中没有人会关心真正的诗，只欢呼某些现象的出现。我相信年轻的未来不会如此。

木朵：在《雉城》中你谈到了"血管里的液体江南地图"："多年来，我一直绘制着它，/ 如一根羽毛梳理着肥厚的空气。"在某些独处的时间里，你是否感觉到从湖州到杭州——这种地理上的变化给你的写作造成了相应的影响？在《遗言》中，你表达了对太湖的眷顾："我选择了太湖作我的棺材，/ 在万顷碧波下，我服从于一个传说，/ 我愿转化为一条紫色的巨龙。"昨晚，我约了两位朋友在小店里咀嚼你的诗作，其中一位很快认为，你的诗有一种强烈的画面感，是泼墨的水彩画，像黄宾虹晚期的以黑色占更大比例的作品。你如何理解创作中"泼墨"与"惜墨"的关系？同时，你目前是"浙江长城影视"的制片人，电影这种艺术形式是否在最近与你的诗作结成了秘密的"盟约"？

潘维：我深信一个真诚的人会有很强的地理文化烙印。从湖州到杭州，从某种意义上说，是从太湖到西湖，是从吴越的"丝绸之府"到南宋的"熏风醉雨"。虽然仅相距 100 公里 1 小时的车程，它们皆为水乡鱼米之地，但仍然导致我的生活有不同的形态。沃尔科特说："要改变语言，必须改变你的生活。"千万不要低估日常生活方式对个人精神产生的影响。我把太湖比作我的棺材，把西湖称之为我的婚床。湖州保留着农业文化的某些传统，文脉里有山野之气。杭州是最阴柔、奢靡、风月的城市之一。

关于诗的画面感，你的朋友感觉是对的。但视觉艺术的技巧与语言方式很难类比。我的工作主要与"纪录片"拍摄制作有关，给我的帮助是"诗之外的功夫"，比如对历史文化遗产大量的了解与认识。

木朵：在《灯芯绒裤子万岁》里，你称约瑟夫·布罗茨基为"新的但丁"，加之上面你的答复中他两次亮相，我想听你谈谈他，包括他与诗人奥登的关系对你写作的影响。你的 5000 册藏书令人羡慕，布罗茨基曾经认为类似"呼吁以图书馆代替国家"的想法，不时地造访他。"图书馆"的确是一个迷人的词，我们还可以想到博尔赫斯——一位图书馆馆长。他在《巴别图书馆》中认为

"最古老的人类"就是"最初的图书管理员","人类的基本秘密"就是"图书馆和时间的起源"。有趣的是这样一个观点:"图书馆是一个天体。它的正中心是任何六边形,它的圆周是无限的。"你觉得布罗茨基与博尔赫斯对"图书馆"的理解有什么不同?你心目中的"图书馆"是什么?

潘维:约瑟夫·布罗茨基是个智者。他丰富的个人命运和广阔的时代背景有机地融合在一起,使他见证了20世纪人类文明的灾难,因此他更有资格和理由运用智慧代替人类说话。他和但丁一样,都是想为世界规定秩序的人。图书馆是人类创造的不朽的文明结晶,"图书馆代替国家"的理念寄托了他一个美好的梦想:让人类成为"文明的孩子"。

奥登的非凡在于他改变了布罗茨基的命运轨迹。奥登是个大家,但他的诗作介于一流和二流之间。可以这样说,他对社会和人生的判断比对语言的把握显得更强大。

如果说布罗茨基致力于建设一个图书馆,那么博尔赫斯必定是最好的读者。博尔赫斯是一个在文明内部说话的人,他是一个享受者,他关心那些迷人而永远不会有答案的问题。

我倾向于在时间中建立一座美的图书馆。

木朵:这是一次意犹未尽的访谈,感谢你的同事——诗人方石英为我们担当信使。每一天都有许多种可能性,其起因兴许与你从书架上任意取出的一本书有关。它作为一个个体,具备着神秘的"追忆"功能,可以促使你记起它成为藏书之一的历史,可以把与之相关的历史呈现出来。宇文所安在《追忆》一书的"导论"中谈道:"要真正领悟过去,就不能不对文明的延续性有所反思,思考一下什么能够传递给后人,什么不能传递给后人,以及在传递过程中,什么是能够为人所知的。"传统"是个不容轻视的问题",它通过"传递"这个动作暗示了授受双方的存在。在他论及"往昔的幽灵"时,我又想到你的《雉城》:"像一个继承者,/继承了幽灵的圈套,/昼夜游荡于长发之间。"我想借宇文所安导论中的这些设问来向你打听答案。

潘维:有理由感谢我的好友方石英,他加入了一个缓坡,让我们的交流得以保持犹豫和曲线状态,适合于改良主义者的行为方式。

也许有点不敬，但我仍认为宇文所安的这个问题是个"伪问题"。我不相信谁拥有了这个权力，规定什么可以传递给后人，什么不可以传递给后人。孔夫子常常教导他的弟子可以做这个，不可以做那个，但孔夫子不知道他的哪些言论可以传之后世。文明的延续是极为复杂的一件事情。我们能继承什么，或不能继承什么，很大程度上取决于时间和历史。

如果我们谈论的是一个理想、一个希望，那么，我会希望把一个知识分子的独立性、批判精神和对真理追求的良知能够传递下去。

雷平阳

对两重家乡的观望
——雷平阳诗歌的一种读法

夏　宏

　　犹如给灵魂称重，如何能做到恰如其分？
　　一端是诗歌，另一端的衡量物中常塞进了评论者自带的砝码，它们更具评论者视野中的针对性。因此，对诗作的评析和对诗人的评价，并不乏见的是，一个起始性或结论性的术语往往不是让一首诗明晰，反而是给它描上一副在别的戏台上也曾浮现过的脸谱；作为诗人的他，被抹平或可被替代，独吟者被拉进了合唱团，哪怕只是小型的。比如：地方性，雷平阳诗歌的地方性或地方性诗人雷平阳，"他以诚恳的地方性视角，有力地抗拒了世界主义的喧嚣"[1]。
　　雷平阳诗歌中的云南，他的家乡——这样说还不确切，她的具体和细微，她作为可被分解的部分和不可被拆卸的整体，也许只是观看者各自不同的文化想象。身为不同的观看者，相遇了并不保证能契合，并没有一个想象的共同体在这里把我们归于同类。毕竟，我和诗人分居于不同的位置上，就云南而言，他在里面，我在外面；毕竟，眼下的诗歌，只是把我诱入对一种想象的观望。我只是一个外来者，既是此地的外来观光客，也是此种诗歌想象的想象者。
　　一个世纪以前，因公干而来的英国学者戴维斯，在诗人雷平阳现在"寄宿"的云南大地上徒步了几千公里，他笔下出现了这样的异域风景："4月3日

---

[1] 见2007年4月8日《南方都市报》"第五届华语文学传媒大奖2006年度诗人授奖词"。

我又出发穿过云南府平原。这儿有几种新奇的东西会给西方游客带来很深的印象。这一地方最引人注目的景象之一是灌溉渠两旁成排的柏树，二是手工操作的奇异的提水轮……"[1]即使到今天，这两种景象还不时地出现在汉语诗歌中，但对于我们而言早就不足为奇。对于戴维斯而言它们是新奇的，因为他在比较，不仅有着不同国度、地方间的景物比较，而且也有着观看者的想象与实地观看的比较。只有在观看和比较下，才产生"地方性"这种判断。不能奢望一位来自异地的观看者能对此地的判断如其所是，他是否带着世界主义的视野，我们不得而知，能肯定的只是他带着所来地方的背景，如果他对此地感到陌生、新奇、震惊，进而鄙薄或赞美，那么就可以说有一种诗意在泛起。如此诗意，便是错位或者说误读后的一个结果，这里面谈不上对"如其所是"的尊重，更多的是观光客般的轻慢和自以为是。如果把诗人遥望和近观家乡的诗歌创作看成是与所谓现代进程中的世界主义相对抗的一种结果，那么几乎等于是在说诗人把家乡当作了一场战役中的武器，一种可供文化商店摆在柜台里待售的工艺品——我不相信观看者都对诗人的家乡真的怀有进入之心，甚至也不相信每个人都会选择以尊重的方式来对待自己的家乡，在错位的观看下，"她"太容易被出卖了，诗歌也是。

戴维斯的另外一种观看和判断则耐人寻味："我的中国随从对省会居民的粗鲁方言感到好笑。人们会期待在省城听到最纯的汉语，但情况并非如此。他们讲的话很奇特，我认为这是表明作为省会人的优越，但云南其他地方的人和其他中国人并不这样看。"这样的观看和判断里面无疑包含着他在英国的经验，更有意思的是，这是一种对观看的观看，对判断的判断。

雷平阳的诗歌中也显示出不同层面上的观看：有对置身之地的直观和遥视，又有对观看者自身所处的位置的反观。与外来的观看者不同，诗人在此居住，他的游走和观看被居住限定着，也因这限定妥帖而踏实。诗人在直观中进入对事物的描述，近似白描的散文笔法，抒情的意念并不急于出场，直到想象

---

[1] H. R. 戴维斯著，李安泰等译：《云南：联结印度和扬子江的链环》，云南教育出版社，2001年，第176页。

升起，想象转身把诗人观看到的缓缓拉入抒情的呼吸中：

2002年4月6日，在云南
水富县新滩乡，两只鹭鸶在大雾中
顺着横江河床缓慢地飞。它们的速度
比江水慢，两边的山体、竹林
和榕树，是它们的背景
坐在《五代同堂》的陈氏牌坊下面
我一边整理关于匪患的采访笔记，一边
期待着它们飞去又飞回。屁股下的石凳
50年前，无数放哨的土匪坐过
它有些冰冷，但确实又还藏着走投无路者的体温

(《鹭鸶》)[1]

这一层所观看到的是熟悉之物，所想象的对于诗人来说也不陌生，他就在家乡之中，家乡一直就在他眼里。整个身体里，想象中的时空转换唤起诗意，呼吸仍然是平缓的，用不着一场口技表演来让人诧异。

在另一层观看中，诗人抽身而出，对置身之地进行了判断，出现了中心和边缘的比较，"我们身在昆明，哭出的声音／却总是在北京响起／仿佛我们都不是自己声音的主人"(《一阵风的葬礼》)。相对于首都北京，昆明是边陲；相对于城市，乡村是边缘；相对于人，动物是边缘；甚至相对于今天，过往是边缘——克罗齐不是说"历史都是当代史"吗？看上去，中心富足优越，边缘贫乏卑微，前者对后者常常是在攫取之后予以遗弃，中心是抽吸周遭的中心，边缘是被边缘化。雷平阳的某些诗歌中，对中心与边缘的这种关系表达着对抗和悲鸣，观念性地同时也是情绪化地，"把这么多的阳光集中在一个地方／这正好说明，有些地方很少有阳光／我虽然无权向别人赠送自己不曾拥有的／东

---

[1] 本文所引雷平阳诗作均见《雷平阳诗选》，长江文艺出版社，2006年。

西,但是,寒冷的切肤之痛提醒我／我有必要把手伸在空中,抓一把,再往外送……"(《昆明的阳光》)。

中心、边缘又都是相对的,在每一个中心的内部都可以分离出边缘,在每一处边缘里存在着中心,这应该是一种常识了,可常被遗忘。雷平阳之眼一般聚焦于不断分离下去的边地,直至推向情感和观念上不可再分离之处;家乡,必须边缘化到还居住着父母的土城乡;周遭的人,卑微到偷偷数工钱或死于工地事故的民工;沿途的事物里,他看到了滇越铁路旁被遗弃的蒸汽机车和扳道工小屋里的陈尸之鼠。眼睛在选择所看,被看的也在选择眼睛,被漠视和被遗弃的选择了诗人,他的目光里出现了中心和边缘的转换:

> 几千年前,"孔子过泰山侧"
> 孔子也配不上泰山,这颗
> 伟大的心脏,也只能跳动在
> 泰山的侧面,泰山是中心
> 孔子是郊外……他讲话的时候
> 动了真情:"以前,大地才是中心
> 村庄和城市,一直都是
> 山河的郊外。"

紧接着观念的转述,诗人以一种向下的姿势出场:

> 我当时就很冲动
> 很想站起身来,弯腰向他致敬
> 甘愿做他的郊外。
>
> (《听汤世杰先生讲》)

只有在观看姿态不断下降的过程中,边缘之人之物才可能在本来的面目下将自己交给目光,"过去这儿有许多老厂／他们在里面上班／现在老厂没有了／

他们已没在里面／我想把他们从夜色中喊回来／可他们却不要我代言／流落在道路之上的人／他们有他们的尊严"(《远郊》)。目光可以践踏所看的，也可以映射出其尊严，雷平阳调整着自身的观看姿势，常比所看的站得更低，这种位置观也成为他打量其他观看者的一种标准。一个摄影师拍摄了云南边寨的儿童百相，"我告诉他，他的摄影作品让我非常恶心。第一，他冒充了上帝；第二，他可以是个慈善家但不具备艺术工作者的素质；第三，他与乡村生活隔着一堵墙……我还告诉他，在三十年前，我亦是那些孩子中的一个，贫穷固然让我痛彻心脾，但快乐也让我成了一个小神仙"。

把自己的视线降低下来，其中有了真诚贴己的爱，但又不仅仅只为了显示单一的热爱，诗人也在观看中确定自己的所在。他看到了自己的位置，却无法在家乡的怀抱中得到安稳，反倒出现了一种在无所在的空落和惶恐，他抓不住所要，"在老家，在欧家营，妻子多次说起／——我常常会在睡眠的中途／突然弹身坐起，一阵东张西望／眼中满是警惕……老家的夜多黑啊"(《恐惧》)。从寄居的省城返回乡下的老家是容易的，家乡却已是面目全非，她是在记忆中美好过还是被察觉出难免被眼下的某些想象美化着？这种在无所在的感触逐渐弥漫开来，所在之地都沦落为异乡，无可挽回，又无法接受，"我什么也没说，我站在我的生命之外／我刚从一个书摊上站起，我正在回家／手上提着布罗茨基，一个被放逐的人／一个放逐了世界的人，他在世界上死去／又在书本上返回越来越坏的世界"(《度外》)。

观看位置的不断下降，隐含着诗人的自我边缘化，一心要回家的人，即使走在归途中也感到自己依然逃离不了被放逐的命运；身在家乡，却还要遥想着家乡。由此，雷平阳的诗歌中出现了两个家乡：一个在生活的直观中，山川河流、城市乡村、生灵人物，也包括日常生活的琐屑；一个在心灵的反观中，"诗人能够在何处逗留呢？诗意的灵魂如何以及在何处寻获它的故乡呢？"[1]雷平阳对家乡和亲人的歌唱中有一个着力点——从现实的家乡出发，去寻求诗歌的故乡。这抒情的结晶，也许就是他所希望能呈现出来的以乡愁为核心的诗

---

[1] 海德格尔著，孙周兴译：《荷尔德林诗的阐释》，商务印书馆，2004年，第107页。

歌。看起来，前者是后者的依托，后者让前一个获得抒情的意义。他说："去年秋天，日本诗人谷川俊太郎来昆明，我曾问他：'在你的艺术世界的背后，是否藏着一个村庄？'他告诉我他自小生活在东京……其实我想说的是，也许每一个艺术家的身后都存在着一个艺术的源头，犹如生命之于母体。"[1]但在诗歌中，这两个家乡的关系比诗人所说明的要复杂得多，诗人自己的这种解释，只是他在诗歌艺术中追寻和体认的一面。这两个家乡并没有完全地对应着，后者常常从前者中分离出来，对诗人进行着追问——否则，就无法理解诗人强烈流露出的在世的分裂感，无法理解他希望弥合这种分裂却达不到的忧虑，"我希望黑夜走开／让我小小的灵魂，抱着一块小小的松香／在腐质土上柔软地徘徊。我累了／我的躯体中，为什么总有一块石头掉不下来"(《雷霆》)。

透过自然风景撼人的外表、人物事件的神奇怪异和日常生活中对脉脉温情的渴望，诗人进入对诗意灵魂的观看，它的家乡在荒芜中动人魂魄。在这个意义上，我把雷平阳的大多抒情之作视为现代的哀歌，哀唱着人性的黑暗与颓败、家乡的沦落和神圣之物的蒙垢。其实，在任何一个时代，只要是一个独立于自己位置上进行观察的诗人，他就会触及如此题旨，它们犹似腐烂不完的骨头，时代和地域常充当了这些骨头的血肉，有时也许只是充当了一件飘荡的外衣。人们往往还会以为在自己所处的时代和地方，值得哀唱的事物尤为沉重，仿佛是历世和整个大地上应该被哀唱的总和，而一个聪明的诗人会有所克制，以防止因夸张而带来的虚张声势：

　　敌人，慈善的敌人
　　眼中含着泪水，拿起剑
　　朝已有的长长的伤口，杀进去
　　然后又拔出来。自始至终
　　根本不像在杀人，而是在写一首
　　至善至美的抒情诗。人道

---

[1] 雷平阳:《云南黄昏的秩序》，百花文艺出版社，2003年，第128页。

是该诗的主题
我很清楚，作为诗人
以上的联想其实很蠢
裂腹鱼只是碧塔海作为旅游热点的
一个景观，只是餐桌上的一道菜
而不是一种象征，更不能
作为某种证词。

(《裂腹鱼》)

寻找和观望诗意灵魂的家乡时，不同的诗人走在不同的路途上，雷平阳的观望中出现了几个连贯的路标：乌鸦——废墟——守灵人。如此排列，显示出一种抒情的逻辑性，这不一定是诗人自觉的逻辑，它更多地来自于解读的需要。

乌鸦看上去是人性黑暗与颓败的一种标志，它的出现与施暴、非自然的死亡相连，因而被诗人视为诗意灵魂的敌人。它往往隐而不显，即使紧紧跟随着人，也只是在遮掩中潜行，并没有发出报丧的鸣叫而获得哀唱的意义。天生的阴暗总会待在躲人耳目的角落里，后天的沦落在面目上也几乎不现痕迹，乌鸦是阴毒而危险至极的敌人：

多年以后，我想
有些事情是不会变的——知道敬畏
和感恩的人，绝不会突然地多起来
缥缈的河流史提醒我们——
能够映照、洗涤和滋润人们的物质
往往都会在隐形的风暴中灵魂出窍
剩下的，将是一支乌鸦的队伍
在暗处陪我们奔跑

(《奔跑》)

诗人将潜伏的乌鸦逼视出来，他首先所观望到的还只是包围着自己的身外。当目光内转，他逐渐由发觉身外的乌鸦进而察觉到藏匿在自身里面的乌鸦，"把这么多的胸膛都剖开了／把这么多的飞行和叫鸣终止了／他的沉默，谁都无力反对／现在，他只是一个量词／死亡的香味，不分等级／可以斤斤计较，讨价还价／我没有劝诫他什么，反而觉得／麻雀堆里，或许藏着／我们共同的、共有的杀鸟技艺"（《卖麻雀肉的人》）。只有反观到了自身里面的乌鸦，一个诗人才会放弃心灵的优越感，诗意心灵才会降低它的高度，哀唱里回荡着自身的恐惧和挣扎。莫非，在诗意灵魂的构造中，恶是一股一直被捂着而能量强大的推动力？或者，察觉到它的人被它遏制住了抒情上的亢奋和泛滥，让敬畏和悲悯不至于全然沦落为夸饰？

> 应该嘲笑的
> 依然是我，多么歹毒，我把泡桐花
> 视为卑贱的妓女，而且
> 为了砍伐这一棵泡桐树
> 我竟然在心中准备了
> 一把亮汪汪的斧子
>
> （《泡桐辞》）

废墟是曾经的家园，也许，它还不是翻阅后被扔掉的历史，一个人可能将他人的家园视为废墟。心灵的废墟从何而来？承接那只被逼视出来的乌鸦，可以说废墟缘于他杀和自戕，心灵的栖息地变成了异己的存在，"令我们恐惧的一切，包括那只／闪电般的乌鸦，它用头颅／把旧报纸戳出了一个黑洞，露出了／尖尖的嘴，以及发红的眼睛／确实，这是一座废墟，它所有的东西／它本身，都是远处的人们／在远处完成的，而不是重现的记忆"（《废墟酒吧》）。制造废墟的那股力量并没有消失，在一个时代、一个人的吐故纳新里，它也许不过是换了一副新的面孔。废墟之上也不是空无一物，总会有人来此观望，不全是为了怀念，也想照一照现在，就像站在一面心灵的镜子面前，对诗意灵魂的祈望在映照中被唤醒,"也许,我真是我小小的敌人/一直潜伏下来,直到今日。不过/我并不想责怪那些引领过我的思想/都是废墟了,用不着落井下石……"(《小学校》)。

守灵人守护着黑暗中的灯火,他做不到让这灯火长燃不止,能做的是,一旦它熄灭了,就再次把它点燃。诗人也做不到一直处身于心灵的灯火下,可他必须知道什么是黑暗、什么是灯火,对熄灭保持着警醒:

我没有见过苇岸,只是听说
这一个坚强的素食主义者
在病重之时,曾努力地为爱他的人们
吃鸡、吃鱼、吃鸭子,直到他那虚弱的身躯
布满了汗水。可在弥留之际,他又说:
"保命大于信仰,这是堕落。"

(《纪念苇岸》)

在诗人对心灵家乡的观望中,路标都与黑夜或者黑暗有关,那个家乡因为被人遗弃而荒芜,诗人因对荒凉之地的长久巡视而成为一个守夜人,他所看到的就与白天的观众和黑夜里的入梦者大为迥异,在人们追逐生活的新天地和在梦幻中休息时,他敏感于擦拭蒙垢之物的举动,"还需要补充一点/汤世杰先生在讲话中忆及归化寺/——'文革'期间,庙寺都被毁了/一些虔诚的僧侣,把佛像/安放在残垣断壁之间,信仰/并没有因为废墟而改变"(《听汤世杰先生讲》)。现在可以触及雷平阳的诗歌中常呈现出生灵、山河、人物、事件神奇诡异的一面,这可以理解为诗人对想象力的守护,也可以理解为一种泛神论在边远之地的浮现,但在一个自认为"我是一个黑暗的人"的诗人面前,这样的理解未免失重。面对心灵家乡的沦落,灵异的诗歌不是一场修辞术的操练结果,也不是一种神秘观念下的地方特产,它饱含了一个守灵人在观望中的悲凉和焦虑。

1966年之后
——个人自述

雷平阳

出生地

  1966年旧历七月二十三日,我出生在云南昭通市土城乡土城村十社的一个农民家庭。父亲雷天阳,母亲欧阳本英。我落地的床,许多年之后我们家都还用着,核桃木,结实、牢靠,像土地的一部分。它摆在九平方左右的一间没有窗户的卧室里,由于没有光,很难分辨其色彩和具体的年程。卧室的隔壁,是猪圈,猪日日夜夜在那儿拱槽、大小便、哼哼唧唧……

  村庄的原名叫欧家营,后来改成了爱国村。村庄中心的铁匠铺的山墙上,至今还立着一块石碑,上面的"爱国村"三个字,是那个时候最流行的宣传体,有点像粗宋,又不像。有一条名叫利济河的小河由东向西横穿村庄,再流2000米左右,注入昭鲁河,由昭鲁河再注入洒渔河,由洒渔河再注入大关河,由大关河再注入横江,由横江就注入了金沙江。还有一条由北向南的人工河,它也擦着村庄流过,与利济河形成了一个十字形。这条人工河,命名者取"胜天河",村里人叫它新河。

  两条河流的边上,都栽满了白杨。春天它们的芽是红色的;夏天,它们的叶子是绿的;秋天,它们的叶子就黄了,叶一落,露出了枝丫上黑乎乎的喜鹊窝;冬天,大雪飘飘,它们立在结冰的河边,想睡眠,却一再被冻醒。

我曾手绘过一张欧家营地图，精确到每一户人家以及它周边零零星星的几座坟。在那张地图上，欧家营坐落在一片无边的田野中央，没有山，没有苹果园，平展展的，只有水稻和玉米。它的东面，一公里以外是另一个名叫背天河的村子，北面是周家庄，西边是三甲村，南面是回族聚居的大庙。

村庄是零乱的，五十多户人家，姓雷的最多，姓欧阳的第二多。另外，还有邓氏、陈氏、郑氏、张氏、夏氏、文氏、易氏、赵氏、王氏、臧氏、金氏和罗氏。母亲和父亲的婚姻，算是两个大家族的联姻。这联姻本无任何政治目的，却让我们家三代人都阳光灿烂，阳气大盛。我爷爷是明字辈，取名雷明阳，我父亲是天字辈，取名雷天阳，我们四兄妹是阳字辈，分别取名雷朝阳、雷平阳、雷建阳、雷阳艳，母亲不姓雷，但是姓是欧阳，人人都有一个阳字，令外姓人咋舌。

我最初的记忆始于四岁左右。关于爷爷，这个川滇道上的挑夫，不管春夏秋冬，天天敞着胸膛，在火塘边烤火、吃茶、一声不吭。他死的时候是雨季，出殡时，大舅母抱着我，看着别人在哭，我也跟着号叫、抽噎。

关于饥饿

满屋都是阳光，生活却是灰暗的。像村里所有的人家一样，我目睹了太多的父母之间的争吵和大打出手。他们互不相让，类似于仇人，现在回想，都是因为贫穷。谁多吃了一碗饭，谁的吃相不雅，谁多花了一角钱，谁不慎弄破了裤子，谁失手打烂了一只碗……这些，都是闹架的理由。

当时，村里流行这样一个笑话。说某人在家吃饭，见邻居从门外过，出于礼貌，叫了一声："来家坐，一起吃饭。"没想邻居真的就进了屋，端起碗就要去锅里盛饭。结果，这人赶忙拦住邻居："对不起啊，我也只有碗中这点。"碗中只有一口饭了，邻居说："那好，我就吃这一口。"这人趁邻居不备，一秒钟饭就入了口。邻居大怒，这人自知理亏，只好好言相慰，一再地赔罪。

那时是合作社，人们每天出工，记工分，年终再结算，根据劳作分相应的粮食和钱。粮食是永远不够吃的，肚子是永远不会饱的。为了充饥，我们家以及村庄里百分之九十以上的人家,当稻谷分下来,立即磨成米,挑进昭通城去换玉米,不是不愿吃米饭,是因为米饭在肚子中不如玉米充数。米饭柔软、晶莹剔透、发着迷人的光,米饭是胃的情人,是嘴巴的死敌。谁见了,不吃它三到五碗?玉米饭外表有点像黄金粉,但它坚硬的质地使其更像泥土本身。以大米去换玉米,我城里的表姐说:"你们真的吃惯了玉米饭?"望着她桃花一样灿烂的小脸,我没理她,翘着没有裤子的小屁股,跑得比风还快。

我的舅舅是一个有享乐主义倾向的人。稻子分回家,他总是先煮一顿来吃,我就会适时出现在他家,吃新米,打牙祭。每次我都吃得肚子比屁股还大,双手捧着,气喘吁吁地往家走;走不动了,找一个草垛,呼呼大睡。

阿城写过一篇吃肉的文章。大意是说,几个知青在一起吃肉,吃着吃着就吃醉了。醉字用得很传神。我的童年却没有吃醉的风度,饿肉一年,吃肉只能等过年。过年了,猪头肉管吃,每次都吃得上吐下泻,村里人说,这是吃伤了。伤字比之醉字更妙,妙在时代背景。父亲是村子里专门赶牛车的人,每年进入腊月,村里人家隔三岔五就有杀猪的,他便去向人家索讨猪的生殖器。生殖器连着一根肠,有三市两左右重。他要了过来,本意是用油润一下牛车的木轴,可每次见上面还残留一些肉筋,他就会用小刀剥下来,炒菜给我们吃。用猪的生殖器的油炒菜,味道很美。

生玉米、生洋芋、生蚕豆,我的美食之一。平时在家中,饿了,抓一个水腌的酸菜或弄一坨辣椒酱,也能吃得津津有味。偶尔,家中有面条,不知道如何煮,就弄一束来,折成短截,放在碗中,用开水泡了吃,也吃得如老舍先生所说的"山呼海啸"。

为了吃,最痛的记忆是,有一年的中秋节,家中凭供应证买回来的两个养子月饼,被我偷来吃了半个。父亲回家来,发现了,把哥哥和我叫到面前,老脸伤着:"谁吃的?"结果,父亲一手提着我的一只脚,倒提起来,一手挥舞他的赶牛鞭,把我浑身打得皮开肉绽。那时候,我五岁吧。怎么能吃呢,那月饼?当时为了充饥,我们全家都用绿肥即飞机草的尖芽果腹,人人都吃得腹大如鼓。因为偷东西吃,我的弟弟雷建阳也被父亲惩罚了一次。那是冬天,弟弟用刀把家中仅剩的一块肉切了一片,在火上烤了吃。为此他被父亲提起双脚,就丢到了屋外。屋外是下疯了的大雪，弟弟从雪地上爬起来，赤着脚，像条狗似的，边哭边往草垛走去。母亲找到弟弟的时候，他已被冻僵了。当晚，父亲和母亲又大打出手，又彼此大哭了一次。绝望的父亲，甚至动了一死了之的念头，抓起一根棕绳，就往屋梁上甩，被前来劝架的邻居制止了。

夜深了，我们三兄弟，像三只小老鼠，拥着一团棉絮，怎么也睡不着。开裂的土墙，有冷风夹着雪粒灌进屋来，我们只好彼此贴在一起，腿交织，手互抱。当父亲出现在床前，弟弟便抖得更加厉害，嘴巴不停地动："爸爸，我再也不敢了，不偷肉吃了……"父亲咚的一声跪倒在地，哭声像天边的闷雷，绵绵不绝，却又充满力量地时断，时续，时高，时低。

那夜，父亲把弟弟抱到了他的床上，抱着弟弟睡了一夜。母亲没有睡，她坐在火塘边，抱着只有一岁的妹妹坐了一夜。泪水，淋湿了妹妹梦中的小脸。

旁观者

母亲不仅以女红著名，干起农活来她也是全村妇女的榜样。所以，她的工分历来都跟村里最强的男劳力一样，而且从老人到孩子谁都没有意见。相反，在评工分的全村大会上，有的老人还提议，要让我的母亲享受全村最高的工分。最强的男劳力一天10分，他们提议要让我母亲一天12分。原因当然不仅仅是因为母亲能干，还有一个重要的因素，母亲白天下地劳动，到了晚上还要义务帮助许多老人缝寿衣。村子里的习惯，人到了六十，满了花甲，家里再穷也要为其赶缝下一批寿衣，什么时候忽然百年仙逝，也就用不着犯愁。而且，人一老，见女儿们为自己准备了寿衣，心里就滋润、妥帖。

母亲工分挣得再多，一年下来分红时，我们家也就只能分到一百元钱左右。分红了，村里人都会进城去买布和染料做新衣服。家境宽裕点的人家就买劳动布，像我们家只能买白色的帆布，类似于卡车篷布那一种。买回家用青色的染料一染，做成衣服和裤子。帆布厚、帆布硬，衣服和裤子不穿在身上，直接放在地上，也能立起来。穿在身上，脖子和大腿内侧经常会被磨出血来。

母亲课子有其独到的地方，让我们受益一生。我们四兄妹，不管是谁，到了七岁一律学做饭,直到下一个顶上来。还记得我第一次做饭的情景。那天,正是春耕大忙时节,又连续一个多月不降雨,田里等水,地里等水,籽种入不了土。正好国家从水库里调拨给邻村的几万方水要从村旁的小河里路过,焦头烂额的生产队长一声令下,让全村人到河里去筑坝抢水。人们卸门搬柜,抱草扛锄,涌进了河道。由于动手稍晚,人们才进河道,几万方水已从上游流了过来,男人们只好像电影《龙江颂》里的场景那样,手挽着手,搭起三排人墙,女人们就往人墙上插门板、塞稻草、倒土……活活地把邻村的水拦了一大半下来。有了水,再加上这一行动本身所具有的革命英雄主义和浪漫主义,村子里变成了一个欢乐的海洋。

我们家,父亲、母亲和哥哥参与了这一行动。三人浑身泥泞的回来,一笑脸上的泥壳就往下掉。父亲喊上饭,嗨,当我把锅往桌上一放,揭开盖,母亲就笑得一脸泪水。本应做得蓬松、滋润的玉米饭,被我弄得像一块龟裂了但又无比结实的土地。一碗煮白菜,本应煮到刚熟为止,也被我煮得稀烂。不过,父母却吃得很带劲,还拼命地夸我。

除做饭,母亲还教我们四兄妹一些简单的女红,补衣服、钉扣子、缝被褥之类。用她的话说,不管男女,长大了这样的活计都是用得上的。也正是因为学会了这些,我18岁离家35岁成家时,中间这一段时间,我才不至于凡事都找人帮忙。

2001年夏天的一个下午,小说家陈家桥、《大家》杂志的韩旭和我,到昆明的西山之巅去看夕阳。看累了,我们走入一片灌木丛,对着众多的植物和昆虫,我滔滔不绝地讲述我对它们的认知。当时,韩旭听得非常惊讶,到处说我是一个自然之子。

其实,这一切都源于我童年和少年时代的旁观者角色。或许是因为家贫所致的自卑,抑或是与生俱来的性格,我从小就不喜欢与人接触,没有什么玩伴,除了与哥哥和弟弟待在一起外,更多的时候我都像一个梦游者,一个人独自忙着。上学了,老师布置的课外作业,其他同学都喜欢几个人在一起做,桌子摆在院落里,边做边玩。而我总愿意一个人爬到某棵大树上,看一会儿鸟叫的模样,听一会儿风吹树叶的响声,捉几只爬上树来的蚂蚁,尽兴了,才在树上,把树干当课桌。

不要玩伴的理由其实非常充分:蓝色的天空是打开的,田野是打开的,夏天的河流是打开的,它们只要腾空一个角落,就足以成为我的天堂;它们只要给我一根青草,青草上就会有蜻蜓、蚱蜢、青虫、露珠和蜗牛;给我一朵油菜花,花上就会有香味、汁液、蝴蝶和花粉……由于我对池塘与河流心存疯狂的热爱,欧家营这个不大的村庄,可以找出我的不下 20 个救命恩人。从乍暖还寒始,到已寒还暖止,我都是蝌蚪、草秆鱼、鲫鱼的伙伴,有时被水草缠住,有时陷入深潭,有时被漩涡困住,有时陷入沼泽,每次都是路过的人伸手把我救上来。我的堂哥雷海阳,我的堂姐娴娴,都死在水上。为此,父母亲不知毒打了我多少次,希望我离水远一点,可我依然执迷不悟。我至今也想不出一个很好的办法去报答我的那些救命恩人。他们中间据说有的已经仙逝。

大概是 2003 年吧,一个摄影师在昆明搞了个影展。作品全是他"深入"云南边寨拍摄的,内容清一色的儿童百相。请了我去,意思是希望我为之写篇文章吹吹他。看了不到三分之一,我掉头就走了。他来电话催文章,我告诉他,他的摄影作品让我非常恶心。第一,他冒充了上帝;第二,他可以是个慈善家但不具备艺术工作者的素质;第三,他与乡村生活隔着一堵墙……我还告诉了他,在 30 年前,我亦是那些孩子中的一个,贫穷固然让我痛彻心脾,但快乐也让我成了一个小神仙。如果艺术成为方法论,他所用的"艺术"是虚假的、伪善的,和我搭的不是一辆车,用的不是一本字典。

少年之惑

读书了,学校教唱流行歌曲《社会主义好》,其中一句是"反动派,背大刀"。那时候,电影里大凡背着大刀的人,都是八路军和游击队员,我怎么想也想不通,反动派为什么会背着大刀。直到上了高中,学校组织班级歌咏比赛,印了歌单,我才发现,不是"反动派背大刀",而是"反动派被打倒"。

我小学和初中都就读于土城村完小。初中还在那儿读,是因为那儿有"附设初中班"。音乐老师及所有课目的老师,除语文老师和英语老师是女知青外,其他都是农民。音乐老师只会拉二胡,每次一来,他坐在黑漆漆的课堂上,先抽一袋草烟,边抽边吐痰。一口痰落地,就会溅起一点灰尘。烟抽完,他就拉《二月里来》,拉完了,教唱首歌儿就走掉。他从来没在黑板上写过字,他会不会写字我不知道。班上有个同学,痰吐得极远,可以从最后一排直接吐到黑板上。上音乐课时,他经常为我们表演吐痰绝技,嘣的一声,痰从全班同学的头上,像颗子弹一样,就飞到了黑板上。全班的同学大笑,老师也不管,装着没看见。

照我的理解,当时的乡下学校,最大的功能就是把一群野孩子圈养起来,不要让他们乱动。所谓学文化,也没什么文化好学。但要想真正的圈养这些孩子,又谈何容易。有时,老师在板书,孩子们就像一串蚂蚁,顺着墙根就溜走了,不是老师不知道,是没法管。老师掉头见课堂上忽然少了很多人,也不说什么。

教我们物理的老师是一个小女孩,我们的同学中,有很多人年纪都比她大。她的腼腆、美丽的酒窝,让人跟她更亲近些。但班上的那几个大男孩却经常与她作对。有时,她讲课的时候,几个人就冲到讲台,把黑板搬下来,用黑板架做高跷,急得她想哭。她当然也有哭的时候。有一次,有人在半开的教室门上放一了盆水,她来上课,一推门,哗的一声,一盆水,连同盆就掉在了她的身上,让她那白色的确良衬衣,紧紧地贴在了身体上……

还有偷书。也不知道是什么原因,书读不到半个学期,我的课本就会卷成筒,书脊还会断成几截。这让我在老师喊请拿出课本来的时候,双手犹豫,极没面子。有一天,课间休息时,一个女生忘了把课本收起,就跑到课堂外去玩了。我就把自己的破书放在她的桌上,把她的收为己有。上课铃一响,女生一见自己的书不在了,变成了一本又脏又烂的书,大哭并告诉了老师。老师是个阴谋家,不说话,不表态,正常上课。下课时,才拦在教室门那儿,逐一检查,把我抓住了。那一个学期,我的成绩通知单的评语一栏有这么一行字:"爱贪小便宜"。

"小便宜"一词,当时我不知其意,疑为世界上最坏一个词。也就是这个阴谋家老师,他处理迟到的学生手法很高,在此顺便提一下。如果谁迟到了,他会让他(她)坐下正常读书,但下了课,他就会把全班学生集中起来,站成一排,让迟到者从每人面前走过,叫每个人都往迟到者脸上吐一口痰。这是我小学到初中唯一见过的严厉的老师,现在他老了,以贩卖火腿为生。另一个以贩卖火腿为生的老师是我们的英语老师,兔唇,不可能把音发准,但她教了我们三年。她教的"早上好",我们念成"姑爹摸你"。而最惨的结果是,她直接导致了我高考时英语只考了三分。

土城小学,2003年我还去过,一片废墟。回来后,写了一首名叫《小学校》的诗:

> 去年的时候它已是废墟,我从那儿经过
> 闻到了一股呛人的气味,那是夏天
> 断墙上长满了紫云英;破损的
> 一个个窗户上,有鸟粪,也有轻风
> 在吹着雨痕斑斑的描红纸。有几根断梁
> 倾靠着,朝天的端口长出了黑木耳
> 仿佛孩子们欢笑的结晶……
> 也算是奇迹吧,我画的一个板报还在
> 三十年了,抄录的文字中
> 还弥漫着火药的气息,而非童心
> 也许,我真是我小小的敌人
> 一直潜伏下来,直到今日。不过
> 我并不想责怪那些引领过我的思想
> 都是废墟了,用不着落井下石……

歌 唱

之前,学生初中毕业上高中,主要的途径是"推荐"。所以,能上高中的,大都是有政治背景人家的孩子。一般的人家,读到初中毕业,也就无书可读了。1970年代末,国家恢复了中考和高考,1980年,我也就阴差阳错地成了土城小学附设初中班参加考试的人中的三个幸运儿之一,考取了昭通县一中。

学校距昭通县城有几里路，四周全是墓地。是父亲送我去学校的，那是初秋。从欧家营通往学校的土路两旁，全是稻田和玉米林。我和父亲都带有朝圣的心理，走得很急，但father又怀着一丝胆怯，不知道那学校会是什么样子，它又会以什么方法来改变我的生活与命运。稻子已经泛黄，风一吹，所谓的稻浪就一层推着一层，朝一个方向涌动。玉米已到收获的时候，大都干枯了，玉米棒子垂在腰上。走累了，父亲就会窜进玉米地，折两根玉米秆出来，嚼其液汁，解渴。我们谁也不说话，我想问的，父亲不知道；父亲想交代点什么，又怕说不在点子上。所以，只有沉默。偶尔，走到玉米地的深处，风太大了，吹得玉米林响声雷动，恐惧就会油然而生。

　　到了校门口，父亲偏头看了几眼里面的平房、杨树、柳树和苹果树，就把行李塞给我，坚决不进去。他转过身，微驼的背景就消失在直抵学校围墙的玉米林里。

　　一进校门，寄读生活的开始就割断了我与欧家营的土地关系。周末回家，村子里的人见了就会调侃我："一年土，二年洋，三年不认爹和娘。"这是那个时代，人们特意为我这样从农村出来读书的孩子们所编的一个段子。但它对我是无用的，因为我每一个周末都必须回家，去从母亲手中接过5角钱，以作为一个星期的菜票钱（粮食从家中背了去，交给学校伙食团）。5角钱，一天一角，一顿饭只能买5分钱的菜，洋芋汤或者白菜汤。假如某顿饭因为一时的豪情，打了一份1角钱的炒豆腐，那就意味着某顿饭我只能就着家里带来的酱或者酸菜，草草对付。不过，还有一个办法，由于学校收的学生百分之九十是乡下人，都穷，附近的村民就会做菜来校门口卖。在他们那儿，2分钱就可以买一点汤汁或剩菜。星期六，我历来都不在学校吃饭。一下课，我饿着肚子就往家里赶，下雨下雪都不误。

　　我在那时候一度对城里人充满了仇恨。仇恨，不是基于他们的富有和我的仇富心态，而是基于某些人的不良。三年的高中，父亲说："你靠的全是鸡屁股。"他说的是真理，因为，为了供我上学，母亲只好养鸡，下的蛋就拿到城里去卖，一块钱十个蛋，换取的钱就花在我身上。有几个星期天，母亲忙不过来，就让我去卖鸡蛋，每次20个鸡蛋。我卖，往往只有18个，总有两个要被人偷掉。他们是怎么偷的呢？我的一个堂嫂说，他们装出挑三拣四的样子，讨价还价，趁你不备，一个鸡蛋从手心就滚到了衣袖里。

学校的教育走上了正轨，但我的心还是野的，不在课堂上，在围墙外的田野中。一有空，我就会跑到学校外的"乡间小路上"，或者，躺在坟堆上晒太阳。鬼知道是怎么回事，老师发下来的课本，我一本也没有兴趣，只爱读或者背诵《汉语成语小辞典》。因此，每次写作文，我总是文白夹杂，乐此不疲地堆砌辞藻。另外，就是抄山歌。同学都来自整个昭通县的各个乡镇，每个人都会唱几首山歌，我就把它们一一抄下来，积在一起，竟有三本。

> 月亮出来月亮黄，照个石头像我郎。
> 抱着石头亲个嘴，想着想着笑断肠。

类似的情歌让我发现了身体中躲着的那些春天的野兽，但它们尚没有在我的心中激起波澜。真正让我陷入歌唱之网的，不是它们，是民间唱本，《蟒蛇记》《柳荫记》和《说唐》之类。

由于读了高中，我识字相对多了一些，每次回家，村子里那几个拉二胡唱书的老人就会来找我，让我跟他们一起唱。有时，唱本是从邻村借来的，唱了就要还，还想唱就只能抄，要抄就得由我抄。一本《柳荫记》厚厚的，抄起来真是费劲。"一寸光阴一寸金（嘛，的哟，的哟莲花），寸金难买寸光阴（嘛，嗨嗨回，可怜人）；失落寸金容易找（嘛，的哟，的哟莲花），失落光阴无处寻（嘛，嗨嗨回，可怜人）。"这首我曾好几次在笔会上唱过的歌，就是《柳荫记》中的"打莲花"，亦有人称之为"莲花落"。

老天有眼，所幸高中毕业时我还是考上了师专，如果考不上，而我的父母又知道我的心思根本就没放在学习上，不知道他们的肺会不会被气炸。

诗 歌

考上师专，我把录取通知书带回家，对父亲说，我考上了。父亲不信。我说，那我们打赌？父亲说，好，如果你考上了，我就卖米给你买一套军装。我把录取通知书拿了出来，父亲不识字，可还是信了，双眼立马就流出泪来。然后，他的身子猛然伸长，去到了村子的每一个角落。不到半小时，全村都知道雷平阳考上学校了，雷家将出一个干部了。在地里劳作的母亲知道后，丢下锄头就跑回了家，一边掠衣摆擦泪，一边泡米煮肉，还叫我哥哥去买回了几斤酒。不错，是要大宴宾客。那可是我们家有史以来最开心的一个夜晚了，亲戚们都来了，毛巾、香皂、床单、5元一张的人民币、小木箱、水笔……贺礼很多。许多年后，当有的不太亲的亲戚，跟我爹妈闹翻了，还会说："噢，你们现在了不起了，你家雷平阳考取的那年，我还送过5元钱呢！"

入校的第一天，我见学校的橱窗里贴着一张海报。海报传达了两层意思：一是野草文学社招聘新社员；二是征文比赛。那夜，坐在崭新的床铺上，用一颗欢乐的心，我写下了自己的第一首诗：《献给母亲的歌》。后来，征文比赛揭晓，得一等奖的是一个名叫张广生的高年级学生，我得了二等奖。再后来，这个张广生来到我的宿舍，说野草文学社要改选编委会了，那些任职的人马上就毕业，我应当顶上去。于是我就成了云南昭通师专野草文学社的第二任社长，编起了一本名叫《野草》的文学油印刊物，那是1983年的冬天……

结 语

1983年到2006年，23年。很多作家诗人说起自己的写作，总会把有的时间段删掉，从成名作发表的时间算起。我不想这样，尽管我现在也找不到自己的那首《献给母亲的歌》了。

编辑先生让写"小传"，我想，就写到1983年吧。之后的岁月，我和众多的1960年代生的诗人大同小异，没什么可写。要说还有什么想法的话，请让我引用我的朋友朱霄华2005年的一句名言："什么叫幸福？请想想80年代吧！"至于我为什么要歌唱故乡和亲人，我想我已经交代了。

江 非

在黑夜翻越高过腰身的围栏
——论江非

霍俊明

2009年盛夏的北京，江非在他送给我的诗集《独角戏》的扉页上写下："只有记忆和灵魂唤醒。"我在《在一个秋风漫漫退去的季节》中找到了这句诗："被灵魂和记忆唤醒／我又回到了我的出发之地／像一片傲慢的灰尘／又落回了飘起的谷地。"夏天是酷热的，而我再次想到的是2007年1月22日。此时内蒙古额尔古纳的茫茫草原为皑皑白雪所覆盖。当江非把刚刚打印装订好的诗歌小册子《纪念册》递给我的时候，我强烈感受到了诗歌在一代人手中的热度和分量。在无比寒冷而又洁净的背景下，我们对着白雪的屋顶、苍茫的森林、高飞的鹰隼、伟大的星空来谈论诗歌。黑暗中江非手中闪烁的香烟几乎驱散了我身处祖国边陲的所有寒冷。从额尔古纳回来，江非为我们的这次相逢写了一首诗《额尔古纳逢霍俊明》："你、真理，和我／我们三个——说些什么／／大雪封住江山／大雪又封住史册／／岁月／大于泪水／寂寞／如祖国。"

无论是江非早期对精神"出生地"的青春式的、挽歌式的歌唱，还是后来乃至晚近时期对历史、生存、时间和灵魂的极具个人化想象力的"现实感"与"寓言性"相交织的诗歌文本，都呈现了一个既单纯又繁复的诗人影像。而多年来的江非就像是在茫茫的黑夜里走过乡村，走过凝霜的草径，在寒冷中爬上陡坡穿越高过腰身的高速公路围栏的赶路者。在乡村和城市之间，在肉体和灵魂之间，在时间和宿命之间，在历史和现场之间他是有时犹疑、有时坚执的

"个人理想主义者"和"历史怀疑论者"。江非的诗歌中不断出现刺猬、田鼠、公路、卡车、自行车、马匹、铁锹、落日、秋天等意象,这些意象无疑见证了一个诗人的孤独、紧张、分裂、疼痛、停留和出走的精神履历。江非是诗歌写作的"早熟者"(13岁开始诗歌写作),也是时代高速旋转的聚光灯之外的"边缘者",但是他的冷静、坚深、自由、先锋和执着却一起构成了这个时代启示录意义上的自我点燃与照亮,他的身后是无尽的历史烟尘、深不见底的地理文化沟壑以及个人和家族记忆的闪烁斑点。江非更像是这个时代的"孤筏重洋"者,他驾着自己的诗歌之筏穿行在神秘、伟大而又令人恐慌、颤悸的汹涌无比的河流之上,两岸的丛林、文化的遗迹、惊险的小路、生死的宿命和动物的鸣啼都呈现了一个我们可能熟悉但可能已经完全陌生的文化地理空间和个人精神"基地"的充满膂力的交响与回声。这是一位永远"在路上"的诗人!

南方,外省,热带的诗歌"中年"

江非近期的诗作以义无反顾的姿势来构筑自己"基地"的地缘政治学。他不断将散落在各处的地理空间以诗化的意义,不断在日常化景观中呈现一个当代诗人的微观地理学图景。那些宏大的、虚假的、卑劣的、龌龊的政治文化、乡土文化、城市文化以及三流诗人的自大、自闭传统所一起构筑起的广场谄媚学和纪念碑,早已在无比令人惊悸的黑暗与痛苦中烟消云散。正是在真实地域和想象空间的交织中,一个诗人在语言的空间和自身生命履历的轨迹上呈现出波诡云谲的气象与心像,梦呓与百日梦,现实与寓言。

作为"70后"的标志性诗人,江非已经由山东的平墩湖背着并不轻松的行囊和诗歌卷宗去了海南的一个县城——澄迈。苏东坡曾经去过海南,确切地说是流放。那是在1097年5月的一个清晨,苏轼抵达海南的第一站就是澄迈。而在900多年之后的一个秋天,江非也踏上了澄迈这片红色的土地,"去海南就要有去海南的样子 / 就要把衣服穿得单薄一些 / 把行李收拾得轻便一些 / 那么远的路途 / 就要煮鸡蛋、叠煎饼 / 准备一些路上喝的开水 / 就要想到炎热和台风 / 桉树和大海……要去的那个地方 / 其实并不多么荒蛮 / 苏东坡也曾流放那儿／就要趁着天黑之前／渡过两条河流"(《去海南就要有去海南的样子》)。我不知道对于海南而言,苏轼和江非这两者之间存在着怎样的对称,我也难以确定这次不单单是地理学上的迁移对江非的生活以及他的诗歌写作会产生怎样的影响。但有一点是可以肯定的,那就是强大的诗歌根系在不停地生长,诗歌的光芒最终会照亮南方海岛的天空。

江非在去海南前后的一些带有自叙性色彩的诗作呈现了一种停留与远足、故乡与异乡、现实与理想、挽留与消失、熟悉与陌生、已知与未知之间的强大冲突。那个远行前在寒霜中抚摸蔬菜、小心翼翼地凝视着曾经熟悉的亲人、院落和田地甚至墓地的时候,那种温暖又悲伤、忧戚又希冀的心态刺痛了这个时代为人们所忽略却又清冷异常的清晨。这个生活中滴酒不沾的诗人却不能不一次次在诗歌中痛饮别离和乡愁。当我见到江非的时候,南方的阳光将他明显晒黑了,脚下的道路也有些泥泞,热带的南方也同时带来了他诗歌的"中年"气象,澎湃激荡的海浪与焦灼而理性的内心形成强烈的反差,"亚热带雨林气候的／岛屿与土地／远处的山峰此时在／光线中收紧着／光亮的皮毛／倾斜,显示着中年的意义"(《歧山》)。由故乡平墩湖到遥远的外省澄迈,由大葱、煎饼到南方的雨林和热带水果,江非不能不强烈感受到自身生命的成熟是以渐渐失去的青春和激情为代价的,尽管成熟并不可怕甚至是带有一种少有的秋天般的平静,但是中年的心态和带有中年特征的诗歌写作却注定要开始了:"秋天开始了／这儿的日子变得／有些清凉／下午我有时／会读你写给我的诗／走一段路／去山顶上小坐／天刚下过雨／云是白色的／天是蓝色的／院子里什么也没有／院子里没有高原上的奔流／只有果实是成熟的／木瓜的成熟之美／芒果的成熟之美／光叼,顺流而去的光阴／岁月的中年之美"(《写信》)。时间是如此强大!在月光的河岸下,那匹孤独、疲惫的"白马",它身上褐色或黑色的斑点无疑就是时间无情的烙印,"月光下／我看见它已经有了一些斑点／鬃毛上／那些灰色的斑／腹臀上,那些褐色的斑／以及马蹄上／由泥浆、黄昏、伤痂／构成的／那些黑色的斑"(《白马》)。这些带有过渡、分界性质的"中年"心态和记忆势能的写作带有明显的秋天般的质地,而江非这一类型的诗歌如《写信》《坡度》《这一年没有陨石》《弹奏》《去海南就要有去海南的样子》《怜悯》《九月的下午》

《秋日的柿树》《在一个秋风漫漫退去的季节》《秋赋》《秋日的雨林布满了红色的果子让行走无法继续》等都是在秋天的背景下展开的。秋天的背景明亮而暗淡，冷寂而喧响。在江非"秋天"般的诗歌话语谱系中，整个乡村场景被宁静而忧伤的词语所隐喻、所规范，"我开始仰望天空／我开始相信清晨的天空肯定会有什么／掉下来／而不是带走／我开始到河边去／看那些妇女把去年的被面抱出来／在河水里一遍一遍地搓洗／一天傍晚，我终于释放了／那只委屈了一夏的蝈蝈／当我小心地捧着它走向田野／还迎面碰上了／那么多装满干草的马车"（《秋日》）。时间的巨大钟表和秋日下的河流所呈现的好像都是一个卑微的被囚禁的"蝈蝈"，它们已经错过了青草和露水，只有被迎面而来的庞大的季节风暴所带走，"我第一次看见了这么多落叶混在一起／杨树的、松树的、白玉兰的叶子／／我第一次看见了秋天是这样的无情／那么多的外衣扔在地面上沉默无声／残酷的岁月，那些过往的风——／那些花园、田野、山谷中的过客／那些手无寸铁的园丁／／它们冰冷地修剪一切／就像一个神死后，不愿给世人留下太多"（《落叶》）。在这里秋风作为一个可以席卷一切的象征几乎带走了乡村生命的全部。诗人无论是在具体的生存场景中还是在怀想式的空间里都不能不面对酷烈时间的考验与捶打，记忆是无助的，而面对现实的记忆更是残忍的，"在一棵桉树的身旁／我发现了一块相似的碎石／尊重丛林的方式／按照时间的法则／我允许它沉默／坚持回忆的斑纹／并在接近前，植入深入的坡度"（《坡度》）。在迅速变换的时代背景中，包括江非在内的这些从年龄上绝不年轻但也不算衰老的"70后"一代已经显现出少有的沧桑与尴尬，现实与理想的矛盾几乎无时无刻不在贴近略显世故而又追寻纯洁的发着低烧的一代人的额头。江非近期的诗歌在保有了一以贯之的对生存现场深入探问态度的同时也频频出现了反观与回顾的姿态，这也不无印证了布罗茨基那句准确的话——诗歌是对记忆的表达，诗人也开始在现实与想象的时间河流中浩叹或失声，"时光／那么美好／好像只有未来／时光多么美好／好像／只有未来"（《河流》）。但是江非诗歌中的回溯和记忆的姿态恰恰是以尖厉的生存现场和个人化的发现为前提的，这些仅观陆离光线中记忆斑点的诗行是以空前强烈的悖论性的反讽为叙写特征的。由此生存的尴尬、诗歌的困境、时代的悖论、异乡的冲动都在这些带有回叙性质的诗歌文本中不断得到印证与呈示,"那是什么在召唤我们／我们不约而同地向它奔去／翻越高高起垄的土豆田／绕着打谷场周围那些高耸的麦秸垛//在胸口上,解开一枚浸汗的纽扣"(《复活》)。江非在《傍晚》《河流》《冬至过后》《不可知之兽》《怀旧的日子》《歧山》《坡度》《遗忘之地》《传记的秋日书写格式》等回叙性的诗中不断设置和强化"另一个我"的声音,这个声音与强大的时间不断在挣裂的冲突中或决绝或迟疑地对话、磋商、盘诘与质疑,"漫长的一生,一年四季的旅途中／也许我们都想坚强地忍住回忆的泪水／从没有谁再悄悄地来过这里"(《遗忘之地》)[1]。

生存重压下疲倦的江非去海南之后却仍然在夜晚完成属于灵魂、更属于生存和时代的诗歌。阅读近期江非的诗歌,我强烈地感受到江非是日前中国青年诗人群体中少有的具有顽健的诗歌理想、持续的创作冲动、恒久的个人化历史想象力的诗人。在愈益加速的后工业时代的苍茫而眩晕的背景中,在一个个疯狂的旋转木马旁,江非是一个清醒的命名者,这些闪耀着良知的诗歌光芒是吸收了世事强大黑暗之后的复杂呈现。当然,江非近些年诗歌中的反讽、嘲弄、无奈和荒诞的意味也愈益浓重。

聚光灯之外的"黑暗诗学"与文化乡愁

值得注意的是在江非的诗中有着大量的地理场景,而这些工业化语境中的曾经令人反复感怀的意象在诗人的世界中更多是经过哲思的过滤和折射,因为这些物象已经沾染上时代的锈蚀的痕迹。"地理"在江非的诗歌谱系中更多是作为连接历史与现实、家族与时代的一个背景或一个个窄仄而昏暗的通道,欲望和虚无夹击中"向后眺望"不能不是诗人的选择,而强大的诗歌精神和"出生地"的根性元素却都尴尬地成为"空荡荡"的被追悼的词。所以在我看来江非的诗歌始终坚持在看似日常化的真实生存场景和地理学场域中,如"鲁南""临沂""平墩湖""海南"等,设置大量的戏剧性、荒诞性、想象性但同时更具

---

[1] 李江华:《诗坛常青树——著名诗人叶延滨访谈录》,《延安文学》2006年第4期。

有强大的暗示能量和寓言化的场景。在这些苍茫的黑色场景中纷纷登场的人、物和事都承载了巨大的心理能量,更为有力地揭示了最为尴尬、疼痛,也最容易被忽视的时代的华美衣服的肮脏、褶皱的真实内里。我想江非所持有的更像是黑暗中的诗学,我们已经没有必要再重复光明、天空和玫瑰,作为创造者和发现者代名词的诗人有必要有责任对大地之下的黑暗之物予以语言和想象的照亮与发掘。基于此,黑暗的地下洞穴中细碎的牙齿所磨砺出的"田鼠"般的歌唱正契合了最应该被我们所熟悉然而却一直被我们所漠视的歌唱。[1]

可以毫不夸张地说,尽管目下有一些诗人自命或被命名为"乡土派""新乡土派""农民工派"或"草根"诗人,但是真正体悟当下语境中乡村的家族、历史和个人命运,能够具备震撼人心膂力的诗作却相当匮乏。当诗人普遍陷于工业化和科技理性的官能欣快症,当一些貌似真诚的批判者在浅尝辄止中喷出各种哈气时,真正能够穿透生存的迷雾发现"黑暗中"的疼痛的诗人肯定是弥足珍贵的。江非却在真正意义上从生命和语言的临界点出发,从血脉的根性出发所书写的"地理"文化景观中铺展开不断决绝但又犹疑的文化地理学上的乡愁。从农耕情怀在1980年代的沦落到此后急速推进的工业时代再到后工业时代,尽管江非的诗歌写作一直试图在多元化的路径中进行拓殖,但是他一直存留着一个黑色精神乡愁的见证者和命名者的身份和胎记。通往圣洁、乡愁之路的灵魂安栖之旅被一个个渊薮之上的独木桥所取代,而当诗人胆战心惊终于下定决心要踏上独木桥的一刻,却有一种难以控制的力量将那根木材抽走,留下永远的寒风劲吹的黑暗。黄昏退去、暗夜开始弥漫的时刻成了江非的内心图景和写作境遇。在带有命定性的境遇中江非在完成自我也同时是一代人的尴尬命运。近些年行走于异乡的江非不断以带有执拗性的个人视域书写了家族的历史、个人的成长史和社会剧痛,其大多诗作所涉及的"乡土"与一些所谓的时下的"新乡土"诗人比较,没有伪饰的道德涂抹和虚假的情感呻吟,而是在极富象征性的场景设置、个人感怀的具体意象的创设以及情感的抒发上都具有开阔的容留力量。在江非这里,像"乡村""平墩湖""海南"等这样的关键词已

---

[1]洪子诚、刘登翰:《中国当代新诗史》(修订版),北京大学出版社,2005年,第248页。

经不再是地理学上的空间概念而是广义的后工业化时代履带的重重碾压下的剩余一角的隐喻,而作为"语言"和"求真意志"的幸存者,他反观着黑暗的无处不在,反观着工业时代的荒诞和虚无。江非这样像"鹮鸟"的诗人不断走在异乡的路上,不断在外省迷茫的路上背负着痛苦但仍然闪光的诗歌灯盏,在北方山脉和南方雨林的较量面前,他该怎样以诗歌来维持内心与生存的平衡,"每天傍晚,我都应该把它们带回来/给它们干净的晚饭/或者是/静止的河流/穿过人世茫茫的烟尘/一群白色的鹮鸟/于荒原上/高大,闪光/我要在院子里把它们抱紧/遣散周围的一切/在书架上放好/还给祖先沉默的灵仓"(《鹮鸟》)。在外省"混"生活是一代人最本真的生存状态,而早已"失去的故乡"则是一代人最为疼痛的精神事实。当然我所说的江非的这种乡愁远非一般意义上的对故乡的留恋和反观,而是在更为本源意义上的后工业时代景观中一个本真的诗人、文化操持者,一个知识分子、一个隐忧者的人文情怀和担当精神面对逝去之物和即将消逝的景观的挽留与创伤性的命名和记忆:一种面对迷茫而沉暗的工业粉尘之下遭受放逐的人、物、事、史的迷茫与坚定相掺杂的驳杂内心。江非自觉地或被动地与现场、地理、生存、文化和历史产生了多层次的精神交叉和不停的摩擦,而冰冷、黑色、虚无、苍凉、疼痛无不象征了江非在特殊的历史语境下生活史、思想史和诗歌写作史的低沉底色。江非的诗歌写作在理想主义的乡土晚景的失落和欲望勃起的后工业时代的夹缝之中,在精神的自我挖掘、奔突和深度沉潜中发现了时代的宿疾,同时不可避免地担任了时下人所认为的具有"老旧"特征的近于孤独的"书写者"的形象。而在这一点上江非的诗歌恰恰获得了最为先锋的成色与质素。

优异的甚至伟大的诗人,其诗歌写作的谱系性和根系性是相当明显的,他会在自己的诗歌平原或高地上不断倔强地种下自己精心培植的诗歌作物。这些作物只在他的领地生长、壮大、成熟,其他的诗人只能以新奇、惊惧甚至嫉妒的心情来面对这片陌生的景观。对于江非而言无论是平墩湖时期还是现在的海南时期,他诗歌写作的精神向度和谱系性仍然在继续,就像强大的根脉在顽强地蔓延,这就是同时代甚至以前诗人少有的个人化的命名方式、顽强而开阔的现实感和尖锐的历史情怀。这种能力让他在当下的诗歌海洋中成为一座崛起的岛屿。江非所面对的首先是寥落的时代夜色中无尽的车站、公路、铲车、铁轨、城市、城中村、城乡接合部、农村、地下室、厂矿、旅馆、菜市场，这一切成为江非的"起诉书""自白书"。这一切成为诗人时时"清洗"的斑驳、油腻、污秽的巷道，"我们用一条红领巾吊死墙上那饥饿的虫子／从相册中向外剔着身高、属相和暴雨／我们给萤火虫盖好棺材，喂上最后一片苜蓿／给河流投上最后一票，不是让它当选／而是扔进一台正在发烧的机器"（《致哀》）。江非的《致哀》可谓是对自我和一代人成长的"尴尬"及由此而来的精神乡愁的悲壮总结。江非的诗歌质地是纯净的，也是晦暗的；他的诗歌音调是喑哑的，也是高亢的；他的诗歌基调是坚执的，也是绝望的——"我常以为我的血里有一些金属／我就是一块：冷冰冰的金属／……一块磁铁。流着鲜血的铁"（《祖国》）。这两种质地奇特的糅合是他诗歌的个性，而这种诗歌个性的塑成与其特殊的观照自我、生存、时代和历史的方式是密不可分的，这也是为什么在江非的身上同时呈现出直面时代的先锋精神与独自冥想的古典情怀的原因。这在《祖国》《花椒木》《致哀》《路基下的马》《后饥饿之歌》《虚幻之门》《什么样的，什么样的》《致保尔·柯察金》等诗中都有着不言自明的典型呈现。我觉得江非更像是一匹白马，在飞速的奔跑中试图提前看清这个时代的迷雾，而在奔跑的同时他的目光又不能不在黑色的工业粉尘中投注到渐渐模糊的往日和略显老旧的事物身上，"在一列减速的火车上／我看见那匹灰色的马／路基高高地耸出／它站在一块干净的田里／周围布满五月的菟丝／我想那时／我对它一无所知／在绿意间的空隙／有一片空地／刚好容下弹起的马蹄／火车经过的刹那／它是在转动脖颈／扬起幽深的眸子／与天穹对视／它停在那里，身上的鬃毛竖起／空地自一片乡间墓地／神秘地伸出"（《路基下的马》）。而《我们在黑夜里织一块布》《一支手枪要有枪柄》《三月二十日乘公交车去海口做杂志独自幻想的一会》《刺猬歌》《寂寞的狙击手在唱》《燃灯》《我们建一个省吧》等诗中诗人变得更为强大，也同时被更为强大的阴影所笼罩，其中强烈的历史意识、现场精神、怀疑立场、自我盘诘都构成了强大的力量撞击着这个疲软时代的夜晚。当然诗人内心的困顿甚至是绝望也是显豁的，"但我们还是没有看见那块可以／做成旗子的布／我们的心里／只有一块失败的布／伪造的布／最后是织布机坏了／织布机

/ 这个一到天亮就要死去的叛徒"(《我们在黑夜里织一块布》)。

在秋风的吹拂中柔弱而坚韧的根性力量在折射出时间无形力量啃啮的同时更暗含了一种无限向上伸张的情怀。江非本质上的对语言、文化、诗歌、生命的"宗教"般的虔敬成就了其诗歌特殊的成色。他在广阔的生活空间蕴含跌宕起伏的戚戚绵思,在想象空间中构筑起令人屏息的氛围。江非的诗歌写作像不断印证着一个不断重复的时代话题,同时这也是一个时代诗人所必须面对的难题。换言之我们都在谈论诗歌与时代、诗歌与现实的关联,而我们却时刻在漠视这些日常生活化的真实景观,但是它们都处于不断消逝和灭亡的边地。江非近年来的诗歌是对世纪初以来流行的阶级诗歌、乡土叙事、底层神话、"道德"律令沉疴的警告,换言之江非的诗歌写作已经证明诗人绝非是为了"流行"和"道德"而沦为庸俗的耽溺者与幼稚病患者。

个人诗歌的根性:"平墩湖"的母性和父性

1845年7月4日,美国独立日这天,28岁的美国青年亨利·戴维·梭罗只身来到了位于康科德城郊外的瓦尔登湖边,在面朝澄澈湖水的地方建造了一间属于自己的房子,然后在那里寻找属于自己的简朴、独立的空间。在那之后的150年后,在中国山东一个叫平墩湖的村庄里,有一个乡村少年也开始拿起笔来写他的精神地理学和个人成长史的"平墩湖"。当平墩湖成为诗人书写对象的时候我不禁又想起这个老生常谈的话题——诗人为什么住在"乡下"(精神、历史和灵魂意义上的"乡下")?我更情愿平墩湖一年四季在江非的眼中春暖花开,但是我看到的则是漫无边际的风雪,诗人正如那棵高耸的杉树,用思想的头颅、用诗歌的身躯完成人生和生命的大诗,那枝头震落的白雪是诗人内心面对自我和时代的灵魂颤悸。在江非的诗歌中作为文化、自然、地理、生命和历史概念结合体的"平墩湖",以一种母性、父性和根性的膂力与诗人所要转述的乡村物像和人世场景慢慢融合,江非既身置其中又以一个高度旁观者的角色满怀忧戚或希冀地站在乡野平原和茫茫的两岸。

既是现实的又是想象的、既是具体的又是符号的"平墩湖"之所以成为江非多年来诗歌写作的个人文化地理谱系学,其最重要的原因还在于这里是他的出生地,是历史、文化、生命和灵魂的出生地,是他思考诗歌、生存和现实的难以稀释的"乡愁"。在此意义上是江非发现和命名了"平墩湖",而"平墩湖"也成就了江非诗歌特殊的文化地理学和乡土反省学意义上的母性、父性与根性。

正如江非所强调的,乡村在本质上就是一个母性形象,也许只有诗歌才能无限地接近这个生命、现实和历史相交织的复杂的乡村胎体和不断滋生的"母性"力量。基于此,"母亲""外祖母""姐姐""妻子"等母性形象在他的诗歌中频频造访。这些母性形象以宽容、强大、淳朴、安静、慈爱和痛苦、隐忍捶打着一个北方青年的诗歌神经:"那时她正坐在厨房里烙着一大摞煎饼中的最后一张。她被一屋子的烟尘埋在深处。她已穿上了冬天的棉袄,和一位在沂河的深冬里敲开冰面给孩子洗尿布的妇女,有了同样笨重的装束。我竖着耳朵从厨房门口经过,只听到了一位母亲在用匙板子敲击面糊子盆的声响。那时,平墩湖村至少有三分之二的户院里也正传出了类似的声响。几百年来,村里几乎所有的人都是在这种生命的声响里长大,然后又慢慢地死去的。"(《一个山东人住在平墩湖》)乡村曾经是多么温情、朴拙、宽怀和柔软,尽管她是愚昧的、落后的、贫穷的。在江非的诗歌文本中,反复出现的平墩湖和沂水等大大小小的河流一定意义上也是母性形象的化身,它们经年的缓缓流淌成为诗人难以割舍的"恋母"情结。而江非"乡村"诗歌中的母性形象不能不与其成长经历和个体经验相关。江非的童年和少年时代是随外婆李秀真成长起来的,他接受外婆的巨大关爱以及民间说书艺人的传奇人生和个人英雄主义的熏陶。应该说外婆李秀真给了江非一个无限疼爱的但又处处历练的空间,这甚至对其一生都具有重要影响。外婆对江非的影响是巨大的,江非在很多首诗作中寻找和记忆这位平凡而神奇的女性,"我的姨妈 / 跟我说起我的外婆…… / 她曾经杀死一头黑熊 / 在土匪的土窖里 / 度过一夜 / 沿着铁轨走,爬上冻僵的火车"(《谈话》);"这时,外婆从集上归来 / 背袋里的土豆种 / 都已被那鲜艳的汁液染红 / 我兴奋着,跳跃 / 奔向她 / 被那温暖的手抚摸 / 被那闪耀的力量抚过 / 那么短的路程,那么持久的时令 / 我走了三十年 / 如今,外婆早已作古 / 我到了父母的年龄 / 眯起眼睛，我仍会看见她在高处／向我的碗里舀着什么／田野广阔、永恒／而我是多么的孤独、饥饿"（《草莓时节》）。脆弱的草莓汁液浸红的不仅是外婆肩上的土豆，更浸透了无穷无尽的温暖的孤独和乡村记忆的阵痛。外婆去世的那年，江非在浙江舟山群岛的兵营里哭了整整一个星期。平墩湖和以外婆、母亲（更多是精神和文化层面的）为主导结构的"母性"形象成为江非诗歌写作的根性力量。

如果说这种"母性"形象呈现了江非诗歌宽容、温暖、清新、明朗的一面，那么他诗歌中的"父性"则是沉郁、朴拙、粗犷、坚执、狂叫和震撼的。深有意味的是江非的诗歌中"父亲""祖父""外祖父""叔叔"等这一类"父性"的家族谱系形象的反复出现，如《在一些坏天气里》《外祖父》《父亲坐到了树下》《劈柴的那个人还在劈柴》等。值得注意的是"父性"形象在江非的诗歌中常常是深秋或寒冬背景之下的沉默的劳作者，如"父亲坐到了树下／冬天，不是一个农民乘凉的季节／树上没有一片叶子／就像父亲脸上没有一丝阴影／／但是父亲坐下了／和他的影子／我看着他／像看着一个陌生人／／我看着父亲／像一头走出树洞的熊／先是眯起眼睛看了看太阳／然后把手里的一把稻草在树下铺开／／这已是父亲连续三天重复的动作／这一次／父亲把双腿蜷起来／膝盖贴着膝盖／／他把头深深低下去／两手抱着脑袋／看上去就像一个回家的人／走了很远的路他已经很累了"（《父亲坐到了树下》）。无论是劈柴、伐木的父亲，还是搓草绳的祖父，他们都是默默的不停劳作的沉重形象，这是否印证了乡村压抑和苦难的一面？这些"父性"的形象谱系甚至在江非的诗里出现的频率和强度已经远远超过了"母性"形象。江非希望"乡村"作为一代人的精神策源地更需要一种强大的力量来支撑和延续，而这多像在寒冬的寒冷背景下不断劈柴的"父亲"："我已忘记了这是哪一年冬天的情景／那时我是一个旁观者／我站在边上看着那个人劈柴的姿势／有时会小声地喊他一声父亲／他听见了／会抬头冲我笑笑／然后继续劈柴／／第二天／所有的新柴／都将被大雪覆盖"（《劈柴的那个人还在劈柴》）。而这种力量显然已不仅仅是"母性"的包容和宽大，而必须富有"父性"的力量和呵护，"这时，水泵在飞速地运转／不大一会儿／父亲就在远处／向半空里举起一把湿过水的铁锨／向孩子们示意／井里的水／已顺着长长的水管／流进了我们的菜园"(《水是怎样抽上来的》)。对一个正在到来的时代和一种正在消失的文明状态，江非比谁都清楚地认识到了力量对于力量的作用。而江非诗歌中"父性"的形成又与其早年的游走、乡村调查和反抗性的冲动以及历史怀疑主义相关。1990年寒冷异常的冬天，江非这个怀揣着伟大而单纯梦想的少年在大雪中徒步考察鲁南、苏北郯城、临沭、东海、赣榆、连云港等5县市并写作考察报告《在泥淖中的中国农村》。以及1991年酷热难耐的夏天，江非又骑着自行车大汗淋漓地考察山东半岛各地，写作考察报告《没有蒸汽的中国农民》。他的青春、梦想、冲动、激情都酣畅淋漓地在行走甚至是精神的"出走"中呈现出来，"我打算一个人到莒南去／在那儿，看水库／写日记／住一些日子。／我打算，带一些纸／和一支笔／一把斧头砍一些柴禾／用绳子／把它们背回／借来的居住地。／我打算住得惯了／就不回来了／把那些山里的野兔／山里的斑鸠／和野鸡／用写信的方式／告诉女儿和妻子"。

我们看到，在江非的关涉"乡土性"的诗歌文本中，故乡、往事、现实、历史总是以极其个人化又极具现场感、历史感的方式呈现出来。江非不但告诉了我们"发生"，而且告诉了我们"为什么发生"，他所呈现的那个乡村也总是因为一代人的尴尬身份和历史侵染而打上了"乌云"般的灰暗底色，"在故乡／多年以前／我的一个伙伴／曾经死于自己的镰刀／以及一片乌云／我记得那是一个下午／青草密布／悲伤从远处滚来"。江非告诉了我们，"乡下"还有很多人类的记忆正在复活，这些记忆正作为一个新的现实在影响着他，影响着我们和这个国家。正是在极具悲悯情怀的回叙性书写中，江非把乡村的温暖和沉痛、人世的深邃和粗糙、时光的冷峻和命运的多舛都呈现得一览无遗。同时这种不无疼痛的记忆和晦暗、紧张、尖锐、疼痛的生存场景也"血肉模糊"地纠缠在一起，让江非的这种诗歌承担未经夸饰就有了与心灵契合的力量。江非和他的甚至整整一代人象征的"平墩湖"在历史和现实中是如此的真实而沉重，苦难的"根性"让诗人不断在寒冷的光阴中慢慢咀嚼——"我是日光中的落水者／也将走向落日的方向"(《给叶赛宁写信》)。

"平墩湖"作为一个乡村在后工业时代的隐喻，在江非这里其实承载了历史记忆与现实承重的无限苦涩，它就像一张空空的药方，在沉重和病痛中煎熬着一个诗人并不宽裕的内心。

长诗写作与"诗歌九部书"

　　写作长诗甚至"史诗"一直是从"今天"诗派、"第三代"诗歌以及90年代诗歌以来当代汉语诗歌的主题,甚至在海子之后只有极少数的诗人敢于尝试长诗的写作,其成就也是寥寥,因为写作长诗对于任何一个诗人而言都是一种近乎残酷的自我挑战。海子的大诗就是对宗教、诗歌、传统和神秘而伟大元素的纯粹的致敬和对话,这种致敬和对话方式无疑是重要的也是令人敬畏的,但是海子的长诗在最大的程度上祛除了个人的现世关怀和俗世经验,这就使海子的长诗拒绝了和其他个体的对话和交流并也最终导致了在无限向上的高蹈中的眩晕和分裂。自海子之后中国诗人的史诗情结多少显得荒凉、青黄不接。我们的时代也不可能产生史诗,我更愿意使用中性的词"大诗"或"长诗",而在"70后"一代诗人中这种"大诗""长诗"的写作意识是显豁的,但是其所遭遇的长诗写作的时代语境同样是显豁而尴尬的。

　　江非的长诗呈现的是急速的节奏中暴风骤雨般的寓言化的、荒谬性的戏剧性景观。无论是与诗人的生存直接相关的往事记忆、生活细节还是想象中的更为驳杂的场景、事件、历史、幻想,都在质疑、反讽的基调中呈现出支离破碎的状态。江非的长诗写作也极其强烈地张扬了对自我、世界、生存、诗歌、历史、乡村、城市、现代性经验的认知和立场。在长诗写作中江非以极其强烈的介入现实和历史的姿态呈现出快速得令人眩晕的目不暇接的驳杂景象。这些长诗更像是一个个人化、历史化、欲望化和寓言化的生存文本或一个诗人的灵魂档案与历史见证,一份关于社会、历史与个体的白皮书。黑暗、荒谬、悖论、假象被他从浮华的帷幕背后强有力地拖拽出来。江非写作长诗的努力印证了中国当代诗人写作大诗都是有可能的,当然这种可能性只能是由极少数的人来完成。历史总是残酷的。江非长诗文本的复杂性和沉重的历史反思精神、现实批判立场可以认为是"70后"一代人尴尬的文化身份、阶层出身、理想处境在中国精神地图上的醒目标记。这个标记因为一个诗风稳健、不断探索的主人而让我们看到诗歌在日益老去的大地上重新生长的可能。

在中国青年诗人群体中，江非无疑是一个对诗歌写作尤其是长诗写作充满信心的诗人，更确切地说是怀有写出具有历史感、现场感和个人性的伟大诗歌"雄心"的诗人。经过长时间的准备和阵痛中的写作，江非最终把"诗歌九部书"定名为《逍遥游》《草间令》《沧海雀》《英雄帖》《短歌行》《箜篌引》《沂州辞》《长亭赋》《欢乐颂》。而在江非看来写作长诗与其说是信心，还不如说是苦心；与其说是构建，还不如说是理想："我想大多数诗人应该和我一样，都会有一个关于诗歌的理想。因为，这其实不是诗歌的理想，而是一个人对于生命的理想……这九部书其实就是一个人的精神历程。是我觉得自己或者更多的人都要经历的一个精神历程。从《箜篌引》开始，到《逍遥游》结束，是一个人从自然到尘世，然后又回归自然的一个过程。这个过程中有歌有吟，有徘徊有犹豫，有壮怀激烈，也有悲悲切切，有随波逐流，也有倒戈一击。"江非试图通过九部大诗来完成个人诗歌体系的三个"三位一体"，即"村、镇、城三位一体，诗艺、思想、历史三位一体，情感、理性、精神三位一体"，继而接近"风、雅、颂"完整结合的个人诗歌理想，并最终把"九部书"改编成诗剧《平墩湖》。在海子之后似乎还很少有诗人像江非这样对诗歌写作尤其是长诗写作充满如此的信心，倾注如此多的心血。

在这个物欲极其膨胀的时代江非无疑是一个不断漂泊、不断寻找的"流浪者"，"吃小米的人要去流浪 / 吃小米的人充满向往 / 这天，你一个人 / 带着火、食盐，酒壶在腰上叮当作响……可是你没有士兵 / 可是你没有战马。夜色下沉了 / 你只好把背上的小米放下 / 流浪多年的国王今夜寄宿在平民的屋檐下"(《流浪颂》)。在这个层面上诗歌成了江非印证生活、历史和想象的有力证词，或者说特殊的生活方式影响到江非对诗歌和生存的特殊理解："如果活着是一场战争，我想把每一首诗歌都搞成一辆坦克。"江非的长诗写作清晰地呈现出一种近乎天问的史诗式的写作倾向，换言之江非对诗歌和历史的宏大话语怀有一种近乎天生的质疑和重新清理的秉性与冲动；同时江非的长诗写作又不无清晰地彰显出诗人试图拨开历史和生存的迷雾廓清本来面目的理想化情结与冲动。江非的很多长诗处理的都是个人化的历史题材，换言之江非以个人化的历史想象力和复杂的心态呈现了一代人对历史的态度，可能是模糊的、客观的、理想的，也可能是忧伤的、痛苦的、愤懑的、反抗的、反讽的。而这些复杂而尴尬的心态都相当繁复或悖论性地纠结、摔打在一起。而提到江非的长诗不能不提到他那首著名的长诗《一只蚂蚁上路了》，这也是我最为认可的1990年代后期以来最为优异的长诗之一："谁给父亲一双鞋子／谁把白色的鸭子命名为／天鹅。谁从天堂里回来，谁的脚上／沾满了尘土／那尘土是麦地的骨灰／谁还是不停地擦着玻璃，谁把自己／搬走了，谁在这个世界上留下一处宁静的／空房子，谁丢失了一只羊，在人间四处奔波／寻觅着善良的蹄印／谁爱上了闪电／谁在一条河边停留，谁赶来一头怀孕的母猪／谁提着一个笼子，笼子里装着老虎／谁拿着一根棍子，谁用一根牧羊鞭／驱赶着那些公路上的汽车。"在《一只蚂蚁上路了》这首长诗中，江非以一种相当强烈的质疑语气（"谁"）贯穿全诗，强烈的反讽、迅速的节奏、绚烂的夸张、历史的拷问在极具典型的时代征候的意象谱系和场景设置中呈现出怪诞的史诗性效果。在这些略显庞杂的场景和意象中，一种个人化的历史想象力贯穿其中。这种个人化的历史想象力无疑是以理性、客观甚至质疑、反思为前提的，如诗中大量的这样诗句："谁从水里抽出了右手 谁的手上／沾满了河流的鲜血。""谁把帽子反戴着一次一次／从教堂门口经过。""谁骑在自行车上／谁的手臂高举 败坏着祖父的名声。""一只蚂蚁上路了"无疑是"70后"一代人生存命运的隐喻，卑微、无望、坚持、观望、彷徨、深入、挣扎都被淋漓尽致地凸显出来，"这一天／这些都不是／这一天／是一只蚂蚁想好了要离开村庄／它在天亮时分上路了"。蚂蚁，卑微的生存个体踏上漂泊之旅的起点是乡村，然而它们的归宿却不知道在何方。江非鲜明而有力地对时代的介入、命名、担当的精神实则是在接续一个伟大的传统。在当代的新诗发展史中可贵的知识分子精神却是长期缺失的，所以江非的知识分子和个人化的历史想象力和介入能力的张扬也是对1990年代末期以来诗歌写作现象的一种回应，即诗歌和诗人不是不及物的绝缘体，目下诗人的良知即是担当起这种责任。

结　语

　　江非在今年寒冷的初春再次登上了澄迈的海岸，而我也只能在自己写的一首诗中继续想念他——"去过海南，但不知道有一个澄迈县 / 你去这个过去年代的渔村正是北京的夏天 / 你那些远道而来的山东朋友带来了煎饼和大葱的气息 / 他们紧握我的双手你却背起了行囊 // 一只蚂蚁上路了…… / 一只蚂蚁带着平墩湖去了椰子和海滩的南方 / 但海风是咸涩的 / 连南方姑娘温柔的方言也是苦涩的 / 我知道诗人路也去过江南 / 那是她爱情的江南，小资的江南，古典的江南，诗意的江南 / 她把小虾小蟹，小花小草都写成了两情相悦的童话 // 可你的南方呢？/ 平墩湖的夜色更深了，院落更空了 / 你的诗歌的卷宗越来越充满着光亮，也有着同样的幽暗 / 三十多岁的皱纹被尖厉的铁轨镀亮 // 我会想到某一刻你重新来到北方的情景 / 那双老式的布鞋印证了我 / 一个又一个布满血丝的夜晚 / 北京的大街上只有车来人往 / 我的朋友在遥远的南方 / 澄迈比海南更远 // 儿子的手指在阔大的地图上滑动 / 狭小的澄迈让儿子吃惊 / 他的被咬成锯齿状的尺子已经丈量不了 / 北京到海南的距离 / 尽管你带着油墨芬芳的手抄稿就在我的枕边 / 让我在这个时代感谢澄迈吧 / 她让一个三十多岁的老男人重新拾起了思念 / 还有忧伤 / 我的儿子已经学会了和我讨价还价 / 而遥远的远方，澄迈的一个楼房里的灯光 / 却是为我照亮"（《遥远的澄迈——给江非》）。

2010 年 3 月于黄寺大雪中
修改于第一次沙尘暴

时间是如此的无尽
——读江非的《草莓时节》

符 力

江非是一位在诗歌的道路上不断思考、探索和前进的诗人。21世纪以来，他的诗歌主要经过了三个重要的阶段：2004年以前主要以"时代"和"命运与善"为思考对象的时期；2004年至2008年主要以"历史"和"确定性与存在"为思考对象的时期；2008年以后，主要以"时间"和"可能性与意义"为思考对象的时期。这三个阶段，其中第一个阶段的作品主要集中在他的诗集《一只蚂蚁上路了》和《嘿嘿嘿》中，第二个时期和第三个时期的作品主要集中在他的诗集《纪念册》和《独角戏》中；三个阶段所对应的关于自身诗歌写作的理论性思考，也分别出现在他的三篇诗学随想《一份个人的提纲》(2001年)、《一封关于诗歌话题的信》(2007年)和《时间的孩子》(2009年)中。江非个人对这三篇文章的纲领性箴言式浓缩分别是："诗歌就是风、雅、颂""诗歌就是工具（认知的）""诗歌总是沿缝隙（时间的）展开"。可以说，这三个时期，作为一个清晰的不断向前上升、深入和拓展的诗歌写作轨迹，既让我们听到了"一只蚂蚁"在深夜关照自我的窸窣声和针对时代现场所发出的"嘿嘿嘿"的反思声，又让我们看到了他对"历史"就是一本人类的"纪念册"和人就是"时间"的广大场域中的一场"独角戏"的尖锐命名。而在2009年以来的《龙卷风之夜》《倒计时》《包裹速递》《喝水日》等篇章之后，江非更是进入了对"可能性"和"沉默的时间"的深入探讨以及对"时间、历史对人类的意义"的意义进行更多思考,开始向我们揭示那些"时间的缝隙中"和"沉默的区域中"的更多存在与真实。在进入第二个写作阶段之后,江非其实就是要自问时间是什么,关于人在时间中是如何被时间和时间构成的记忆和历史所规约又不断突破,人类在不断抵抗时间为何又倾力给予时间人的行动这一令人不断焦虑的话题。这之后的江非诗作中,处处流露出了他对"灵魂就是时间"的基本认定和不断丰富,从而把"时间性"置于了一个考察各种问题的绝对位置,并通过这个颇有意义的悬置来思考与精神、情感、信仰、时代有关的诸种关系,从而开拓了一条在被"现代性"规约的历史进程中被"过去、现在与未来"交叉的人的精神出路。《草莓时节》就是他这一时期诗作中具有典型代表意义的一首。

在这首诗中,诗人一上来就直接回忆了童年的"时间记忆"中一个"槐树花盛开的时节",描述了"蜜蜂一个接一个的到来/矮草尖在林中/演奏着深情的手风琴/树栅上/留下一只麻雀过夜的羽毛"的"时间"景状,然后再写"我拿着一个碗去迎接外婆",因为根据生活以及血缘的常识和对"时令/时间"的认识,"我"知道"从集上归来"的"外婆"不光会带回来了"土豆种"这种让时间不断繁衍、不停延伸和运动的"事件",还带回来"我"喜欢的"草莓"这一让"时间"因为关系的产生而在人的记忆中停留静止的"事物"。于是,"我兴奋着,跳跃/奔向她"。色泽鲜艳、香气浓郁的草莓,是"美好、浪漫"的代名词,是人们可以尽情享受的食品,草莓时节有着太多值得人们久久怀想的事物,草莓时节里的种种收获也总是叫人印象深刻,甚至终生难忘。然而,这一切的前提都必须是"被那温暖的手抚摸/被那闪耀的力量抚过",诗人在诗作中很确定地交代,"时间"只有和人和自我发生这种深刻的关系,才会作为一种经验和影响进入"人的历史",才会有意义的呈现,并作为人的精神内部的记忆,以致"我到了父母的年龄/眯起眼睛,我仍会看见她在高处/向我的碗里舀着什么"。江非的这首诗,质朴自然而又充满深情,所直接传达出来的是一颗纯真而朴素的心,对"外婆"的给予长存感恩之心,对往昔的幸福、快乐时光的深沉怀念之情。读来让人为之动容,让人禁不住深陷到对许多幸福往事的追忆和感怀之中,但深层之处却流露出了对"外婆"这种代表过去的"时间"的"保留者"和"蓄水地"所构成的"时间/记忆的仓库"对人与生命的意义的追问。《草莓时节》所蕴藏的诗意并非仅仅指向简单的人世怀想和脉脉温情。此诗充满隐喻,隐含着诗人对祖祖辈辈(历史)依托于物质给予所形成的时间积累和精神内涵的深刻理解和感知,"那么短的路程,那么持久的时令/我走了三十年",才得以认知、回望和赞美。诗人是要认识那个"田野"(国家、民族、世界)的"广阔、永恒",以及反思"我"的手中总是离不开的这些"接受"和"食物"以及完成"接受和皈依"的"一个碗"。诗人指出,一旦得不到"外婆"的给予,我们就会感到"饥饿",感到"孤独",感到恐慌不安。这种给予其实是时间的相似性,是人的行动的不断再次出现和经验的重复,是灵魂的同构和建造。这样的一个场景,可能就是诗人在又一次吃"草莓"时被流动的时间动力所唤醒。

江非正是通过这样的思考,肯定了在时间、历史中,一代代人的物质给予和精神传承,明确了"我们"作为一个新的传承者的历史责任感,并指出了历史有限而时间无限,人对于时间的"饥饿""恐慌"永在,时间对自身的"饥饿"也永远存在。江非说出了人与世界双重的孤独。所以,人只有面对永恒的虚无和"广阔的田野"不停地一代一代地向"碗"里"舀着什么",向人世中贯彻活着的意义和勇气,因为一旦中断了这样的努力,我们就会感到"多么的孤独、饥饿",我们需要从自上而下的"传递"里不断地获取,以解除精神上的饥渴。"田野广阔、永恒/而我是多么的孤独、饥饿",这几乎是"时空"之间基本存在而又永恒不变的矛盾和真相!但正是"给予"和"孤独、饥饿"的同时存在,才使得人类的存在延绵不绝,依靠对"时间"绝对主动性而实现对"空间/田野广阔"的理解和结合,而实现了人类的荣誉和存在的意义的训诫。从这个角度来看,这首《草莓时节》虽然很短,但无疑是一首命题浑厚而博大的诗。这首诗从日常细节切入,敏锐观察,纵横想象,直达核心,也体现了江非突出的语言艺术表现力和"历史想象力"。江非的其他大量诗篇也正是以类似的生活细节,将宏大、抽象的诗意和诗人所要达到的目的瞬间清晰地传达出来。在中国诗坛上,江非一直是一个独特的在诗歌中不断实现各种根本性哲学思考的诗人。他的大多数诗篇都蕴含着清醒的哲学发现和一个思想者在高处的审视,闪现着一个睿智者感性和理智并存的诗意光芒。而这些包含对时间、历史、宗教、信仰、永恒等话题的思考，也贯彻了江非对"诗歌是什么"这个问题非同一般的理解。在谈到他诗集《独角戏》时，江非曾说："这是一部谈论时间和灵魂的书，是我这些年思考时间对人的影响和意义的一些诗歌记录，是一个人带着自己的那部分灵魂配额在深夜、在各种时间场所和语言舞台上出没的文字笔记。"这样的认知确实让江非发现了很多时间、人以及诗歌的秘密。

【附】
草莓时节

江　非

　　我拿着一个碗去迎接外婆
　　槐树花盛开的时节
　　蜜蜂一个接一个的到来
　　矮草尖在林中
　　演奏着深情的手风琴
　　树栅上
　　留下一只麻雀过夜的羽毛
　　这时，外婆从集上归来
　　背袋里的土豆种
　　都已被那鲜艳的汁液染红
　　我兴奋着，跳跃
　　奔向她
　　被那温暖的手抚摸
　　被那闪耀的力量抚过
　　那么短的路程，那么持久的时令
　　我走了三十年
　　如今，外婆早已作古
　　我到了父母的年龄

眯起眼睛，我仍会看见她在高处
向我的碗里舀着什么
田野广阔、永恒
而我是多么的孤独、饥饿

我们都在孤独地等待
——读江非的《花椒木》

徐南鹏

在我看来，江非的《花椒木》无异于是《等待戈多》的现代汉诗版。在这首诗里，江非一开篇就给阅读者设置了许多疑问，一首假以叙事的诗有了多重的潜在意义。他写道："有一年，我在黄昏里劈柴／那是新年，或者／新年的前一天／天更冷了，有一个陌生人／要来造访／我提前要在我的黄昏里劈取一些新的柴木。"读到这里，每个人心里都会冒出一串问题——诗中所指的是哪一年？为什么要劈柴？为什么是新年或者新年前一天？陌生人是谁？为什么要造访？造访干什么？当然，还可以有更多的问题，读者的心就这样被抓住了，从而对下文充满了好奇。

江非接着写道："劈柴的时候／我没有过多的用力／只是低低地举起镐头／也没有像父亲那样／咬紧牙关／全身地扑下去，呼气。"可是，江非并没有去回答读者前面提出的问题（诗人设置的问题），而是转向对自己的劈柴描述。新的问题继续呈现——为什么没有过多用力？劈柴不用力行吗？为什么不像父亲那样全身扑下去？为什么要出现父亲？这些问题提在读者手里，我们等待江非做出回答。江非继续劈着他的柴，头也不抬。"我只是先找来了一些木头／榆木、槐木和杨木／它们都是废弃多年的木料／把这些剩余的时光／混杂地拢在一起。"江非似乎告诉了我们什么，但又似乎没有。这些木头原来并不在那里，这是他去找来的。为什么呢？到了这里，一个新的意象终于出现了，"剩余的时光"。是的,诗人江非在"那一年"里劈开的,并不是真正的木料,而是时光。那些时光的内部藏着什么秘密?这些时光,也可以指"那一年"黄昏中剩余的时光。那么,江非要说什么呢?又有新的问题被带出来。江非依旧不紧不慢(他对节奏的把握十分到位):"我轻轻地把镐头伸进去/像伸进一条时光的缝隙/再深入一些/碰到了时光的峭壁。"

一幅新的镜象出现在我们面前,诗人探寻的镐头(斧头?)伸进去,已经进入了一条时光的缝隙,并且两种坚硬的事物交合在一起。我们似乎听到了"砰"的声音(一个清醒的人,对着现实提出质疑?)。是否一块时光的木头已经被劈开?我们继续阅读,跟着江非的书写(我们已经不能不跟着他走了,这是一首优秀诗篇必须具备的品质)。但是,我们发现,江非已经不沿着我们所想的路走了。他自个儿拐个弯,走上另一条路:"我想着那个还在路上的陌生人/在一块花椒木上停了下来/那是一块很老的木头了/当年父亲曾经劈过它/但是不知为什么却留了下来。"到这里,读者基本上已经举起手来,在江非高超的阅读障碍设置面前,彻底地服气了。江非对诗的理解是独到的,到该收手的时候,他收了手。"它的样子,还是从前的/没有发生任何改变/好像时光也惧怕花椒的气息/没有做任何的深入"。一个清醒的人,对现实提出疑问,总是呛人的、不讨好的,像极了花椒木,所以他终会被弃置,"要么闭嘴,要么在监狱待着"。江非已经解答了读者的问题,这时他该解答自己作为一个诗人的问题了:"好像时光也要停了下来/面对一个呛鼻的敌人/我在黄昏里劈着那些柴木/那些时光的碎片/好像那个陌生人,已经来了/但是一个深情的人,在取暖的路上/深情地停了下来。"在设置一重一重的疑问中,诗人推进着他的写作,同时注意不断逃离读者的意愿,让读者在越积越多的问题中快要崩溃掉。这正如诗人自己面临的问题一样,也就是说,那个自己在等待的人最终并没有来。荒诞由此而生。

时光残忍的、绝望的、坚硬的内壁被江非触及了,我不能不佩服诗人的冷静和深情,他在诗的开头说的"那一年",指向的是那我们历过的所有的年份。一直以来,我们都是这样生活的。这让人几近于绝望!但是,我们也得感谢诗人,他还是把一点希望留给了人间,正如他开头所言的"那是新年,或者新年的前一天"。对于中国人来说，新的一年总是有希望的，未知就是希望。尽管结局并不像我们所想象的，希望也会随时在取暖的路上停了下来，但是"我们还得等待戈多，而且将继续等待下去"。

【附】
花椒木

江 非

有一年，我在黄昏里劈柴
那是新年，或者
新年的前一天
天更冷了，有一个陌生人
要来造访
我提前要在我的黄昏里劈取一些新的柴木
劈柴的时候
我没有过多的用力
只是低低地举起镐头
也没有像父亲那样
咬紧牙关
全身地扑下去，呼气
我只是先找来了一些木头
榆木、槐木和杨木
它们都是废弃多年的木料
把这些剩余的时光
混杂地拢在一起
我轻轻地把镐头伸进去
像伸进一条时光的缝隙
再深入一些

碰到了时光的峭壁
我想着那个还在路上的陌生人
在一块花椒木上停了下来
那是一块很老的木头了
当年父亲曾经劈过它
但是不知为什么却留了下来
它的样子，还是从前的
没有发生任何改变
好像时光也惧怕花椒的气息
没有做任何的深入
好像时光也要停了下来
面对一个呛鼻的敌人
我在黄昏里劈着那些柴木
那些时光的碎片
好像那个陌生人，已经来了
但是一个深情的人，在取暖的路上
深情地停了下来

时间的孩子

江 非

迄今为止，人类社会的所有行为都是在号召人要生活在一起，要进行一种集体的生活。诸如劳动、婚姻、国家、政治、经济、战争、道德、宗教、历史、法律，无一不在指向一种群体生活，但唯独艺术除外，唯独诗歌除外。诗歌所要做的是一种离群的工作，是以牺牲群体为代价恢复单独和孤独而直接靠近那些"人"和"物"的共同属性和最小的单位因素，这个最小的单位因素就是时间。所以，诗歌是和其他艺术一起来反对群体即任何一种群体生活的。但在另一方面，诗的这一个性的完成，却不得不借助对以上各种群体生活的发言，因为"反对"必须有对立，只有有了对立，并对对方产生反对的行为，反对才得以成立，诗才成为诗。

所以，具体说到一首诗，它其实只包含了很少的诗的成分，而这些很少的成分却往往容易被读者和评论界忽略和视而不见。中国新诗批评的肤浅也就在这里，很多诗歌批评往往是把诗所反对的当成了诗本身，在具体的诗歌批评中却放走了那些真正的部分。多年来，中国的新诗批评和理论其实一直是接近于反诗歌的。一种近于蒙昧的阅读原理也在习惯中被豢养、训练而成为痼疾。然而，事情并非仅仅如此。诗在这个反对活动中并不是没有目的的，诗提倡一种"个人的生活"，却从来都不提倡一种真实的个人生活，而是从头到尾在追求一种鲜明的"人类个人生活"，也就是说，诗的反对是针对群体的当下时间和过去时间的。对未来或者是以未来构成的过去时间——时间的孩子，诗历来都在期望它所描述的个人、自我就是群体、人类。诗在力图改变时间的发生轨迹。诗在审判时间的过去，在对人类生活中一切即时性进行残酷的质问：时间之外，何谓永恒？

诗、道德与宗教都是在帮助和要求人类在脱离一种既定的生活，但这种脱离必须以肯定这种生活的目前合理性为代价。不同的是，道德和宗教都显示了较为确定的内容，先天就具备了法律的萌芽，再进一步，就会成为规定人的具有暴力和权力意义的法律。但在这三者之中就其表现的生活指向的精确度而言，诗是最难以确认的，是一直以一种新的追求来替代前一种追求的，这种替代不是出现在两首不同的诗中，而是出现在同一首诗中。而正是这种自我满足和自行主导的必然替代，让每一首诗一旦产生就开始反对外部法则也反对自身秩序。诗是反对自身的。这就是为什么道德、宗教、法律在不同的历史生活时间轨迹中总是要被不断革新而诗相对永恒的根本原因。

诗其实是要把一个被过去的时间和当下的时间蒙蔽的真实世界遣送给读者。在这个遣送的过程中，诗总是保留了那些它最急于送出的。因为任何的时间都是在以过去、现在、未来的至少三种方式流动，诗无法精确地就依靠语言把握到那个即将送出之物，只能感受和贴近那个被蒙蔽的真实。这样，送出之物和送达之物就存在了一个差别，这个差别就是诗的内部空间。而这二者又与诗人的想送出之物存在一个更大的差别，这个差别就是诗的外部空间也即诗的能力。所以，作为一个解蔽者，一首诗往往在变成事实之前就首先要被自身蒙蔽两次。诗只能是永远地接近那个时间的真实。这主要是因为诗是在借用语言来完成对真实的发现和遣送的，是语言蒙蔽了诗。诗歌的语言代表了诗的能力，但同时也是诗对自身的统治，是一个对诗具有绝对意义的外部权力。在根本上，诗歌中的语言其实就是时间的速度，而正如古典力学一样，当诗不得不借助时间的速度来认识时间时，时间往往表现为一种有序的运动。而有序的运动并不是时间的本质，得以借助语言而实现的想象力，正是对时间本质的接近和对时间的速度顺序的突破。

徐俊国

乡土中国的灵魂叙事
——《鹅塘村纪事》阅读印象

灵 焚

> "我不清楚我所等待的人到底是谁/但是只要我等他他就正在路上/将来有一天也许是在阳光下的荒凉里/谁看见我泪流满面我就与谁拥抱跟谁走"
>
> (《等待》)

很少这样，读完之后感到那么熟悉的一部书却让我几天来找不到一个合适的题目来写一篇印象文章。我从来所要写的任何一篇关于诗歌的评论文章都不可能占用我三天的时间，一般情况之下都是在一个昼夜里就可以完成的。可是这本书却让我三天三夜找不到一个合适的题目，让我一直无法动笔。我的写作习惯是根据读完后最强烈的第一印象冒出一个题目，有了题目就已经完成了一半，接着拟出几个要写的小标题，就完成了百分之九十，剩下的就是让自己的灵魂叠合在诗人的灵魂上重温那个过程，让自己成为诗人，对着电脑把那种曾经的律动敲出文字来。可是这本书却让我犯难，因为觉得哪一种题目都不合适，都无法准确地表达我的感受。阅读最初两辑我觉得这是一种现实乌托邦的显现，可是读到第三辑《时光重现》和第四辑《半跪的人》这种感觉完全消失了。乌托邦是一个人人向往的美好的理想国，然而这里除了最初的童话般祥和的世界之外，却让人触摸到悲凉的、无奈的、贫穷的甚至死亡阴影到处游荡的世界。接着我就想到了这是面向城市的孩子们讲述的一部发生在乡村的灰色童话，全书的内容一半是童话般的美好和向往，另外一半则是一群贴近乡土随遇而安的小人物们的生老病死、婚丧嫁娶的悲喜苦乐，所以说是灰色的，不是五彩缤纷的世界。可是，童话哪有灰色的，童话是为孩子们提供梦境的，而这里所发生的许多故事我倒希望能从孩子们的心灵中永远消失，虽然贯穿全书的善良、悲悯、知足、感恩是需要的，然而这种善良、悲悯、知足与感恩所换来都是尘土般微不足道的、悲凉的甚至不幸的结局，人们都是那么听天由命地对生存的境遇逆来顺受，令人叹息。除此之外，我还想了很多，比如乡土的指纹、善良人灵魂的栖息地等等，都不合适，最后，只能以"乡土中国的灵魂叙事"[1]作为主题，笼统地表达我的阅读感受。因为，这本诗集表现的正是一个出生于农村的诗人所经历的那些渗透骨髓的乡土事件，以及一个质朴、善良的灵魂对自然万物的平等与虔敬的生命姿态。诗人在这里似乎是要倾注他对这块乡土的认同、亲近、依恋以及深深的同情和美好的愿望。

一个中国乡村的缩影

首先我想说的是，这是一部比较完整地浓缩了发生在中国农村的乡土故事，而这些故事是通过灵魂话语和凝练的细节得以呈现的。之所以说"比较完整"，那是因为在这里诗人所涉及的心灵事件涵括了一个贫穷、落后，山东地图上"小小的甲虫"一般大的村庄（《暖风》）的全部日常，以及所有的亲属和邻里的生存痕迹。这里涉及了生老病死、婚丧嫁娶等这些属于乡村日常生活的全部内容。除此之外，在亲属关系中，有祖父、祖母、父亲、母亲、叔、婶、兄、弟、姐、妹、妻子、儿女、熟悉的乡亲等，这些中国家族伦理中最主要血缘者的日常都是诗人的审视对象。在一本薄薄的诗集中能够这么全面地涉及中国乡土文化构成元素的作品，在我的读书阅历中是绝无仅有的。而诗人所揭示"鹅塘村"当然不一定就是现实中存在的一个小村庄，这应该是诗人所创造的

---

[1] 罗小凤博士有一篇评论周庆荣散文诗的文章《灵魂叙事视阈下的"我们"——观察周庆荣散文诗〈我们〉的另一维度》，本文"灵魂叙事"的概念借用于此。

乡土中国的一座灵魂的村庄，把那些世代与土地捆绑在一起的乡里、亲属甚至生息在这块大地上的生灵、五谷、六畜们的全部角色，以及他们的日常生活中所发生的一切与生命过程相关的事件都放在这个"村庄"里发生。这些元素，当然是滋养了诗人的童年、少年、青年时代灵魂的水土，它已经成为血液一般渗透到诗人骨髓中的生命底色。这里所说的小，只是一个浓缩性概念，其实这里所发生的一切，可以放大成整个乡土中国。正如诗人在《致蜗牛》中写道："房子亲人大地五谷六畜 / 一切就绪 预备一开始 缩小成一百倍 一千倍 一万倍 / 缩小成心脏 缩小成你背上的小漩涡 / 给你足够的路途和眷念 / 在背阴的角落缓慢地去爱。"他就是要把一个几千年来偌大的乡土中国，缩小成一个"鹅塘村"，并把镜头拉近到当下，近到自己所经历的成长经验来叙事和展现。所以，这里的每一个人所背负的命运，也是乡土中国世世代代延续下来的生存状态的聚焦、缩影。

按照本书的划分，全书共有《俯身大地》《我的鹅塘村》《时光重现》《半跪的人》四辑，第一辑属于诗人的灵魂宗教，提供了一个乡土乌托邦世界的图景。第二辑属于第一辑的思想与情感延续，但是显得更为具体，表现诗人与这个灵魂村庄的关系。第三辑与第四辑基本上表现的是诗人的心灵乡土的情感与思想来源以及自己的成长经验等。所以，作为一部乡土中国的缩影，本书的主要内容在第二至第四辑中得到了具体体现，不过第二辑里具体的现实场景比较少，除了《故乡》《村里发生的事》《平度和鹅塘村》《暖风》之外，基本上都是一种灵魂村庄的场景。而我们会在这里注意到，这四首作品的内容都与母亲有关。诗人在这部诗集中多次写到母亲，每一次写到母亲都显得那么地具体而亲近，充满了深深的感恩之情，这是否暗示着诗人与乡土关系的来源认识，我想是的。正如诗人自己所说，一个人可以有许多选择，就是无法选择出生，这种选择与母亲的命运紧紧绑在一起。"一个女人嫁到鹅塘村是命 / 我被生在遍布牛粪的苦菜地也是命。"（《故乡》）而母亲在诗人的人生中扮演的角色，恰恰是诗人与这片乡土无法割舍的命运的媒介。即使多年之后诗人已经离开了这片土地，母亲的探亲到来又会给他带来往昔乡村经验过的日常，只要母亲存在，诗人无论走到哪里，他的乡土就带到哪里。正如母亲所说的那个瞎眼老太"天天拄着拐棍围着村里的枯井转圈 / 她总唠叨 如果她的光棍儿子先她而去 / 剩下的日子可怎么过啊……"(《村里发生的事》)。所以,诗人不无感慨地告诉我们:"我在这座小县城教书写作 / 这座小县城是树梢和虚幻 / 老家是我的根枯叶与肉体的安葬地。"(《平度和鹅塘村》)

  关于乡村所发生的事件,诗人的成长经验主要集中在第三辑《时光重现》和第四辑《半跪的人》。从标题来看不难发现第三辑是诗人成长的回忆,而第四辑属于诗人眼中的匍匐在土地上卑微地活着的缘亲乡里。在这里,诗人仍然多次写到母亲,比如《上学》《夕照》《摇篮里的孩子》《娘》《爱》《半跪的人》等。当我们读到《半跪的人》,基本上可以明白,诗人成长经验中所有的人,都是这个被母亲所代表的生存意象:"半跪着"。诗人对这个生存意象,发出了对乡土中国"你还有多少寂寞和苍凉必须有人半跪着来担当"的慨叹。

  在诗人为我们所提供的关于母亲的意象中,我们看到的是一个隐忍、善良、勤劳、病弱、坚强的女人。这个女人植物一般朴素、泥土一般卑微,背负着乡土的贫瘠、辛劳,没有一声怨言、默默地忍受着生存所强加给她的一切。而鹅塘村中出现的其他亲属、乡里基本都是围绕着这个母亲的存在而派生出来的,甚至父亲也是。在这里,父亲在《上学》和《骑在父亲的肩上》两次出现,一次酗酒,一次是带着幼年的诗人逛庙会。其他的亲属如妹妹、姐姐、弟弟等,还有乡里中病危的老人(《娘》)、疯女人(《疯女人》)、好人老帮头和光棍曾旗(《村里发生的事》)等都是与母亲有关的存在。当然,除此之外,还有其他的一些人。可是出现在诗人眼中的女人们,基本都是跟母亲一样的苦命的人,诗人所看到的每一个农村女人的一生,就是由女儿变成了某人的媳妇,然后"她像一盏摇摇晃晃的灯笼 / 在疼痛中守护着微弱的火苗 / 劳动 生儿育女 / 倒下的时候 / 闪电又在她的坟上狠狠抽了一鞭子"(《命运》)。而男人宛如附属性的存在,要么带着病体,比如"父亲"的胃病、"下巴长满茅草的那个人"带血的干咳、村民"聂高贵"的心脏病等;要么常年离家、在外谋生,如"离家多年的爷爷去了边疆"、漂泊的"盲艺人"、外村来的"瓦工"等。这些为我们提供了这样的信息,农村的那些男人除了那捆绑他们的土地之外,偶尔还会在外走动,而留在村里的家园主要是靠女人们守着,许多女人可能一生没有离开过她们生活的乡村。男人当然也跟那些女人一样的穷苦、寒酸，但他们却偶尔可以抽烟解闷甚至酗酒发泄，而女人只有默默忍受(《上学》)，实在走投无路时，除了选择自杀(《苦命的人》)她们没有其他可以表达反抗命运的行为。而在乡村，死去一个人如一片树叶飘落，回归泥土激发不起一丝波纹。按照诗人的理解，那是"肉体落地 灵魂终于松绑"(《我所理解的死》)。确实，在这个贫穷、劳苦的人间，只有死亡对于她们来说才是解脱。

也许是受到这种现状和生存环境的影响，在第二辑到第四辑的这些篇章中，死亡的气息幽灵一般笼罩着鹅塘村。一共101首的作品中，有43首都出现与死亡有关的信息。从小学上学路上可以踢出骨头，到童年伙伴的夭折、孤寡老人的病危、苦命女人的投湖自尽等，村边的墓地是童年的诗人坐在土墙上就能目及的场所，(《晚了》)连捉迷藏也会遇到数天前还在一起的小伙伴的"新坟"(《捉迷藏》)。死亡在这里似乎属于司空见惯的事情。是的，在这里死亡属于日常事情，那么自然而然，看不到人们多少悲痛的痕迹。甚至死亡的世界不但不可怕，有时却是美好的，那是我的"出身地"(《如果你来看我》)。在诗人看来，对于在这块土地上世代生息的人来说，那也只是"多少年了岁月收割一批人又播种一批人／一个姓氏在大地上摇曳一岁一枯荣"(《回家过年的人》)而已。

以上就是诗人成长经验里的乡土，由于篇幅关系不能继续涉及其他方面的内容，特别是"病痛"在这里也是很重要的一个侧面。可是这里没有医院，当然也没有电影院、图书馆、娱乐场所等，唯一的可以供诗人上学的小学是这里的孩子们观看外面世界的窗口。这就是哺育着诗人童年、少年时代的村庄。诗人所看到的那些亲人和乡里，他们一个个都是与自己的母亲一样"半跪"着生存，活着只是逆来顺受、任劳任怨。她们勤劳、善良、卑微，自己的生老病死、婚丧嫁娶，一切都交给了自己的"命"。即使这样，这些乡野麻雀一般卑微的生命，"但我从来没有看见它们哭泣 停止卑微的生活"(《我所见的麻雀》)。正如母亲一样，即使活到了63岁，"再过二十年／如果还能活在这世间／她一定还会在同一种秋风里弯腰除草……娘最爱干农活／看着庄稼拔高吐穗／一寸寸接近天堂／娘捶捶干瘪的胸口／长时间不说话／我知道／她爱这牢狱般的广袤大地／但就是说不出"(《爱》)。这种乡土之"爱"，基因一般遗传给了这位母亲的孩子——诗人，正是由于这种即使大地"牢狱"一般囚禁着自己，却仍然可以"爱"着的生命的生存之坚忍，成了诗人对这片土地，这块贫瘠、落后、朴素得"萤火虫"一般的乡土，产生了深深眷恋和悲悯的原因之所在。

灵魂的乌托邦为谁而建？

我之所以要先从后面三辑的问题说起，梳理出诗人的成长经验与灵魂底色的来源，就是为了理解在本书的前面两辑、特别是第一辑《俯身大地》中诗人所构筑与吟哦的灵魂乌托邦的思想与情感基础。可是，至今为止，我还没有办法在自己的灵魂中找到和谐的律动，仍然有一种强烈的矛盾、不和谐的感觉梗在胸口。因为从诗人的成长经验来说，是不应该产生书中所揭示、呈现的那种乌托邦构想的。那么，难道诗人背叛了他的乡土？

在第一辑和第二辑的一部分作品中，我们看到了一个美好、祥和、自足、充满生命和谐的乡土。这个环境仍然是诗人从小所熟悉的"鹅塘村"，可是这个"鹅塘村"却与前面所见所闻的乡土情调存在着巨大的不同，这是一个人人向往的崇尚自然、万物和谐共处、安详宁静、赏罚有序、知足常乐的生命乌托邦。

这当然是诗人为我们建设的一个乌托邦。在这里，一头牛的祖国是一亩三分地，一只蚂蚁的祖国是一棵参天大树（《祖国》）；一朵花的凋零有人为之招魂（《为花招魂》）；一只瓢虫爬到躺倒在地上休息的我的嘴唇休息（《月亮升起》）；一只小小的蚱蜢靠着我的脚背安然睡去（《躺在黄昏的麦秸垛上》）；一只受伤的丹顶鹤有人为之疗伤（《告诉丹顶鹤》）；有人为松土的蚯蚓让路（《我不是一个完全闲下来的人》）；有人为爬行的蚯蚓捡去途中的玻璃碴；等等。同样写到死亡，在这里的死亡只是"告别一部分亲人 去见另一部分亲人"（《在深处》），只是"累了，想小睡一会儿"，稍等将会在一株小草、一颗露珠、一只小羊纯洁的泪眼中之"另外一个地方醒来"（《小睡》）。我们只要注意，不难发现，我在这里所说的"有人"其实都是诗人自身，都是"我"的第一人称叙事。所以，我才说这是"诗人为我们建设"，而不是让我们在这个"鹅塘村"看到了其他人行为中的这些生命的自觉追求。诗人除了向我们展示了他在鹅塘村中的这种理想生活之外,还为鹅塘村的孩子们制定了"从热爱大地一直热爱到一只不起眼的小蝌蚪"到"好好学习 天天向上 尤其要学会不残忍 不无知"的20条行为守则(《小学生守则》),还演绎了一场设在三间砖瓦房中的乡村法庭上关于昆虫、风、人、挖掘机、汽车、流行音乐、楼群等万物行为正当性与否的审判(《乡村判决》)等。正是由于整个鹅塘村的主角只有诗人,也可以说这里只是诗人自己一个人的乌托邦。诗人在这里向人们揭示了他的"俗世之爱",那种"活全干完了我就在花香中歇息","想你了我就回家",在生命的最后那天,"你用皱皱巴巴的嘴唇亲着我说爱我"(《俗世之爱》)的自足、自在、自然的简朴生活理想。他知足地坦言:"爱一个人/不但得到了她的呼吸和白藕/她还一下子给我生下了两个女儿/——一份幸福就够了","失眠时一勺月光就够了","失败时一个温暖的词语就够了"(《够了》)。他很自信地告诉人们:"来到鹅塘村/你们会情不自禁地拿起农具/爱上缓慢的岁月半斤果实十斤汗水。"所以,希望大家能来看看,只要看看就行了的这样一个祥和安宁的童话般的美好村庄。(《来到鹅塘村》)

当我们读到这些,或者从徜徉在这些如梦如幻的场景中清醒过来的时候,不禁会发问,究竟诗人的这些梦境来源何在?我首先想到的是,由于诗人看到了、经历过了太多的乡土日常中人们的艰辛、贫困、卑微等劳苦,不幸的生活场景,然而那些人却仍然那么质朴地、植物一般自然地、俯首大地默默地生存着,由于那些人没有文化,"被灰烬封住嘴巴"(《巧合》),所以无法表达自己的心灵世界。诗人思考着这种隐忍的原因,作为他们的代言人,揭示了"那些正在忍受疾苦的人"的心灵世界,那个世界就是诗人所描绘的这个童话般美好、自然、宁静、知足的净土。正因为这样,他们才会隐忍如此,平静地接受生老病死的境遇。可是,这样显然解释不通,因为诗人在书中多处出现祷告性的叙述,比如《大地上一朵小花》《写在沙上的祈祷》《暮色》《愿》《求你》《活着》等。如果那些生存在这片贫瘠的乡土中平凡得尘埃般微不足道的生命,他们心灵的世界有一个童话般的乌托邦,那么他们根本就不需要为了某种愿望祈祷。所以,我们只能认为这是诗人自己的灵魂宗教,是诗人在为那些微不足道的生命祈祷。特别是诗人明确地告诉我们，他的这些思想的来源与雅姆[1]有关，(《雅姆与我》)而被母亲所代表的那些被捆绑在土地上的人们是不知道雅姆是谁的。(《爱》)只是诗人自己要像"那个骑着驴子为穷人祈祷的人"雅姆那样，为这些乡亲们祈祷。

根据翻译家、诗人树才的介绍："雅姆就是一位把土地当作命根子的自然诗人，他的一生都贴近土地，离不开土地，他的全部诗情都用来歌唱土地上的众生之善，万物之美。"这样看来，诗人徐俊国诗中所表现出来的自然情怀确实是受到了雅姆影响的结果。从《雅姆与我》一诗中我们也不难看到这一点："雅姆从我母亲怀中接过我／教我走路认字写诗／又教我给穷人和小毛驴做祈祷／看见胡桃树生病／他会绕树三圈流下蔚蓝色的泪／碰到蚂蚁去世／他会让我挖坑深埋 敬献花圈／雅姆说／如果脸上有泥的人从对面走来／要脱帽致敬 先让他们过去……"显然，上述的这种诗人所建设的乌托邦理想村庄与这首诗中所揭示的雅姆的自然观是一脉相承的。

然而，问题是诗人为什么要把这种自然情怀作为灵魂的宗教来建设他的"鹅塘村"。难道"鹅塘村"的亲属和乡亲们的贫困与不幸的原因是因为他们没有与自然和谐共处所致，所以需要这种宗教？可是，在本文的第一部分已经分析，诗人在他的成长经验里却没有提供任何关于乡亲们违背自然生存的内容，相反地，那些善良的人们只是被动地接受着来自于大地、疾病、人文对他们的生存强制。从某种意义上说，他们的那种听天由命的生存也是一种自然状态的生存。那么，他们无论怎样认识到与自然万物和谐共处的重要意义，也是不能够改变自己的生存苦难的。从诗人为我们提供的乡土经验来看，他们贫苦的根本问题在于近于麻木的隐忍，而对这些人，进一步给予他们以"雅姆"为文化与精神象征的西方意义上的宗教，这就等于进一步给予一群愚昧、麻木的人加上一副精神的麻药。所以，我才会怀疑诗人背叛了他的乡土，因为他的乡土绝

---

[1] 弗朗西斯·雅姆(1868—1938)，法国旧教派诗人。他笃信宗教，热爱自然，他的诗把神秘和现实混合在一起，大都写得质朴，很少有绚丽的辞藻。作品有《早祷和晚祷》(1898)、《裸体的少女》(1899)、《诗人与鸟》(1899)、《基督教的农事诗》(1911—1913)等。

对不能再进行这些洗脑。

然而，我坚持相信诗人是不会背叛他的乡土的，相反地，他对那片虽然贫瘠、但仍然充满亲情的乡土流下了满腔同情的泪（书中有关泪水的意象随处可见），更是表现出诗人发自灵魂的感恩。比如：雅姆"他回到了他的比利牛斯山／我留在了我亲爱的出生地／——需要我心疼一生的老中国"（《雅姆与我》），"那时 你就是我辽阔的天／我还叫不出白云／一如我无法喊你一声娘"（《摇篮里的孩子》），"如今 她病重 余日不多／我不知道拿什么来偿还三十年前的恩情"（《娘》），"我这一生 一共需要多少热泪／才能哽住落向鹅塘村的一页页黄昏"（《半跪的人》），等等。对于一个懂得感恩的人，背叛的行为是不可能存在的。

那么，既然诗人不会背叛他的乡土，却又像作为他者一样为那个贫瘠的鹅塘村、那些默默忍受着艰辛和贫困的父老乡亲建立了一个与万物和谐共处、知足常乐的灵魂乌托邦，这种矛盾、不和谐灵魂的根源究竟何在？无论诗人怎样一厢情愿地希望让"地上受苦的人四处有家"（《暮色》），而"那些正在忍受疾苦的人／十有八九会被灰烬封住嘴巴"（《巧合》），他们是无法自己喊出苦难与疼痛的。所以，正如诗人少年时代所经历的那样，不管自己如何对那个苦命的投湖女人说自己"爱她未散的悲愁 淡蓝色的苦命"（《苦命的人》），却仍然无法阻止不幸的发生。因为诗人所企图表达的爱的方式、同情的方式从根本上是错误的。

综上所述，我想说的是，诗人在这里的立场是极其不明确的、矛盾的，甚至令人怀疑的。作为一个来自于农村，目睹着、经历过贫困与艰辛的诗人，不应该产生这种灵魂乌托邦的自我欺骗。这种乡土乌托邦只是那些住在城里，没有经历过乡村的落后、贫困、劳累、疾苦的人的"强说愁"式的所谓回归自然的"贵族病"幻想。对仍然处于尘埃般生存着的那些世世代代被捆绑在土地上的人们，这种所谓美好、自然、知足的生存状态，是一种带着粉饰苦难的"贵族"理想世界，这是极其不公平的。所以，我只能不客气地指出，这座乌托邦只是为城里人建设的，在这座乌托邦里，那些住在贫瘠乡村里的人的艰辛的生存现实是被忽视的、被排除在外的。从这个意义来看，诗人在这部诗集中所体现的灵魂状态是具有分裂性的。

作为乡土经验者的在场与作为诗人的不在场

那么,诗人本身是否意识到这一点,回答当然是否定的。诗人如果意识到这一点,他不会如此粉饰他所见证过的贫瘠的乡土、卑微的父老乡亲所承受的现在仍然一直在承受着的贫困与疾苦。诗人之所以没有意识到这一点,主要原因在于诗人的灵魂还没有穿透自己的成长经验,没有把自己的成长经验上升到更高的属于灵魂的宗教高度。换一句话说,那就是诗人在自己的灵魂中存在的地狱和天堂之间的通道还没有真正打通的时候,他就已经从这片贫瘠的乡土上出走了。

在这部作品中,我们基本可以看到诗人作为乡土经验者的在场与作为诗人不在场的交叉叙事。《村里发生的事》这首应该可以作为这种在场与不在场叙事的代表性作品。这首诗表现的是牵念着孩子的母亲从家乡来,与已经离开贫瘠的乡村、在县城里教书的儿子(诗人)之间的一场母子拉家常的场景,很温馨,充满了浓厚的母子共处的天伦之美。母亲所说的"谁家娶了媳妇 谁家的猪下了崽 / 谁孝敬父母 谁做了亏心事被鬼缠身",以及谁生了什么病、谁死了等等,这些都是诗人作为乡土生活的经验者所熟悉的家常。对于诗人来说,他是曾经在场的,所以母子找到了共同的话题。可是,在这里通过母亲转述的方式,说明了诗人此时已经不在场了,他退到了旁观者的位置,属于倾听者在经历着乡土。虽然在诗的最后,当母亲的手被针扎了一下时又一次把诗人拉回到乡土的现场,而全诗基本上都在揭示作为诗人的对乡土的不在场。

除了《村里发生的事》之外,从这部诗集中我们还可以多次遇到诗人的不在场叙述。比如《兄弟俩》中,诗人勾勒着自己与弟弟的不同人生,弟弟从小就要帮父亲一起干农活,而"我天生柔弱 偎在草窝里读课文"。多年之后,兄弟俩都长大成人。诗人已经是城里人,从外面回乡,递给弟弟一支烟,"我触摸到蛤蟆皮一样的手 / 风吹响屋后的高压线 / 弟弟缩回了他瓜藤一样的目光"。这一首作品很重要,向我们透露了一个重要的信息,那就是读书对农村孩子命运的意义。在整本诗集中,我们能看到的只有诗人是在这个乡村接受过教育,然后走出鹅塘村，改变了自己乡土生存命运的人。而父亲也把儿子（诗人）从乡土出走当作自己家族的荣耀："俺大儿子在城里教书 会画画 写诗……/ 顺着眼前这条灰白色的土路望过去 / 我似乎看到父亲正掏出半截将军烟"(《四月四日偶遇四叔》)。这些作品都为我们提供了作为曾经乡土经验者的在场，与从乡土出走之后，作为诗人之后的同一个人的此时对乡土的不在场，即从亲历者向旁观者的角色转变。正是这种命运与角色的转变，使诗人眼中的"鹅塘村"变成了一个乡土乌托邦，诗人才会拥有"够了"的知足常乐的生存姿态。面对在20年前曾经遭受过雷击的那棵玉兰树，"当我重回故乡 / 它递送更多的浓香"，才能感受到这里的"大地如此宁静花草相亲相爱"(《这个早晨》)，才能从容地做到"如果一只益虫需要帮助 / 我愿意放低身子 / 该蹲的时候蹲该跪的时候就跪"(《我不是一个完全闲下来的人》)，才能抵达"我只是来到这里 / 只配静静地看 痴痴地想 暖暖地感恩"(《大地上的一朵小花》)的生存境界，等等。这些都是属于一种作为诗人面对乡土时自身不在场的写作，无意识中陷入了一种站着说话不腰疼的局外人状态。

　　因此，可以说诗人在第一辑中所体现的灵魂乌托邦的理想，属于诗人从乡土出走之后，生存状态被城里人的意识改变之后重返乡土的审美结果，并不是诗人的曾经的乡土经验的升华结晶。不是的！诗人并不是穿过地狱之后，从地狱中看到了天堂，而是逃离了地狱之后赋予地狱以天堂般的幻想。虽然诗人也反复表示自己与这块乡土"息息相关"，他承认"在老家 除了爹娘 / 还有那么多事物与我息息相关"(《息息相关》)，也担心自己被忘却，"我不甘心被人忘却 / 但我会请求鹅塘村的风记住我"(《记住》)，并且声明："我不甘心就这样走 / 我想守着这个不为人知的小村庄 / 一天天变老"，所以"我祈求自己早日驼背"(《记住》)。然而，出走似乎已经成为诗人的必然选择，他并不甘愿永远被捆绑在这块贫瘠的乡土。他知道"平度是我的前途 白日梦和车轮子"，而鹅塘村只是"一湖月光"，只有"小教堂山远及近的钟声"(《平度和鹅塘村》)，那只是一种属于他的灵魂宗教。他的"前途"不在那里，尽管小县城平度也只是"树梢和虚幻"，然而他却认定那是他的前途。如果不是这样，诗人就不会发出这样的感慨："无论闯荡多久 总要回到出生地 / 这就是泪水汪在眼眶里的原因"(《回家过年的人》)。诗人在自己成长的过程中，亲历了这里的贫穷、疾苦，以及每一个亲人、乡里极其卑微的命运。他们的生存与蚂蚁无异，"有时候我们就是那只蚂蚁 / 在生活中失去痛觉 / 被深深地砸进泥里"，那是因为他们"活命的本领太小……眼睁睁看着灾难砸下来 / 甚至没有嗓子用来哭泣"(《蚂蚁》)。尽管诗人向世界发出了振聋发聩的"脚底下的虫子 / ——那也是一条命呀！"的良知的呼吁(《乡村词典》)，然而对于许多人来说，"一只蚂蚁的死却微不足道 / 悄无声息好像什么也没有发生"(《蚂蚁》)。

　　当然，有一点我们必须肯定，那就是诗人对哺育自己成长的这块乡土是认同的，他把自己的归宿放在这里，不管自己如何出走，他都不愿承认自己会离开。他告诉人们："我只是随便出去走走若干年后一定回来"，"只是随便出去走走 / 我还要原路折回 / 一条缀满野花的小路一架吱吱扭扭的马车 / 细雨中打瞌睡的那个老头还是一贫如洗的样子"(《验证》)。他总是牵挂着自己曾经的乡土，比如，"我的妻子上香时的那缕炊烟 / 总飘向东南而不是别的方向 / 看到老家的大姜长得茂盛 / 看到亲人们过得幸福 / 我携着更加温暖的祷告久不散去"(《息息相关》)。所以，他想象着自己晚年回归乡土、让自己的骸骨回到这里安葬的场景。他要让"儿女们在我的身体上面耕种 /……我努力把胸口朝上 / 让走过大地的脚感到温暖"(《在深处》)等。这些叙述，都深深地透露出诗人的渗入骨髓的乡魂。也许，对于生存在乡土中国的知识分子，由于读书打开了自己与外面世界的窗口，那么出走与回归，看世界之后落叶归根的人生过程似乎属于一种宿命般的生存，中国人耳熟能详的"少小离家老大回，乡音无改鬓毛衰"的诗句之所以脍炙人口，就是因为它道出了几千年来乡土中国读书人的生存境遇。诗人徐俊国也一样，他知道鹅塘村"是我的根枯叶与肉体的安葬地"。其实何止肉体，那也是诗人灵魂的安葬地。

　　如果从这个角度来看，我们是否可以对诗人建设灵魂乌托邦的初衷进行重新审视呢？比如，我们可以考虑，诗人之所以以一种崇尚自然、知足常乐的心态赋予自己的乡土经验一个祥和宁静的乌托邦，那是因为诗人的成长经验过于贫穷、清苦、卑微，所以，只要给予哪怕一点点的条件改善都是那么知足、感恩，通过自己的感恩，给予当今被商品经济造成的日益膨胀的人的欲望提供一种提醒。如果可以这样理解,那么《鹅塘村纪事》就不再是一种诗人的乡村情绪,不再是灵魂的乌托邦,而是具有某种针对乡土中国知识分子人文情怀的警示,一种呼唤。可是,当我这样解释的时候,诗人的一个极其重要的表白否定了我的假设,"我不清楚我所等待的人到底是谁/但是只要我等他他就正在路上/将来有一天也许是在阳光下的荒凉里/谁看见我泪流满面我就与谁拥抱跟谁走"(《等待》)。很显然,诗人对自己究竟追求什么是不明确的,他还在想着随时准备"跟谁走"。然而,我想,那个被诗人等待的人,除了他的父老乡亲,还会有谁呢?如果那样,诗人应该是从父老乡亲的日常中看到生命的神性内涵,看到他们生存中表现出来的灵魂乌托邦的倾向,而不是诗人赋予他们的、那些属于诗人一厢情愿的个人乌托邦。

结　语

我极其痛苦地完成了这篇文章,痛苦的一方面是我把握不准诗人的心灵律动、价值取向究竟是什么。所以文章写得很痛苦。另一方面的因素更为重要,那就是感到了这部诗集对自己良知的提醒。我自己也是来自农村,我们这些所谓的知识分子,一旦自己远离了曾经的生存苦难,成为社会与历史的话语担当者,我们在自己的话语中,总会多多少少忘却一些曾经的境遇;相反地,却自觉与不自觉地粉饰、美化了乡土的苦难,这种反思让我陷入痛苦之中。那么,从这个意义上来说,这部作品可以为我们敲响良知的警钟。所以,我不想从赞美的角度看待"鹅塘村"的乡土童话、不想肯定诗人在这里建立一座灵魂乌托邦。

诗人徐俊国作为当代代表性的青年诗人,他是当之无愧的。我曾经对朋友说过,如果要我阅读圣琼·佩斯,我宁可阅读徐俊国;如果要我认真地阅读《瓦尔登湖》,我宁可把时间花在《鹅塘村纪事》上。现在许多作者至今仍然带着殖民地的大脑阅读与写作,一味地模仿西方的情感与审美,并且只会模仿那些被人翻译的诗歌、文学作品。写出来的东西,根本看不出那是中国人还是西洋人,都是翻译诗歌的句子和场景的模仿,把中国元素丢得一干二净。而徐俊国的作品不同，一看这就是中国的，只有乡土中国才能产生如此朴实无华却光芒四射的审美意象。虽然他说受到过雅姆的宗教自然观影响，然而，从徐俊国灵魂中吐出来的血仍然是带着中国泥土味的。对这一点我是发自肺腑地想喊一声：俊国兄弟！

可是，对他的灵魂状态所存在的审美分裂，我感到很伤感，他应该更进一步挖掘自己的乡土深度，应该从那些平凡、朴素得植物一般的父老乡亲身上读出他们的豁达与自尊，读出他们身上散发出的神性的光芒；而不是让他们继续作为尘埃般微不足道地存在，背负着乡土的苦难与沉重，成为同情与悲悯的对象。徐俊国还年轻，他的质朴、善良、知足、感恩的品质，加上他的聪明与才华，我相信他会很快让我们看到他那从地狱看到天堂的思想性升华的。

在这本诗集的封底，有这样的文字："这是一本值得静心一读的诗集，诗人用充满爱心和悲悯情怀的笔触，展示出一个中国小村庄的美丽，这种美丽是纯朴，更是清澈、清苦，还有悲伤；与此同时，也体现了诗人对美好人性的褒扬、对自然的敬畏、对世界的感恩。""徐俊国对乡村具有深刻的洞察力，这来自他与乡村骨肉般的联系。而作为一个学习过现代美术的诗人，浪漫与写实、想象与现实，都在细节的重新剪辑中完成。力透纸背的诗句犹如神来之笔。"我觉得这种评价基本符合读者们可能抵达的阅读感受，特别是对徐俊国的诗歌写作手法的评价是极其中肯的。

我一直以为新诗是不需要细节的，也不适合表现细节。然而，徐俊国的诗歌颠覆了我的偏见，他的诗中随处可见极其高妙的、通过细节展现思想、情感、审美的佳句。除此之外，徐俊国的诗歌语言极其朴素，许多地方接近口语性叙述，然而，有时一个动词或者形容词、名词的妙用，甚至视觉、听觉、触觉在细节、场景中恰到好处的运用，使全诗充满审美、思想、情感的张力。可以说，无论哪一首诗拿出来单独阅读，都会让人回味无穷，原来诗歌可以写得如此贴近生活又超越生活乃至直逼梦境。所以，如果只是单独地拿出一首，或者全书的某一种类型的作品全部归类阅读，上述的封底的第一段综述性评价可以说是很到位的。然而，遗憾的是，把徐俊国的诗歌全部集中起来阅读，我所分析的审美与思想、情感在灵魂中的冲突感觉是不可避免的。由于诗人没有注明写作时间，我看不出诗人的心路发展历程，我只能抛弃纵向审视，而采用了横向的比较，那么诗人在作品中所表现出来的灵魂的分裂是我们必须看到的。从这个意义上说，封底的那段话只能说明评论者要么没有全部读完，只是选了部分分析，在喜欢的作品阅读中得出了上述的印象性结论；要么只看到诗人所提供的情感与思想表象，没有更深一步去思考这种"美好"的展现对于诗人而言究竟是否合理。无法发现诗人作为乡土生活的经验者与作为诗人之间存在的不和谐，使这段评述只是谈到其所体现的和谐的一面，停留在浅阅读状态。

诗人叶延滨为本书写了一篇《〈鹅塘村纪事〉读稿心得》的序文，我对其中的许多观点都有共鸣。比如："这是一个属于徐俊国的独一无二的鹅塘村，每棵草和每只小虫都重新变成诗人徐俊国独一无二的美学对象。""诗人对家乡写下的这本诗集，从基本特征来讲，就是将储存的生活细节，重新拼接和组合，完成诗人对故乡的重新诠释。""诗人徐俊国笔下的鹅塘村，正是我们熟悉的那个村庄，那个喂养我们的童年，又让我们离去的穷困的母亲！"可是，他的结论性的一句话让我不敢赞同："诗人以动人的亲情，为我们展示了一幅正在消失的乡村农耕文明那凄美的晚景！"我倒希望这个"凄美"的乡村，能够尽快从我们的大地上消失。因为这种"凄美"对于我们住在城里，在繁荣和丰富多彩的经济、文化环境下生存的人们来说它似乎具备"凄美"的审美性，甚至产生一丝"贵族性"乡愁，可是对于世世代代匍匐在那里的人们，那是一种无奈、一种贫瘠和悲凉。我甚至感到某种悲哀，悲哀他们的那种逆来顺受、听天由命、接近愚昧的隐忍。

2010 年 8 月 17 日草于睡云斋

反抗异化，找回本真的自己

——读徐俊国的诗《小学生守则》

王士强

我们生活在一个物质越来越丰富、欲望越来越膨胀，而精神越来越萎靡的时代，人面临着太多的机遇与可能性，忙忙碌碌、东奔西走、左奔右突，似乎很"充实"，但实际上却距离自己的内心越来越远，越来越无根，越来越失去自己。表面看起来，偌多的物质是为我所用、为我服务的，但实际上却可能相反，人为外物所役，成为物质的一种工具，占据主体地位的不是人而是物质。完全颠倒了。

这便是异化，现代社会带给人的不只是工业文明、科学技术、理性主义，同时也是上帝之死、人之死、个人的渺小与无力、内心的痛苦与焦灼等等。人被强行改造成了其他的事物：外在的东西内在化，他已经变成了另外的东西。

这是我在谈论徐俊国的诗歌《小学生守则》之前所愿意再次提及的，这在有的人那里或许是不言自明的，在另一些人那里或许是习焉不察的。它应该是这个时代的一种常识，不过我们的时代又确乎就是一个缺乏常识的时代，因而说到这一点也许并非没有意义。

这首诗题名《小学生守则》，似乎是一首写给"少年儿童"的诗，在表面形态上也确可如此解读。诗人是怀有童真、童趣，葆有一颗童心的，诗人离自然、离万物的距离很近，它们之间的关系也极其融洽："从热爱大地一直热爱到一只不起眼的小蝌蚪／见了耕牛要敬礼　不鄙视下岗蜜蜂／要给捕食的蚂蚁

让路　兔子休息时别喧嚣／要勤快　及时给小草喝水　理发／用雪和月光洗净双眼才能看丹顶鹤跳舞／天亮前给公鸡医好嗓子／厚葬益虫　多领养动物孤儿。"这是一个谦卑、友善、纯洁、乐善好施的主体，众生平等，他与世间万物是和平共处、互相帮助的，彼此之间并不是敌对、紧张的。当然，这个世界总有不协调现象的存在，但诗人对"异质性"因素所采取的方式是风和日丽的："通知蝴蝶把'朴素即美'抄写一百遍／劝说梅花鹿把头上的骨骼移回体内／鼓励萤火虫　灯油不多更要挺住／乐善好施　关心卑微生灵／擦掉风雨雷电　珍惜花蕾和来之不易的幸福"，这里没有"敌我矛盾"而只是"人民内部矛盾"，所以采取"通知""劝说"的方式就可以了。之所以采取这种方式，更重要的原因在于诗人的"关心卑微心灵"以及"珍惜花蕾和来之不易的幸福"心，或者说，是颗悲悯、感恩的心。接下来，诗人用了三行祈使句式："让眼泪砸痛麻木　让祈祷穿透噩梦／让猫和老鼠结亲　和平共处／让啄木鸟惩治腐败的力量和信心更加锐利"，这是对更为"理想"的状况的一种"要求"和认定，平静而有力。接下来，诗人的语气更强烈，继续对现实进行某种"改造"："玫瑰要去刺　罂粟花要标上骷髅头／乌鸦的喉咙　大灰狼的牙齿和蛇的毒芯都要上锁／提防狐狸私刻公章　发现黄鼠狼及时报告"，这实际是对"恶"的管制，它不是强制性的置其于死地的"消灭"，而是"去恶化"，即保持警惕、提高自卫能力，使对象失去作恶的能力。诗的最后，诗人写道："形式太多　刮掉地衣　阴影太闷　点笔阳光／好好学习　天天向上　尤其要学会不残忍　不无知。""形式"在这里可以理解为"遮蔽""伪饰"，"刮掉地衣"也便是回归本真，而"阴影太闷　点笔阳光"显然就是指明朗、自然、乐观地面对生活，最后的"不残忍　不无知"具有两方面的辩证的内容，"不残忍"是对主体自身的要求，"不无知"则是对外界的一种认知，是应该具有的一种能力，两个方面的结合才是理想状态。

《小学生守则》的确应该成为"小学生"的一种"守则"，它带来的是一种人与世界、人与万物和谐、融洽相处的关系模式，带来的是心怀慈悲、善待生命、柔和温润的个人主体，甚至可以说，它带来了一种新的价值观。这种价值观重新审视我们面对的世界、社会、时代，并在这样的视角下让我们反思当前的生活，让我们发现此前已经丢失了太多的东西。已经迷失了太久，我们的心已经不再柔软，它不但变得"残忍"而且也更加"无知"……到这里，我们就会发现，这不单单是"小学生"的问题，而且是我们"每一个人"的问题。《小学生守则》是小学生应该做到的，同时也是每一个人都应该做到的，甚至可能小学生们做得更好，而所谓成年人与小学生相比已经相差很远。

赫尔德认为："诗应该返回单纯、真、善和自然美。"徐俊国的诗体现的恰恰便是这种"单纯、真、善和自然美"，这样的品质在当今社会已经显得非常稀有。这一方面证明了"时代"与"社会"的"不仁""不义"，另一方面证明了徐俊国的"诗心""本心""赤子之心"。愤怒出诗人，而宁静也出诗人，两者虽表现各异，却可能殊途同归，在当今时代，表达愤怒很容易，也司空见惯，而保持宁静却很难，也更难得。徐俊国无疑是这个时代保持了宁静的一个人。

读徐俊国的《小学生守则》还让我想到一个更具普遍性的问题，就是诗歌与时代、与社会的关系问题。诗歌应该有着对时代现实处境和精神处境的深入发现，应该具有独立的观察、思考以及个性的表达。有的诗歌无论是现象还是价值观方面与它所处的时代都是同构、零距离的，没有拉开足够的距离，它们"与时俱进"的同时也很快就"与时俱退"了。因为时代境遇很快就发生了变化，而这些作品由于缺乏更为内在的精神和艺术支撑便很快也失去有效性，生命力不会长久。很大程度上，好的诗歌应该与"时代"做某种反向运动，它需要看到"时代"存在的问题和不足并做出表达，因而才能够更具"普遍性"和生命力：当人们义无反顾地跳进物质主义、消费主义大潮之中的时候，诗歌应该抽身而出、冷眼旁观；当人们越来越远离自然、凌驾于自然之上的时候，诗歌应该重新发现自然的美及其不可替代性；当人情冷如冰、人心硬如铁的时候，诗歌应该重新唤起人心的温暖与柔软、人与人之间的信任与关怀；当人的内心生活越来越晦暗、纠结、暧昧的时候，诗歌有必要回归一种自然、清明、坦荡的心灵状态……诗歌所关注的永远都应该是"人"，是有血有肉、有喜怒哀乐、有生老病死的"那个个人"。

或者说，诗歌面对"时代"的庞然大物，它要做的是反抗遮蔽、反抗异化、反抗宰制，而回到个人的内心，回到有温度、有心跳的个人生活，面对个体的处境和命运，找回本真的自我。

【附】
小学生守则

徐俊国

从热爱大地一直热爱到一只不起眼的小蝌蚪
见了耕牛要敬礼不鄙视下岗蜜蜂
要给捕食的蚂蚁让路兔子休息时别喧嚣
要勤快及时给小草喝水理发
用雪和月光洗净双眼才能看丹顶鹤跳舞
天亮前给公鸡匡好嗓子
厚葬益虫多领养动物孤儿
通知蝴蝶把"朴素即美"抄写一百遍
劝说梅花鹿把头上的骨骼移回体内
鼓励萤火虫灯油不多更要挺住
乐善好施关心卑微生灵
擦掉风雨雷电珍惜花蕾和来之不易的幸福
让眼泪砸痛麻木让祈祷穿透噩梦
让猫和老鼠结亲和平共处
让啄木鸟惩治腐败的力量和信心更加锐利
玫瑰要去刺罂粟花要标上骷髅头
乌鸦的喉咙大灰狼的牙齿和蛇的毒芯都要上锁
提防狐狸私刻公章发现黄鼠狼及时报告
形式太多刮掉地衣阴影太闷点笔阳光
好好学习天天向上尤其要学会不残忍不无知

一颗至纯至洁的感恩之心
——徐俊国诗作《娘》赏析

李文钢

娘,对于每个人来说都是最亲最敬的人。娘,这个简单的称谓里承载着太多的情感内涵,天然地带着神圣和庄严的气息。当你称一个人为娘,除了一份天然的亲情,无疑还怀着一份最谦卑的敬爱之心。娘,这一个字里含着千钧之重,绝不是我们能随便叫出口的。诗人艾青曾写出现代诗名篇《大堰河——我的保姆》,他虽自认为是大堰河的儿子,却仍称她为"我的保姆",终究没有直接喊出这一声娘。娘,这一个字里又饱含着不容置辩的威严,令人永远保持着一颗敬畏之心。

在徐俊国的诗作《娘》里,这一声娘自然也不是随随便便叫出口的。这首诗虽短,却有完整的情节。第一节是全诗的起因,娘领"我"去看望一位即将病危的老人,这本来可能是一个极为家常的故事。但在第二节里,一个戏剧矛盾突然出现了,娘说"我"欠这位老人三天三夜的奶,该如何报答才好,这是摆在"我"面前的一个急迫问题。第三节里,"我"按照自己的思维方式想出了一个报答方案——也许给这位老人画一幅充满阳光的油画可以给她带来些许的温暖吧?联系诗人本人的画家身份,也许在"我"看来,自己的画是最能代表自己的情意的。然而,在娘眼里,这个浪漫的想法或许还是过于天真了,因而给人以不切实际之感。在第四节里,娘终于拿出了一个更为有力的报答方案,她让"我"向那位老人喊一声娘。于是,在第五节,我们看到了这位老人满面的泪水，并以此来作为全诗的结尾。按情节发展来看，全诗的高潮部分无疑是第四节，当娘让"我"向那位老人喊一声娘以报答老人的恩情，之前一直让"我"焦虑的如何报恩的难题终于有了一个切实可行的解决途径，然而这种报恩方式却是"我"无论如何也不可能想得到的。就像前面说过的，娘这个称呼里有时不仅蕴含着情感，更象征着"权利"，"用鞋底打我又把我紧紧抱在怀里的那个人"（《故乡》），我才泪汪汪地喊她"娘"，一个儿子怎么可能会想到当着自己娘的面主动喊另一位老人娘呢？除非是自己的娘主动礼让出这一份作为娘的权利和光荣。是的，当年这位老人让娘的儿子分享了她的奶水，今天娘也让这位老人分享了她作为娘的光荣，这无疑是一种最高的礼遇。娘的称呼是神圣的，娘的感激也是最真挚的。这里不仅显示出了一种淳朴而高尚的乡村伦理，也同时凸显了一颗至纯至洁的感恩之心。这颗纯洁的感恩之心可以给予今天的我们多少值得深思的启示啊！今天的我们，总是马不停蹄地向前冲着去追名逐利，却又很少回首过去，有着太多的见利忘义、忘恩负义。对一个曾经吃过她的奶水的人，诗人喊她一声娘又有什么不应该呢？只是喊一声娘而已，这位即将病危的老人却已涌出了满面的泪水。无论是这一声娘，还是这满面的泪水，在我们今天的这个时代都显得格外珍贵！

　　同时，我们还应注意到，诗中这位曾经喂了"我"三天三夜奶的老人的身份和背景都是模糊的，诗中起始四字"一位老人"说明"我"本人与这位老人并不熟识，非亲非故。诗人只是让我们看清了她那像秋后的茄子一样耷拉着的脑袋和满面的泪水，用她抚摸着的拐杖上的伤疤暗示出了她所历经的苦难，除此没有做任何更详细的交代。就像徐俊国笔下那个没有具体时空背景的鹅塘村，是他构筑出来的一个不乏天堂般温暖却又充满着地狱般苦难的灵魂之乡一样，这位历经苦难、满心疤痕，却曾用她洁白的乳房给予了"我"三天三夜天堂般温暖的老人，在她的诗中也更像是一个符号，象征了对他有哺育之恩、值得他心存感激的一切。是的，把"我"养大的，不只是"我"的亲娘，还有那个喂了"我"三天三夜奶的"娘"。把"我"养大的，不只是我的这两个娘，还有那一方水土，那一整片村庄，一个充满苦难却民风淳朴的乡土中国——"需要我心疼一生的老中国"（《雅姆和我》）。或许只有当一个诗人意识到了这一点的时候，他才能反思自己到底是为了什么而写作，才能反思自己究竟应该写些什么。或许只有当一个人意识到了这一点的时候，他才能知道自己应该选择什么样的生活。

徐俊国是一个比喻高手，他诗中的新鲜比喻俯拾即是。诸如："我想知道一个被砍掉了梦想的人／会不会重新发芽"（《一个人的三月》），"滚烫的夕阳从天空的眼角／滴落 成为沧桑"（《在上海》），"黑夜彻底变成钴蓝／星光像清亮的药水滴进眼里"（《上山》），等等，无不令人印象深刻。而在这首诗中，他用"秋后的茄子"来比喻一位老人耷拉着的脑袋，又是何等传神，何等自然！秋后被人们忽视的茄子与一位病危老人耷拉的脑袋之间不只是形似，更有着同样即将被世界所遗弃的神似。秋后的茄子，令人心情萧瑟而沉重，这个意象不仅诉诸读者的视觉，更诉诸读者的心灵与感觉，准确而生动地为我们创造出了一种悲凉的氛围。在这里，可以说诗人已把他的技巧化于无形之中了。

还须引起我们重视的是，在本诗的首节，那个像秋后的茄子一样耷拉着脑袋的老人和一根结着伤疤的拐杖的意象交叠在一起，两者不仅在外形上相互映衬，更有着内在的相似。老人的那根结着疤痕的拐杖又何尝不是她自己的一个象征？拐杖支撑起了一个凄凉老人的晚年生活，它有着别人看得见的伤痕和别人看不出的心事。或许只有老人能懂得她的拐杖，当她抚摸着拐杖的疤痕，她是在向拐杖诉说什么吗？老人一生凄凉，却曾经给了一个小男孩三天三夜的天堂，这不就是我们所生活的人间？这里既不是地狱，也不是天堂，生活于其中的每个人都既有属于他自己的炼狱，也能同时给别人以天堂般的温暖。当"我"怀着一颗至纯至洁的感恩之心，要向那位老人喊出一声"娘"的时候，她是不是也感受到了天堂一般的幸福呢？

【附】
娘

徐俊国

一位老人病危脑袋耷拉像秋后的茄子

娘领我去看她
她正在抚摸拐杖上的疤痕
娘说我欠这位老人三天三夜的奶
有一次娘住院
是她用洁白的乳房安抚了我的啼哭
如今她病重余日不多
我却不知道拿什么来偿还三十年前的恩情
我真想捧给她一幅油画
让画上的阳光草地鸟鸣和纯净的蓝天
温暖她最后的凄凉时光
娘说你吃过她的奶
喊一声娘吧
我没来得及喊出
这位即将被死亡带走的老人早已泪流满面

雅姆主义

徐俊国

许多诗人都不愿意承认他真正受过谁的影响，我却坦然。现在就可以摊牌：我有七个版本的《瓦尔登湖》，四本完全一样的《雅姆抒情诗选》。搜索《瓦尔登湖》时我发现了莫渝译的《雅姆抒情诗选》，在北京买了一本，在青岛买了一本，去北京又买了两本。没别的意思，就是喜欢。家里一本，办公室一本，画室一本，挎包里一本，如果鹅塘村老家炕头的枕头底下还需要藏一本的话，我还会去买。

雅姆的内心柔软，温暖，善良，澄澈，谦卑，静穆，博大。他对世间万物充满怜悯和疼惜，他用诗句为请求一颗星祈祷，为一个孩子不死祈祷，为爱上痛苦祈祷，为带着驴子上天堂祈祷，为他人得到幸福祈祷。他开篇就说："我的上帝，你在人群中唤我／我来了。我受苦，我爱／我以你赋予我的声音说话。"

这位在大地之上抽着烟斗的法国老头，他的孤立无援让人有一种严寒彻骨的感觉。当下诗歌界，有人忙着制造吸引眼球的事件，有人在语言的实验室研究绝世秘诀，有人往花蕊上吐唾沫甚至撒尿。相形之下，雅姆太单纯了，单纯得让人心疼；雅姆太真挚了，真挚得让所有爱他的人无声泪流。

我向来是背道而驰的，所幸没被商业时代的车轮碾得肉碎灵飞。我越来越发现，我和雅姆血脉相通。打开那本诗选中的任何一页，我都能听见他薄荷味的呼吸和心跳。我敢对任何人坦白，我一直在向雅姆学习。学习本身更多的是对被学习者的虔诚与敬畏，不是模仿，模仿是造假。一颗心被另一颗心铺天盖地地笼罩和覆盖永远是真实的，无法抗拒也不愿抗拒。我甚至希望我的一生只是一段通往雅姆的小路，我死后，但愿人们能通过我再次找到雅姆。我肯定会被忘记，雅姆却会在未来的许多年，不断地被想起、被怀念、被深深敬仰。雅姆是永恒的。再过一百年，还会有人像我一样爱他，动用灵魂的全部，如此郑重地爱他。

在物欲和异化的时代，我写诗，就是为了把生命中不慎被弄脏的那部分重新洗净，像对待犯错的孩子那样，抱它们回家，回到雅姆这边来，回到诗歌的出生地。

如果一个人的一生非要有所信仰，我信仰雅姆主义。

沈浩波

暧昧年代的光头与沉滞洼地的"蝴蝶"
——沈浩波论

霍俊明

"70后"诗人的写作群体已经愈益庞大,甚至随着博客、网络、同仁刊物以及个人经验的日益成熟等多重因素的刺激,这个群体的数字仍在不断激增和攀升。但是谈论这一代人的诗歌写作甚至回溯到1999年世纪末的诗歌论争,沈浩波是一个绕不开的人物。沈浩波在网络上的活跃与他在学院批评家那里的"冷淡"反应,甚至时至今日人们对他诗歌的偏见、误解以及对他多年来诗歌写作变化的熟视无睹甚至仍然用"下半身"和"口语"来予以搪塞或回击,都呈现了汉语诗歌批评仍然严重脱离诗歌现场和诗人写作的惯性机制和沉疴。当我们翻开从2000年至今的那些可以代表沈浩波的写作轨迹的诗作,从《我们那儿的生死问题》《我们那儿的男女关系》到《棉花厂》《文楼村记事》《致马雅可夫斯基》再到《祖国的星空》《秋风颂》《她叫左慧》《天下无戏言》《西安为证》和长诗《蝴蝶》,精神、城市、乡村、现实、历史、生存等广阔而繁杂的空间都以空前强烈和个性化的姿态进入了诗人的视野,这是无可争议的现实。也正如沈浩波所言,先锋、自省、创造、个性甚至叛逆性是自己一以贯之的诗歌追求,"我出生于温暖湿润的南方乡村,但我没有成为一个乡村抒情者;我出身于学院,在学院派知识分子语境下开始写诗,但我没有成为一个热爱修辞的学院派"。从这一自白中,我看到了一个诗人内心中的挣扎。

额尔古纳的光头和不老的"先锋"派

说到对沈浩波的印象,我首先想到的是 2007 年 1 月作为评委去内蒙古边陲额尔古纳参加第二届"明天·额尔古纳诗歌奖"颁奖的情形。当北京灰蒙蒙的冬日烟尘被转换为额尔古纳广阔的草原和莽莽的白桦林,我几乎是以近乎狂醉的心情呼吸着这里的一切。海拉尔车站广场,零下二十几度的天气,我在斯琴格日勒、韩红和凤凰传奇的歌声中不停在雪地上来回走动以去除周身的寒气。在去额尔古纳的路上,雪原、白桦、牛群和蓝得让人生疑的天空以及美丽的蒙古族姑娘让我感受到诗歌带给我的快乐。临近半夜,我和江非因为劳累几已进入梦乡,但是曹五木和沈浩波、小引喝酒回来后显然是喝高了。曹五木一进门就直奔床铺而去,他将整个床都压了下去,他不断地大嗓门地打电话、接电话,来回在房间里折腾。后来他不说话了,但是呼噜声惊天动地。我睡不着,江非靠在床上点上一支又一支烟,黑暗中淡红的烟头闪闪烁烁……第二天早上吃饭的时候,李亚伟在饭桌上大发牢骚,痛骂昨天晚上两个不好好睡觉的家伙"像野驴"似的在房顶上折腾。深夜赶来的沈浩波给我的印象可能和大多数人一样"不容乐观",正如沈浩波在《自画像》中所自我描述的:"又圆又秃 / 是我大好的头颅 / 泛着青光 / 中间是锥状的隆起 / 仿佛不毛的荒原上 / 拱起一块穷山恶岭 / 外界所传闻的 / 我那狰狞的面目 / 多半是缘于此处 / 绕过大片的额头 /(我老婆说我 / 额头占地太多 / 用排版的专业术语 / 这叫留白太大)/ 你将会看到 / 伊沙所说的 / 斗鸡似的两道眉毛 / 它使我的脸部 / 呈现斗鸡的形状 / 是不是也使我 / 拥有了一只斗鸡般的命运 / 十年之前 / 人们说我'尖嘴猴腮'/ 而现在 / 却已经是'肥头大耳'了 / 一只肥硕而多油的鼻头 / 彻底摧毁了我少年时 / 拥有一副俊朗容颜的梦想。"额尔古纳给我留下了难以磨灭的印象,不只是这块干净、纯粹、阔大得叫人下跪的美妙神圣之地给我的震撼,更在于江非、沈浩波等一些同时代诗人朋友的出现让我热度满怀。沈浩波时而"大大咧咧"又时而冷静细心,他对诗歌写作怀有"鬼胎"和"野心"。他全副武装的里三层外三层的装束以及那双巨大厚实的皮靴印证了雪原的寒冷,而他的大皮靴和泛着青光的脑袋也不能不让我感受到了诗人们的天生异相。我还记得在大兴安岭，当我和一行人穿越山林下山的路上。沈浩波一时兴起对着一棵白桦树就是一脚，嘴里还嘟囔着什么，树上的雪正簌簌飘落下来……

作为江苏人，吴越文化的勇武、斗狠在沈浩波尤其在他早期的诗歌中得到了对应和呈现，而从现在来看，一路走来的沈浩波留给我们的是繁复多变的诗歌气象和精神征候。尽管时至今日人们对沈浩波的诗歌仍然用"口语"和"身体"了事，但实际上沈浩波是一个难以用任何的诗歌概念和各种诗歌主义进行解读的诗人，他的诗歌写作总是能够给人以阅读的快感和不期而遇的震动，在不同阶段都呈现了诗歌强大的"现实感"、想象力和强硬的先锋精神、诗性情怀。当然，沈浩波早期的诗歌确实有某种作秀和因为过于宣扬诗歌立场而导致的诗歌成色的一些不纯和某种变形。如果当一个诗人从青春期的冲动和背叛的行列中走出来而逐渐加入所谓的成熟和世故的队伍中的时候，先锋精神肯定在诗歌写作中慢慢丧失甚至最终沦亡。正基于此，先锋对于任何一代人而言都不能不是重要的，但是这种重要性的前提又恰恰在于很少有诗人能够维持这种恒久的创造意识与先锋精神。而沈浩波对先锋诗歌的认识具有一定的代表性："从2000年我与巫昂、尹丽川、朵渔、南人一起创办《下半身》诗歌杂志开始，这种声音就在催化着中国现代性诗歌精神的发育，我们从反叛、反抗、质疑甚至是粗暴的推翻开始加速着这一进程。从那时起，我的写作就是自觉的置身于强大现实中的写作，就是带有坚硬精神背景的先锋写作。多年过去了，多少当年和我一起先锋过的青年已经完全无以为继的时候，我自豪于自己没有背离写作的初衷。我也曾经犹豫和停滞过，也曾经由于乡村生活的背景而放任过那种浪漫主义的软弱抒情的一面，但最终我却更为坚定地成为一个年近中年的'先锋派'。"此时的沈浩波已由早期的集体狂欢、表演性、抢占座位和青春期荷尔蒙时代的写作更多地转向了个人心灵与繁复现实的碰撞时所高强度爆发出来的诗歌写作。因为"70后"诗人已经清醒地认识到只有对自我心灵和命运的强化和追问、反思和怀疑，才能构成真正强大的内心，才能使一代人可以不依赖和臣服于任何宗教或者既成的公共价值谱系，去认识世界和从事具有无限创造力和个性情怀的"真实"写作。同时，沈浩波也是一个大力鼓吹"70后"诗歌的人,为一代人诗歌命名的热望使得沈浩波时时有着清算和洗牌的冲动(尤其是在盘峰论争和创办《下半身》那几年),他的一些文章曾对包括北岛在内的当代"大腕"诗人进行了批判。

从"朋友们"到"下半身":异端伦理的诗歌冲动

1976年国庆节的第二天,沈浩波出生于江苏泰兴。1995年沈浩波考入北京师范大学中文系,同许多"70后"诗人一样,沈浩波的大学时代就是恋爱异性也恋爱诗歌的时代,他也是一开始就迷恋上抒情的文学青年(当时曾用笔名"仇水"),"我记得诗中提到了岛屿/我将它比喻成我的心/其实我并不是很喜欢/那个戴眼镜的女生/却为她写下了/生命中第一首诗"(《蝴蝶·第一辑》)。在北师大读书期间(1997年),沈浩波成为"五四文学社"社长,1998年年底沈浩波与朵渔、亢霖、南人、高晓涛、杨志等人创办了同仁刊物《朋友们》(共出两期,1999年停刊)。显然《朋友们》和1980年代韩东等人创办的《他们》存在着一定的历史关联,这也从一定程度上显现出"70后"诗人影响的焦虑意识,前代诗人不无庞大的身影笼罩在这些后起诗人身上。尤其是在"70后"诗人的学步和成长阶段,这种影响和焦虑是显而易见的。但是从最初的诗歌练笔到最终"沈浩波风格"的形成,沈浩波用了相当短的时间。他几乎是以百米冲刺的速度在跃进。

2009年5月,后海。在这次聚会上,诗人侯马席间谈到了当年北京师范大学诗人群的往事,谈到当时和沈浩波的交往,涉及沈浩波早年对欧阳江河诗歌的仿写和学徒期,赞许沈浩波在诗歌上的聪明与才华;也谈到1999年沈浩波和李红旗、朵渔等人创办《下半身》的事情。当时侯马是反对"下半身"这个称呼的,而沈浩波当场就否定了侯马,这让侯马感到很意外。而不久《下半身》就如火如荼地创办起来,今天看来,沈浩波的聪明才智在《下半身》的创办上得以淋漓尽致地体现。如果当年的沈浩波使用"下半身"之外所有的称呼可能早就被历史所遗忘了,正是"下半身"这个大逆不道、耸人听闻的说法恰恰迎合了人们的逆反心理,在诗歌史进程中谋得一个席位,尽管"下半身"诗歌理论的提出有着强烈的时代背景,有着发起者强烈的诗歌史焦虑情绪和策略式反抗企图,也存在着明显的不足之处。在 20 世纪末的诗坛甚至文学界的空前焦虑和相应的文学论争中,沈浩波等人的"下半身"诗歌无疑是新一轮话语革命开始的代表,其实这种关于身体的合理性和合法性话语权力的争取也不同程度存在于其他一些诗人,包括一些女性诗人的写作中。而沈浩波和一些"70 后"诗人对"身体"的重新认识和鼓吹在另一个向度上暗合了个体合理性欲望的诉求,但是很快这种诉求被另外一些"不明就里"的诗人作为廉价的工具走向了反面。更多的诗人的偏颇在于,他们在很小的面积上找到身体的同时,急切而功利地对欲望的奔走却恰恰使灵魂再度受到忽略和沉沦,人的灵魂比身体更无知更极端也更卑贱而不值一提。以沈浩波为代表的"70 后"诗人开始放弃身体与灵魂、情欲与政治、欲望与禁忌这些古老的二元对立并以此来重新认识自我、身体和欲望以及写作的合理性、合法化,并试图打破那些传统的禁忌,让身体性成为精神的救赎和一种现实维度。但是悖论和反讽的是,这种救赎却在"70 后"诗人这里不得不最终还是呈现为身体与欲望、灵魂与记忆、个人与政治之间的强大冲突,甚至在最为强调身体叙事的沈浩波那里,"身体"也呈现为在生存与历史的夹缝中尴尬的一面:"我活了三十一岁了居然想不到 / 一件特别悲伤的事 / 我急得都快出汗 / 身体愚蠢的拱动 / 大脑飞快地旋转 / 突然 / 头脑中画面定格 / 一具尸体 / 仰天躺在狭窄的手推床上 / 满头白发 / 没牙的嘴大张 / 一阵悲伤汹涌的袭来 / 身下的女人疯狂迎合 / 这是生命诡异的一瞬 / 满脑袋都是奶奶去世时那张干瘪的脸 / 身体却在颤抖中达到了高潮。"(《祖国的星空 · 我能想到最悲伤的事》)这就是,无论在现实生活还是在诗歌想象中,"70 后"都永远是不能彻底"洒脱"的一代人。

在众多普通读者和专业评论者看来,沈浩波的一些诗歌会被不假思索地认定为色情诗、下流诗和垃圾诗。我也敢说其中的一些诗作确实是经受不住时间的考验,诗人的急于强烈的表达欲望反倒在一定程度上伤害了诗歌的成色。但是有一点值得强调,即很多人可能没有真正意识到沈浩波的初衷,或者说与身体直接相关的文化因素和表达策略被一些不明就里和武断的道学家式的批评者们所遮蔽掉了。我想强调的是应该全面和正确认识沈浩波一些有关"身体"的诗歌叙事，我在相关文本中看到了强大而繁复的陌生的身体的力量、语言的力量和想象的力量。沈浩波的诗歌写作在我看来多少受到了不同程度的误解甚至歪曲，尽管在沈浩波的诗歌地图上也有一些相对失败和不太成熟的东西，但总体而言沈浩波特殊的发声方式对他个体乃至一段特殊的诗歌历史而言都是相当有效的。换言之，在中国2000年以来的先锋诗歌版图上，在不断涌现和崛起的"70后"诗人群落中我们应该注意到在暧昧的时代沈浩波这个充满活力、制造事端、不无尖锐的聚讼纷纭的"光头"猛汉。

　　有研究者认为沈浩波是伊沙的翻版，我却不以为然。沈浩波遭人诟病也好，受人追捧也罢，他的诗歌中的"善"和"恶"是毫不遮掩、相当分明的。只有一个沈浩波，也只有一个伊沙。如果一个人的写作能够被另一个人所置换和覆盖，这是一种莫大的悲哀，显然沈浩波不在此列，起码在我看来是如此。沈浩波曾自我解嘲将自己称为"心藏大恶"的诗人，就诗论诗，沈浩波的一些早期诗作确实有"作秀"的嫌疑，尤其是提出"下半身"写作的那个阶段，有着为"身体"而"身体"的写作倾向。但是同样可以肯定的是他的一些诗作在审美的惯性阅读和成见中被最终"妖魔化"和"窄化"了。沈浩波的一些诗歌尽管处理的题材和用语有着"不洁"的冒犯，但是这种"不洁"的背后所呈现的更为复杂的文化、历史、社会因素却被过滤和忽略掉了。《我们拉》这首诗显然为很多读者和评论家所"蹙眉"，但是当我删掉"我们拉"这个反复出现的词语之后，这首诗就会相当容易为人接受，并且其复杂的情感内蕴就更有力地显露出来了。"流动红旗插在黑板的右上角／大红花佩戴在老师们的胸前／好孩子们手里拿着金色的喇叭／骄傲的女生挺起她们没有发育的胸膛／而我们并排蹲在学校后面的茅坑／嘴里衔着草叶，抬头望着蓝天／春天的河堤属于打猪草的少年／公园的长椅属于拥有爱情的男女／摩天大厦是事业有成者们的天下／温暖的炉火边没有异乡人的位置／而我们蹲在公共厕所里一声不吭／夹紧手中的皮包，看着灯芯绒的裤脚／有多少孩子在广场上放风筝，就有多少／妻子和母亲在深夜里红杏出墙／有多少男人在酒吧里吐出胆汁，就有多少／少女用丝绸的睡衣遮住半只乳房／而我们坐在狭窄的抽水马桶上／看着镜子中那个脸色蜡黄的男人／总是这样，在街的拐角出现的／不是疯子就是警察／总是这样，连跳脱衣舞的女郎都以为 / 通往天国的路是金色的 / 总是这样，人们都在祝福好人一生平安 / 总是这样，天气一旦晴朗 / 我们就会咧开嘴巴 / 而我们将在这样的天气携带诗稿 / 冲上大学的阶梯教室，齐声朗诵。"在这个经过我删除的"洁本"《我们拉》中，诗人的青春期的冲动、反叛，对底层生活的关注，对异乡的城市、校园生活的自我嘲弄，对生存世相和社会的深切洞察，都通过准确的语言酣畅淋漓地呈现出来。

历史田野和现实涡流中的诗歌纪事

那么，在诗歌阅读层面，真实的沈浩波是什么样的呢？

1990 年代末期以来的诗歌写作有回到日常生活现场和存在细节的倾向，但是这并非意味着诗歌写作简单回到现场和当下的扫描或者沉溺，而是诗人在当下的体验和书写中坚持了"历史的个人化"叙事和"求真意志"的表述。这种日常化写作语境实际上对诗人提出了更高的要求。众多的"70 后"诗人的乡村经验对他们的诗歌有着重要的意义，同样有着乡村经验的沈浩波则是在更为个人化和极端性的意义上呈现了乡村经验的黑色质地。在《外婆去世》这首诗中，沈浩波呈现了对乡村生命死亡的无奈，而可贵的是这种无奈的体验与想象是与诗人的个人化历史想象力、家族命运脐带式联系在一起的。诗人关注的不只是故乡亲人的一个个死亡，而是对这些卑微的生命、这些乡村的亲人生前的饥饿、贫穷和一生都未曾有过的幸福的揭示，以及对父母一辈人整体性的"在谎言中长大""在空洞中衰老"的命运予以了无情的剖析："外婆去世了 / 故乡的亲人 / 在一场瓢泼大雨中 / 为她送葬 // 送葬的路说长不长 / 用去了我 30 年的时光 / 我花了整整 30 年工夫 / 才把童年时认识的那些老人 / 一一送进坟地 // 一个都不剩了 / 战火 / 死亡 / 饥饿 / 批斗 / 贫穷 / 他们的一生从未幸福 // 连思维 / 也被烧成骨灰 // 再花 30 年工夫 / 为现在的老人 / 我的父母辈们送葬 // 他们从出生开始 / 就被剥夺了灵魂。"如果我们不是将全部阅读的赌注都放在被狭隘化、妖魔化的诗歌中的"身体"和对所谓的"色情"的关注和诅咒上，沈浩波的诗学价值才有可能得到重新的认识。在《坠落》这首诗中，诗人以类似于金斯堡的"嚎叫"式的具有强大势能的铁链式的长句式呈现出属于中国本土的呼喊和愤怒："云集的迪厅喝着啤酒扭着屁股越飞越高 / 如果一声刺耳的枪响把我们吓得从云端坠落 / 如果一群全副武装的人扛着冲锋枪冲了进来 / 如果我告诉他们我是天使而他们却用枪拖顶住我的臀部 / 如果我和一大群人一起被带到深山中的戒毒中心 / 如果一桶桶冰凉的水浇到我的身上溅起来像大朵盛开的花 / 如果我瑟瑟发抖却因为发了牢骚被他们狠扇大耳刮 / 如果我像囚徒被关了三个月再也上不了天堂。"《坠落》全诗从始至终都是以强烈假设意味的"如果"贯穿于更为真实、残酷的现实图景之中，在这首诗中诗人对一种强大权力的反抗是相当强烈的，而诗歌中所涉及的几个核心形象就是身处底层的被折磨得面目全非的影像。沈浩波的这首承担的诗歌、"暴动"的诗歌让我想到了这两年关于诗歌伦理的争论。在沈浩波的诗歌写作中关于诗歌伦理、底层写作、诗歌与当代的问题就不能不被提出来，这也是近两年来诗坛争论的一个热点。换言之，诗人该如何处理好个人与时代、诗歌与现实之间的关系。实际上这个争论可能有些多余，因为对于真正的诗人而言，承担、道义是不可丧失的诗歌良知之一，尽管诗歌的技艺和多元性维度同样重要。而沈浩波的诗歌文本大体都有两个层面，一个是为人所"诟病"甚至误解的所谓性欲和身体的诗歌，而另一个层面则往往被忽略了，这就是沈浩波对现实社会和生存现场的毫不犹疑、大张旗鼓的介入和表态。在这些"不洁"的容留性的场景中，一种社会的晦暗与刺痛被以相当真实和尖锐化的方式呈现出来。在这点上沈浩波的诗无疑具有强大的不容置疑的"现实性"和"历史感"。只是这种现实性和历史感的呈现方式是极其个人化的，是属于沈浩波自己的特殊方式，插科打诨、嬉笑怒骂、大大咧咧、满嘴粗口。沈浩波诗歌呈现给我们的场景看起来是如此荒诞、夸张、滑稽，但是它们又是如此让人心生寒意、胆战心惊，它们让我们一再追问什么是"现实"，什么是"真实"。

经过诗坛几年的喧嚣，沈浩波的诗歌写作已经逐渐沉潜下来，他以越来越强烈的个人化的历史想象力和对生存现场中龌龊、荒谬场景的关注呈现出极其强烈的个性化言说方式。如果还有谁仍"义正词严"说什么沈浩波只是一个诗坛的"好事者"和"下半身"的沉溺者的话，只能说明这些人已经在几年前就已经不读诗了，或者说根本就不会读了。沈浩波对诗歌与现实、诗人与强大的生存现场之间的关系体认在2006年夏天长沙诗会上关于"小文人诗歌"的发言中相当强烈地喷发出来："从第三代到现在，我们的诗人在面对具体现实的时候，付出的努力与所做出来的成绩是微弱的，我们只是在个别的诗人身上看到了这种努力，不管是口语写作也好、书面语写作也好，学院也好、民间也好，更多的是在做一种切片的诗意的处理，更多的是形而上的抽象的一些思想上个人情感的一些纠结，没有真正的具体的面对现实。事实上这样一个社会和时代已经呈现了非常巨大的现实，绝大部分诗人视而不见，更多的诗人避开了这种现实，回到了自己给自己人所设置的主题之中，为完善自己的世界而忽略了就在你眼前发生的现实。"[1]

在沈浩波近年来的诗歌写作中，我感受到一种青春的激情和骚动正在沈浩波的身上渐渐消退，尽管不容否认沈浩波是"70后"诗人中最具活力的诗人之一。在沈浩波的诗歌文本中，甚至"中年"般的秋天气息已经开始出现，曾经的欲望化叙事也时时呈现出知性的质地，诗歌的视角也在当下的日常景观中逐渐转向历史纵深和记忆深层。而沈浩波的《一切事物都在前进》，我认为无论是在语言质地、想象方式，还是介入生存的精神维度都呈现了一个独特、丰富的沈浩波。这首诗甚至可以看作渐至"中年"的诗人对诗歌和生命个体的双重思考和反思的省察报告："我已不知道什么是梦想中辉煌的诗篇／只是无数次的／怀念青春时的无知和虚妄／我们的热情并不是被一场大雨浇灭／在雨中我曾经抱着会舞蹈的天使／穿越黑暗的街巷抵达烂醉的黎明／一切事物都在前进／不断前进的河流把我带入昏庸的中年／即使我用双手紧紧抠住石壁的缝隙／即使青春的残渣如同死鱼之骨／死死卡住我的喉咙／我痛苦的叫喊仍然不可避免的／加入到这河流冲过峡谷时伟大的声音中。"《一切事物都在前进》延续了《我的朋友们》的向度，光阴中的斑驳的光影和苔藓的潮湿都呈现出生存的紧张，而青春、热情、偾张、亢奋、辉煌的诗篇，挽留、拒绝、疲倦、沉睡、亢奋、激动、昏庸的中年，犹豫、前进、裹挟，都如此不可抗拒地纠缠在一起。在高大

---

[1] 沈浩波：《诗人·时代·小文人》，《诗歌现场》2006年第1辑。

的峡谷和时间的河流上，谁能够停留和不朽？好像只有梦想和伟大的诗篇能够在这世间的峡谷中产生悠远和高亢的回声。不管是戏谑不恭的方式还是"一本正经"的严肃姿势，都体现的是一个诗人基本的维度：在现场说话，说诗歌真话。就诗人和现实的关系以及对个性化诗歌话语的坚持而言，沈浩波无疑是青年诗人中最值得认真对待的一个，他呈现给我们的是历史田野和现实涡流中的诗歌纪事。

在我看来，沈浩波是一个以戏谑而又深刻的极端方式呈现他对现场甚至历史文化的态度，而曾经令人热血偾张的历史文化图景的脐带已经被这个无限加速的城市化和市场时代吞噬殆尽。当北京的冬天被置换为祖国边陲的一个更为寒冷而历史文化感无处不在的另一个场阈，诗人的个人化的历史想象力就在有些破碎和模糊的纵横交错的历史原野上凸显出来，如《成吉思汗》："来到海拉尔的第一个晚上／我们找了一个小饭馆吃饭／进门就看到／整张熟牛皮／挂在墙上／上面画满红色的箭头／仔细一看／竟是成吉思汗行军路线图／我不禁暗自惦记／／坐下来吃饭／要了一大锅奶茶／头顶右侧／又是一张／成吉思汗的画像／胡须非常茂密／／晚饭吃完／主意已定／要跟老板好好磨磨／把那张牛皮行军图／买回家去／贴到书房里／一定酷毙／我径直走向收银台／趴到柜台上／正想跟那蒙古妹子套近乎／胳膊一抬／碰到了什么／一看／又是成吉思汗／一尊铜像／杀气腾腾／立于台面／／我一下怯了／想说的话／硬生生的／咽了回去／／我不是怯于这铜像的杀气／而是怯于我所看到的／那种子孙对祖宗的爱／／我的偶像／是别人的祖宗。"是的，2007年1月下旬的海拉尔、额尔古纳，无论是对于沈浩波还是对于我们这些"汉人"都强烈感受到一个人文景观和文化历史的震撼。铺天盖地的白雪，身躯庞大的有着蒙古和俄罗斯血统的男人、女人，味道醇正的纯粱酒、雪山、星空、白桦林、冰冻的草原都是现代文明中一首首被忽视的然而真正的大诗，它们在寻找真正的优秀的诗歌骑士。

沈浩波是一个相当自觉、自知的诗歌写作者，无论是对自己早期的所谓"下半身"诗歌还是近些年来的不断深入历史、现场的诗作，沈浩波都只想做一个先锋诗人，一个先锋到死的诗人，一个不断反对和不断创造的诗歌精神。

一代人的诗歌"大势"和沉滞洼地的"蝴蝶"

"70后"一代人没有"80后"诗人的轻松和放纵,也没有"60"年代人的政治情结和运动势能,"70后"一代人是在政治化年代的尾声和商业大潮的狂乱而陌生的席卷中,在生存和写作的双重压力中艰难行走的尴尬一代。在这个集体性格和社会学层面上而言有理由相信"70后"一代是能够出现相异的诗人的,这也是一代人的诗歌大势。事实证明,目前诗坛的主力和中坚已有相当的部分就来自"70后"诗人,当然真正伟大的诗行和诗人还需要时间的最终检验。"70后"诗人的历史意识是相当强烈的,这种历史意识与他们的生存方式尤其是早年的经验和记忆密切相关,那么当"70后"中的沈浩波等诗人以长诗的方式来呈现个人化的历史叙述的时候,历史的光环就不能不消退,代之而来的可能是无穷无尽的灰烬、疼痛、质疑、反问、绝望和敲打。

沈浩波自从"出道"之日起,其写作长诗的努力是有目共睹的,尽管写作这些长诗给他带来了很大的痛苦和挑战,甚至曾有一段时间沈浩波不得不因为各种原因而放弃长诗写作。而近期沈浩波的长诗《蝴蝶》(2008年4月开始写作,2009年10月底完成,2010年1月由上海文艺出版总社出版)更是让诗坛同行们侧目。尽管在为数不少的对这首长诗的评价文章中不乏哥们儿、朋友式的叫好和追捧,也不乏溢美之词,甚至《蝴蝶》出版时在勒口处的文字"里程碑意义上的史诗"还有待时间的进一步考验,但是平心而论《蝴蝶》这首长诗确实是21世纪第一个十年的一个不小的收获,尽管它不可避免仍然存在缺憾,比照而言,该长诗的第三辑我有些不太满意。但是这首长诗是一个诗人的精神成长史和一代人的被迫颠三倒四一样的"家族"寓言,更是一个生命与时代、伦理、现场和历史惨烈碰撞之后的不无悲壮的嘶鸣之声与叫喊不绝的审判、自供和忏悔以及"不原谅""不宽恕"的高音量告白。诗中不断出现的"母亲""父亲""祖父""妻子"和"儿子"等家族谱系是诗人借以对畸形的、不正常的历史秩序、国家神话、政治叙事、生存语境和现实存在的一种融入了个人化历史想象力的符号性象征和诗歌精神推进的寓言化方式。尤其值得注意的是沈浩波的诗歌文本中的由"儿子""我""父亲""祖父"所构成的循环的"父系"形象，而这个循环系统在沈浩波这里构成了一种可怕而宿命性的难以挣脱的巨大力量，相互焦灼、相互排斥又难以挣脱和剥离的胶着。在伊格尔顿看来，"父亲"是政治统治与国家权力的化身，而在沈浩波这里"父亲"还没有被提升或夸大到政治甚至国家的象征体系上，而是更为真切的与个体的生存体验甚至现实世界直接关联，而诗人与"父亲"以及以"父亲"为象征的关系则是尴尬、焦灼和拉锯式的状态。这是一口黑黢黢的深井，既想回到本真性的亲切又不能不面对强大的血统、伦理乃至文化上的巨大差异、隔膜和逆反，甚至还有挑战，"上帝为男人发明了10000种小丑的姿态／每一种都属于我的父亲／我是虚伪、紧张、不甘／和简陋、怯懦、绝望交媾的产物"（《蝴蝶·第二辑》）。

　　沈浩波的长诗写作其时间意识是相当显豁的，更为重要的是这种时间意识是与生命的体验、现场感和个人化的历史想象力直接相关的。这种时间意识不仅具有宽泛的哲思性更具有真切的个人性，同时这种时间意识在诗人所发现和创设的意象、诗歌节奏、语言方式和诗歌的整体构架中得到了近乎精确的个性化呈现。这种呈现既是个人的也是历史的，既是记忆的也是现场的，既是诗学层面的，也是社会学层面上的。说到长诗人们谈论最多的是所谓的"跨文体写作"，换言之就是诗人将散文、戏剧、书信、歌曲、小说、日记、随笔、广告等文体元素掺入诗歌文本中，而我对此却不敢苟同。真正的诗歌是从来都不会仅限于抒情或叙事的一元的牢笼，而是会尽可能地以多种话语方式增强诗歌的容量、张力和空间，长诗写作尤其如此。长诗的精神维度和诗歌结构显然更为重要，这既是关涉诗歌语言的，更是关涉生存本身的，当然也有社会和历史文化上的考量。沈浩波的长诗写作在迅速摆脱早期的青春抒情和诗歌学徒期之后显现出在生存现场、个体生命和历史文化的临界点上维护诗歌的本体依据的先锋特征以及知识分子的良知感（包括诗歌语言和技艺上的良知）和历史意识。沈浩波多年来的长诗写作呈现的是急速的节奏中暴风骤雨般的狞厉的、寓言化的、荒谬性的戏剧性景观，无论是与诗人的生存直接相关的往事记忆、生活细节还是想象和经验中的更为驳杂的场景、事件、历史、幻想，都在质疑、反讽的基调中呈现出难以规约的诗歌的真实状态。沈浩波的长诗写作极其强烈地张扬了一代人对自我、世界、生存、诗歌、历史、乡村、城市、异乡的经验或想象性认识,诗人以极其强烈的介入现实和历史的姿态呈现出快速的令人眩晕的目不暇接的驳杂景象。这些长诗更像是一个个人化、历史化、欲望化和寓言化的生存文本或一个诗人的灵魂档案和历史见证,一份关于社会、历史与个体的白皮书。基于此,黑暗、荒谬、悖论、假象、龌龊被诗人从浮华的帷幕背后拖拽出来,而个体作为一个匆促的生命过客,强大的社会规训与惩罚显然形成了一种强大的制约,再加之难以抗拒和改变的宿命力量的压制,生和死都不能不是沉重而尴尬的。

沈浩波 2008 年开始创作的长诗《蝴蝶》前后持续了近两年时间,在我看来这种"难产"的过程更像是"70 后"诗人在这个时代诗歌写作情势的一个绝好的象征,或者"窄化"一些,这首诗起码对于沈浩波自己而言具有"个人里程碑"的意义。到了沈浩波这样的年龄和诗歌写作时间段,诗歌不可避免进入了瓶颈期和冰河期,这在其他同时代诗人中都普遍存在。而形成悖论和反讽的是,大量的诗人在网上和刊物上夜以继日地制造着大量诗歌作品,而实际上这些文本因为瓶颈期的到来而呈现出高度的重复和自我复制。当沈浩波在 2009 年 10 月 27 日饿着肚子在北新桥的"等待戈多"咖啡馆终于完成这首长诗《蝴蝶》的时候,我们是否看到了一个时代沉滞低洼地带的艰难的精神"飞翔"或者是坠落时的痛楚与分裂?以沈浩波等人为代表的"70 后"诗人为什么在如此急促、沉重、暧昧又如此轻飘、浮夸、虚肿的时代生存景象中还要进行写作长诗的努力?"在这样的时代,没有巨大的象征性的民族北上,没有战火与集体的创痛,如何承载这么长的一首诗的重量,用什么来承载?"[1]在我看来从 1970 年代以来的 30 余年的时间里,"70 后"一代人见证了不同的时代,从理想主义、集体主义的红色政治年代过渡到商业化、娱乐化、物欲化、传媒化的经济主义时代,剧烈的时代震荡和社会转变,夹缝中生存的尴尬和无奈的城市之累都如此强烈地淤积在"70 后"这一代人的内心深处,甚至一些强烈的倾诉和抗议的愿望已经在短诗中无以完成,只能是在长诗写作中才能逐渐完成一

---

[1] 沈浩波:《蝴蝶》"前言",上海文艺出版总社,2010 年,第 1 页。

代人的倾诉、对话、命名。随着时间的推移,"70 后"的长诗写作会越来越成为显豁的诗歌史现实。概而言之,沈浩波写作长诗的努力印证了中国当代诗人写作长诗的可能性和某种远景,当然这种可能性和远景的实现只能由极少数的几个人来完成。在巨大的减法规则中,掩埋和遗忘成了历史对待我们的态度,而语言和诗歌永远比一个国家更古老、更具有生命力,一些诗人用语言创造的自我和世界最终会在历史中停留、铭记,历史在寻找这个幸运者,这个幸运者肯定也是一个在个人和时代的轨道上发现疼痛和寒冷的旅人。沈浩波的《蝴蝶》等长诗写作蕴含了一种独具个性而又相当重要的个人化的历史想象力深入现实的精神向度,一个诗人对日常和"平庸"生活的逼视本身就是绝好的现实之一。这种个人的历史想象力较之 1980 年代以来的带有青春期写作征候的美学想象力而言更具有一种深度和包容力。历史想象力是指诗人从个体主体性出发,以独立的精神姿态和话语方式去处理生存、历史和个体生命中显豁和噬心的问题。换言之历史想象力畛域中既有个人性又兼具时代和生存的历史性。历史想象力不仅是一个诗歌功能的概念同时也是有关诗歌本体的概念。沈浩波的长诗写作有力地在历史想象力的启示下呈现了一个时代的精神肖像和一代人的诗歌史、生活史和社会史面影,这些诗作也可以说是历史想象力在一代诗人身上的具有代表性的展现与深入、清醒与困惑的反复纠缠、自我与外物的对称或对抗。

2010 年 3 月 14 日中午,鼓楼西大街 62 号。此时应该算是春天,但北京此刻却漫天大雪。我从家里徒步冒雪前往一次诗人聚会,那种清凛的感觉好久都没有了!巨大的雪花飘落在泥泞轰响的北京街头!看到雪中立交桥下的冰面、鼓楼、德胜门巨大建筑顶上的白雪,还有像我一样黑色莫名的人群,我有一种说不出的异样感觉!因为来得稍微早一些,我又顺着鸦儿胡同到了后海边。因为天气稍微转暖的原因,水面上已经没有冰了,但是茫茫的雪落在渺渺的寂静沉沉的黑暗水面上,这多像我们的生命状态,多像我们这个平庸和二流时代的诗歌写作。如今博客和网络时代如此巨大的诗歌写作更多的是无声和迅速地消解在时代的水面之上,而哪片诗歌的雪花能够在如此情势之下获得长久?这就是诗人和诗歌的宿命。我把岸边栏杆上的积雪攥紧投进水面,看它们漂浮、融化、消失。从后海回来时我再一次经过小巷深处的广化寺。我已经是很多次与它谋面，但它对于我来说仍然是陌生的。我在纷纷的大雪中第一次注目寺庙门口的楹联："烟波淡荡摇空碧　楼阁参差倚斜阳"。我们一次次从喧嚣的闹市街头走过，我们却同样一次次与真正的诗歌擦肩而过。

多年前海德格尔的一句忠告已经被中国诗人和学院派批评家们所扭曲和淘空，然而这句"诗人的天职是还乡"对于"70后"诗人而言简直就是一种宿命。而这种宿命是在巨大的工业化、城市化和去乡村化的黑色浪潮中刺痛了一代人最为敏感、最为本源也最为疼痛的记忆，这种记忆是关于一代人出生地的记忆，是一种脐带式的记忆。乡村少年的自卑和惆怅的身影在《蝴蝶》这篇长诗中不停闪现。从急速推进的工业时代再到新移民时代，尽管沈浩波的诗歌写作一直试图在多元化的路径中进行拓殖，但是他一直存留着一个黑色"乡愁"的见证者和命名者的身份和胎记，揭开深入当代的个人化想象力所呈现的带有疼痛"骨刺"般的时代寓言。在21世纪的工业履带的碾压下一个来自于"外省"的诗人还能穿越城市的浮云去眺望精神和现实中的"故乡"，这需要的恰恰不是一种美学的修辞趣味，而是本能的、原生的精神乡愁和文化守成的冲动使然。工业时代坚硬的钢铁管道在维持着一种残酷的秩序，而回乡的马车永远失去了来路，这注定成了一代人的疾病状态和无边无际的"乡愁"。而更为不可阻挡的是告别少年情怀的"中年写作"已经在平庸的工业时代无家可归的秋风中开始了。而我们已经忽略了后工业时代的一个站台上正在通过一个扛着沉重精神行囊的由一个青年诗人所发出的沉重的声响，一个被迫的撕裂和疼痛正在如漆的黑夜中降临。我们经历的已经不是一次次司空见惯的出发和抵达，而是经历一次次类似于时代寓言的寒冷和荒诞。

在我看来，沈浩波在《蝴蝶》中呈现了近年来他始终坚持的在看似日常化的真实生存场景和地理学领域中，设置大量的既日常化甚至庸俗化但又不乏戏剧性、想象性的同时寓含强大精神势能、暗示能量和寓言化的场景。在这些苍茫的黑色场景中纷纷登场的人、物和事都承载了巨大的心理能量，更为有力地揭示了最为尴尬、疼痛也最容易被忽视的时代的华美衣服的肮脏、褶皱的真实内里以及更为沉暗的个体生存的体验以及时间的巨大黑色斗篷下的生命的寒冷和同样寒彻刺骨的记忆。我想正是由此,沈浩波在《蝴蝶》等诗中所持有的更像是"聚光灯"之外的黑暗诗学,精神自审、西绪弗斯式追问、现场逼视和历史省思的维度之下,诗人已经没有必要再重复光明、天空和灿烂的前景,作为创造者和发现者代名词的诗人有必要有责任对大地之下的黑暗之物予以语言和想象的照亮与发掘。基于此,黑暗的地下洞穴中细碎的牙齿所磨砺出的"田鼠"般的歌唱正契合了最应该被我们所熟悉然而却一直被我们所漠视的歌唱。好的诗人都是时代的兢兢业业的守夜者,这个守夜者看到了夜晚如何把中国变成了一口夹杂着欲望和现代化怪兽的深井,看到了一个推土机和搅拌机如何建造起一个个虚无的钢铁之城。

《蝴蝶》是当代诗歌精神气象和个人诗歌地理学正在丧失和消弭的挽歌。

沈浩波在长诗《蝴蝶》中对"身边之物"投注了尽量宽广的考察视阈,他在审视和叩问的过程中并没有呈现出简单而廉价的二元对立的冲动与伦理机制的狂想,没有在个人与整体、农村与城市、底层与中产、历史与当下、沉落与救赎、挽留与拒绝中设置鸿沟和立场,而正是这种融合的姿态反而使得以上的二元对立项之间出现了张力、弥散和某种难以消弭的复杂和"暧昧"。这种还原的历史主义和田野作业式的诗歌话语方式恰恰是在多个向度上再现与命名了诗人所经历的传统农耕社会的理想主义、革命教育与生活方式和此后工业和市场的无限推进的泛政治语境下的尴尬心态、无根的失落和莫名的恐惧,"在灰色的城市/不再想念白云/只是依然试图/去写明亮的诗"(《蝴蝶·第一辑》)。在一个写作如此多元、媒介如此便利的语境之下,诗人很容易跌坠入自我幻觉和日常叙事的天鹅绒当中去,这多像我们当下娘里娘气的"中性"和"去势"的时代。而沈浩波的诗歌显然并非扮演了个人和日常叙事中小感受、小反思者的角色,而是有意识在文本的尽可能拓展的巷道上延展自己个人化的历史想象力和求真意志,展现个人的命运轨迹和更为深切的家族历史。

我看到了一个"民间"家族的深埋地下的苦涩而顽健的"草根",看到了看似颠覆和嘲讽"父辈"和传统"母亲"形象背后的无处不在的深潭般的泥泞和内心。这种建立于个体主体性和真切言说基础上的历史想象力和求真意志就在最大程度上打开了现代诗歌应有的空间视阈,将消逝的和正在消逝的事物与情感交织在类似于无物之阵的迷津之中。简单的肯定和否定都只是少年和青春期写作的表征，而中年式的在肯定、犹疑、前进、折回之间展开的辩驳和诘问方式在沈浩波这样的"70后"诗人中不能不日益显豁地呈现出来。

关于《蝴蝶》第一辑、第二辑和第三辑的诗歌形式、语言节奏和句式等特点我想暂且搁置，而诗歌写作作为一个人的内心"宗教"和乌托邦确实具有一定程度的自我"清洁"和对社会进行矫正的功能，但是我们看到的仍旧是无边无际的日常景象中的龌龊、喧嚣、混乱和荒诞。在《蝴蝶》呈现给我们的一个时代遗留的影像和个人精神成长史中，沈浩波以其沙哑而尖锐的咳嗽，以各种令人触目惊心但又极其日常化的场景镂写着一代人在紧张的工业时代的孤独与不安。时代和成长经历所造成的生活的琐碎、偶然背后的宿命之于和难以挣脱的规训与惩罚，使得沈浩波的一些诗歌呈现出某种病历性的特征。显然这种"低烧"和疾病状态并没有使诗人在虚幻的理想乌托邦面前长久的沉坠，反倒使诗人获得一种对抗的勇气。实际上饥饿更是一种严重的时代疾病。作为在成长经历中经受了精神和物质双重饥饿的"70后"一代人而言，这一代人的诗歌几乎无处不印证了这种"尴尬"和"饥饿"状态，"总是回忆起／一生中的一顿饭／／蹲在椅子上／光着膀子／吃煮得很烂的面条／使劲地喝面汤／一口气吃了三大碗／全身是汗／如被水洗／／那叫一个美啊／从此之后／天下再无美食"（《蝴蝶·第二辑》）。而正是这种"饥饿"和由此而产生的觅食飘荡——在生活、社会、精神中的漂泊和游移——的状态使得沈浩波不断在纷乱的生存现场中将视野不断投注到那个逝去的年代，实现自我的一种渴望机制。"饥饿"甚至成了"70后"一代人的宿命。

沈浩波所持有的"70后"一代人的生存经历、情感经验和思考方式使得他更多地充当了理想主义和怀疑主义的双重角色，而很多人在青年时代都是愤青，而随着年龄的变化这种带有本能性的愤怒与批判就不断走向了衰竭，而沈浩波尽管其诗歌写作在更为广阔的多元空间同时掘进，但是他的诗歌一直有质疑的立场。"因为拒绝诉说／我把自己锁成冰柜。"一定程度上沈浩波和他的《蝴蝶》等诗毫不留情地为我们打开了一个骤然寒冷的时代冰库，每一个读者都会为其中的一个个难以避免、纷至沓来的寒风和暴雪不停寒噤，所以从精神和文化的角度来考量沈浩波以及其他"70后"一代人的诗歌写作在很多方面都像是在一个发着低烧的时代以内心波澜不断的书写在为时代提交着一份扭曲而尴尬的病历表。这些病历共同呈现了一个时代的病症和顽疾，也说出了他们视野中的衰老、占领、死亡和"母亲"、"父亲"的经验价值观的降价、贬值。在沈浩波的很多诗歌中他有效地呈现出一代人面对的生存黑幕的压力和灵魂的低沉自白，不断与现实摩擦甚至冲撞，不断在龃龉的现场中发出质疑，并在日常的背后揭开由想象的真实、语言的真实和诗歌的真实所构成的常人难以发现的空间，这种发现秘密和日常诗意的强大势能反倒是印证了诗歌、语言和记忆的力量，同时也使我们更为感同身受地意识到有很多东西和事物比我们脆弱的生命要强大得多。

在沈浩波这里，我领受了"日常"和诗歌交锋的无形而巨大的力量，我也最终看到了一代人的生存就像是黑夜厨房中的一场暗火，尽管硝烟不再，但是他在维持内心的尊严和发现的痛楚时付出的代价并不比以往任何时代要少，"抱起一只母鹅／搂她丰满的臀／让她飞翔／像圣洁的天鹅／令人落泪"（《蝴蝶·第二辑》）。他在驱赶着世俗和现场的黑暗的同时也撕开了一道道并不醒目但却难以愈合的伤口。作为个体和诗人，沈浩波在不断培养着个体和家族面对时间、社会、历史、生存和死亡的勇气，在交叉的小径花园中高高地举着内心的灯盏，努力寻找着与时代与历史对话的机会，但这样的机会不是稍纵即逝，就是永远不来。沈浩波在《蝴蝶》中不断构筑自己的精神"基地"的灵魂地理学。他不断将散落在各处的日常化的空间场景以诗化的意义，不断在日常化景观中呈现一个当代诗人的微观地理学图景。那些宏大的、虚假的、卑劣的、龌龊的政治文化、乡土文化、城市文化以及三流诗人的自大、自闭传统所一起构筑起的广场谄媚学和纪念碑早已在无比令人惊悚的黑暗与痛苦中烟消云散。正是在真实场景和想象空间的交织中，一个诗人在语言的空间和自身生命履历的轨迹上呈现出波诡云谲的气象与心像、梦呓与白日梦、现实与寓言。

2010年8月于丰润乡下，9月改定于北京

当今时代,如何写一首关于"秋风"的"颂"
——读沈浩波的诗《秋风颂》

王士强

一

"时代"是一个庞然大物,无边无际、深不见底、包罗万象,关于它的任何论断与说辞都只能是片面、有限和相对的,都有其可疑之处。不过,事情也有另外的一面。"时代"是每个人的时代,每个人都有"资格"对"时代"说点什么,"时代"也会通过个人的口说出自己要说的东西。在我们这个时代,强权与资本形成了暧昧、深刻而胶着的合谋,它们形成了当今社会压倒性、摧毁性的宰制力量,这是一个时代隐而不显同时又昭然若揭的秘密。在这样的情形下,世道与人心不能不发生相应的变化与变异,几乎无人可以幸免。面对混沌而冷酷的现实,更多的人成为庞大社会机器中的"螺丝钉",成为不同利益范畴中的逐利者,成为等级社会中"向上爬"的一员和"主流价值"的随波逐流者。往往,欲望代替了需要,利益超越了是非,地位取代了尊严。这是一个加速前进却分明又是加速腐朽、加速走向灭亡的时代。这样的情况下,人与自然的关系越来越远,自然只不过是一个"与天奋斗,与地奋斗"的对象,是为了达到自我目的的一种手段,在更多的时候它是缺席的,它不重要甚至可有可无,人们谈论到自然的时候也不过是把它当作一种消遣、点缀和抚慰,其存在是从属性的。在当下诗歌关于自然题材的书写中,多见的是对田园牧歌的一种表浅的讴歌,充满复古主义的陈腐气息,却没有提供出新的、有现实针对性和生长力的精神内涵,它们实际上仅仅完成了精神上的一种虚假的抚慰和抚摸,与真实的自然、与个人生活的现实都毫无关系。这样的写作并无真正的意义。

沈浩波可谓当今诗坛中的一位"肇事者",他每每以其特立独行、惊世骇俗、狂放不羁的言论和作品引起人们的注意和争议。比如他和同人21世纪之初提出的"下半身"诗歌,便曾经引起一片哗然,遭到了很多批判与讨伐,然而现在回头来看,就会发现事情其实并非如此简单。抛开它策略、姿态方面的原因不谈,仅仅在诗歌本身的方面它也提供了若干新的积极的因素,这其中在我看来尤为重要的是,"下半身"诗歌开启了新世纪诗歌"身体写作"的走向,为诗歌中的身体书写提供了另外的角度,开辟了新的写作路向,甩掉了此前诗歌写作的若干桎梏,这不能不说是意义重大的,自有其先锋性包含在其中。沈浩波的诗歌大多具有很强的现实性和及物性,尖锐而锋利,有力量,不妥协,不留余地,往往能够刺破生活华美的外表,而呈现出其更为本真、粗糙、生猛、冷酷的一面。所以,他的很多诗让一些人读来"痛快"也让一些人读来"不舒服",这也造成了关于他诗歌的毁誉参半。这里不打算在整体上谈论沈浩波的诗,这是一个难度更大的课题,我准备只谈他的《秋风颂》。我关心的是,这样的一位诗人,他为什么要写一首"秋风颂",为什么是"秋风"而且是"颂"呢?或者说,这样的一位诗人,他写的"秋风颂"到底要说什么,其特殊性何在?

二

下面我们可以对这首诗逐行进行细读,这大概是最笨拙但同时也是最可靠和有效的办法。《秋风颂》的起始便很特别,跳跃性很大:"就连霜打的茄子/也有咳嗽不止的祖国。""霜打的茄子"无疑提示了秋天的存在,是一种实景,而"咳嗽不止的祖国"则是一种虚景。"祖国"是一个抽象的概念,我们更不可能亲眼看到一个"咳嗽不止的祖国"。但是,这个"咳嗽不止的祖国"的意象又是抓人的,给人丰富的联想和想象。"祖国"怎么了,生病了?"感冒"了?"我"与"祖国"之间是怎样的关系?同时,"霜打的茄子"与"祖国"之间是怎样的关系？这时，我们会看到，"霜打的茄子"可能不仅仅是一种外物的存在，它可能是拟人的，更可能就是"我"。开局立意不凡，设置了悬念，极具张力。

"被烧成灰烬的秸秆／为秋天的庆典制造隆重的青烟"，这两句也首先是一种实景，具有明显的"秋天"的特征。"秸秆"是"收获"的副产品，它的燃烧既是收获的一个步骤，象征着收获之完成，同时也宣示着收获的喜悦，因而也是一种"庆典"。所以，"灰烬""青烟"也就成了"秋天的庆典"的一部分，甚至"青烟"也就成为"隆重的青烟"。这是一种实写，当然它同时也是一种"诗写"，可以看成一种隐喻，与前面两句相结合可以读出其中更多、更复杂的内容。

"司机在路上骂娘／表情生动得像当年的贫下中农。"这里引入了"叙事"的维度，让读者知道，此前的书写可能是途中所见，诗人不是在进行虚空的想象或者廉价的抒情，而是写的路途中所看到的一种实景。同时，这里也引入了"历史"的维度，"司机在路上骂娘"显然是在宣泄对"现实"的不满，写的是"当下"，但同时他的表情又"生动得像当年的贫下中农"，这又是在写"历史"，是"历史"与"现实"的对照。"贫下中农"的表情何以生动？是控诉他们所遭受的不公与不义？是欣喜于"翻身做主人"？而当下情境中的"司机"又如何与当年的"贫下中农"有了共同性？他们如何处在了相同的社会境遇中，这种相同之中又有怎样的不同？诗人在这里没有细说，但却提示了一种历史的吊诡与悖谬，寥寥数语却包含了极丰富的内容，胜过万语千言。

接下来的两节可以放到一起进行解读："一群洗得干干净净的女人／像一把又白又甜的大葱／／带着渴望被啃一口的喜悦与羞怯／在秋风中忙着出嫁。"这四行与其说是写实的，不如说是写意的，在表面上的"欲望叙事"下，是对社会普遍性场景和社会深层机制的一种呈现。"渴望被啃一口的喜悦与羞怯"，"在秋风中忙着出嫁"，这是一种主动的投奔与靠拢，但我们分明又可以读到一种对这一现象的审视，这里分明有一种权力机制在发生作用。它是一种隐形的然而又极其强大的存在，强大到足以变对象的被动为主动、变吸引为投奔、变控制为渴望被控制的地步（也即，变"啃一口"为"渴望被啃一口"）。所以，

"干干净净的女人"与"又白又甜的大葱"是相同的,都是投向某种庞大存在的"食物",这几行诗既是具象、生动的,又是概括、深刻的。

如果说上面的四行是一种"柔软"的存在,接下来的四行则显得更为"坚硬":"东四十条的夜晚 / 月光照耀桥上的坦克 // 持枪的小伙儿蒙着面 / 眼睛里闪着被冻坏了的寒光。""坦克"显然是一种异质性、让人紧张的存在,尤其是在一首写作"秋风"的诗里。作为现代战争的产物,坦克的强大与个人的渺小之间的比照是明显的,它可以轻而易举地完成对个体生命的屠戮、取消和收割,现在的"和平"时期为何出现了"坦克"?"坦克"在宣示着什么?"持枪的小伙儿蒙着面 / 眼睛里闪着被冻坏了的寒光",这显然是一种战争,或者准战争的状态,让人感觉到紧张,感觉到寒意。到这里,诗歌中出现了一种转折、转变,让读者心里一紧,感到某种压迫性的、沉重的存在才是整首诗立意的中心。

继而,诗人发出议论道:"天凉好个秋,北京,像一坨 / 提前凝固的冰冷的雪泥。"这是继写上文的"冷",时令中的秋天却让人感到了寒意,甚至城市已经成为"凝固的冰冷的雪泥",这已经不是"秋"而显然就是"冬"了。整首诗的情感越来越沉重,色调也越来越凝滞,仿佛有重物压在胸口。

诗人抬头看天,"高高的天幕 / 偶尔有几颗星星 // 睁开那属于已死老人的 / 浑浊、酸痛、充满沉默威严的眼睛"。"星星"原本是一种轻灵、轻逸的存在,而这里却全非如此,高高的天空是一种铁幕般的威严的存在,而星星也与之并无不同,它所发出的光辉是来自"已死老人的""浑浊、酸痛、充满沉默威严的眼睛"。诗人是直面现实的,他并没有给诗歌留一种"光明的尾巴",而是冷酷地指陈了一种现实,切入了现实机制的深处。

诗的最后两句:"提醒我们,强权的凛冽 / 和天空的无知。"这是最后的点题,"强权的凛冽"和"天空的无知"其实也是整首《秋风颂》的主题。于此,我们才可以把"咳嗽不止的祖国""隆重的青烟""渴望被啃一口""被冻坏了的寒光"等有机联系起来,并豁然开朗。或许有人认为最后两句有些直白,不够"蕴藉",但我认为这是一种提升,是情感和思绪的自然抒发,将全诗的写作意图指向了更为明晰的向度。最后两句重新整合了全诗,使之成为一个整体并焕发出崭新的光泽。

三

古诗《秋风辞》云:"秋风起兮白云飞,草木黄落兮雁南归。兰有秀兮菊有芳,怀佳人兮不能忘。泛楼船兮济汾河,横中流兮扬素波。箫鼓鸣兮发棹歌,欢乐极兮哀情多。少壮几时兮奈老何。"两相比照可以看出其中题材范围、价值取向、审美趣味等之间的明显区别。

在艺术上,《秋风颂》作为一首口语诗歌,能够辐射出当今口语诗歌写作的一个具有普遍性的问题,即言与意的关系。口语诗歌的身份合法性已经不是问题,但现在的问题是口语写作的泛滥、泛化、游戏化。近年来,与整体社会氛围的消费化、娱乐化、平面化相一致,更与网络媒体所促生的"民主化""去编审化"、准入降低、标准缺失相伴随,诗歌中的口语化成为"主流",并且成为压倒性的存在。但是,过度"消费"口语的现象也同时出现,很多诗歌成为日常语言的复制,淡乎寡味,甚至有的完全放逐意义追求而成为一次性消费的快餐,言尽而意亦尽、言多而意少,泛化了的口语诗歌混淆了诗与非诗的界限,造成了诗的艺术品质的下降,这显然是走入了误区。诗是一种高度凝练的艺术,口语诗歌也并不能失去诗歌本身的规定性特征,否则皮之不存毛将焉附。在这个意义上说,口语诗歌并不是降低了诗歌的语言标准,恰恰相反是提高了这种标准,因为它需要在日常、平易、直白的语言中表达出诗意与诗味,这其实是难度更高的。所以,口语诗歌也依然要表达丰富的意蕴,要有强烈的艺术张力,言在此而意在彼、言有尽而意无穷等标准对口语诗歌依然是有效的。就《秋风颂》而言,我认为它达到了口语诗歌写作一种较高的层次。就语言来看,每一句都是平常易见的语言,并无理解上的困难,但组合起来却又构成了一个奇妙的结构,整体远大于部分之和,字面意义与实际意义、整体意义与部分意义产生了互动、龃龉、突变,在整体上具有强大的艺术生长性和可能性,这是优秀的诗歌作品必备的特征之一。

回到本文的主题,在我们时代,如何写一首关于"秋风"的"颂"?这其实涉及诗歌与时代、诗歌与现实的关系问题：诗歌应该与自己所处的时代和现实产生关联，对之发言，做出自己的承担。好的诗歌应该有性情，有自我，但是不应该仅仅是小我的、私密的情感；好的诗人应该亲山水、爱自然，但这却不应该成为逃避现实、脱离时代的借口，如此等等。在沈浩波的《秋风颂》中，我们看到了这样的书写，它写风月，但不仅仅是写风月，它从小的切口入手却写出了一个时代的奥秘与征候；它蕴藉而含蓄，可见的词语只是冰山一角，读之却让人分明地感知到了更多的话外之音、言外之意、秘密交流和潜对话。因而，这样的诗是具有时代特征的，进入了一个时代的内部，体现了诗人的承担。同时，这样的诗又体现了诗歌的一般性、本质性特征，是一首好读而又耐读、有意味的语言作品。我认为，从最简单的角度来说，这两个方面的结合可以作为判断一首诗质量高下的标准。

【附】
秋风颂
沈浩波

就连霜打的茄子
也有咳嗽不止的祖国
被烧成灰烬的秸秆
为秋天的庆典制造隆重的青烟
司机在路上骂娘
表情生动得像当年的贫下中农
一群洗得干干净净的女人
像一把又白又甜的大葱
带着渴望被啃一口的喜悦与羞怯
在秋风中忙着出嫁
东四十条的夜晚
月光照耀桥上的坦克

持枪的小伙儿蒙着面
眼睛里闪着被冻坏了的寒光
天凉好个秋,北京,像一坨
提前凝固的冰冷的雪泥
高高的天幕
偶尔有几颗星星
睁开那属于已死老人的
浑浊、酸痛、充满沉默威严的眼睛
提醒我们,强权的凛冽
和天空的无知

追寻生命与符号之间的关系
——从沈浩波《她叫左慧》说开去

龙扬志

作为表达生命经验的一种重要方式，词与物之间的较量注定是诗歌书写面对的难题。时至今日，在人们的印象中，口语诗歌要"容易"得多。这种理解偏见与其说是网络时代的后果，不如说是因为我们并没有真正认识诗歌为何物的缘故。长期以来，当人们谈论诗歌，"修辞"就是一个与诗歌本身重要性相提并论的词，这种境况足以暗示诗歌作为修辞的一种验证和应用而存在。

如果追溯现代诗歌的起源，90年前由傅斯年发起汉语"欧化"的号召，就具体设计过借用西方语汇、语法和"词枝"（修辞）为语言欧化的方案。在言文一致的基础上实现有难度的表达，进而促进国人的思想进步，因此其语言哲学逻辑合法性根基不容置疑："要运用精密深邃的思想，不得不先运用精密深邃的语言。"后来周作人抱怨新诗"晶莹透彻得太厉害了，没有一点朦胧，因此也似乎缺少了一种余香与回味"，实际上呼唤诗歌加入一些新的语言处理方法，这从他发现并帮助李金发出版诗集那里可以找到证明。显然，经过将近一个世纪的探索与实践，现代诗歌已经走过了一段足以"宠辱偕忘"的曲折历程。如今现代汉语是基本成型了，但我们仍然要读很多朱自清在1920年代曾经感叹过的"没味的诗"："印在纸上，好像没有神气，念在嘴边，也像没有斤两：这就是没味。"这种"没味"产生的历史背景与80年前完全不同，我们所遭遇的文字却依然相似。

并不是修辞严重影响诗歌写作，而是我们需要反省修辞与诗歌之间的关系，这已经成为重新认识诗歌的前提。事实上，这种关系体现在中国新诗传统的观念中，通过其他多种方式表达出来。因此就我个人而言，沈浩波当年提出的抛弃某种诗歌传统，只有在策略意义上才是可能的。换句话说，我们未必需要从传统中获取个人写作的资产，但是需要清楚哪些东西是中国现代语言和中国现代文学所曾经拥有的。明白了这一简单事实，我们就会来重新看待中国新诗的个人化写作、口语写作、底层写作等诸多问题，而不是将其当成某种专利或招牌。如果有一些东西值得诗人永远去捍卫，我想应该是创新的精神而非传统本身。

如果将沈浩波视为世纪之交的一个诗人个案，脱离传统的激进姿态无疑代表了在创新焦虑感笼罩下实现自我表述的冲动，根据我的理解，他所做的一切是努力揭除捆绑在中国诗歌身上且根深蒂固的道德标签。此前经由朦胧诗和第三代诗歌运动，政治标签已经获得深刻反省。相对于政治话语的极端形式，道德批判更加隐蔽，对一种关系到思维方式的根本批判，道德问题要复杂得多，因为它建筑在不容置疑的普遍人性基础之上。所以，下半身写作犹如当年波德莱尔诗歌美学的"恶之花"一样，所产生的公共不适感至今没有消散。实际上，这一话题也成为后来关于诗歌伦理讨论的潜在资源。

像沈浩波的许多作品一样，《她叫左慧》仍然不是一首"有趣"的诗。当然，也不是"没味的诗"。形式确实是重要的，嘻嘻哈哈的革命，往往不能及时唤醒他者的注意力，但是当革命采取一种嬉笑怒骂的形式，不管它最终的效果如何，形式本身一定能获得赞美。《她叫左慧》就是告诉我们一个底层人命运的写法，这种写法是我没有见过的。"左慧"只是一个代表生命的符号，如果我们把一个人的一生当成一首诗，左慧的生命就是诗意的自然呈现。而"她叫左慧"，这个通过后天建立起来的事实，嵌进了她的一生，诗人执意从中寻找一个解释生命的理由，实际也是为所有无名者的类似命运提供一个说法，他们无疑需要这样一种说法，哪怕它们是多么的不靠谱。

因此在我看来，这首诗的深刻在于通过符号的不确定性来解释左慧的命运，让符号充当一个鲜活生命的实质，在生命与符号之间建立起一种不可相互分离的关系，就回到了生命本身。从这个角度来理解沈浩波提出的身体写作，可以发现本体对诗歌写作的重要意义，语言的重要性在诗人这里不再单纯是诗歌的形式，就像"左慧"这一符号历经了它从少女时代到中年妇女的过程一样，它的内涵在时间中不断变化，代与代之间明显的变化寓示了大时代中个人处境的变更。我想要说的是，在这首诗里，语言形式真正成为诗歌的一部分，当它不能从实证的角度来证明这种逻辑的单一性原则，它就是具有诗意的。

由此出发不难理解沈浩波诗歌的解构意图，重新命名的意义在于打破已有的诗歌观念，或者换句话说，对诗歌认知观念历史的清算。在沈浩波们看来，从来没有哪一种诗意是固定的，也没有哪一种格式天然地属于诗，而另外的格式则不是。这是1990年代以来中国诗歌认识论的重要收获。对于诗人来说，思维需要回到本真状态；对于写作来说，则需要从传统的瓦砾堆上重新站立起来。

其实诗歌写作就是寻找生命与符号关系的一个过程，这也可以理解为命名的过程，即为自己内心的那些想法寻找一些合适的句子，到底这些句子是偏向于修辞的还是拒绝修辞的，则是一个次要的问题。如果抱定某种"书面语"与"口语"的陈规，很难想象出某位诗人会写出优秀的诗歌作品。事实上，中国文学经过一百年言文一致的实践之后，从一定程度上可以说，传统意义上的文白区分已经很难在文学作品中得到有效辨认。口头语与书面语只是一种符号体系下的细小差异，它们没有决定整个表达系统的功用，希望固守某一局部符号而实现诗意完美表达的想法是天真的，也是幼稚的。

从《她叫左慧》这首诗里，我们能看出符号与意义之间内在联系的建立过程，就像当年于坚创作《对一只乌鸦的命名》一样，是以强烈的个人思想觉悟作为根基的。不同的是于坚当年遭遇的还是权威孔武有力的时代，立法者与阐释者的对立成为思想交锋的根源；而沈浩波则是在经济大潮中重新探讨诗歌观念转换对诗意生成的重要性。我想，它们的意义并不在于诗歌本身，而是一种诗歌思维和认识论的启迪。

【附】
她叫左慧

沈浩波

她叫左慧
左右的左
智慧的慧
我们有时叫她左
声音洪亮清脆
仿佛回到"文革"时期
又仿佛她是
穿着绿军装的美丽姑娘
或者有时叫她慧
声音一样洪亮清脆
仿佛回到八十年代
在理想主义的温情时刻
这个名字熠熠生辉
当然我们通常还是叫她左慧
这时声音略微低缓
但依然生动活泼
洋溢着灵气
让人联想到秀外慧中之类
美好的形容词
并且让人进一步想到
她之所以长着一双水汪汪的大眼睛
一定是因为她叫左慧的缘故
她之所以会在繁忙的工作之中
还能扑哧扑哧的

不断笑出声来
就像鱼儿吐出自由自在的水泡
一定也是因为
她叫左慧的缘故
那么她在这个
枯燥无聊的排版打字车间
已经工作了整整五年
难道也是因为她叫左慧的缘故吗
而当她好不容易脱下车间里的白大褂
换上的却是一套
暗黑色的西装制服
她站在工厂门口
活像一口陈旧的黑匣子在等候认领
这难道也是
因为她叫左慧的缘故吗

诗人之心

沈浩波

关于电影《南京！南京！》，知识界有很多声音，诗歌界也有很多声音，而在这两种声音之间，我看到了一种微妙并且深刻的分歧。全国几乎所有的媒体，以及众多拥有广泛传媒影响力的公共知识分子对这个电影表示赞赏。而在诗人中间，对这部电影的愤怒和质疑却更多。这恐怕已经很难用"左"和"右"这种简单的二元对立来理解了。

由此引发了我一直在思考的诗人和知识分子之间的关系。当然，这是一个我们已经思考了十几年的一个老问题。但这个老问题最近我又有些更坚定的新的认识，尤其是在《南京！南京！》这个电影上，我看到了来自很多杰出诗人的愤怒，这是我仅仅看到的、唯一的文化群体的愤怒。从各种相对偏公开的这种声音里，只有诗人在对这样的一个影片表达羞耻感。我记得诗人侯马给我发了一个短信，我接到这个短信觉得莫名其妙，因为当时我还没有看这个电影。侯马是一个很温文尔雅的人，但在短信里，他非常急赤白脸的，很愤怒地说，我们要坚决抵制。他用了一种很愤青的语言，甚至一种很不成熟很幼稚的话语方式，说我们应该坚决抵制《南京！南京！》这样一部汉奸片。侯马的短信让我对这个电影有了第一次的感性认识。这是一种可以令我在直觉上信任的声音，这源于我对侯马这样一个现代诗人，这样一个具有现代文化认知能力的诗人的一个本能的信任。然后我就立刻在网上查这个电影的相关资料。确实它是以一个日本兵的角度来看待这样一场战争，并且这个日本兵后来还表现出了很强烈的忏悔。那么陆川的意图呢，我觉得有两个。一个是陆川到目前为止都是洋洋得意的，在我的视野里，这实际上是一种知识分子的洋洋得意，也就是我的眼界比你们高，我不是一个狭隘的民族主义者，我是一个精英。实际上这是一个精英知识分子的一种典型的洋洋得意。那么这样一种精英知识分子的诉求也显然得到了其他所有认为自己是精英知识分子的人一致的认同。几乎所有的媒体都要吹捧，众多的自由知识分子都在吹捧。

我认可很多知识分子的社会功能性和在庸常世界中坚守的精神准则，我也认同在西方有很多公共知识分子确实能够在很大程度上代表民意，或者能够起到很好的社会作用。并且，在政治和社会的基本立场上，我与"自由知识分子"的基本诉求是一致的。但是不少表面看起来恪守知识分子立场的人，尤其是一部分中国知识分子的这样一种概念性，不管是左派还是右派的这样一个概念性，又构成了一种文化上的非此即彼。他们对功能性的强调要远远大于文化和文明，经常使文化降低到仅仅是一种价值对另一种价值的反抗。这种低水平的境界，就是一种极其粗暴的概念化。

诗人不应该简单地去迎合任何可以简单被定义为"正确"和"错误"的公共评价。一旦把所有事物，把我们的文化和文明都变成普泛的、概念化的声音，就会变得狭隘浅薄。世界绝不仅仅是黑和白、对和错。诗人应该为这个世界，为这个时代的文化和文明留下更多复杂的甄别、深刻的诘问和微妙的体验，应该拥有更多橘黄的明亮和灰绿的黯淡。

我看到中国的很多诗人，也在争先恐后地给自己贴上这种标签，好像如果我不是一个自由知识分子式的诗人或者一个左派的民族主义的诗人，我就缺乏良心和良知，不能与时代同呼吸共命运。主动地跟公共知识分子拉近距离，贴上各种标签，我觉得这里面更深刻的意味是知识分子意味着社会的话语权，很多诗人并不愿意丢失这一话语身份，但又找不到自身的更为自足的方式，只能变身为公共知识分子在诗人中的一个亚群体。

话题回到《南京！南京！》这个电影，我觉得被广泛表扬的那种跨越民族的、站在日本兵角度的导演视角，其实非常矫情，是一种为了正确而刻意正确的方式。当然，跨越种族，跨越民族，回到个人，变"宏大视野"为"个人视角"，祛除简单的"民族主义"，这些都是人类文明的方向，无可厚非。但我很厌恶的是，陆川其实是在把这些今天看来的"文明正确"视野，预设性地强加给历史，虚拟出一个日本士兵的灵魂挣扎，虚拟出一个"更真实"的"个人视野"。也就是说，你用一个原本可能不存在的"更真实"的假象去取代历史和人性中真实的残忍和罪恶。这到底是更深刻还是更肤浅？更真实还是更虚伪？更道德还是更不洁？拿一个民族所遭遇到的痛入骨髓的灾厄，去作为自己体现个人优越的道德趣味的实验品，去虚拟和假设出某种值得怜悯的日本士兵的挣扎与悔恨，并且因为自己的知识分子优越感而沾沾自喜。我以为是我看到的最大的浅薄和无知。

所以当我看到很多诗人的愤怒的时候，我就知道，这是一种直觉的愤怒。是一种诗人的直觉战胜知识分子式的凡事二元对立的简单理性后的愤怒。这正是作为诗人的可贵——没有因为自己所接受的现代文明的教育而丢失本能的直接，永远有能力直接绕过各种光鲜的概念直接楔入事物的本质。诗人在自己的写作中，保留这种直觉力，保留这种来自身体和灵魂的自由反应，保留某种文化之前的天真，保留文明之前的常识感，保留某种湿润的不可被干燥的概念化的微妙感，亦是对这个时代的反抗，也是诗人介入时代的一种天生的方式。

我觉得我们需要进行某种对诗人身份在当今社会现实中的思考，对诗人立足点的思考，以及对诗人在目前这样一个社会现实中他所应当反映出来的一个社会关系的思考。这已经成为最近几年来当代诗歌写作中非常重要的一个课题，而且已经呈现出了一些很重要的成果。

我以我个人的经验举个例子。我从进入 30 岁以后，或者在 29 到 30 岁的时候，个人在写作中的思考范围突然变大、变多。因为在青春期的时候，在我的 2004 年之前，那时候写作相对是发自身体，发自天性，尖锐、歹毒、充满激烈不安的荷尔蒙式的反抗。但当我走到一定年龄之后，这种写作就不适应这个年龄的身体了。这个时候，我的身体里已经容纳了足够多的东西，乌七八糟的东西也好，各种思考也好，都会逼使我不由自主地去思考更多，这时候会有一个巨大的反差和不适应。以至于《心藏大恶》出版后，整个 2005 年，我整整一年写不出诗来，突然失语，不会写了，不知道该如何表达。我算是从这个巨大的反差和不适应里重新爬出来的，找到了新的写作资源，并且容纳进了我的内心和更开阔的写作方法中。而且我把我这段时间所有的思考尽可能地通过写作来解决，呈现为作品。于是，我进入了一个新的写作阶段。

在新的写作阶段，我关注比较多的几个问题，一个是时间感。这个也许可以很简单地理解。由于青春期戛然而止，而天然带来的对时间的思考、对生命的思考、对历史的思考。当每个人在他去往中年的路上的时候，他身上的历史感会不由自主地加重，因为青春的写作是无负担的，当你到30多岁的时候，你会更多地去观察你的父辈，更多地去观察你的父母的时候，感受会越变越复杂，所以我在那段时间就整个陷入了一种迷茫和恐惧之中，我经常在想，在中国这种复杂得无边无际的历史中，我到底是一个什么样的东西，我到底是如何成为今日之我，我是怎么成为这样一个我的，那么我会以我的一个30多岁人的视野和体验以及思考能力去看我的父亲母亲，想他们是怎么变成我的父亲母亲的，他们怎么一步一步活成了今天的他们，他们又怎么一步一步使"我"变成了今天的"我"。从我的父亲母亲这一代，又想到我的祖父祖母又是活在一个怎样的时代，而那样的一个时代又有怎样的历史。我是1976年出生的，正好没有经历过那个特别动荡、不安、混乱的年代，但又离它最近。所以对那个年代有天然的亲近感。后来我就写了一个大组诗，叫《蝴蝶》。整个《蝴蝶》我写的第一辑就是我的迷茫和恐惧，第二辑就是这样一个历程，我是如何成为今日之我的。在写这首诗之前，我其实是没有答案的，甚至是恐慌和迷茫的。但当我写完我的迷茫和恐惧之后我觉得我的迷茫和恐惧没有了，我觉得这是诗歌的力量。它让我从这个漫长而黑暗的产道里爬了出来。当我写完"我是如何成为今日之我的"这样一个很长的诗歌的时候，我觉得我找到了答案，找到答案之后我就不想再去回顾了。这就导致我在写第三辑的时候，不太好下手。因为要让这首诗乃至我本人像一个婴儿一样重新诞生。

解决完自身在时代中的"我"的问题（当然，这也只能是局部的、短暂的解决，事实上，诗人必将用一生去不断而且反复地解决这个问题），那么就会马上遭遇在更开阔的一个时代和社会去写作的问题。这就让我的写作进入了一个新的必须建立起来的视野中。所以我思考得非常多的另一个话题叫"人文感"。刚才我们讲到对知识分子这样一个认识，这个认识我觉得对于诗人来讲，就是非常重要的一个人文感。如果一个诗人没有人文感，没有历史的重量，没有社会的重量，也就没有人文的重量，他最多只能成为一个局部意义上的所谓好诗人。所以诗人必须更多地去面对历史和世界，面对时代和现实，面对这样一个社会。如何面对这个"使我成为今日之我"的时代和社会，以及这个时代和社会在更多层面上与"我"的关系，是我一直在思考的。

前不久我写过一首诗，叫《与北京小妞臭贫记》，就写到了山西。源起是我从北京开车到山西平遥，大概是去年吧，路过河北的时候。河北是一个缺水的省份，但我知道的是，河北的水是要被大量抽调到北京。河北人喝的是二道水，首先要满足我们这些活在北京的中国蛀虫这个整体，然后才能满足河北人。到了山西的时候，我驱车几十公里上百公里，路上看不到一滴水。但山西人还要告诉我，即使是这样，山西这么干旱，还要供水给北京。这样的现实对诗人内心的一种冲撞，我觉得应该表达为诗歌。这不仅仅是一种所谓的社会承担，更是一种诗歌能力，是一种诗人能力，就是说你必须有能力去面对。一个诗人的触觉，就应该是所活的每一天，所走的每一步，所走的每一个地方，所看到的每一个现实，都可以激化为他写作的内在力量。

那年江苏无锡太湖闹蓝藻，无锡人就喝不上水了。然后我就看到新闻上，马上这个事情就是一个大事了，无锡这样一个较大的城市喝不上水，这事大了。然后就说关停太湖周边的化工厂，要把太湖周边好多化工厂全部关停。可能别人听到这样一个消息觉得是好事，但这样的消息到我耳朵里就像诅咒一样。为什么？因为我的社会职业是商人，我非常清楚，那些化工厂不可能关停。它只是从太湖、从苏南迁到苏北而已。苏北是我的家乡，我的家乡已经有很多化工厂了，已经天天在死人，癌症村在中国早就不罕见，到处都是。这样的一个新闻，引起我的那种对家乡的诅咒感，那种伤心和绝望，没有办法。我必须在诗歌中表达。因为我知道，无锡太湖化工厂的关停意味着苏北要多出几家化工厂，那么多几家化工厂意味着要多死更多的人，这些人可能是我的亲戚朋友、乡亲乡邻、从小一起长大的伙伴。无非就是这样一个结果。我们所面临的就是这样一个社会现实。我怎么可以不去触及？但我又要采用什么样的方式去触及呢？最简单粗暴的触及方法就是控诉和愤怒。但是诗人不应该这么粗线条，大而化之起码不是诗歌的美德。我需要更诚挚的情感体验和更有效的触及深刻的方式。

但是我也看到，我们看到更多的写作者，在这个时代早已失去了独立的内心，都在纷纷体制化。他们永远关心的是得奖啊，开会啊，谁当了副主席啊，谁当了主席啊。所有这些人，他们关心的永远都是这样一些话题。体制对文化的奴役，在诗歌这一领域，由于众多曾经先锋的诗人的纷纷主动靠拢，变得更加无孔不入。这是时代对诗人的另一种强大的作用。被知识分子化是一种作用，被体制化是另一种作用。而这两种作用，其实有异曲同工之妙，都来源于内心的苍白和恐慌。缺乏强大的内在力量去面对，逐渐"被"而"化"之。把自己的面孔模糊为众多面孔中不辨彼此的一张，以此获得集体话语的狂欢和集体身份的认同。诗人如此，悲莫大哉。

我所属的这一代人，1970年代出生，可能还算是理想主义的尾巴，自由和尊严之心始终存在，1960年代人身上这种情结会更甚。但我们现在看到的结果是，1960年代的人大部分都已经同流了，当年的先锋派现在纷纷投诚了，当主席去了，到年龄了，当年可都是先锋派。"80后"更是完全没有这种历史的和理想主义的善恶负担，没有简单的是非感，或者说是非感是约等于零的，是不存在的。你跟他讲，他觉得，天方夜谭嘛。我就加入一个作家协会嘛，这有什么嘛。你跟他谈这个，这代沟太大了。我自己的感觉很强烈，我上面的兄长们纷纷当主席，我下面的"80后"们觉得被体制是天经地义。而我们自己这一代，就像时代的孤儿，悬在这儿。

越来越多地，我看到写作同道者内心的稀薄，一抹苍凉的苍白。这就是我们所面临的社会现实导致的精神现实。在这样的一个情况下，作为一个诗人如何写作？我们的诗歌到底应该如何与社会发生最直接的关系？

而当一个诗人开始在写作中呈现越来越多的反思和迷茫，反省、思考、质问的时候，他的声音是否就应该理所当然应该开始变得因开阔而低沉？而可以有权利享受不太尖锐的成熟感？而祛除简单的因身体冲动而带来的直接感？这又是我最近思考的另一个问题，我觉得如果我的写作是遵循的这样一个简单的进化逻辑的话，那么问题就太大了。不能因为视野更为宽阔，写作资源和人生资源更为丰富，思考更为深入，就由此带来写作的尖锐性被磨平或者被抵消这样一个现实，更不能因此失去诗歌原初的那种身体冲动、舌尖一颤的语言冲动和内心微颤的天真情感。最终，一个诗人是要能把他的反思、他的愤怒、他的体验、他对自我的拷问变成力量，压入身体的岩层，伴随他的永恒的青春式的尖锐和愤怒依然而在天真烂漫中被催发，而不是彼此抵消、成熟世故。这是我在写作中一个对自己的小小的反思。我觉得我在2004年以后直至今天的写作中，可能做到了更复杂、更深入、更深刻，更多地反思、更多地拷问自己、更多地去面对。但我依然觉得我自己在逐渐失去2004年之前的那种天真、简单，以及直接的来自身体本身的尖锐。今天，我觉得我想清楚了这个问题，这两种状态并非天然对立，而是可以通过个人心灵的消化、接受和沉淀达到浑然一体的。我也希望在我未来的写作中能够逐渐证实这一点。

朵　渔

"路途"上的凝视与诗歌"现实"
——朵渔《去河南》解读

岳志华

作为现场"发现者"的痛苦和荒诞、虚无以及自省意识显然成为近年来朵渔诗歌写作的精神征候。而这种诗歌精神征候的产生一定程度上是来自于朵渔对繁复的"现场"和为人所忽视的日常化场景的带有发现性质的凝视姿态。正是这种"凝视"姿态使得朵渔的诗歌具有历史和现场、回忆和直面的双重精神向度,这种向度也使得朵渔的诗歌具有了寓言化和真实化相融合的繁复性。乡村的生存背景、成长经历和知识分子"阅读"式生活使得朵渔多年来一直保持了凝视者的状态和因此而升腾的幻想与想象能力:"在我的家乡,土墙一座挨着一座,表面凹凸不平,阳光的阴影斑斑驳驳。我经常坐在树荫里,对着土墙发呆。世界就是这么单调,要么碧绿,要么土黄。此时一只蝴蝶飞过来,翩翩优雅,落在土墙上,翅羽在阳光里闪着幻彩。在另一只蝴蝶到来之前,我可以观察它那么几分钟,数着它的翅膀开开合合。两只蝴蝶是不可能同时停在一堵墙上的,它们会联袂飞走,一上一下。我的发呆结束了,幻想则在继续。"[1]《去河南》就是朵渔的具有凝视状态的代表性诗作。

《去河南》这首诗的题目就给人以非常丰富的想象空间。20世纪的河南、21世纪初的河南显然更有"中国特色"。这个人口众多、历史悠久、中原大地

---

[1] 朵渔:《追蝴蝶(后记)》,《追蝴蝶》,《诗歌与人》(特刊),2009年第5期,第180—181页。

给中国社会、历史和文学提供了聚讼纷纭又意味深长的并不轻松的话题。河南，以其特有的地理空间和文化场域揭示了当代人生存的最具代表性和象征性的真实存在。"去河南"，一开始就奠定了诗歌的视界是在移动的路途中通过观看或者凝视展开的。这随之展现的景观更多是"冷风景"般的平静描述，而较少诗人主观感情的浪漫主义诗歌方式的介入和臧否。当然这种冷态的诗歌书写方式代表了时代语境之下诗人个人化的情感表达方式和知性体验对"事件"的介入。

1990年代以来的诗歌似乎在巨大的时代转换和美学机制转折面前将"个人性"和"叙事性"抬到了前台。从这一时期的诗歌开始，诗人的修辞练习和内心精神视域的开掘都似乎达到了一个新的高度。但是诗歌作为一种特殊的话语方式，其展现历史真实、情感真实和现场回声的具有个人化历史想象力的诗作却在近年来的诗歌写作中成为诗人普遍缺乏的才能。而朵渔的这首诗《去河南》就是带有发现性的个人化历史想象力的诗作。全诗的起句"小站的四周，挤满安静的小贩"可能对于这个时代的读者和常人而言是再熟悉不过的景象了。但是诗人所提供给我们的图景显然具有特殊性，"小站"本来是各色人等聚集嘈杂的场所，然而那些小商贩却是"安静"的。"安静"和"挤满"人群的"小站"之间形成了反差。而这种反差也似乎为整首诗奠定了基调：平静、乏味、麻木以及麻木背后的痛苦、沉重，"几个弄纸牌的闲人，以及他们的大哥 / 围在一堆火旁，争夺一瓶酒的 / 剩余部分"。而这种状态是否印证了当下迅速推进的后工业和打工时代"大多数"人民的最为真实的存在状态？旅途的状态注定了当代人在加速度前进的工业景观和生活景观中的麻木不仁的状态。一个小小的车站和一辆颠簸的客车就极具真实性又具有象征意味地呈现了一个时代的现场。"无名"的小站上由旅客、商贩、游手好闲者组成的"群众"和"集体"更大程度上展现出了原生态性质的一面。在时代主旋律文学的时间神话的塑造中，当家做主的主人和"人民"在有良知的诗人这里被袒露出最真实的也最为撼动人心的存在。猥琐、无用、游手好闲、艰苦劳作、游荡、贫穷都被有力的诗歌之手推到历史的前台。或者说这更像是诗人截取的最具时代感的镜头，在缓慢的摇动中一切都在工业时代的"回乡"途中昏昏欲睡。"回乡"似乎成为这些在外打工的劳累不堪的身体和灵魂短暂的容身之所。"回乡"在以往的诗歌话语和文学图景中更多地呈现为欢快、激动、幸福、期待的状态。而进入迅速推进的新移民时代，这种"理想"的归乡状态已经被毫无快乐可言的麻木、呆滞、沉默和沉重所代替，"回乡的人，在车子里坐稳／袖着双手，眉头紧锁／没有思考，也不再玩笑／静静地等待司机的小便"。司机长途跋涉中病痛不断增加的身体以及小便时的响声与旅客的整体沉默形成了巨大的反差。而这无疑是当下亟待深入和处理的诗歌现实。"河南口音的少女，就坐在我身后"，这由一个诗人所面对的具体的日常景象而延伸和扩展到整体性的时代语境之中。"河南"在中国无疑是充满了众多意味的寓言，而一定程度上这片中原大地无疑是农耕文明的最具典型性的场域性存在。然而农业文明的公共空间已经在21世纪的去农村化的图景中，河南的大量移动打工人口成了重要的社会学现象。而"河南口音的少女"在还乡途中的"沉默""惊恐""黑暗""恐惧"让整首诗的节奏更为缓慢甚至停滞——"开始以来，她就保持着惊恐般的沉默／要弄明白她是从怎样的黑暗中／得来的恐惧"。"恐惧"的心理状态成为"回乡"路上的主调，那么当我们将视野投注到广大的工业和城市化背景下的乡村，我们发现了什么？我们发现的同样是荒凉、压抑、贫穷和无尽的沉默。这个"沉默"的在外乡挣血汗钱的少女让我想到了凡·高笔下的农鞋。那只疲倦的、肮脏的、破旧的沾满了乡村泥巴的农鞋和"回乡"途中疲倦的、破损的、沉默的、压抑的少女形象是多么惊人的相像。在这个被沉默和痛苦所笼罩的"少女"身上，我们能够想象得到在日复一日的高强度的打工生活中，她的手指、腰身和灵魂是受到了怎样难以想见的痛苦和折磨。如今，她正携带着满身的疲倦和痛苦坐在回乡的汽车中。工业时代的汽车、机器和人的身体之间形成了意味深长的对应或对峙的关系。同时，这个"少女"的恐惧还在于她对人群和这个世界的不信任。她要提防身边的所有人，因为她知道金钱和道义在这个世界上到底谁占据了上风，"她的内衣里塞了多少血汗钱／她的沉默不会允许／她打算让世界一路沉默下去／直到河南地界"。在诗人这里，"沉默的大多数"仍是最为鲜活的精神现实和诗歌现实。尽管在当下，打工、底层和农村题材的诗作数量惊人，其中也不乏优秀之作，但是真正的能够用诗歌的方式呈现出一个时代的为人熟知又为人所漠视的大多数人的生存状态、精神心理的，既具有真实性又具有历史性的诗歌文本却太少了。尽管朵渔的这首《去河南》可以视为是诗人一次偶然的外出在路途上的所见所感，但是这首诗更大程度上是诗人的带有精神深度和知性思考力量的对现实的想象性介入和词语性修辞的重新命名和再次发现。因此，这不是一首客观描摹或播报式的见闻式诗歌写作，而是同时来自现场和灵魂以及想象力相激烈碰撞之后所沉淀和淬炼出来的语言的晶体。

《去河南》的前两节基本上都是围绕着客车所展开的，回乡人的存在成为诗歌中的重要现实性场景，而"车子开动，大地随落日／轻轻摇晃"则带有明显的象征意味和寓言化效果。落日、黄昏，之后到来的就是茫茫的暗夜。这种不断颠簸、沉落和黑暗下去的状态和象征新的场景更契合了这些"回乡"人的精神状态和生存现实。当诗人作为观察者和发现者不断审视以客车为场域的空间和时代地理时，他的孤独、爱恨甚至无名的愤怒都使得他是一个不折不扣的局外人、旁观者。这种游离的状态使得他对身边正在发生着的世界考量得更为清楚、客观和犀利，诗人也终于在语言现实中强有力地楔入了一个时代最为触目惊心而又无比日常的地带，"我看到小站站长，和他那／岁月模糊的脸／我终于能够理解，他对这世界的憎与爱／——我就坐在这群人中间／却不再是他们中的一员"。"岁月模糊的脸"将抽象化的"时间"与具象化的"脸"融合在一起，从而在这种奇怪的组合中呈现出了生存的悖论和宿命性的景观。而"岁月模糊的脸"在我看来更像是越来越复杂地充满了荒诞的戏剧性的日常景观对诗人的要求。如果诗人能够在惯常的日常生存景象中，能够在"模糊"中提炼出具有个人性和时代真实性的真相的时候，诗人就不会愧对于"创设者"这个伟大的称呼。

【附】

去河南

朵　渔

　　小站的四周，挤满安静的小贩
　　像暗藏杀机的江湖客

几个弄纸牌的闲人,以及他们的大哥
围在一堆火旁,争夺一瓶酒的
剩余部分
回乡的人,在车子里坐稳
袖着双手,眉头紧锁
没有思考,也不再玩笑
静静地等待司机的小便
河南口音的少女,就坐在我身后
开始以来,她就保持着惊恐般的沉默
要弄明白她是从怎样的黑暗中
得来的恐惧,要弄明白
她的内衣里塞了多少血汗钱
她的沉默不会允许
她打算让世界一路沉默下去
直到河南地界
车子开动,大地随落日
轻轻摇晃
此时,车厢里恢复了渔网般的喧闹
我看到小站站长,和他那
岁月模糊的脸
我终于能够理解,他对这世界的憎与爱
——我就坐在这群人中间
却不再是他们中的一员

在终点的岔道上

李建周

朵渔《河流的终点》收束于进进退退、老态龙钟的"老妇",在近乎透明的语境中潜藏着深刻的冲突和不安。这一"终点"在视觉上具有很强的冲击力,但却引而不发。安静内敛的语调始终控制着情感的恣意宣泄,将源于生命深处的紧张转化为一种内在的召唤结构。这种内蕴的情感对称于喧嚣的外在社会语境,更有一种打动人心的力量。我并不清楚这一意象的具体来源,只是读这首诗,会时不时想起英国诗人特德·休斯笔下的句子:"一时河流贫困。没有歌,只有一声细弱的疯吃。/冬季的洪水冲毁了她。/她蹲踞在污湿的两岸之间,手指抚弄着身上的破烂。""河流再度贫困。她瘦骨嶙峋。/透过一蓬漂白的沉船残骸做成的假发/她从柴屋中羞愧地向外张望。"在这首《三月的河流》中,历尽人间悲苦的"妇人"直指尖锐痛楚的生命经验。虽然两首诗的精神向度和现实指向有很大差异,但都有一种源于生命深处的紧张感。

经历艰难旅程后"疲惫的身躯",以最直接的方式触发读者的身体感应。这种感应因诗中青春与衰老的鲜明对比而愈发强烈。"身形的胖瘦""胃里的鱼虾""长满了栗子树的两岸",都喻示着青春河流的动人容颜和蓬勃躯体。与成长岁月相伴的初潮、涨潮,冰期、汛期,铭刻着生命旅程中一弦一柱的逝水年华。但记忆中的河流历经花开花谢,最终却没有形成奔流到海不复回的气势和归宿,而是留下了青春不再、岁月难留的疲惫与痛苦,青春的放歌转瞬而成衰老的哀吟。朵渔以这种切己的身体经验偏移了新诗中关于河流的浪漫想象,避免了诗歌写作中风格化的简单变形,从而将自身的生命体验与事物本身互相照亮。也就是说,诗人对附加在河流身上的种种假设(文化的、历史的、习俗的等等)保持着足够的警惕,在"面向事物本身"敞开的基础上,以身体经验去碰触一种新的关于"河流"的言说方式。身体经验的直接呈现,恰是诗人生命意识的展开方式。

这种身体经验和"70后"一代人的生命体验纠结在一起。联想到诗人差不多写于同一时期的《野榛果》,我们就会发现一代人生命意识的复杂性。十多年前,朵渔并没有超出有着"小兽般的冲动"的"采榛子年龄",蓬勃的青春躯体充满躁动与不安,"身体的颤抖"虽然因不可把握而略显尴尬,但却渴望性爱的欢欣与冒险的激情。如果说《野榛果》中的身体性更多指向实际身体感觉的话,那么《河流的终点》中的身体性所牵动的是特定时代的精神氛围。这种诗歌方式并不是朵渔的独创,它其实是新诗自身承继中形成的传统。比如被胡适誉为"新诗第一首杰作"的周作人的《小河》,除了形式的彻底解放以外,更为重要的就是与五四时代精神氛围的契合。稳稳向前流动的小河本来洋溢着生命的活力:"经过的地方,两面全是乌黑的土,/生满了红的花,碧绿的叶,黄的实。"但农夫筑起的土堰改变了一切,小河及其周围风物蒙受损害和威胁:稻子怕淹,桑树担心汲不到水,生机盎然的常态画面陡然为之转变。诗歌对生命被随意阻遏的灾难后果以及小河无法冲破束缚的描写,包含着对生命的赞美与无奈的叹息,其内在意蕴也通常被理解为反对限制和束缚、追求个性自由解放的五四精神。需要注意的是,就在这首诗写完后三个多月,即爆发了五四运动。这种诗歌深层意蕴与时代精神氛围的互相阐释,形成了新诗独特的表意空间。同样,《河流的终点》也只有在这样的历史框架中才能获得自身的有效性。也就是说,这首诗与诗人对1990年代以降时代整体精神氛围的感受密切相关。

两首诗在处理方式上显然有很大不同。相比《小河》过于明显的社会寓意,《河流的终点》以更为醒目的方式强化了个人的身体性。从诗歌自身来看,《小河》通过对传统诗歌的改写,使河流意象具有了新的文化内涵。"水也不怨这堰—便只是想流动,/想同从前一般,稳稳地向前流动。"被阻挡只想自然流动的河流,有着明显的人道主义思潮的影子:一切应当顺应自然本性,排除障碍并不是为了损害他人。同时，一旦生命力被强行阻遏，它所积聚起来的破坏性力量会导致严重后果。《河流的终点》同样是对河流意象的改写，同时也是在新的历史语境中对身体修辞的改写。即使十多年前，身体修辞对于汉语诗歌而言也并非什么秘密，但身体的指向却千差万别。随着社会思潮的急剧变化，不断被翻译过来的关于身体的理论资源也变得异常丰富。但是当代诗歌中的"身体"并不是自觉的，而是具有很大的功能性。白洋淀时期的多多、芒克，1980年代的李亚伟、胡冬等人的诗歌，都有过"身体性"的醒目书写，只不过没有被上升到本体的地位，它们分别对应着英雄化的个人和日常性的个人。这里的"个人"是相对于压制它的对立面而存在的，和灵魂、意识是捆绑在一起的。在于坚、伊沙等人的影响之下，"70后"诗人对"身体性"的强调，更多的是针对诗歌写作中的智性倾向，多指向表达原始欲望的冲击力。或者说更多的与"性"题材有关。它在很大程度上以"时尚"的面貌出现，震惊效果仅仅体现在题材的大胆，而在现代社会这种大胆恰恰是缺乏内在冲击力的。当身体被过分征用，意义几乎被榨空，只剩下欲望机器的时尚秀。在这样的处境下，强调诗歌中的身体性是要冒一定风险的。

　　《河流的终点》之所以显得特别，在于它并没有将身体导向原欲，而是指向了历史。朵渔通过河流空间场景的位移完成了身体从空间到时间化的转移。由此伸向记忆的河道，打捞往事与历史，显示出对历史与现实的双重洞察力。诗中既写了人们开山辟土、改天换地的活动："几座水泥桥跨越了她们的／身体。"也写出了河流带来的使人的命运为之改变的灾难："吞没了几个戏水的顽童／和投河而去的村妇。"这种残酷的命运和生存景观包含着隐忍的美，使人心灵为之颤动。历史上，多少人一生在贫瘠荒凉的穷乡僻壤，承受着决绝的生存情境中残酷的命运洗礼。朵渔在处理这一民族血脉中深潜的忧患意识时，已经将之转化为更为内在的身体感受，从而扭转了此类题材常常带有的抽象色彩。这种历史与个体生存碰撞所生发的心灵隐痛，是朵渔诗歌审美空间的重要组成部分。对这一领域的开掘，使诗人的生命体验和历史记忆在对话中呈现出一种奇妙的张力。这首诗指涉诗人对民族历史文化的深切反思，诗人对民族传统既不盲目肯定也不轻率否定，而是将笔触伸向了历史与现实的夹缝中。

正如诗歌所提示的，传统的审美积淀和当下的历史反思都不构成诗人思考的中心，"我关心的是河流的终点"。"终点"的意义有向死而生、从死亡的方向往回看的哲学内涵。在这里，对于个体生命是如此，对于民族命运亦是如此。记忆里的"河流"，对于生长于农村的"70后"来说，既是个人乡村经验的具象化，也是历史文化传统体验的对象化。"就这么流啊流啊，总有一个地方接纳了／她们疲惫的身躯，总有一个合适的理由／劝慰了她们艰难的旅程。"此处给出的这些有几分宿命味道的似是而非的"解释"都是非常表面化的，和诗人真正的想法有一定距离。诗人有意淡化了内潜的沉痛力量，避免了意识形态性质的升华。这种本该沉痛的地方是很容易轻而易举滑过去的，但朵渔以一种看似漫不经心的方式将"终点"融入"老妇"这一核心意象，将历史体验对称于个人生活史。对于"70后"一代来说，个人成长史中的1980年代和1990年代被拦腰斩为两段。权力和资本在1990年代的结盟，使社会变得面目全非，荒谬而严酷的现实强化了个人自我蜕变中的虚无感，由此形成的高歌猛进的理想主义激情与触目惊心的社会急遽分化之间的裂痕始终无法弥合。

对于朵渔来说，这一河流的"终点"恰恰是诗歌探索的"岔道"。诗中虽然揭示出"终点"的复杂性但并没有给出明确的价值判断。河流的终点与身体的终点经过转换，形成对称性张力关系，经由身体感触反思历史经验，诗歌没有给出最终答案，只是挽留了这一需要不断重返的问题。在休斯《三月的河流》中，"妇人"一直处于"贫困"和"富有"的两极之间，既可以是破衣烂衫、瘦骨嶙峋的穷妇，也可以是微服私访的"大海女王""在天国工作的流云"。诗中始终存在两股相互竞争的力量，形成悍厉和震醒的双重效果。在休斯看来，暴力统辖着自然界和人类社会，诗人应表现生存和生命的严酷真实，同时更应表现各种恐怖力量激起的本能生命激情。朵渔诗中没有休斯那么严酷的紧张感，而是在一定程度上搅乱了人们关于河流的想象，却并不企图以另一种方式将之取代。这是一种警醒的历史意识。因为替代不可避免会滑向自身的体制化，所以只有以局部的、不完整的、偶然的方式将历史个人化才更具有合法性。个人经验与历史经验在并置的语境压力之下得到相互阐释，这就是福柯式的"想象另一种系统就是拓展我们对当前体制的参与"的表意策略。对"进进退退，欲走还休"这一文化处境的揭示，显示了诗人对身体状态和历史状态的敏识。朵渔正是以见证者的姿态在这一终点的岔道上探寻自己的出路。

在朵渔诗歌写作的起步阶段，叙事性日益成为 90 年代诗歌的关键词，拉金式的诗歌方式得到广泛讨论。大量此类诗歌感情平实并略含反讽，常以叙述性对日常情境准确地呈现。而二战之后与拉金齐名的英国诗人休斯却鲜有人提及。那种笔锋酷厉、情境紧张，揭示暴力生存环境及其激发出的顽健生命意志的诗歌也很难在当代诗歌中见到。"70 后"诗人有着强烈的反抗 90 年代诗歌的欲望和动机，但休斯却基本上没有成为一种有效的精神资源。在我看来，多数所谓反抗在很大程度上仅仅沦为一种宣泄性的诗歌表演。在现代传媒尤其是网络的轰炸下，文化现象的异彩纷呈和文化精神的萎靡不振奇妙地纠缠在一起。许多诗歌写作者以极端自我戏剧化的方式加入这种集体狂欢，他们看重的是表演性的诗人身份而不是诗歌本身。朵渔在这一背景下谨慎地踏上了自己的诗歌之路。他不同于拉金式的精确，也不同于休斯式的激烈。从这首诗可以看出，他在有意寻找另一种尚无定型的、带有淡淡的传统文化的印记的诗歌方式。从新诗发展历程来看，这种"退"恰恰成为另一种反向的"进"，《河流的终点》就出现在这一诗歌探索的岔道上。

【附】
河流的终点

朵　渔

　　我关心的不是每一条河流
　　她们的初潮、涨潮，她们的出身、家谱
　　我关心的不是她们身形的胖瘦，她们
　　长满了栗子树的两岸
　　我不关心有几座水泥桥跨越了她们的
　　身体
　　我不关心她们胃里的鱼虾的命运

我关心的不是河流的冰期、汛期
她们肯定都有自己的安排
我关心的不是她们曾吞没了几个戏水的顽童
和投河而去的村妇
她们容纳了多少生活的泥沙
这些,我不要关心。
我关心的是河流的终点。她们
就这么流啊流啊,总有一个地方接纳了
她们疲惫的身躯,总有一个合适的理由
劝慰了她们艰难的旅程。比如我记忆里的
一条河流,她流到我的故乡时,已老态龙钟
在宽大的河床面前 进进退退,欲走
还休。

羞耻的诗学

朵 渔

新世纪十年一晃而过。在这十年里，老"今天派"们重新出现在汉语的视野里，并为汉诗的经典化和国际化做着最后的努力。我将这一代诗人看作真正的拓荒者，值得我们对其致敬；"第三代"们纷纷回归，虽然群体性的持续精进难遂人意，很多人没能突破"中年"的瓶颈，但他们中的一些人依然堪当导师。他们这一代诗人文本的经典化程度是最高的，他们也通常在剧场的头排就座；"60后"群体则涌现出一些面目清晰的成熟的诗人，无论在个人风格还是创造力上都已非常突出，他们承担起先锋之名；新世纪十年是"70后"诗人群体真正走向成熟的十年，是诗学理念和个人风格的形成期，也是群体开始分裂为个体的时期。我将赌注压押他们的下一个十年，那将是他们的黄金十年；"80后"诗人在这十年里逐渐丰满，他们是真正的网络一代，也希望他们是真正自由无牵挂的一代。

如此分层式的、整体性的观察，其实很难看清汉语诗歌创作的真相。事实上作为"70后"群体的一员，我都不知道这些年里别的"70后"们在做些什么。时间真是一晃而过啊。最近有些人宣布75年前的才算"70后"，论坛也搞了好几次，无非是我对你错你先我后的话题。争吵了半天，你到底为诗歌贡献了什么东西？你是贡献了思想还是贡献了文本？是贡献了一个意象还是一堆是非？这几年争论来争论去，其焦点无非是一些老生谈的话题：诗是语言的艺术，还是心志或情感的表达？是"诗言志"还是"诗言体"（于坚语）？是

"写什么"还是"怎么写"?

在争论中,一些新的教条也开始出现了。比如用一些概念性的东西作为标准,"现代诗""当代诗""口语诗"比比皆是。甚至诸如叙述、悖论、反讽等修辞手段都成了技术指标。从1980年代的自由创造,到1990年代的强调技艺,再到新世纪的口语的狂欢,如今技艺的老调又开始重弹,真是十年一轮回。与时代性的诗歌精神相比,技艺其实是个小东西。举一个小例子,诗歌写作中有一个教条:要尽量少用形容词。谁规定的?它真的有道理吗?哲学家齐奥朗换了个角度就将其轻松击破。他认为在人类的终极问题面前,精神的扩张有其自然的边界,其所提供的答案往往只是一串改头换面的说法而已。"改头换面"就来自于形容词的不断更新。"形容词在变化:这些变化就叫作精神的进步。将它们统统拿掉,文明还能剩下什么?智慧与愚笨的差异就在于形容词的用法之中,用得毫无变化就是平庸。"(齐奥朗:《解体概要·形容词的霸权》)关于"传统"与"现代"的争论也是如此。现代汉诗没有对传统精神的继承是走不远的。传统可以给我们很多教诲,比如,我从晚明的几个儒生身上就看到了非常现代的精神。现在诗人们比较分裂,一种是孝子式的继承,一种是虚无主义的抛弃,很纠结。传统的也可以是现代的,老子不现代吗?他跟海德格尔在精神上是多么契合;孔子不现代吗?他的教诲难道不是人类的未来?李白的天才依然是现代诗歌的太阳,杜甫的技艺仍然可做我们的导师。创造百无禁忌,诗歌的大敌无非是平庸而已。

在我们的传统里,"诗人"身份一直是变动的,从最初的巫、士、文人,到后来的知识分子、吹鼓手、反抗者……我们一直没有搞清楚自己的身份。为什么很多诗人在公开场合羞于提及自己的"诗人"身份?因为这个时代没有为诗人颁发身份证件。以前,诗人的身份是给定的,现在则需要我们重新定义自己的身份。在诗人身份暧昧不明的情况下,任何美学纠察或道德归罪都只能引来争议一片。如果你指责一个抱定"语言炼金术"的纯诗写作者是个"犬儒",他会非常不屑;如果你说一个怡情养性的江南爱好者"没有骨头",他会非常委屈;如果你跟一个垃圾派诗人讲诗之高贵,你完全是对牛弹琴;如果你说一个废话诗人"过于口水",这和指责一个学院派诗人"过于晦涩"难道不是出于同一种逻辑？

"诗人与时代"作为一个持续性的话题，在这十年里依然大热。"诗人要有所承担"，这大概无所争议。但"诗歌要有所承担"，却是个充满争议性的话题。承担什么？为什么要承担？如何承担？深刻的分歧让诗人们互不服气。这个诗坛充满了似是而非的标准，到处都是美学纠察队。我认为诗坛最好的状态就是四分五裂，各走各的道，"不团结就是力量"。有批评者认为"介入"是一个技术问题，我认为归根结底还是伦理学问题。介不介入无关紧要，没必要道德归罪，也不需要美学纠察。有人直接面壁，有人向死而生，诗歌承认的是个人创造。恩格斯讲过一个驴子的故事，大意是，驴子们凑在一起，就素食主义问题达成了一致，并在动物界发表了一个宣言：我们，动物们，要拒绝吃肉！这是驴子们的霸权和一厢情愿。

有一次，昆德拉的一个文学朋友跟他谈起捷克在世的伟大作家赫拉巴尔，感到非常愤怒：他怎么可以在他的同行被禁止发表作品的时候，还让人出版他的书？他怎么可以用这种方式替政府背书，却连一句抗议的话都不说？昆德拉却说，读得到赫拉巴尔的世界和听不到他的声音的世界，是截然不同的。只要有一本赫拉巴尔的书，对人们的精神自由它的效用就大过我们抗议的行动和声明！当然，相反的例子也可以举出很多，哈维尔的例子就足以反驳昆德拉。托尔斯泰和屠格涅夫、萨特和加缪、乔治·奥威尔和纳博科夫，谁又比谁更伟大？萨特是"介入诗学"的提倡者，但加缪却承担起了"写作的光荣"：

关于"时代性"话题，意大利哲学家吉奥乔·阿甘本有一个很有意思的说法。他在《何为同时代？》一文中认为，正是尼采的"不合时宜的沉思"，为"同时代性"提供了一个"最初的、暂时的指示"。1873年，尼采完成《悲剧的诞生》后，又陆续发表了《大卫·施特劳斯：忏悔者与作者》《历史对人生的利与弊》《作为教育家的叔本华》和《瓦格纳在拜罗伊特》，这些文章的合集就是著名的《不合时宜的沉思》。这四篇文字就像尼采的文化政治和文化批评的宣言书，充满了桀骜不驯、蔑视流俗的挑战口吻。阿甘本认为，真正同时代的人，真正属于其时代的人，就是像尼采那样，"是那些既不完美地与时代契合，也不调整自己以适应时代要求的人"。真正的同时代人可以鄙视他的时代，但

"他不可改变地属于这个时代,他不能逃离自己的时代"。概言之,"同时代性也就是一种与自己时代的奇异联系,同时代性既附着于时代,同时又与时代保持距离"。一个诗人与他的时代既不能过分契合,又不能过分脱节,而是要保持一种"凝视"关系。"凝视"必然会产生紧张感,如尼采所言,"如果你长时间盯着深渊,深渊也会盯着你"。到此为止,阿甘本的理论并未见其高明之处。我们的很多诗人与时代之间其实早就形成了一种相互凝视的对峙状态,问题的关键在于,在相互凝视时你到底在凝视什么?如阿甘本所言,"但看到自己时代的人实际上看到的是什么?在其时代面容上的这种疯狂的微笑又是什么?"在这点上,阿甘本提出了同时代性的第二种定义:"同时代的人是紧紧保持对自己时代的凝视以感知时代的光芒及其黑暗(更多的是黑暗而非光芒)的人。一切时代,对于那些对同时代性有所经验的人来说,都是晦暗的。同时代人,确切地说,就是能够用笔蘸取当下的晦暗来进行写作的人。"

关于"晦暗",阿甘本别有解释。他举了两个例子,首先,当我们闭上双眼时,我们看到的黑暗是什么?"神经生理学告诉我们,光的阙如会触发一系列视网膜上被称作'停止神经元'的边缘细胞。这些细胞一旦被触发,就会产生那种我们称作黑暗的特殊视像。"也就是说,当我们闭上双眼,"黑暗"其实是我们视网膜的产物。这也就意味着,"发现黑暗"并非一种消极性的东西,而是我们自身具有的奇异的能力。另外,从宇宙现象上来看,我们观察夜空的时候,群星闪耀之外的黑暗又是什么?根据天体物理学的解释,"在一个无限扩张的宇宙中,最远的星系以如此巨大的速度远离我们以至于它们发出的光亮永远也无法触及我们"。我们感知为天空之黑暗的东西,其实就是无法触及我们的光。

阿甘本的这个说法大有意味。我们所凝视的"黑暗",很有可能正是产生于我们自身;而所有的"黑暗",其本身也可能是一个发光体,只不过与我们不在同一个轨道上,离我们很远很远,以致无法触及我们。凝视外在黑暗的同时也应凝视自我内在的黑暗,与怪兽搏斗的人要谨防自己因此而变成怪兽。在中国当下语境中,"凝视"总是意味着一个体制性的存在。每一位有良知的作家、诗人都应该介入公共生活,否则他的写作就是无效的。这应该是一部分常识。但是，诗人要谨防被黑暗吞噬自己，"愤怒的拉奥孔"不应成为美学的敌人。同时，由于体制的力量太过强大，一些犬儒主义的模糊论调会使诗人们变得暧昧起来，我们大可报以人性的微笑。

这十年，"先锋"作为一个关键词已成为诗人们的口头禅。人人都自称先锋派，先锋演变成了经典剧目。对"先锋"的过度征用使其逐渐失去光彩，被扁平化。我常常自问：你真以为你写的就是先锋的吗？你的自信来自哪里？你不觉得"前无古人后无来者"这件事本身是非常恐怖的吗？如果你认为是对的你自己去做就是了，这才是真正的先锋精神。先锋不收购门徒，不必奢求冠冕。先锋的结局也许是先疯和失败，会遭受谩骂和唾弃，这也是"先锋"所应承担的坏名声之一。

事实上，"先锋"就是我们这一代诗人的命运，我们不得不独自去闯荡。这是基于汉语文学的千年之变，更源自我们的"经验与贫乏"。

面对一战后的一代德国人，本雅明曾慨叹，那些在壁炉前为子孙们讲故事的人彻底消失了："哪儿还有正经能讲故事的人？哪儿还有临终者可信的话，那种像戒指一样代代相传的话？""我们变得贫乏了。人类遗产被我们一件件交了出去，常常只以百分之一的价值押在当铺，只为了换取'现实'这一小块铜板。"本雅明痛感经验的贫乏，并称之为一种"新的无教养"（本雅明：《经验与贫乏》）。面对传统与历史，我们也属于"无教养"的一代。真正意义上的现代汉语文学历史短暂，而这短暂的历史还充满了断裂、混乱与坎陷。回顾百年新诗史，有哪些作品堪称经典？又有哪些人堪当我们精神的导师、文学的父亲？当俄罗斯社会进入前途未卜的集体主义时代时，他们的大多数诗人、作家、哲学家、宗教家以及自然科学家，依然保持着独立的信仰和思考，这并非偶然，而是建基在俄罗斯几百年的东正教信仰、建基在以十二月党人为代表的贵族精神传统和以陀思妥耶夫斯基、托尔斯泰、屠格涅夫、别林斯基、赫尔岑等等一大批文学巨匠和自由知识分子精神之上的。这就是精神底气，有了这种底气，黑色的夜莺阿赫玛托娃才敢于不脱本色地继续歌唱，面临驱逐的别尔嘉耶夫才敢于在契卡面前说："我用以对抗的首先是精神自由的原则，对于我来说这是基本的、绝对的，是不能因为任何世俗利益而让步的。"这就是传统、经验、底气。曼德尔施塔姆说得好："阿赫玛托娃把十九世纪长篇小说的所有巨大的复杂性和财富引入俄罗斯抒情诗。如果不是有托尔斯泰的《安娜·卡列尼娜》、屠格涅夫的《贵族之家》、陀思妥耶夫斯基的全部作品以至列斯科夫的某些作品，就不会有阿赫玛托娃。阿赫玛托娃的源头全部在俄罗斯散文王国，而不是在诗歌。"我们的底气又在哪里？

套用朋霍费尔的一句话来说，"在人类历史的进程中，确实没有哪一代人像我们这一代人这样，脚下几乎没有根基"。当沉重的历史负担被先辈们卸去之后，无根基的创造者在某种意义上其实是幸福的，他每走一步都是新雪，罕无人迹。这样的感受何其愉快，"某种新的东西正在诞生"，只是我们还无法把它辨认出来。如何"尝试赞美这残缺的世界"？在我这里，就是要有"耻"。耻，从心，耳声，也就是说，"耻"是跟心和耳朵有关的。古人称耳环为"羞耻"，左耳环叫"羞"，右耳环叫"耻"，最初的耳环就是用来规范女子走路姿势的。我认为"羞耻"也可以规范一个诗人，我愿意修行一种"羞耻的诗学"。知耻，方有勇，方可与虚荣对抗一阵。生而为人即知耻，生而为国人就更应知耻，生而为诗人那就是耻上加耻。

附 录

《结识一位诗人》栏目入选诗人汇总

名单（52人）

西 川	王家新	于 坚	伊 沙	翟永明	沈 苇	北 野	杨晓明
谢湘南	牛庆国	叶玉琳	蓝 蓝	桑 克	朱 朱	西 渡	路 也
阳 飏	马永波	森 子	潘 维	雷平阳	姜 涛	阿 毛	卢卫平
柳宗宣	余 禺	江 非	寒 烟	徐俊国	沈浩波	朵 渔	黄礼孩
泉 子	孙 磊	扶 桑	林典铇	离 离	谢小青	唐 果	谈雅丽
刘 年	王单单	臧海英	武强华	张巧慧	聂 权	西 娃	陆辉艳
方石英	王东东	祝立根	林东林				

西　川

——《诗探索》总第 14 辑（1994）

收录：
西川诗存在的意义	刘　纳
西川诗二首评点	蓝棣之
诗歌炼金术	西　川

王家新

——《诗探索》总第 16 辑（1994）

收录：

王家新：承受中的汉语　　　　　　　　　　　　　　　　臧　棣
王建新诗二首赏析　　　　　　　　　　　　　　　　　　陈　超
谁在我们中间　　　　　　　　　　　　　　　　　　　　王家新

于　坚

——《诗探索》总第 18 辑（1995）

收录：

于坚与诗的本质　　　　　　　　　　　　　　　　　　　胡　彦
于坚诗二首赏析　　　　　　　　　　　　　　　　　　　辛　月
对《0 档案》的发言　　　　　　　　　　　　　　　　沈奇整理
传统、隐喻及其他　　　　　　　　　　　　　　　　　　于　坚

伊　沙

——《诗探索》总第 19 辑（1995）

收录：

伊沙：边缘或开端——神话和反神话写作的一个案例　　　李　震
伊沙诗二首评点　　　　　　　　　　　　　　　　　　　沈　奇
饿死诗人　开始写作　　　　　　　　　　　　　　　　　伊　沙

翟永明

——《诗探索》1999 年第 1 辑

收录：

飞翔的蝙蝠——翟永明论　　　　　　　　　　　　　　　张　柠
翟永明诗二首点评　　　　　　　　　　　　　　　　　　钟　鸣
献给无限的少数人　　　　　　　　　　　　　　　　　　翟永明

沈 苇

——《诗探索》2000 年第 1—2 辑

收录：

世界和生命的透视——沈苇诗歌探秘	王仲明
瞬间在持续——读沈苇诗札记	耿占春
沈苇诗二首点评	陈旭光
二十则碎语	沈 苇

北 野

——《诗探索》2001 年第 1—2 辑

收录：

诗在新疆——北野诗歌谈片	韩子勇
歌声多么稀薄	周 涛
诗与诗人的品性——我读北野	仵从巨
在多种语言和部落间穿行——新疆的生活、诗意和文学	北 野

杨晓民

——《诗探索》2001 年第 3—4 辑

收录：

杨晓民论——兼论后海子时代的中国诗坛	郎 毛 吴元成
杨晓民诗二首点评	陈旭光
一个小诗人	杨晓民

谢湘南

——《诗探索》2002 年第 1—2 辑

收录：

谢湘南需要什么样的诗歌	小 槲
谢湘南诗歌两首点评	安石榴
疑问，或有待整理的空间	谢湘南

牛庆国

——《诗探索》2002 年第 3—4 辑

收录：

诗歌：关于苦难的感知和叙事——谈牛庆国的诗歌写作	唐翰存
庆国诗二首评点	余 亮
我的经历，我的诗歌	牛庆国

叶玉琳

——《诗探索》2002 年第 3—4 辑

收录：

叶玉琳的诗路追寻	朱先树
叶玉琳诗二首点评	大 解
不要忘记诗歌的姓	叶玉琳

蓝 蓝

——《诗探索》2003 年第 1—2 辑

收录：

"写给世界的一封情书"	王晓渔
《野葵花》点评	陈东东
只是碎片	蓝 蓝

桑 克

——《诗探索》2004 年春夏卷

收录：

在雪的教育下	王家新
写作，或领受"雪仁慈的教育"——解读桑克的诗《雪的教育》	周 瓒
幽深的内心风景——读桑克的《走钢丝的艺人》	森 子
外省的风格	桑 克

朱 朱

——《诗探索》2004 年秋冬卷

收录：

寻找语言的森林——论朱朱诗中的词与物	张桃州
"我找到了自己的弦"——对朱朱印象主义批评	荣光启
《清河县》解读	小 客
"杜鹃的啼哭已经够久了"——朱朱访谈	朱 朱　木 朵

西 渡

——《诗探索》2005 年第 1 辑（理论卷）

收录：

时间和时间带来的——论西渡	敬文东
反向进化的自我之歌——西渡《蛇》解读	周 瓒
诗歌对我们有不朽的爱——答《南方都市报》记者问	西 渡

路　也

———《诗探索》2005 年第 1 辑（理论卷）

收录：

在突破中敞开——论路也诗歌风格的前后转变及其内在意义　　　张立群

灵魂的蛇行——解读路也的两首诗　　　张清华

郊区的激情　　　路　也

阳　飏

———《诗探索》2005 年第 3 辑（理论卷）

收录：

阳飏诗歌简论　　　唐　欣

阳飏诗二首赏析　　　古　马

把灯点亮　　　阳　飏

马永波

———《诗探索》2006 年第 1 辑（理论卷）

收录：

用呼吸的声音——谈马永波诗歌　　　孙　磊

重瞳——读马永波《电影院》　　　哑　石

客观化写作——复调、散点透视、伪叙述　　　马永波

森　子

———《诗探索》2006 年第 3 辑（理论卷）

收录：

叙事的转喻——读森子的诗　　　耿占春

和《采花盗》有关的七条不连贯的注记　　　敬文东

自　述　　　森　子

潘 维

——《诗探索·理论卷》2007 年第 1 辑

收录：

液体江南：汉诗地图中的一个路标	沈　健
挣脱那水的刑枷——试析潘维的诗《乡党》	江弱水
"西湖称之为我的婚床"——潘维访谈	木　朵

雷平阳

——《诗探索·理论卷》2007 年第 2 辑

收录：

对两重家乡的观望——雷平阳诗歌的一种读法	夏　宏
雷平阳诗歌《底线》辨析	黄　斌

姜　涛

——《诗探索·理论卷》2008 年第 1 辑

收录：

文本化、自然和人：当代诗中的情感教育 ——试论姜涛的诗歌写作	王东东
世界作为喻体——简评姜涛《我的巴格达》述芜辩护之外	姜　涛

阿　毛

——《诗探索·理论卷》2008 年第 1 辑

收录：

"夜半"的女性写作——阿毛诗歌解读	荣光启
人性在内容与形式中敞亮——读阿毛《当哥哥有了外遇》	邹建军　李志艳
在文字中奔跑	阿　毛

卢卫平

——《诗探索·理论卷》2008 年第 2 辑

收录：

卢卫平的诗歌之树	路　也
一群干净而健康的"苹果"	
——读卢卫平诗歌《在水果街碰见一群苹果》	刘　春
看见眼前的事物	叶延滨

柳宗宣

——《诗探索·理论卷》2009 年第 1 辑

收录：

"追寻从身体中生长出来的"——从柳宗宣看当代诗歌的根性问题	易　彬
高处，发生了美——读柳宗宣《高过楼顶的杉树》	黄　斌
词语——关于诗与诗人的札记	柳宗宣

余 禺

——《诗探索·理论卷》2009 年第 2 辑

收录：

明朗的冥想与倾听——论余禺的诗	伍明春
在自我与世界之间建立诗的"方程式"——小议余禺的诗	赖彧煌
关于诗生活的通讯	余　禺

江 非

——《诗探索·理论卷》2009 年第 2 辑

收录：

在黑夜翻越高过腰身的栅栏——论江非	霍俊明
时间是如此的无尽——读江非的《草莓时节》	符 力
我们都在孤独地等待——读江非的《花椒木》	徐南鹏
时间的孩子	江 非

寒 烟

——《诗探索·理论卷》2010 年第 3 辑

收录：

"这几乎使我失明的光——"——读寒烟	张清华
简写寒烟	雪 松
"心灵写作"的自我书写	唐晓渡
"女性主义"是对女性善意而粗暴的贬损——答诗人李双	寒 烟

徐俊国

——《诗探索·理论卷》2010 年第 4 辑

收录：

乡土中国的灵魂叙事——《鹅塘村纪事》阅读印象	灵 焚
反抗异化，找回本真的自己——读徐俊国的诗《小学生守则》	王士强
一颗至纯至洁的感恩之心——徐俊国诗作《娘》赏析	李文钢
雅姆主义	徐俊国

沈浩波

——《诗探索·理论卷》2011 年第 1 辑

收录：

暧昧年代的光头与沉滞洼地的蝴蝶——沈浩波论	霍俊明
当今时代，如何写一首关于"秋风"的"颂"	
——读沈浩波的诗《秋风颂》	王士强
追寻生命与符号之间的关系——从沈浩波《她叫左慧》说开去	龙扬志
诗人之心	沈浩波

朵 渔

——《诗探索·理论卷》2011 年第 3 辑

收录：

"羞耻"的诗学与"惯见"的策反者——朵渔论	霍俊明
"路途"上的凝视与诗歌"现实"——朵渔《去河南》解读	岳志华
在终点的岔道上	李建周
羞耻的诗学	朵 渔

黄礼孩

——《诗探索·理论卷》2011 年第 4 辑

收录：

"你在时光中擦亮一道光芒"——黄礼孩诗歌论	霍俊明
诗歌，倾听微细的声响	
——由黄礼孩《芒果街的魔法》所想到的	王士强
铁栅栏，诗人应该抵达何处	
——黄礼孩《去年在朝鲜》随感	红色李白
诗歌的陌生感	黄礼孩

泉 子

——《诗探索·理论卷》2012 年第 2 辑

收录：

经验场域的舞蹈——论泉子的诗	李海英
思想者的宿命——读泉子《一个伟大的时代可能是这样的》	秦 池
泉子访谈：诗在语言的失败中得以凯旋	木 朵 泉 子

孙 磊

——《诗探索·理论卷》2012 年第 3 辑

收录：

"每一站都有人怀揣修辞的力量"——孙磊诗歌散记	霍俊明
直面虚无的修辞术	李建周
如何审视我们的处境——读孙磊诗歌《处境》	刘 波
札记四篇	孙 磊

扶 桑

——《诗探索·理论卷》2013 年第 2 辑

收录：

写诗，是为了寻找一个早晨——扶桑诗歌读记	霍俊明
世纪的脊骨，或恋爱中的哈姆雷特——读扶桑《1999 年》	王东东
《金星下》的情感与技巧	冯 雷
我与诗歌	扶 桑

林典刨

——《诗探索·理论卷》2013 年第 3 辑

收录：

低与慢的人生叙事和卑微中不屈的精灵——林典刨诗歌论	龚奎林
林典刨诗歌两首赏析	韩邦玲
在不断磨损的光阴里穿针引线	林典刨

离 离

——《诗探索·理论卷》2014 年第 2 辑

收录：

离离：平实的诗句说出很深的痛	杨光祖
离离《祭父帖》赏析	刘亚明
离离《在新华书店》赏析	卢 辉
生活的素描	离 离

谢小青

——《诗探索·理论卷》2014 年第 3 辑

收录：

诗歌"青春期"的生成性与困惑——关于谢小青的诗	霍俊明
父亲，怎样代替了乡村？——读谢小青的《父亲去铎山镇》	王清辉
成长的记忆——谢小青的《第一次进入女澡堂》	刘晓翠
我会沉睡，诗歌醒着	谢小青

唐　果

——《诗探索·理论卷》2014 年第 4 辑

收录：

巫气、白日梦、中年孔洞或其他——读唐果	霍俊明
忧伤的对话，或冷峻的独白——读唐果诗歌《我们去》	王士强
自由与束缚	连　敏
乡村厨房	唐　果

谈雅丽

——《诗探索·理论卷》2015 年第 1 辑

收录：

沅江河畔的渔歌与梵音——评谈雅丽的诗歌创作	马新亚
那些存在着的虚无——谈雅丽的诗	卓　今
一条江水从心中流过	苗雨时
江水中静静浮出的光阴	谈雅丽

刘　年

——《诗探索·理论卷》2015 年第 4 辑

收录：

作为虚构与愿景的"刘骑士"——一个诗人的故地、现实寓言与远方	霍俊明
怒江·汉子·回忆——读刘年的《大怒江》	邵　波
虚构：文字的逃脱术和营造学——读刘年的《虚构》	陈　亮
远	刘　年

王单单

——《诗探索·理论卷》2016 年第 1 辑

收录：

底层苦难的生命书写——读王单单的诗	魏 巍
和雪有关，和血有关——评王单单《堆父亲》	刘 汀
回不去的地方是故乡——读王单单《滇黔边村》	王 永
诗歌作伴好还乡	王单单

臧海英

——《诗探索·理论卷》2016 年第 2 辑

收录：

臧海英诗歌的艺术风格	一 禾
我们都是囚徒——读臧海英的诗歌《囚徒》	薛红云
心灵的对话——臧海英《单身女人》赏析	刘彩宏
关于生活，关于诗	臧海英

武强华

——《诗探索·理论卷》2016 年第 4 辑

收录：

"指向天空的辽阔"——对武强华诗歌的几点思考	贺嘉钰
对女性：以我的悲悯与真实——读武强华《乳晕》	周小琳
时间·时代·时光——读武强华的长诗《本命年》	吴锦华

张巧慧

——《诗探索·理论卷》2017 年第 1 辑

收录：

期待平淡之后的山高水深——论张巧慧的诗歌创作	刘诗宇
干瘪的乡村与现代性的悖论——《家春秋》简读	冯　雷
日常生活的智性思考——读张巧慧《拓碑记》	柴高洁
悖　论	张巧慧

聂　权

——《诗探索·理论卷》2017 年第 2 辑

收录：

寻常诗意与爱的可能	刘　波
诗歌中的小说笔法及其所营造的意义世界 ——读聂权诗歌《理发师》	赵目珍
优雅里是否流淌着愚昧和无耻	马启代
寺院，与诗歌	聂　权

西　娃

——《诗探索·理论卷》2017 年第 3 辑

收录：

西娃诗歌中"藏密"元素在现代生活的转化	陈大为
摧毁的世界——读西娃的《两人世界》	灯　灯
基于宗教情结的两个诗性亮点——评西娃的诗《"哎呀"》	张无为
诗相：一切有为法，如幻如泡影	西　娃

陆辉艳

——《诗探索·理论卷》2017 年第 4 辑

收录：

扎根南方的诗性叙事——陆辉艳诗歌浅论	董迎春　吕旭阳
现代问题与现代意象的组合——简评陆辉艳的《妇科病房》	刘诗宇
生死之间——评陆辉艳《缺席》	张静轩
诗歌的"互搏术"	陆辉艳

方石英

——《诗探索·理论卷》2018 年第 4 辑

收录：

时间的骊歌与灵魂的谣曲——读方石英的诗	张立群　陈　曦
古典的韵味——读《在微山》的二三感受	王　珊
精神的还乡——评《父亲的大兴安岭》	漆　昕
诗是活着的证明	方石英

王东东

——《诗探索·理论卷》2019 年第 1 辑

收录：

漫游的风景与隐匿的疼痛——读王东东的诗	周俊锋
打开词语的幽微通道——读王东东《圆明园》	张凯成
意义的蛇行、蜕皮和衔尾——读王东东《雪》一诗	梁小静
诗歌是来自文化深处的福佑——或论诗人的幸福	王东东

祝立根

——《诗探索·理论卷》2019 年第 2 辑

收录：

长叹息以掩涕兮，哀民生之多艰——浅析祝立根的诗	蔡　丽
一场阻断的大雾	崔　勇
反差的深度与现实的情怀——评祝立根短诗《回乡偶书，悲黑发》	程继龙
诗歌与我——救赎与抵达	祝立根

林东林

——《诗探索·理论卷》2019 年第 4 辑

收录：

诗来自于"一个普通的早晨"——关于林东林的诗	霍俊明
局外人，或声音谱系的创制者——读林东林的几首诗	杨庆祥
并没有那阵风，那个手指——读林东林的《巨响》	耿占春　纳　兰
诗言我	林东林

后　记

　　自 1994 年《诗探索》复刊到现在,《结识一位诗人》栏目共收录了 52 位诗人的评论文章、诗歌作品评点和诗人创作自述。

　　这一栏目体现了《诗探索》多年来关注当下诗歌创作态势,关注这些年不断涌现的优秀的、有创意诗人。这一栏目从一个方面展现了近二十多年来中国新诗的发展轨迹与值得研究的创作方向。

　　因为篇幅所限,我们只能选取部分诗人进入本书。我们基本是按照诗人的资历、在当下诗坛的影响力选择的,有些相对年轻的诗人,在当下诗坛有很好的引领诗歌写作的作用,有些诗人获得过许多重要的诗歌奖项,有些诗人出席过诗刊的重要标志性活动"青春诗会"等等,他们都应该入选本书。但因版面所限,我们只能忍痛割爱,在此,向未入选者深表遗憾。

　　我们在书的最后,做了一个所有入选 52 名诗人的附录,供读者参考。有需求的读者,可以通过网络查询,获得您需要的资料。

　　本书不足之处,请各位读者批评。谢谢。

编　者

2020 年 6 月